Streuselkuchen in Ickern

Hans Dieter Baroth

Streuselkuchen in Ickern

Roman

Kiepenheuer & Witsch

Schutzumschlag Hannes Jähn, Köln,
unter Verwendung eines Fotos von ZEFA, Düsseldorf
Gesamtherstellung Clausen & Bosse, Leck
ISBN 3 462 01392 0

Inhalt

1. Kapitel

Michel, Molotow, Wally und die anderen ...

Meine Mutter hatte noch neun Geschwister, sie war die jüngste der zehn Kinder. Ihre Familie stammte aus den polnischen Gebieten Preußens. Diese Formulierung habe ich zumindest einmal gelesen, als ich mich mit jenen Menschen beschäftigte, die um die Jahrhundertwende auf der Suche nach regelmäßiger Arbeit, die nicht abhängig war von der Jahreszeit und den Ernten, ins Ruhrgebiet gelockt wurden oder selbst dorthin gezogen sind. Ich hatte also neun Onkel oder Tanten, die direkt mit meiner Mutter verwandt waren. Da sie alle bis auf eine Tante geheiratet haben, waren es noch einmal acht Tanten oder Onkel, allein von der Seite der Mutter. Doch die rein numerische Tanten- und Onkelflut hat mich deshalb nie heimgesucht, weil wir immer mit einigen der Verwandten verkracht waren. »Wir« ist unkorrekt. Meine Mutter hatte mit einer Tante oder einem Onkel, also einer Schwester oder einem Bruder Krach, deshalb war zwangsläufig auch mein Vater mit ihr oder ihm verkracht und wir, die beiden Kinder, somit auch. Obwohl der Streit meist wegen einer Kleinigkeit zwischen zwei Geschwistern ausgebrochen war, hatten wir Krach, nicht sie, so daß allein von unserer Seite vier Personen betroffen waren. Die älteste Schwester meiner Mutter, die Tante Wally, hatte acht Kinder. Und natürlich auch noch einen Mann, also meinen Onkel. Der Geschwisterstreit zwischen der jüngsten und der ältesten Tochter meiner Großeltern, ausgebrochen zwischen zweien, betraf direkt vierzehn Personen, nämlich meine Mutter, meinen Vater, meinen Bruder und mich, auf der anderen Seite meine Tante, meinen Onkel und deren acht Kinder. Insofern war das schon ein ganz schöner Krach, wobei schön wieder falsch ausgedrückt ist – es war ein gewaltiger Krach. Gewaltig war er im Grunde aber auch nicht, denn so ein Krach hatte meist einen höchst banalen Anlaß. Er war so unbedeutend, daß die Betroffenen, wenn sie sich, in der Regel nach vielen Jahren, wieder vertrugen, das selbst so bezeichneten. Der Streit zwischen der ältesten und der jüngsten Schwester war weder schön noch gewaltig, er hatte lediglich wegen der großen Familie auf der anderen Seite beträchtliche Dimensionen, denn es waren Menschen miteinander verkracht, die gar nicht miteinander böse waren. Ich zum Beispiel hatte nichts gegen Onkel und Tante und deren acht Kinder. Da es in unserer Familie überhaupt nicht üblich war, daß man Verwandten auch in Phasen eines kurzfristigen Friedens Briefe schrieb, herrschte absolute Funkstille. Die waren dann völlig aus unserem Gesichtskreis entschwunden. Und geredet wurde über die auch kaum.

Doch um eine Übersicht über die oft grundlos und dann grundsätzlich unterbrochenen Informationsstränge zwischen zwei miteinander verwandten Familien zu bekommen, bedarf es einer chronologischen Vorstellung, soweit sie mir aus dem Gedächtnis möglich ist. Mein Großvater, den ich nie persönlich gekannt habe, denn er starb viele Jahre vor meiner Geburt, kam 1896 in das nördliche Ruhrgebiet. Er war zu diesem Zeitpunkt verheiratet und auch schon Vater einiger Kinder. Meine Großmutter war zunächst noch mit den Kindern in Polen geblieben, so lange, bis es mit der Arbeit etwas sicherer war und eine der kleinen Werkswohnungen in Aussicht stand. Arbeit hatte mein Großvater auf der Zeche König Ludwig im nördlichen Revier erhalten. Familien- und Heimatforschung ist in unseren Kreisen nie üblich gewesen. Wenn es hoch kam, wußte man noch etwas über die Urgroßeltern, aber das war schon die Ausnahme, nicht die Regel. Fast alle Bekannten meines Jahrganges kannten nur die Großeltern, die in der Regel noch selbst aus den polnischen Gebieten Preußens oder aus Böhmen ins Revier gekommen waren. Deren Eltern, also die Urgroßeltern, waren dort geblieben. Wahrscheinlich waren sie Landarbeiter. Sie waren zu alt, um noch einmal von vorne zu beginnen und ins Ruhrgebiet zu ziehen. Dabei hätten sie gar nicht viel aufgeben müssen, denn ihre Lebensbedingungen waren karg, Besitz hatten sie keinen. Ihre Kinder wollten es besser haben, so kamen dann die Großeltern ins Revier, gaben die Arbeit auf dem Lande auf und gingen einige hundert Meter unter die Erde, um dort zu arbeiten für die oft unzureichende Ernährung, Wäsche und eine kleine Wohnung, in der man zur Miete lebte. Da die Familiengeschichte im dunkeln liegt, kann sich der Autor nur mit der Erforschung der räumlichen Situation jener Zeit beschäftigen. Die Randgebiete des Reviers waren meist Bauernschaften bei Dortmund, Gelsenkirchen oder Essen, die wild und unorganisch zu Zechensiedlungen wuchsen, wenn dort ein Pütt entstanden war. Zuerst war die Zeche, dann folgten Wohnhäuser, eine Kirche, ein paar Kneipen, Lebensmittelgeschäfte, Schulen, konfessionelle natürlich, nach 1918 sogar ein Kriegerdenkmal, und wenn sich ein Pfarrer für den Bereich interessierte, in

dem er leben und agieren mußte, dann gibt es auch schon mal ein Heftchen, aus dem man Daten jener Region abschreiben kann. Mein Großvater, den ich bekanntlich nie gesehen habe, auch nicht auf einem Foto, kam, wie schon beschrieben, 1896 in die Gegend von Recklinghausen. Hier fand er Arbeit auf der Zeche König Ludwig.
Meine Großmutter kam mit einigen Kindern nach. In dieser Zeit, es war um die Jahrhundertwende, wurden im Ruhrgebiet die ersten Bergmannssiedlungen gebaut, die die Bergleute noch enger an den Pütt banden und sie politisch vorsichtig machen sollten. Um die Jahrhundertwende wurden auch im nördlichen Ruhrgebiet die meisten Zechen abgeteuft. Einen Schacht graben nennt der Bergmann abteufen. Die Zechen wurden in der Gegend, in der mein Großvater Arbeit gefunden hatte, abgeteuft und in Betrieb gesetzt. Mein Großvater muß sogar noch zu jenen gezählt haben, die Ludwig mit abgeteuft haben, denn genau im Jahre 1900 begann Ludwig Kohle zu fördern. Er hat demnach schon vor Beginn der Förderung auf Ludwig geschuftet. Zu jener Zeit, also vor Beginn der Förderung, da gab es noch keine Bergmannssiedlungen in der Gegend, aus dem Buch eines Pfarrers geht hervor, daß 1904 die ersten Arbeiterwohnungen gebaut wurden. Vielleicht wohnten meine Großeltern deshalb nie in einer Werkswohnung. Sie wohnten etwas abseits vom Ort Suderwich in einem Mietshaus, das um die Jahrhundertwende gebaut worden sein muß. Einsam in einem Feld, in der Nähe eines Kanals – auch den gab es zu jener Zeit noch nicht – standen drei Häuser nebeneinander. Einige hundert Meter davon entfernt gab es eine kleine Bauernschaft mit einer Kirche, deren Turm weithin sichtbar war; Kontrast zu den rippigen Fördertürmen der nahen Zechen. Später, wenn meine Mutter mit mir per Fahrrad

Literatur Sachbuch 1980

Kiepenheuer & Witsch

Weltliteratur

Roman. Aus dem Amerikanischen von Walter Hasenclever.
503 Seiten.
Gebunden. DM 39,80.
»Die Leben des William Dubin« wurden in den USA gleichzeitig zum literarischen Ereignis des Jahres und einer der größten Verkaufserfolge mit einem monatelangen Platz auf den Bestsellerlisten.

Herausgegeben und ins Deutsche übertragen von Elisabeth Schnack.
1.000 Seiten. Zwei Bände in Schmuckkassette DM 68,–.
Zum ersten Male liegen mit dieser Ausgabe die Erzählungen Katherine Mansfields geschlossen vor. Eine Entdeckung für jeden, der meisterhafte Prosa und ungebrochene Erzählfreude liebt.

Aus dem Amerikanischen von Kurt Heinrich Hansen. 178 Seiten. Geb. DM 29,80.
Im zweiten Teil seiner Autobiographie schildert Richard Wright sein Leben in Chikago, den politischen Aufbruch und sein Engagement, die Ernüchterung und Abwendung von der KP, um schließlich als Schriftsteller zu sich selbst zu finden.

Frühe Erzählungen.
Aus dem Spanischen von Curt Meyer-Clason.
Broschur mit Schutzumschlag. DM 18,–.
Schön bestechend in den ungewöhnlichen Bildern, sind die frühen Erzählungen alle in einer phantastischen Wirklichkeit angesiedelt und wirken jugendlich schwermütig.

Novelle. Aus dem Englischen von Werner Peterich. Broschur.
DM 18,–.
Mit hintergründiger Spannung erzählt Sherman die Geschichte eines englischen Jungen, der einen alten Inder wie einen Vater liebt und bei einem Jagdausflug plötzlich vor eine grausame Entscheidung gestellt wird.

Zwei Erzählungen. Aus dem Amerikanischen von Walter Hasenclever.
Broschur mit Schutzumschlag DM 18,–.
Beide Erzählungen, eine davon zum ersten Mal in deutscher Sprache, schildern die komplexen Beziehungen in einer großen Familie, wie man sich quält und betrügt, haßt und vor allem liebt.

Sachbücher

Herausgegeben von Helmuth Schneider. 466 Seiten mit 75 Abb. Geb. DM 58,–.
Im Mittelpunkt des Buches stehen die arbeitenden Menschen. Beschrieben werden u. a. die Arbeitsbedingungen beim Pyramidenbau, die Lage der römischen Sklaven, das Elend der englischen Fabrikarbeiter und vieles andere.

Eine politische Biographie. 382 Seiten. Geb. DM 39,80.
Weder in West- noch in Ostdeutschland werden Politiker und Historiker dieser Person gerecht. Helmut Trotnow zeichnet objektiv und sachlich die Entwicklung dieses unbequemen, gradlinigen und konsequenten Politikers nach.

536 Seiten mit zahlreichen Abb. Gebunden DM 39,80.
Dies ist die erste Biographie, die ein Gesamtbild des Menschen und Monarchen zeichnet, zugleich die erste Darstellung der Reichsgründung, die nicht aus der Perspektive Bismarcks, sondern aus der Sicht Wilhelms I. geschrieben wurde.

Mit einem Vorwort von Willy Brandt. Aus dem Französischen von Heinz Abosch. 256 Seiten. Gebunden. DM 39,80.
Gorkin beschreibt anhand der Geschichte seiner Partei, der POUM, die Rolle der stalintreuen Kommunisten und der von Moskau entsandten sowjetrussischen »Berater« im spanischen Bürgerkrieg.

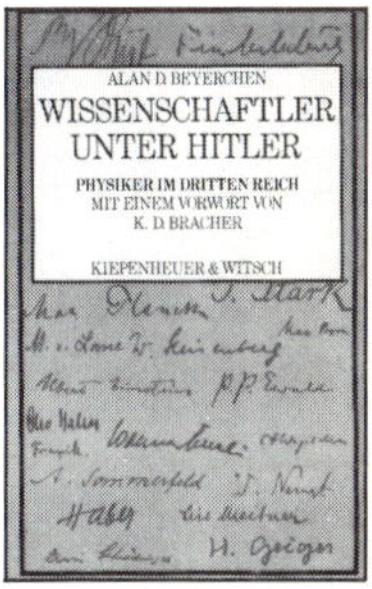

Mit einem Vorwort von Prof. K. D. Bracher. Aus dem Amerikanischen von Erica und Peter Fischer. 384 Seiten mit 15 Abbildungen. Gebunden. DM 48,–.
Dies Buch behandelt ein völlig neues Kapitel deutscher Wissenschaftspolitik unter nationalsozialistischer Herrschaft.

Aus dem Amerikanischen von Tamara Schoenbaum-Holtermann.
390 Seiten. Geb. ca. DM 44,–.
»... ein Klassiker der Literatur über den Nationalsozialismus.«
Alfred Grosser/Le Monde

Sachbücher

Aus dem Englischen von Günter Seib. Mit zahlreichen Abb. S/W und Farbe. 266 Seiten. Geb. DM 38,–.
Die faszinierende Geschichte einer Weltumsegelung. 255 Tage sind elf Männer und eine Frau unterwegs. Zwei von ihnen führten die hier veröffentlichten Tagebücher.

290 Seiten und 32 Seiten Vier-Farb-Abbildungen. Geb. DM 29,80.
Drei Jahre lang kreuzt die Familie Erdmann durch die Inselwelt der Südsee, entdeckten märchenhafte Winkel, erlebten aber auch, daß die große Freiheit ihre Probleme hat: ein Taifun stellt sie auf die Probe, und bei Borneo werden sie von Piraten gekapert.

Mit Hunderten von Spielvorlagen. Herausgegeben und aus dem Russischen von Marianna Butenschön. 232 Seiten. Broschur. DM 38,–.
Die Aufbauenden Spiele sind Spiele für Kinder und Erwachsene. Sie orientieren sich am Wachstum der Kinder, sind aber in ihrer Variabilität auch für Erwachsene ein ständiger Anreiz für neue Ideen.

Mit einem Vorwort von Prof. Dr. med. Erich Saling. Im Anhang Verzeichnis der genetischen Beratungsstellen in der BRD, Österreich und der Schweiz. 320 Seiten. Broschur. DM 29,80
Die Perinatalmedizin (perinatal = um die Geburt herum) wird hier mit all ihren faszinierenden Ausblicken und Möglichkeiten vorgestellt.

200 Seiten. Broschur. DM 19,80.
Der dramatische Bericht einer Schwangerschaft und Geburt; er macht Mut zum Mündigwerden der Eltern gegenüber medizinischen Manipulationen, die das Risiko der Geburt nicht verringern, sondern vergrößern.

zu Verwandten fuhr, zeigte sie mir von der Landstraße aus jene drei Häuser und erzählte immer wieder, in welchem der drei sie gewohnt habe. Aber sie ist mit mir nie die paar hundert Meter an die Häuser herangefahren, um sie mir aus der Nähe zu zeigen. Sicher hatte sie eine innere Abneigung gegen die Häuser, denn sie hatte hier keine schöne Kindheit verbracht.

Was als vordergründig angewandte literarische Floskel wirkt, stimmt hier; – es fehlte oft das Salz zu den Kartoffeln. Wäsche wurde grundsätzlich aufgetragen. Die Jüngeren trugen die Kleider der älteren Geschwister, wenn diese herausgewachsen waren. Die Brüder gingen, waren sie vierzehn Jahre alt, wie der Vater auf die Zeche, gaben das wenige Geld zu Hause ab und hungerten zunächst weiter. Die Mädchen gingen, wie meine Mutter es formulierte, sobald sie aus der Schule gekommen waren, aus dem Hause, was hier hieß, sie nahmen Arbeit bei einem Bauern an oder arbeiteten im Haushalt einer Bürgerfamilie. Einen Beruf lernten sie nicht. Schon in der Schule des Volkes, der sogenannten Volksschule, waren sie auf diese Rolle vorbereitet worden, denn die Mädchen lernten auch in der Schule Stricken und Sticken, wobei mir der Unterschied zwischen Stricken und Sticken nie klar wurde, doch es muß einen erheblichen Grad der Unterscheidung zwischen Stricken und Sticken geben. Was den Wert der Frau bei ihrem Weg aus dem Haus noch erhöhte, war die Fertigkeit des Nähens. Zu diesem Pluspunkt kam meine Mutter wohl deshalb, weil sie als jüngste der Mädchen die Kleider und Unterwäsche der anderen hat anziehen müssen; deshalb war sie von sich aus bemüht, Nähen zu lernen. Aber das war nicht so einfach wie es hier geschrieben steht. Offensichtlich muß der Weg zum Nähen eine Art Schlüsselerlebnis gewesen sein, denn meine Mutter erzählt immer wieder, wie sie das Nähen lernte. Besondere Ereignisse pflegt sie sehr oft zu wiederholen, meist sogar mehrmals hintereinander. Aber irgendwann ist dann Schluß; bei der Nähgeschichte ist das anders. Sie muß meine Großmutter wochenlang angebettelt haben, bis sie ein kleines Stück Stoff bekommen hat.

Mit diesem Stück Stoff, das in dem Leben meiner Mutter eine so nachhaltige Rolle spielte, ging sie in einen der Nachbarorte, nach Suderwich. Dort gab es ein Schwesternhaus, ein Haus, in dem Schwestern Sozialdienste im Ort leisteten. Bei den katholischen Schwestern, meine Mutter sagt immer »katholische Schwestern«, lernte sie Nähen. Aus dem wenigen Stoff machte sie sich ein Leibchen – ich habe nie herausgefunden, ob sie es oberhalb oder unterhalb ihres Kleides getragen hat.

An meinen Großvater, also ihren Vater, hat sie sehr schlechte Erinnerungen. »Das war ein Ekelpaket«, pflegte sie immer zu sagen, wenn wir in der Familie darauf zu sprechen kamen. »Der hat uns nur tyransiniert«, folgte dann als Begründung des Ausdrucks Ekelpaket.

Es hat sie nie jemand korrigiert, daß das Ekelpaket die Familie tyrannisiert habe, bei ihr hieß es tyransiniert, was wir ihr belassen. Sprachdeutungen, warum sie nicht, wie üblich gewesen wäre, schlicht Ekel sagte statt Ekelpaket, haben wir mit ihr nicht betrieben. Sie hat darüber nie nachgedacht, warum sie zwischen Ekel und Ekelpaket diesen erheblichen Unterschied macht, denn mit Ekelpaket gibt sie dem Ekel ja noch einen drauf. Meine Mutter sprach in ihrem Leben von vielen Ekeln, meist Männern oder verzogenen Kindern, die

ihr begegnet sind, doch in zwei Fällen spricht sie bis heute von Ekelpaketen. Auf das zweite Ekelpaket komme ich im Laufe der chronologischen Familienbeschreibung noch zurück.
Mein Großvater war demnach ein Haustyrann, der den ganzen Druck seiner Arbeit hemmungslos nach unten, zu Frau und Kindern, weitergab. Er ist 1929 gestorben. An welcher Krankheit und in welchem Alter, habe ich nie erfahren, das hat meine Mutter mir nicht erzählt, gefragt hat auch niemand. Ich selbst stelle jetzt erst fest, daß ich nie gefragt habe, noch nicht einmal wissen wollte, wie mein Großvater eigentlich mit Vornamen hieß. Ich weiß nur, wenn ich Schilderungen meiner Mutter in meinem Gedächtnis rekonstruiere, daß mein Großvater im Winter gestorben ist. Es müßte der Dezember, Januar oder Februar gewesen sein. Denn sie erzählte gelegentlich, daß es zu dem Zeitpunkt der Beisetzung ihres ungeliebten, ja fast gehaßten Vaters so kalt gewesen sei, daß man von einem geöffneten Nebengrab aus einen seitlichen Schacht für seinen Sarg gegraben hat, weil die Erdkruste zu hart war vor Kälte. Den Totengräbern war es zu mühsam gewesen, mit der Spitzhacke extra ein Grabloch zu schlagen, fünf Fuß tief von einem bereits geöffneten Grab aus war es leichter, die Erde nach oben zu befördern, um den Sarg dann seitwärts an seinen endgültigen Platz zu schieben. Die Beerdigung, bei grimmiger Kälte, setzte den passenden Schlußpunkt zu dem Leben eines Menschen, für den seine Angehörigen nur Ablehnung und Haß empfanden. Sicher standen sie damals frierend auf dem zugigen Friedhof. Der Friedhof lag schutzlos auf einer leichten Anhöhe, die wenigen Bäume hielten den kalten Winterwind nicht ab. Bei dieser Beerdigung 1929 wa-

ren alle zufrieden, als alles schnell vorbei war. Daß er weg war, das war für die Überlebenden die beste Lösung.
Es gibt keine Familienfotos aus der Kinderzeit meiner Mutter. Fotos kosteten Geld, und Geld hatten sie kaum. Man machte in jener Zeit Fotos, zumindest bei meinen Vorfahren, wenn eine Hochzeit gefeiert wurde. Vielleicht wurde auch ein Foto bei einer Silberhochzeit gemacht, aber so alt wurde ein Paar selten. Urlaube und Familienausflüge in schöne Gegenden kannten meine Verwandten nicht. Deshalb gibt es von meinem Großvater kein Foto. Als er heiratete, im letzten Jahrhundert in Polen, wurden in der ländlichen Gegend seiner Herkunft nicht einmal Hochzeitsfotos gemacht. Dann kam die Auswanderung ins nördliche Ruhrgebiet, hier die Ansiedlung, das ständige Wachsen der Familie, keine Anlässe, zum Fotografen zu gehen. So hat er, um es prosaisch auszudrücken, in einem kalten Wintermonat 1929 die Welt verlassen und nichts anderes hinterlassen, als negative Erinnerungen in seiner Familie. Etwas ungewöhnlich war lediglich die Form seiner Beisetzung.
Mein Großvater, der als Ekelpaket apostrophierte, war ein Trinker. Die Großmutter mußte ihm das Geld für die Miete und das minderwertige Essen abringen, sie mußte es ihm, wie meine Mutter erzählte, aus der Tasche nehmen, wenn er betrunken im Bett lag und schlief. Den geringen Lohn für die harte Arbeit gab es wöchentlich. Die paar Mark wurden an einem Schalter in der Lohnhalle von Ludwig ausgezahlt. Von der Zeche König Ludwig bis zu der viel zu kleinen Mietswohnung in einem der drei Häuser in der Nähe des Kanals waren es rund fünf Kilometer zu Fuß, die der Großvater zurückzulegen hatte. Ein Fahrrad besaß er nicht, die Straßenbahn war für ihn

zu teuer. Er verkürzte die Strecke zwar über einige Feldwege, aber es gab noch genug Kneipen, in die er, mit den wenigen Mark in der Tasche, einkehren konnte. Und das muß er ausgiebig getan haben. Denn er kam an Lohntagen regelmäßig sturzbetrunken nach Hause, von den Kindern und der Mutter ängstlich erwartet, weil die Kinder dann noch mehr kuschen mußten und die Großmutter, je nach Grad seiner Betrunkenheit, wie üblich dann gegen ihren Willen beschlafen wurde.

War er zu betrunken, dann konnten die Mitglieder der Familie erleichtert aufatmen, denn dann konnte er nicht mehr nach den Kindern treten und die Frau, also meine Großmutter, ins Bett zerren, dann fiel er in das säuberlich gemachte Ehebett, zuweilen bäuchlings, um dann sofort zu schlafen. Sein Schnarchen – wenn er sich voll Alkohol gepumpt hatte, war es besonders laut – war ein Signal der Entwarnung. Aber die Freude war nicht befreiend, denn es war auch das sichere Zeichen dafür, daß er weniger Geld in der Tasche trug, weil er mehr getrunken hatte. Lag er dann fast bewußtlos in dem Ehebett, das er schon nach wenigen Minuten zerwühlt hatte, dann versuchte meine Großmutter an das lebensnotwendige Haushaltsgeld zu kommen. Da sich mein Großvater, wenn er total betrunken in die Wohnung und dann ins Schlafzimmer wankte, nicht mehr auszog, mußte sie ihn vorsichtig, während er schlief, auf die Seite drehen, um dann systematisch die Taschen zu durchwühlen. Nur auf diese Weise konnte sie vor dem nächsten Wirt an Geld kommen. Manchmal hatte er es in einer Jackentasche. Wenn er auf dem Rücken lag, war es besonders leicht, an die Lohntüte zu kommen. Lag er halb schräg bäuchlings in seinem Bett, dann mußte er vorsichtig gedreht werden, so daß er nicht mehr mit dem Oberkörper die Hälfte der

Jacke abdeckte, an die meine Großmutter kommen mußte. Sie schaffte es selten allein, ihn in die richtige Lage zu bringen, wenn er nicht, was auch einige Male geschah, vor dem Bett gestanden hatte und rücklings darauf gefallen war, so daß die Vorderseiten der Jacke geradezu aufstanden und meine Großmutter, sie empfand es als eine Hilfe des Schicksals, einluden, an die Lohntüte zu gehen. Lag er nicht so, dann halfen schon mal die älteren Geschwister, den übelriechenden Schnarcher langsam so zu drehen, daß die Mutter ans Geld konnte. Unangenehm war es, wenn er das Geld, zumindest das Hartgeld, in die Hosentasche gesteckt hatte. Die Hosentaschen lagen enger am Körper, da konnte er leichter etwas spüren, wenn man mit der Hand da hineinlangte, erst das schmutzige karierte Taschentuch herausziehen mußte, um dann mit der Hand vielleicht zunächst den Schlüsselbund zu ergattern, der auch erst langsam entfernt werden mußte. Dann ging die Hand wieder in die Tasche, um endlich das Geld herauszukramen. Nur in extremen Notfällen griff die Großmutter in die Hosentasche, weil diese so nahe am Intimbereich lag, es war für eine Frau, auch für die Ehefrau, unschicklich, mit der Hand in die Nähe dieses Bereiches zu kommen. Wenn sie nicht anders konnte und in die Hosentasche fassen mußte, dann durften ihr die älteren Schwestern meiner Mutter nicht helfen, sondern mußten aus dem Schlafzimmer verschwinden. Die Aufforderung dazu erfolgte mit einer kurzen Kopfbewegung.

Einmal, daran erinnerten sich zwei Tanten und meine Großmutter besonders deutlich, lag er rücklings auf dem Bett und schnarchte durchs Haus, während seine Frau und zwei seiner Töchter, angewidert von seinem Alkohol-Atem, denn er trank nur den billigsten Fusel, sich über ihn beugten, um in seiner Jackentasche zu suchen. Da öffnete er plötzlich die Augen, sah sie starr an, bewegte sich aber nicht. Sie standen wie versteinert vor ihm, sie glaubten, sie stellten sogar ihre Atmung ein, da schloß er ebenso plötzlich wieder die Augen. Sein Atem rasselte zunächst etwas, dann setzte der sattsam bekannte und von allen so gehaßte Alkohol-Schnarcher wieder ein. Sie ließen ab von ihm, zwar auf Zehenspitzen, aber wie gehetzt flüchteten sie nach nebenan in die Küche und berieten, was da wohl geschehen werde. Sie malten sich aus, was er mit ihnen machen werde, wenn er in einigen Stunden aus dem Zimmer geschlurft komme. Er werde nach den beiden Töchtern nicht nur wie sonst treten, er werde ihnen den Hals umdrehen. Sicher werde er, was er zur besonderen Bestrafung der Kinder manchmal tat, die Wäscheleine aus dem Schrank kramen, sie mehrmals in einer Länge von einem dreiviertel Meter übereinander legen, sie an dem einen Ende fest anfassen und mit dem anderen so lange auf die Kinder einschlagen, bis sein Arm erschlaffte, sie am Boden lägen und noch wochenlang in der Schule Ausreden erfinden müßten, wenn andere Kinder nach der Herkunft der roten Striemen auf den Armen und am Hals fragten. Die Mutter, die sich immer abwandte, wenn er die Kinder mit der Wäscheleine verprügelte, würde auch nicht ungeschoren davonkommen, sie würde jetzt wohl zum ersten Male selbst was mit der Wäscheleine bekommen. Er würde sich nicht beklauen lassen, würde er sagen und die Mutter vor den Augen der Kinder verprügeln.

Er soll meiner Großmutter zuweilen eine gewischt haben. Wenn jemand eine gewischt bekommt, dann heißt das in unserem Sprachverständnis, ihm wurde überraschend mit der flachen Hand ins Gesicht geschlagen. Am

Tisch sitzend, vielleicht, weil der Kaffee, sowieso nur Kaffee-Ersatz, nicht heiß genug oder wieder, bestimmt aus Geldmangel, kein Zucker da war, bekam sie, die Großmutter, eine gewischt. Er soll auch mit der Faust gelegentlich auf sie eingeschlagen haben. Das war aber seltener. Und weil er bei seinem Rauschschlaf von Frau und Kindern beraubt werden sollte, denn er würde von Raub, nicht von Diebstahl reden, würde die Frau jetzt was mit der Wäscheleine bekommen. Wahrscheinlich haben damals Großmutter und Tanten, also Frau und zwei Kinder, den Tod des im Nebenzimmer schlafenden Haustyrannen herbeigewünscht.

Meine Großmutter war, sicherlich schon wegen ihrer polnischen Herkunft, religiös. Sie befolgte aber nicht die Auflagen der heiligen katholischen Kirche, die ja in einem ihrer fünf Gebote vorschreibt, daß man am Sonntag eine Messe mit Andacht zu hören habe. Da meine Großmutter Analphabetin war, konnte sie sich auch darauf ausreden, die fünf Gebote der heiligen Mutter Kirche nicht gelesen zu haben. Und wenn ein Pfarrer ihr je in ihrem Leben wegen des nicht erfolgten Besuches einer heiligen Messe Vorwürfe gemacht hat, dann wird sie sich darauf herausgeredet haben, sie habe die fünf Gebote halt nicht auswendig lernen können, denn sie habe ja so viel im Kopfe gehabt, schon wegen der zehn Kinder und so.

Mein Großvater war mit Sicherheit nicht religiös. Er wird zu den Pfarrern Pfaffen gesagt haben, eine Messe wird er Hokuspokus, den Weihwasserbesen in einer Hinwendung zum Zotigen gar Schwengel genannt haben, und sonntags schlief er morgens seinen Rausch aus, denn an den Samstagen hatte es Geld gegeben. Sonntags war er sehr mißlaunig, trat nach den Kindern, die gerade in seiner Nähe waren, mit Vorliebe nach den Mädchen, den

Jungen knallte er ein paar hinter die Ohren, wenn sie zufällig seinen Weg kreuzten, freiwillig suchte am Sonntagmorgen niemand die Begegnung mit ihm. Da die Mädchen die drei oder vier Ziegen hüten und auch melken mußten, hatten sie auch an den Sonntagen mit den Tieren zu tun. Auch die Karnickel und das Schwein mußten gefüttert werden, für die Kaninchen mußten sie an den Wegrändern in der nahen Bauernschaft Löwenzahn suchen. Wenn sie tatsächlich in die Kirche gingen, dann nur, um dem grimmigen und verkaterten Alten zu Hause in der viel zu kleinen Küche nicht begegnen zu müssen. Zwar hat meine Großmutter, sicherlich auch aus polnischer Tradition, in der gesamten Zeit ihres beträchtlich langen Lebens, sie wurde 92 Jahre alt, Heiligenbildchen in der Wohnung gehabt, auch hing in der kleinen Oma-Wohnung später ein sehr altes, aus Zinn gegossenes Kruzifix, aber in die Kirche ist sie trotzdem nicht gegangen. Die Bibel und den Katechismus hat sie nicht lesen können, folglich hat sie ein recht einfaches religiöses Bild gehabt. Da wird es oben so einen lieben Gott gegeben haben, der alles geschaffen hat. Dereinst würde man es besser haben, aber dann mußte man tot sein. Und eben diesen Tod wünschten Ehefrau und zwei Töchter dem nebenan schnarchenden Vater, nachdem er sie mit weit geöffneten Augen starr angeblickt hatte, als sie ihn auf dem Bett liegend nach Geld betatscht hatten, mit der Absicht, wenn er noch was hatte, ihn zu berauben.

Wie Küken an einem Wärmespender saßen sie in der Küche vor dem Emailleofen, in den zuweilen eine der drei gedankenlos Kohle nachlegte. Der Kohlebehälter, ein kleiner Wagen unterhalb des Herdes, wurde langsam unter dem Ofen hervorgezogen, damit seine kleinen vier Räder nicht quietschten. Dann wurde möglichst leise mit

der kleinen Schüppe Kohle aus dem Wagen genommen, mit der Küchenschürze wurde die zu heiße Ofentür geöffnet, das heißt, eine der drei faßte mit der Schürze den Griff an, legte beachtlich geräuschlos die Kohlen ins Feuer und schloß leise wieder die winzige Ofentür, obwohl bei dieser Art des Schließens die Hitze durch den Schürzenstoff drang, so daß die Hand weh tat. Doch dieser Schmerz wurde hingenommen, weil ein lautes Schließen der Tür, wie es sonst üblich war, den Betrunkenen vielleicht geweckt hätte, und dann wäre das Jüngste Gericht in seine unheilvolle Aktion getreten.
Sie hatten alle drei keine genauen Vorstellungen von diesem Gott da oben, ob er nun einen wallenden Bart hatte, grundsätzlich mit Donnergetöse richte und auftrete, oder ob dieser Gott, zugegeben stets mit einer Zornesfalte, irgendwann doch einmal Gerechtigkeit üben werde gegenüber Menschen, die nicht tot waren. Also könnte er doch jetzt, da das Maß ohnehin schon voll war, den Schnarcher ganz einfach zu sich holen und mit ihm abrechnen, er könnte es ihm ja drüben, wo die Toten sind, ganz gut gehen lassen. Da könnte er ihm einen Dauerrausch verordnen, ihm diesen Rausch schenken, denn dann wäre der, der ihnen das Leben zur Qual machte, sicher völlig zufrieden. Und sie auch. Sie wünschten ihm nicht einmal etwas Schlechtes, sie wünschten ihm nur den Tod, jetzt, direkt. Könnte er nicht beim Herumwälzen aus dem Bett fallen und sich dabei das Genick brechen? Wenn er auf dem Rücken lag, dann hatte er seinen Mund immer sehr weit geöffnet, die Kinder konnten dann alle Backenzähne und den Gaumen sehen, seine Zunge war milchig weiß, sie schien leicht nach hinten gerollt. Konnte sie nicht einige Zentimeter weiter rollen und ihn ganz einfach ersticken? Er würde dann zunächst noch so schnarchen,

dann würden die Trompetenlaute abnehmen, mehr auf eine schlecht eingestimmte Flöte übergehen, dann ein leichtes Rasseln, vielleicht noch ein Pusten, so als wollte er noch wach werden und das Ersticken verhindern, doch er würde nicht mehr wach, würde sich nur noch halb aufbäumen und dann wieder nach hinten fallen. Dann wäre er tot und alle wären froh. Aber Gott brauchte ihn gar nicht so kompliziert zu sich zu holen. Er konnte ja auch einfach nur das Herz stillstehen lassen. Dann wäre von einer auf die andere Sekunde Ruhe.
Das befürchtete Unglück brach über die drei Frauen nicht herein. Zwar hatte er sie tatsächlich angesehen, er muß aber nicht richtig wach gewesen sein. Sein kurzes Starren war vielleicht nur ein Stück eines Alkoholtraumes gewesen. Sein Gehirn war derart von Schnaps benebelt gewesen, daß er den Vorgang des Ausraubens, bleiben wir bei seinem Begriff, nicht bewußt wahrgenommen hatte. Am anderen Morgen wußte er nichts mehr. Seine Frau und zwei seiner Töchter hatten eine schlimme Nacht verbracht. Am nächsten Morgen, es war wieder ein Sonntag, schlurfte er aus seinem Bett, die Hose hatte er noch an, das grauweiße Hemd war am Kragen geöffnet, ein Hosenträger hing herab und baumelte in Kniehöhe, der Haarschopf war wirr. Er hatte seine Hausschuhe an, mit denen er noch besser schlurfen konnte. Die Jacke, mit der er im Bett gelegen hatte, hängte er über eine Stuhllehne. Im Schlafzimmer befand sich nur ein Stuhl, der noch weniger als die anderen zu den wenigen Möbeln der Küche paßte. Er wurde nur hervorgeholt, wenn mal ein Besucher kam, ein Zechbruder oder ein Nachbar. Mein Großvater schlurfte durch die Küche, ging durch die Tür auf den Flur, öffnete hier die Tür des Etagenklos, ließ sie halb geöffnet und pinkelte hörbar in das Klo.

Anschließend in der Küche nestelte er noch an seinem Hosenlatz, den er umständlich schloß. Die Hände wusch er sich nicht – er wusch sich nach dem Rausch morgens überhaupt nicht –, er setzte sich an den Tisch und sagte nur: »Kaffee.« Als eine Tochter durch die Tür in die Küche schaute, sagte er nur: »Hau ab.« Und dann halblaut, mehr zu sich: »Fresser.« Das hieß, für ihn war das Kind ein überflüssiger Esser, den er jetzt, mit seiner schweren Arbeit, durchzubringen hatte. Mit Blicken deutete meine Großmutter an, verschwinde hier, es ist dicke Luft.

»Kaffee«, sagte er dann schon etwas kürzer und lauter, was meine Großmutter dazu brachte, den Topf mit dem Wasser, das noch nicht kochte, über die Ofenöffnung hin und her zu schieben, was die Erhitzung aber nicht beschleunigte. Aber darüber dachte sie nicht nach, sie ließ ihn erkennen, daß sie um seinen Kaffee – es war immer nur Kaffee-Ersatz – bemüht war.

Als das Wasser hörbar zu kochen begann, war sie erleichtert. Er blickte auf den Kohleherd, als das Wasser zu sieden begann. Auch er war zufrieden, was ihr zunächst einmal die unmittelbare Angst nahm.

Sie goß ihm den Muckefuck auf, denn den Kaffee-Ersatz nannten sie so. Eine alte Tasse, an der schon der Henkel fehlte, diente als Zuckertopf, auch der Griff der Milchkanne, die mit Ziegenmilch gefüllt war, war schon abgebrochen worden. Sie schob ihm wortlos die beiden Töpfe über den Tisch zu seiner Tasse Muckefuck. Dabei sagte sie nicht bitte, er nicht danke, sie redeten nach so vielen Jahren einer lustlos geführten Ehe kaum noch miteinander. Er muß das Geld vorher aus der Jackentasche genommen und in die Hosentasche gesteckt haben, denn er griff in die Hose, nestelte sein Schlüsselbund hervor, legte es auf den mit Brotkrümeln besäten Tisch, dann kramte er das wenige Geld heraus, warf es leicht auf den Tisch, wobei ein Geldstück rollte, über die Tischkante kullerte und hörbar zu Boden ging. Meine Großmutter bückte sich, um das Geldstück an sich zu nehmen. Längst war ihr der Begriff von Würde abhanden gekommen. Die Peinlichkeit dieses Bückens nach dem Geld wurde ihr nicht bewußt. »Da«, knurrte er. Nach einer kurzen Pause: »Sieh zu, wie du die Blagen satt kriegst.«

Die Blagen waren die Kinder. Kinder empfand er als Unglück. Er hatte sie sich nicht gewünscht, sie waren gewissermaßen die lebenslange Strafe für die wenige Lust seines Lebens. Denn nur wenn er nach einer Woche schwerer Arbeit vom Alkohol angeheitert, also nicht ganz besoffen war, nahm er sich seine Frau zu seiner Lust. In den ersten Jahren folgte nach den wenigen, halb gewaltsamen Beschlafungen, die von ihm und ihr empfundene Strafe der Schwangerschaft. Noch mehr Kinder, noch mehr Arbeit, noch weniger Geld für Schnaps, das war seine unausweichliche Gleichung. Dazu mußte er im Pütt nach Vorgaben arbeiten, also Mindestmengen Kohlen herausbrechen, egal, ob er körperlich fit war oder nicht. War er mal krank, dann gab es überhaupt kein Geld in den ersten Tagen. War er leicht erkrankt und schleppte sich zur Zeche, klappte dort die vorgegebene Arbeit nicht so, wie es sich der Steiger wünschte, dann mußte er sich dort anfahren lassen. Aus diesem Ärger trank er dann, der Kreislauf schloß sich. Trank er zuwenig, um die düstere Stimmung zuzukippen, dann bekam er Lustgefühle auf seine Frau. Aus ständiger Angst vor Schwangerschaften wehrte sie sich, wimmerte zuweilen, was seine Lust im Grunde erst förderte, er empfand erst etwas durch ihre wimmernde Unterwerfung. Dieses Gefühl, sie gegen ihren Willen nach seinen Bedürfnissen nehmen zu können, war ihm ein Ausgleich für das total lustlose Arbeitsleben auf Ludwig. Und dann folgte wenige Wochen später die Strafe, indem sie ihm, meist beim Frühstück, erklärte, die Blutungen seien wieder nicht gekommen.

An jenem Sonntagmorgen, an dem sie selbst damit gerechnet hatte, wie sonst die Kinder, mit der Wäscheleine verprügelt zu werden, weil er sie samt der Töchter vermeintlich beim Ausrauben ertappt hatte, wußte sie, daß sie, was das Sattmachen der Blagen betraf, vor einer schweren Woche stand. Denn sie mußte mit dem bißchen Geld auskommen, das er ihr mißmutig über den Tisch zugeworfen hatte. Wenn sie nämlich sonst an den Lohntagen in seinen Taschen kramte und noch Geld fand, nahm sie immer nur kleine Beträge aus der Tasche, ein gewisses Zugeld zu den von ihm genehmigten kleinen Rationen. Am Morgen, wenn er den Lohnrausch ausgeschlafen hatte und selbst in seinen Taschen nach Geld suchte, machte er persönlich erst einmal Kassensturz. Er wußte nicht mehr genau, was auf dem Weg von Ludwig bis in die Mietwohnung in den schummrigen Kneipen geblieben war. Er glaubte zeit seines Lebens, den Betrag, den er am Sonntag vorfand, habe er noch bis in die Wohnung bringen können. Als er die Augen für immer schloß, hatte er nicht erfahren, daß seine Frau, des Überlebens wegen, ihm Woche für Woche Geld aus der Tasche genommen hatte.

Sie zweigte von dem Geld aus seinen Taschen eine geringe Summe ab. Die mußte sie dann in der Wohnung verstecken. Die Wohnung meiner Großeltern war ungewöhnlich karg eingerichtet. Außer einem Schrank, einem Herd, einigen Stühlen und einem Tisch stand nichts in der Küche. Das Schlafzimmer hatte zwei Betten, einen Schrank und einen Stuhl. Die zwei weiteren Zimmer für die Kinder enthielten auch nur zwei Betten und je einen Schrank, aber keine Stühle, Tische oder gar Nachtkonsolen. Es war sehr schwer, hier vor einem Schnüffler ein paar Groschen zu verstecken. Doch mein Großvater hatte einen freiwillig gewählten engen Aktionsradius in der Wohnung: Küche, Schlafzimmer, Klo. In der Küche saß er nur am Tisch, an den Schrank ging er nie, weil er sich alles – Zucker, Muckefuck, Brot oder mal einen Apfel – holen ließ; entweder von der Frau oder von einem der Kinder.

Meine Großmutter hatte ein Versteck im Kleiderschrank. Der Schrank hatte drei Türen, zwei führten zu einem Bereich, in dem die Kleider und die Mäntel hingen – je ein Mantel des Großvaters und der Großmutter für den Winter –, die dritte Tür führte zu Schubfächern, in die Hemden und Unterwäsche gelegt wurden. Die unterste Schublade zog meine Großmutter ganz heraus, dann legte sie die paar Groschen, die sie dem Schnarcher abgenommen oder sich widerrechtlich zugeführt hatte, auf den hölzernen Boden und schob die Schublade darüber. Zwischen dem Holzboden des Schrankes und der untersten Schublade gab es einen Hohlraum von vielleicht zwei Zentimetern Höhe. Die Groschen trugen den Namen Notgroschen zu Recht, denn sie wurden herausgenommen, wenn kein Salz mehr im Hause oder der Pfeffer ausgegangen war. Aber selbst dazu reichte manchmal das Geld nicht, wie meine Mutter immer wieder erzählte.

Das Geld, das der Großvater der Großmutter am Sonntagmorgen, wenn er laut schlürfend den Muckefuck in sich hineinsog, widerwillig über den Tisch zuwarf, war nicht etwa der Betrag, den er am Morgen nach der samstäglichen Zechtour vorgefunden hatte. Er entschied nach Gutdünken und nach den Graden seiner grundsätzlich schlechten Laune, womit sie für eine Woche die Blagen sattzukriegen habe. Zu Anschaffungen reichte es sowieso nicht mehr. Die Möbel waren bezahlt, der Küchenschrank begleitete zum Beispiel meine Großmutter bis zum Ende ihrer 92 Lebensjahre, sie starb auch in einem der Ehebetten. Denn als der Alte 1929 den Löffel weggelegt hatte, gab sie ein Bett einer Tochter mit in die Ehe, wie sie es nannte, das andere behielt sie zeit ihres Lebens. Das Geld wurde gebraucht, um die notwendigsten Lebensmittel kaufen zu können. Mal auch für ein Stück Vieh, das angeschafft werden mußte. Die Ziege wurde vom Bock des Nachbarn bestiegen. Dafür bekam er einen halben geschlachteten Karnickel. Gelegentlich wurde Stoff gekauft, um einem der Mädchen einen Rock oder eine Bluse zu nähen. Die Jungen trugen die Hosen und Jacken auf. Wenn sie achtzehn waren, bekamen sie einen Anzug, der jahrelang der Sonntagsanzug blieb. Ansonsten wurden keine Anschaffungen gemacht. Den kleinen Rest des Geldes versoff der Großvater nicht nur an den Samstagen. Da er von dem vorgefundenen Geld des Sonntags nur einen Teil abgab, blieb ihm noch etwas für eine weitere Sauftour durch die Gemeinde. Wenn er seinen Muckefuck in sich hineingeschlürft und an einem Stück Brot gekaut hatte, griff er kurz in die Waschschüssel, benetzte sein Gesicht recht sparsam mit Wasser, begab sich ins Schlafzimmer, zog sich die Jacke an und ging dann an der Großmutter vorbei noch einmal zum Klo, pinkelte wiederum für alle hörbar und verließ das Haus in Richtung Kirche, weil direkt daneben eine Kneipe lag.

Die vielen Sonntage, die meine Großmutter, um es hämisch zu formulieren, an der Seite ihres Mannes verbracht hat, hatten ein stets wiederkehrendes Ritual. Hatte er sich nach dem lauten Abschiedspinkeln am Sonntagmorgen aus dem Haus begeben, war bei den Kindern und seiner Frau eine ausgesprochene Erleichterung zu verspüren. Die Großmutter machte sich unter Hilfestellung der Töchter an die Vorbereitung des Essens, denn am Sonntag wurde schon etwas üppiger gegessen. Es wurde ein Stück des selbstgeschlachteten Schweins verbraucht; der größte Teil des Fleisches war eingekocht worden. Gelegentlich mußte auch einmal ein Kaninchen dran glauben. Kartoffeln hatte man selbst im Garten. Je nach Jahreszeit gab es dazu Salat oder Melle oder Spinat oder Rotkohl zum Braten. Obwohl eine Küchenuhr vorhanden war, schaute meine Großmutter an den Sommertagen aus dem Küchenfenster auf die vielleicht dreihundert Meter entfernte Kirchturmuhr, um sich über die Zeit zu informieren. Das Essen wurde für ein Uhr zubereitet, denn sie konnten davon ausgehen, daß gegen eins der Großvater, wiederum angetrunken, aus der Kneipe kam. So nach zwölf schwankten verschiedene Männer durch die Straßen, jeder konnte es sehen, denn der Ort war eine Bauernschaft und noch nicht so verbaut wie heute. Zuweilen holten auch die Kinder von Nachbarn ihre Väter aus der Gaststätte. Denn nicht alle waren so rabiat wie mein Großvater, wenn sie besoffen waren, was übrigens im Sprachgebrauch unserer Familie hieß, er habe seinen Kaffee auf. Sieht meine Mutter einen angetrunkenen Mann schwankend durch eine Straße ziehen, sagt sie ungefragt, der hat seinen Kaffee aber auf. Gegen eins kam der Großvater grußlos in die Küche und setzte sich, gelegentlich laut rülpsend, an den Kopf des Tisches. Er bekam von seiner Frau, also von meiner Großmutter, das größte Stück Fleisch auf den Teller gelegt, dazu Kartoffeln und, je nach Jahreszeit, Rotkohl. Suppe mochte er nicht; die

anderen löffelten die dünne Suppe, dann gab es in den inzwischen leeren Suppenteller Fleisch, die Kartoffeln, Melle oder Spinat oder Salat oder Rotkohl. Gegessen wurde grundsätzlich nur mit einer Gabel. Man spießte das Fleisch auf die Gabel und aß es dann ab. Kartoffeln, Soße und Rotkohl vermengten die meisten am Tisch zu einem Brei. »Schmatz nich«, meldete sich der Vater und schlug auch schon zu; eines seiner Kinder hatte sich wieder eine gefangen. Das nahmen sie hin, es wäre ihnen nicht in den Sinn gekommen zu behaupten, er, der gerade wegen des angeblichen Schmatzens gestraft hatte, schmatze ja selbst unerträglich laut und belästige die anderen am Tisch. Kinder kuschten bei ihm. Die Frau hatte sich ihm auch völlig untergeordnet.
Wenn er seinen Teller leergegessen hatte, erhob er sich, ging meist noch einmal zum Klo, wobei er wiederum die Tür halb geöffnet ließ, dann kam er, wiederum umständlich an seinem Hosenlatz nestelnd, zurück in die Küche, in der der Rest der großen Familie um den Tisch versammelt saß und noch immer aß. »Freßt mir nur die Haare vom Kopf«, sagte er giftig zu ihnen, »aber lange mache ich nicht mehr, dann werdet ihr die Zähne in die Wand hauen vor Hunger.« Die Drohung stieß er jeden Sonntagmittag aus, aber das fruchtete nicht. Keiner der Anwesenden konnte sich, wenn er mal nicht mehr sei, ein schlimmeres Leben ausmalen als zur Zeit seiner Leibhaftigkeit. Er ging dann wiederum ins Schlafzimmer und legte sich zu seinem, wie er sagte, Sonntagsnickerchen hin. Dabei zog er lediglich die Jacke aus und hängte sie über den einzigen Stuhl im Schlafzimmer. Seine Hose behielt er an, ebenso das weißgraue Hemd. Einen Schlips trug er nie, die Schuhe streifte er noch ab, gelegentlich nahm er dann auch die Hosenträger von den Schultern

und ließ sie herunterbaumeln. Dann legte er sich rücklings zu seinem Sonntagsnickerchen und war schon, wie meine Mutter es formulierte, nach wenigen Minuten weg.

In der Küche löffelten sie still weiter, verhielten sich sehr ruhig, sprachen nur halblaut, denn niemand wollte das Ekelpaket wecken. Am späten Sonntagnachmittag kam er dann, wie seine Frau es bezeichnete, aus dem Schlafzimmer gekrochen, ließ sich wieder einen Muckefuck aufgießen und ein Stück Streuselkuchen, selbst gebacken natürlich, über den Tisch schieben. Er schlürfte, oft sogar behaglich stöhnend, den Muckefuck in sich hinein und mampfte wortlos an dem Streuselkuchen. Meine Großmutter und er hatten sich absolut nichts mehr zu erzählen. Er benutzte ihr gegenüber nur Kommandolaute wie: »Kaffee«, »Socken«, »sauberes Hemd«, »noch 'n Kuchen« oder schlicht »hau ab«. Nach dem Kaffee und Kuchen ging er wieder zurück ins Schlafzimmer, streifte sich die zerknautschte Jacke über, ging an seiner Frau vorbei durch die Küche, man hörte ihn noch die Treppe hinunterklappern, dann schlurfte er wieder in die Kneipe. Das Abendessen, meist nur Brot mit etwas selbstgemachter Wurst, nahmen Mutter und Kinder allein ein. Wenn sie dann schon schliefen, hörten sie ihn im Schlaf polternd heimkommen. Dann fing sich die Großmutter auch eine, er stieß wilde Drohungen und Verwünschungen aus, was alles passiere, wenn er mal nicht mehr sei. Er legte sich wieder mit den Kleidern ins Bett und mußte sehr mühsam am Montag um vier Uhr in der Frühe geweckt werden. Erst wenn er am Montagabend von Ludwig kam, wechselte er die Wäsche, aus der er von Samstagmorgen bis zum Montagabend nicht gekommen war.

In der Wohnung tat er keinen Handschlag. Er tapezierte

oder strich die Wände nicht, wenn es mal wieder soweit war und das Geld für die Farbe aufgebracht werden konnte. Selbst die Kaninchen schlachtete er nicht mehr selbst, das mußten seine Söhne tun. Er arbeitete nicht im Garten und kümmerte sich auch nicht um das Vieh, die notwendige Organisation und Planung lag in den Händen der Oma. Seine Anwesenheit löste Furcht und Beklemmung aus. Die Kinder hielten sich so lange wie eben möglich draußen auf. Denn wenn er anwesend war, herrschte in der Wohnung permanent dicke Luft und Furcht vor seinen unvorhersehbaren Wutanfällen.
Seine negative Dominanz, die Tatsache, daß sich alle duckten und ihn sinnlich erlitten, das schuf in meiner Mutter das Wort Ekelpaket. Ein Ekel hatten alle irgendwie in der Familie. Aber ein Paket war der Begriff für etwas Geballtes, ein Paket schleppte, das trug der Postbote nicht. Ein Päckchen konnte er an einer Hand schlenkern lassen, ein Paket mußte er mühsam heranwuchten.
Als das Ekelpaket dann gestorben war, werden nicht viele Menschen um das von kalten Winterwinden umwehte Grab gestanden haben, vor einem Grab, das nicht einmal für ihn ausgehoben worden war. Die Mitglieder der Familie und die nächsten Verwandten – die Sargträger waren sicher Männer aus der Nachbarschaft – standen um das Grab und froren. Die Mädchen hatten schwarz gefärbte Tücher um, denn Trauerkleidung hatten sie sich nicht kaufen können. Sie trugen handgestrickte dicke Wollschlüpfer, aber auch die schützten sie nur unvollkommen gegen die beißende Kälte, die von unten über die geliehenen Strümpfe in den Unterleib kroch. Der Pfarrer wird von einer armen Seele und von einem sorgenvollen Leben gesprochen haben, aber sie werden zitternd vor Kälte ihren eigenen Gedanken nachgehangen

haben. Nicht nur wegen der Kälte und des pfeifenden Winterwindes wird der Pastor sich kurz gefaßt haben, er hatte dreißig Minuten später schon wieder bei einer Beerdigung zu predigen. Nach dem Gebet verließen alle hastig die Grabstelle. In der Ferne konnten sie wegen des klaren Wintertages Ludwig und die Zechen Ewald und Emscher-Lippe sehen. Dann drückten die Arbeiter den Sarg in die von ihnen gegrabene Nische, und somit war das Loch frei für die nächste Leiche.

Die Familienmitglieder werden die vier Kilometer bis zu ihrer Mietwohnung in der Bauernschaft zu Fuß zurückgelegt haben, geschlossen und schweigend. Wohl nicht erfreut, aber auch keineswegs traurig werden sie gewesen sein. Vielleicht erleichtert, von einer bedrückenden Last befreit, ein Druck war ihnen genommen, die ständige Angst. Obwohl die Zukunft für die meisten nicht rosig war. Zwar waren viele schon aus dem Haus, nur noch zwei Mädchen wohnten bei der Oma, aber die Witwen-Rente war sehr niedrig. Sie hatten oft gehungert während seines Lebens, so würden sie jetzt, da er endlich nicht mehr war, auch nicht, wie er sonntags prophezeit hatte, die Zähne vor Hunger in die Wand schlagen. Oder vor Hunger laut heulen, wie der Köter eines Bauern in den Mondnächten. Es weinte niemand. Jeder hing für sich seinen Gedanken nach und war froh, daß der Fußmarsch bis zur Wohnung Bewegung und damit etwas Wärme brachte.

Sie werden Muckefuck getrunken und Streuselkuchen gegessen haben. Am Abend waren sie sogar lustig.

Die Großmutter, die ihr Leben an seiner Seite durchlitten hat, habe ich persönlich gekannt. Von ihr gibt es Fotos. Denn durch ihr langes Leben schaffte sie den Eintritt in das Zeitalter der Gebrauchs- und Alltagsfotografie, sie

durchlebte die Zeit der Agfa-Box für zwölf Reichsmark und schaffte noch die Schwelle zur Halbautomatik.
Die Geschwister meiner Mutter kannte ich nur zum Teil. Von drei Schwestern gibt es auch Fotografien – von zwei Brüdern nicht. Denn mit einem war meine Mutter gelegentlich verkracht, mit dem anderen bis heute. Deshalb gab es keine Anlässe, einen gegenseitigen Besuch mit einem Gruppenbild zu dokumentieren.
Da kann ich zunächst die Tante Lisbeth abhaken. Sie ist schon seit über dreißig Jahren tot. Wahrscheinlich hieß die Lisbeth laut Urkunde Elisabeth und wurde Lisbeth gerufen. Heute würde sie, wäre sie rund dreißig Jahre später geboren worden, Lisa genannt. Ob man Tante Lisbeth einen Krüppel nennen kann, weiß ich nicht, da der Ausdruck eine herablassende Verachtung beinhaltet. Menschlicher formuliert müßte es heißen, Tante Lisbeth war zeit ihres Lebens krank, genauer, sie war behindert. In einem ihrer durch ihr Leben gehenden Haßausbrüche gegenüber ihrem Vater, der sie alle ständig »tyransiniert« hatte, sagte meine Mutter mal zornig, die habe der Alte im Suff gemacht. Da komme dann so was zustande. Das Kind habe sein Leben lang darunter zu leiden, weil so ein Bock, ja, sie sagte Bock, so verantwortungslos war. Über Tante Lisbeth haben wir in unserer Familie nach ihrem Tod nie gesprochen. Wenn ich sie als Kind auf den Familienfotos im Rollstuhl sitzend betrachtete und fragte, warum sie denn in so einem Stuhl habe sitzen müssen, brach meine Mutter die Fragestunde immer mit den Worten ab, »laß sie ruhen«. Die Tante Lisbeth konnte nicht aus dem Hause gehen wie die anderen Töchter und irgendwo im Haushalt arbeiten, auf eine Heirat bestand auch keine Aussicht, und der Alte wollte sie nicht ein Leben lang durchziehen. So muß sie, hier bin ich wiederum

auf Vermutungen angewiesen, weil ich sie ja ruhen lassen soll, wohl kurz nach der Beendigung ihrer siebenklassigen Volksschulzeit in ein Schwesternhaus gekommen sein. Schwesternhaus bedeutete in der Zeit eine offenes, von Nonnen geführtes Heim, in dem Waisenkinder, Behinderte und sozial benachteiligte Menschen versorgt wurden. Im Falle der Tante Lisbeth hieß Versorgung, daß sie, wie meine Mutter es formulierte, in dem Haus ein Bett und ein Zimmer hatte. Dafür mußte sie viele Stunden am Tag an der Nähmaschine arbeiten, denn Nähen konnte sie und ihre Beine mußten auch die Kraft gehabt haben, eine Nähmaschine in Bewegung zu bringen.

Die letzten Jahre ihres verhältnismäßig jungen Lebens hat sie in einem Schwesternhaus außerhalb des Ruhrgebietes verbracht, in Lippstadt. Wenn ich ganz tief in meine Erinnerungen hinabsteige, dann taucht ein Bild auf, das ich, vergleichbar mit einem ungewöhnlich schlecht eingestellten oder ganz altem Fernseher, nicht mehr klar kriege. Es muß, das läßt sich einfach berechnen, in den ersten zwei Jahren des Krieges gewesen sein. Ich war damals noch so klein, daß sich das Ereignis zwar schon in die Seele eingeschrieben hat, es hat aber noch kein klar umrissenes Bild hinterlassen. Meine Eltern müssen mit mir und meiner Oma einmal die Tante Lisbeth in Lippstadt besucht haben. Das aufregende Erlebnis der Fahrt und der Aufenthalt in einem großen und völlig fremden Haus geben dem Tag einen emotionalen Erinnerungswert. Etwas klarer kommt das Bild hervor, daß wir in einem Raum waren – wohl für Besucher der Heimbewohner gedacht –, und daß sich jene Tante Lisbeth ausgesprochen freundlich und lebensbejahend zu mir heruntergebeugt hat. Ich wurde wohl als kleines Kind zu ihr an den Stuhl

gebracht und vorgeführt. Hinter dem fahrbaren Sitz stand – in der Erinnerung wirkt sie ungemein groß und dunkel – meine Oma. Auch sie strahlte mich an. Die beiden lachenden und stolzen Gesichter sind wie mit einem etwas lichtschwachen Blitzlicht in mein Gedächtnis projiziert worden.
Mir ist nicht klar, ob diese Erinnerung auf das Erlebnis oder auf eine Familienfotografie zurückgeht, die es noch heute gibt. Auf diesem schwarzweißen Familienfoto sieht man die Tante Lisbeth, hinter ihr stehen meine Großmutter und mein Vater, beide sonntäglich gekleidet. Die Tante Lisbeth lächelt auffallend freundlich in die Kamera. Ihr lächelndes Gesicht bildet den bemerkenswerten Kontrast zu ihrem Leiden. Vater und Oma haben beide ihre Hände auf die Rückenlehne des Rollstuhls gelegt. Lisbeth hat hohe Schuhe an. Die Beine wirken kräftig. Der Betrachter versteht nicht, warum sie die klein wirkende Frau nicht getragen haben. Das Foto wurde in einem Park gemacht. Ein mit weißem Kies belegter Weg führt aus dem Bild. Der Park verstärkt noch den Eindruck des außergewöhnlichen Familienereignisses.
Danach haben wir sie nicht mehr in ihrem Schwesternhaus besucht. Sie starb wohl 1943 oder Anfang 1944. Stalingrad war schon, wie es in der Sprache der Zeit hieß, gefallen. Es war die Wende, denn nach dem Fall von Stalingrad sagte mein Vater oft, wenn er mit meiner Mutter, leiser als sonst üblich, über die Nazis sprach: »Das ist die ihr Krieg. Sollen sie sehen, wie die da rauskommen.«
Es war mühsam, die Verwandten zu informieren. Ein Telefon hatte niemand, es waren alles Arbeiterfamilien. Der Informationsfluß konnte auch nicht gradlinig fließen, er mußte um Klippen herum, weil immer irgendein Verwandter mit dem anderen gerade verkracht war. Der war

dann nicht bereit, den zu informieren, der vielleicht ein paar Straßen weiter wohnte. Es war deshalb wichtig, daß man immer wußte, wer mit wem und wer nicht, aber offensichtlich ist da nie eine Panne passiert. Man wußte immer, wer mit wem gerade nicht und wer doch. Das Telefon als Informationsmittel bedeutete immer das Außergewöhnliche, das besonders Dringliche. Diese Ereignisse waren für den kindlichen Betrachter der Szenerie außergewöhnlich spannend. Atmosphärisch war das Besondere zu spüren.

Von einem Verwandten, mit dem gerade nicht Funkstille herrschte, wurde die außergewöhnliche Nachricht per Telefon überbracht. Von seinem Wohnort aus, der vielleicht zwanzig Kilometer von unserem entfernt lag, mußte er einen ihm bekannten Wirt aufsuchen, dann wurde umständlich Kontakt aufgenommen. Ein Ferngespräch wurde noch von dem in Schlagern besungenen Fräulein vom Amt vermittelt und eine Verbindung zu einem nur zwanzig Kilometer entfernt liegenden Ort kam manchmal erst nach Stunden zustande, weil wichtige Kriegsgespräche Vorrang hatten oder keine Verbindung zu bekommen war, weil irgendwo Fliegeralarm geblasen wurde und das Fernamt deshalb nicht besetzt sein konnte. Der Verwandte ging zu dem Wirt, der dann umständlich erst einmal ein Ferngespräch zu einer Gaststätte unseres Ortes zustande bringen mußte. Der Inhaber wiederum mußte Sohn oder Tochter oder Frau oder Dienstmädchen oder Nachbarin zu Fuß in unsere Wohnung schicken und sagen lassen, Mutter oder Vater, egal wer gerade da sei, solle doch einmal sofort in seine Gaststätte kommen, in der nächsten halben Stunde käme ein wichtiges Telefongespräch aus Castrop oder Meckinghoven oder Dorstfeld. »Da ist was passiert«, pflegte meine Mutter dabei auszurufen. Sie nahm dann eilig die Schürze ab und sagte oft noch unheilverkündend, der Hund von Reimers habe in den letzten Nächten so gejault, da sei einer aus der Familie gestorben. Und dann noch: »Doch wohl nicht unsere Mama.« Sie sagte immer unsere, nie meine Mama. Dann nahm sie mich bei der Hand und eilte in die Gaststätte.

Sie hastete mit mir in ein Lokal, in dem es, bedingt durch den Krieg, auch nichts mehr auszuschenken gab, und wartete, es war spät am Abend, auf den angekündigten Anruf, der aber in den folgenden zwei Stunden nicht kam. Mit einer Angestellten des Wirtes warteten wir schräg hinter der Theke in einem langgestreckten Raum, der keine Fenster hatte und auch nicht nach außen abgedunkelt werden mußte. Wohl deshalb hatte er beachtlich helles elektrisches Licht. Die beiden Frauen erzählten sich Dinge aus dem Ort, ich konnte ihnen nicht folgen. Dann informierten sie sich über besondere Geschehnisse, die mein Vater als Hokuspokus abzukanzeln pflegte: von Hunden, die heulten, wenn jemand aus der Verwandtschaft der Tod bevorstehe, von Spinnen, die am Morgen in dem Abflußrohr des Spülsteins verschwänden, wenn eine schwere Krankheit die Familie bedrohe, und von plötzlich platzenden oder fallenden Spiegeln, wenn der Tod bereits wieder zugeschlagen habe, man davon aber noch nichts wisse. Auch jetzt erzählte meine Mutter wieder eine Geschichte aus ihrer Jugend, die sich angeblich exakt so zugetragen habe. Ein Nachbarjunge sei als Schäfer mit seiner gesamten Herde verbrannt, er sei umgekommen, als er einen Teil der Herde habe retten wollen. Von den Schafen und von ihm sei nichts anderes als die Knochen übriggeblieben. Da man die Menschenknochen von den Schafknochen habe unterscheiden können, habe man die des Nachbarjungen auch gefunden. Seine Mutter habe die Knochen ihres Jungen aufgesammelt und in eine größere Schachtel tun wollen, damit sie nicht mit denen seiner verbrannten Schafe zusammengekehrt würden. Ein Bein- oder Armknochen – so genau weiß ich das auch nicht mehr – sei für das Kistchen zu lang gewesen, sie, die Mutter, habe diesen Knochen dann gebrochen und darin verstaut. Schon in der darauffolgenden Nacht sei der Sohn seiner Mutter im Traum erschienen und habe ihr wimmernd Vorwürfe gemacht. Er habe gesagt, daß er mit seiner Herde verbrannt sei, wäre weniger schmerzhaft gewesen als der Knochenbruch durch die Hand seiner Mutter. Die Frau sei nach diesen Träumen für alle sichtbar sehr alt geworden. Die Wirtsangestellte und meine Mutter legten nach jeder Erzählung noch ein bißchen drauf, es war ein unheimlicher Abend. Das Telefongespräch war deshalb nicht gekommen, weil beim Anrufen Fliegeralarm geblasen worden war und das Amt sich weigerte, private Gespräche zu vermitteln, da amtliche Bombenmeldungen vorgingen. Endlich kam dann der angekündigte Anruf: Tante Lisbeth war gestorben, der Termin für die Beerdigung wurde durchgegeben, Einzelheiten über die Anreise, soweit das überhaupt möglich war, wurden noch besprochen. Dann war das Gespräch beendet, es war sehr spät am Abend. In tiefer Dunkelheit stolperten wir zurück in unsere Wohnung. Wenn meine Mutter geweint haben sollte, dann habe ich es wegen der finsteren Nacht nicht mitbekommen.

Trotz der mißlichen Kriegslage war es meinen Eltern gelungen, irgend jemand anzuheuern, der noch ein Auto besaß und sogar Benzin organisiert hatte, um eine Strecke für sogenannte private Zwecke zurückzulegen. Da die Geschäftsleute in unserer Gegend, meist Lebensmittelhändler, die nur Waren auf Bezugsscheine lieferten, kein Auto brauchten, und die Obstgeschäfte schon seit Jahren geschlossen hatten, aber auch kein Privatmann in einem Arbeiterwohnort wie unserem zu jener Zeit ein Auto besaß, war die Organisierung eines Wagens schon eine Meisterleistung. Die Räder der meisten Züge rollten für den Sieg, so war das Angebot an Personenzügen spärlich. Deshalb haben wir wohl einen Teil der Strecke nach Lippstadt per Auto zurückgelegt. Wir sind am Abend abgefahren, es war schon dämmrig, Straßenbeleuchtungen gab es nicht, beleuchtete Hinweisschilder auch nicht. Während der gesamten Fahrt hatten wir keinen Gegenverkehr. Vielleicht begegneten wir mal einem Radfahrer, der auf einem unbeleuchteten Fahrrad zur Zeche strampelte. Auch der Fahrer des Wagens konnte sein Licht nicht leuchten lassen: Die beiden auf den Kotflügeln sitzenden Autolampen waren verklebt, sie hatten nur schmale Lichtschlitze, wie erstarrte Sehschlitze einer metallenen oder blechernen Katze. Die Minimalbeleuchtung vorne war Vorschrift, denn jedes Licht zog feindliche Flugzeuge an, Tiefflieger etwa, die sich auf Menschen und Autos spezialisiert hatten. Deshalb war Licht die größte Gefahr. Kein Polizist unternahm etwas, wenn ein Autofahrer bei einer vermeintlichen oder von ihm vermuteten Gefahr völlig ohne Licht gefahren wäre. Die Polizei achtete kurioserweise darauf, daß ein Fahrzeug so wenig wie möglich beleuchtet war.

Der Fahrer brachte uns zu einem Bahnhof. Von dort aus fuhr in der Kriegszeit ein unproduktiver Personenzug, der deshalb ein Störfaktor in der Planung war, weil er nur Menschen aus privaten Gründen von einem Ort zu einem anderen transportierte. Auch er war abgedunkelt

und schlich sich, oft nur hörbar, durch die total finstere Industrielandschaft in Richtung Lippstadt.
Sehr spät am Abend kamen wir dort an. Auch in dem Schwesternhaus brannte nur ein kleines Licht, wobei ich nicht exakt angeben kann, ob es wegen der späten Stunde oder wegen der Angst vor Bombenangriffen war.
Da mein Vater als Bergmann nicht frei bekommen hatte, war die Mutter nur mit mir gereist. Wir schliefen in einem karg eingerichteten Zimmer. Dessen Wände waren weiß, Bilder hingen dort nicht, das machte den Raum noch kälter, als er schon war.
Geweckt wurde in dem Schwesternhaus sehr früh. Deshalb weiß ich noch heute den Begriff »in aller Herrgottsfrühe« einzuordnen. Es war noch dunkel, zu essen gab es auch nichts. Sehr früh schon, vor dem Frühstück also, ging es in die Messe, die an jenem Morgen die Totenmesse war. Meine Oma war in Lippstadt, auch eine oder zwei Tanten, hier zerfließen die Erinnerungen. Nach der Messe wurde die Tote noch einmal besichtigt, wobei ich auch hier nicht mehr weiß, ob sie mich mitgenommen haben oder mich aus Pietätgründen in dem mit hellen und dunklen Fliesen unfreundlich und akkurat ausstaffierten Flur des Schwesternhauses ließen. Es dauerte alles ziemlich lange: Die Messe, die nicht enden wollte, die anschließende abschließende Besichtigung der Leiche. Es war grauhell, als die Tante Lisbeth beerdigt wurde. Es waren nur wenige Meter vom Schwesternhaus zu gehen, der Friedhof grenzte an das Gelände, oder das Haus hatte einen separaten Zugang, ich kriege es nicht mehr zusammen. Ich weiß nur, daß sehr viele schwarzgekleidete Nonnen um mich standen, sie weinten. Ich war eine Randfigur und betrachtete daher die Geschehnisse um mich interessiert, trotz nagenden Hungers.

In einem großen Raum, an dessen Wänden bunte Heiligenbilder hingen, der aber auch kalte Fliesen hatte, gab es dann endlich das Frühstück. Meine Mutter war aber mit ihrer Mutter und den Tanten in einen Nebenraum gegangen. Daraus hörte ich laute und erregte Stimmen. Auch meine Mutter schimpfte, andere sprachen energisch. Es ging um das Testament. Die Tante Lisbeth hatte in dem vorgelegten Schreiben alles dem Schwesternhaus überlassen.

»Das hat die niemals«, sagte meine Mutter noch, als wir wenige Stunden nach der Beerdigung, noch vor dem Mittagessen, wieder abreisten.

Dann gab es noch den Onkel Michel. Mit ihm hatten wir weniger Kontakt, obwohl er nur fünfhundert Meter von der Oma entfernt wohnte, in derselben Straße, die treffend Zechenstraße hieß, denn sie war so was wie die Hauptstraße einer Arbeitersiedlung und führte geradewegs in das Haupttor der Zeche, die wegen der vielen Unfälle, die dort passierten, in unserer Familie Knochenmühle genannt wurde.

Mit dem Onkel Michel gab es vielleicht nicht so oft Krach, mehr atmosphärische Störungen. Vielleicht hatten sich meine Mutter und er auch zu sehr auseinandergelebt. Sie erzählte wenig von ihm, ganz sporadisch haben wir ihn mal in seiner Wohnung besucht. Aber in der Regel liefen wir, wenn wir von der Haltestelle der Straßenbahn kamen und die Zechenstraße hinunter zur Oma gingen, an seiner Mietwohnung vorbei. Ein positives Ereignis im Leben dieses Onkels Michel wiederholte meine Mutter aber öfter: – als ihr Vater, das Ekelpaket, mal wieder in der Wohnung getobt habe, sei Michel ihm an die Jacke gegangen und habe gesagt, jetzt reiche es aber, und er habe dann gekuscht, der Alte.

Von ihm hieß es, er habe zwei verschiedene Sorten Kinder, wobei hier nicht Mädchen und Jungen gemeint waren, es war der Nachwuchs von zwei verschiedenen Frauen. Die erste Frau mag ihm, wie man bei uns so sagte, weggestorben sein. Vielleicht ist sie ihm auch weggelaufen. Aber das war in unseren Kreisen eine solche Ausnahme, daß man es nicht hätte verschweigen können. Zwar hätte man in Friedenszeiten den Tatbestand vor den Kindern schamhaft verschwiegen, aber wenn wieder einmal, wegen einer Nichtigkeit, eine kurzfristige Feindschaft bis aufs Messer ausgebrochen war, dann hätte man es wie eine Trophäe vor sich hergetragen: Dem ist die Frau weggelaufen! Jetzt steht er da mit seinen Blagen! Ganz richtig!

Aber so wird es nicht gewesen sein; sie wird früh gestorben sein, vielleicht, was gar nicht so selten war, im Kindbett, wie es hieß.

Es liefen mehrere Kinder durch seine viel zu kleine Mietwohnung. Sie bestand nur aus zwei Zimmern, einer Wohnküche, in der sich das tägliche Leben abspielte, und einem Schlafzimmer, in dem alle übernachteten. Der Onkel Michel war beinamputiert. Vom Krieg konnte es nicht kommen, denn für die Teilnahme am Ersten Weltkrieg war er zu jung gewesen, im Zweiten war er nicht, wegen des fehlenden Beines. Es muß bestimmt ein Arbeitsunfall auf der Knochenmühle gewesen sein. Als wir einmal bei ihm waren, hantierte eine grau gekleidete, wenig freundliche Frau in der Küche zwischen den Kindern, er saß am Küchentisch und redete mit meiner Mutter. Er hatte, wie bei Arbeitern üblich, eine beutelige dunkelgraue Hose an, das Oberhemd hatte er ausgezogen, er hatte nur noch ein weißes, kragenloses Unterhemd an, und Hosenträger, recht breite, zogen sich über seine

Schultern. Vor ihm stand eine Tasse Muckefuck, eine große, weiße Tasse, die mit Sicherheit, wie das gesamte Geschirr, von Woolworth stammte – der Gebrauch einer Untertasse zum Kaffee war nicht üblich. Eine alte Untertasse mit einem sichtbaren Sprung und einer dreieckigen Aussplitterung am oberen Ende des Sprunges diente ihm als Aschenbecher. Er rauchte eine selbstgedrehte Zigarette und machte einen freundlichen Eindruck in der etwas lauten und hektisch wirkenden Umgebung. Der Onkel Michel hatte welliges und auffallend graues Haar. Im Rahmen einer nachträglichen Altersberechnung komme ich zu dem Schluß, daß er sehr früh grau geworden sein muß.

Nach dem Gespräch begleitete er noch meine Mutter und mich an die Tür. Er erhob sich wegen seiner Prothese etwas umständlich von seinem Küchenstuhl, tastete nach einem Stock, der über der Lehne des Stuhls hing, dann stützte er sich links ab, mit der rechten Hand griff er nach der zu einem Aschenbecher umfunktionierten Untertasse und steckte die noch glimmende, selbstgedrehte Zigarette in den linken Mundwinkel. Dann ging er mit uns durch die Küche. Seine Prothese federte etwas, wenn er einen Schritt machte. Auf den Stock gestützt ging er durch den kleinen, mit einer Konsole verstellten Hausflur zur Tür. Von hier aus führte eine Treppe von vielleicht acht Stufen hinab. Der Onkel Michel blieb aber oben am Treppenabsatz stehen, es war ihm nicht zuzumuten, daß er uns die vielleicht zehn Meter bis zur Straße noch begleiten würde. Er winkte uns mit der rechten Hand nach, drehte sich dann schwerfällig um und verschwand unsicher im Hauseingang. Wir gingen weiter zur Oma. Bei verschiedenen, meist traurigen Zusammenkünften in der Familie, habe ich ihn noch einige Male gesehen. Lassen wir es offen, ob er noch lebt oder nicht.

Der älteste Bruder meiner Mutter, Theo, hieß, wenn wir über ihn sprachen, Molotow. Dieser Spitzname, den er auch am Arbeitsplatz hatte, war ihm nicht angehängt worden, weil er wuchtig oder kräftig wie ein Hammer war, Molotow nannten ihn alle, weil er dem damaligen sowjetischen Außenminister frappierend ähnlich sah. Er mag zehn Jahre jünger gewesen sein als der tatsächliche Molotow aus Moskau, aber er hatte in etwa die gleiche Größe, die Gesichtsform war der des Mannes von Stalin beachtlich ähnlich. Unser Molotow trug wie der sowjetische eine Brille, wenn auch keinen sogenannten Kneifer, es war eine AOK-Brille mit einem dünnen Gestell, wie die ärmlich wirkenden Brillen von der Krankenkasse genannt wurden. Sein Schnauzbart glich dem des richtigen Molotow sehr.

Als ich noch nicht wußte, wer der richtige Molotow war, kannte ich schon unseren Molotow als Molotow. Er hieß, wenn die Mutter über ihn sprach, der Molotow, nicht etwa Onkel Molotow, schon gar nicht Onkel Theo.

Mit Molotow war sie seit Jahrzehnten verkracht. »Der krückt wie gedruckt«, war ihre kurze Begründung, wenn jemand, mein Bruder oder ich, durch vorsichtiges Fragen herausbekommen wollten, warum wir mit Molotow nicht sprachen. »Krücken« ist der vereinfachte Begriff für einen Menschen, der ein lyrisches Verhältnis zur Wahrheit hat. Molotow krückte, damit basta. Um dem Wort »krücken« noch eines dazu zu geben, sagte sie auch mal, »der krückt, und wie«. Der also und wie krückte, lebte in unserer Gemeinde. Aber nur ganz wenige Menschen wußten, daß wir mit Molotow verwandt waren. Begegneten sich die beiden Geschwister auf der Ortsstraße, dann taten sie angestrengt, als schauten sie gerade zufällig

und recht unbekümmert zur anderen Seite. Zuweilen betrachtete auch einer vorgegeben heiter einen Vogel am Himmel, der gar nicht vorhanden war.
Manchmal, so von sich aus, erzählte sie auch schon mal mehr über Molotow. Er soll früher in der Familie taktiert und, wie konnte es auch anders sein, gekrückt haben. Er habe nicht klar Front gemacht gegen das Ekelpaket von Vater, er habe es mit beiden Seiten gehalten, und das war nur möglich, weil er gekrückt habe, und wie. Besonders ärgerlich war, daß er dazu noch das Lieblingskind seiner Mutter war. Egal, was er ausgefressen hatte, die Oma nahm ihn in Schutz, und das war nur möglich, weil der so glaubhaft krückte und die Oma leimte. Auf ihren Molotow ließ sie nichts kommen. Sie würde prompt glauben, der Rhein fließe rückwärts, wenn Molotow das behauptet hätte.
Einmal, direkt nach dem Ende des Krieges, habe er mit seiner Krückerei meine Mutter hereinreißen wollen. Sie habe aber mit ihren Schwestern beweisen können, daß er die Unwahrheit gesagt hatte. Dann seien sie, berichtete sie noch nach Jahren voller Zorn, zu dritt bei der Oma vorstellig geworden und hätten ihr die Version meiner Mutter bestätigt. Jetzt sei Molotow erledigt, endlich überführt, hatte sie geglaubt. Es wäre taktisch klug gewesen, die Oma mit dieser Information allein zu lassen, aber sie wollten den Triumph ganz auskosten und stellten die Frage: »Lügt er oder hat er nicht gelogen?«
»Nein, er lügt nicht«, habe die Oma trotzig behauptet.
»So konnte der krücken«, wurde jene Niederlage bemäntelt, die eigentlich ein großer Sieg werden sollte.
»Der zieht bei der Oma ganz schön über uns her«, sagte sie oft. Denn Molotow war sehr oft bei der Oma. Manchmal fuhr er täglich mit seinem Fahrrad zu ihr. Da-

zu muß der Leser wissen, daß die Oma in einem anderen Ort wohnte als Molotow und wir. Um ihn zu korrigieren, fuhr sie dann danach zur Oma und tat, was sie von ihm behauptet hatte, sie zog über ihn her. Bis auf die Situation mit der Glaubensfrage, ob er lüge oder nicht lüge, bezog die Oma keine Stellung. Sie war der ruhende Punkt in dem turbulenten Kreis der unterschiedlichen Abneigungen der Geschwister. Sie ließ jeden über jeden herziehen, äußerte sich aber nicht. Lieb war es ihr, wenn ausnahmsweise mal niemand über einen anderen sprach. Sie hörte sich grundsätzlich alles an, ließ aber nicht einmal an der Mimik erkennen, ob sie den Argumenten zugeneigt war oder nicht. Nur so war es möglich, daß über Jahrzehnte alle Kinder, also Tanten und Onkel, regelmäßig zur ihr kamen und sich, wenn sie zerstritten waren, nach einem bestimmten Fahrplan bei ihr aus dem Wege gingen. Trafen sich zwei Verkrachte zufällig bei ihr, dann kam es nie zu einem Zwischenfall. Wer schon eher da war, tat dann so, als müsse er noch etwas erledigen und verschwand. Er verabschiedete sich von der Oma und tat so, als sei der andere gar nicht in der Wohnung.

Molotow sei unverträglich, weil er als alter Bock noch heute von seiner Mutter Zucker in den Arsch geblasen bekomme, war eine weitere Begründung der tiefen Feindschaft zwischen Bruder und Schwester. Doch das stärkste Argument, das besonders vernichtend wirken sollte, lautete, er sei unsolide. Daß er krückte, das hätte man vielleicht noch hingenommen, aber Molotow hatte mehrere Frauen. »Wie, gleichzeitig?« fragte nie jemand freudig anerkennend zurück. Natürlich hatte Molotow mehrere Frauen nicht gleichzeitig. Auf die Idee kam auch niemand, wenn über ihn hergezogen wurde; so konnten

die Leute gar nicht denken. Wenn sich ein Mann in stillen Stunden vielleicht ausmalte, mit mehreren Frauen gleichzeitig etwas zu haben, wird er erschrocken sein über das, was sich da in seinem Hirn verselbständigte.
Molotow war mehrere Male geschieden. Einmal war schon eine Schande, da konnte man aber im Rahmen der Schuldsprechung eine Ausrede gegenüber den neugierig fragenden Nachbarn finden. Aber mehrere Male: das mußte ja ein peinlicher Lustmolch oder ein unverträglicher Mensch sein. Molotow war nicht nur mehrere Male verheiratet, er lebte auch mit einer Witwe ein paar Jahre so zusammen, völlig ohne Trauschein. Also mußte er mehr ein geiler Bock als ein unverträglicher Mensch sein. In seinen letzten anderthalb Lebensjahrzehnten hatte er dann Glück, zwei Frauen, mit denen er, natürlich nacheinander, verheiratet war, starben.
Später, bei der Arbeit auf der Zeche, habe ich auch erfahren, wie andere Molotow einschätzten. Beliebt war er nicht, denn er war launisch und konnte die Launen nicht unter Kontrolle halten. Er schiß auch Arbeitskollegen an – Anscheißen bedeutet, einen Kumpel bei seinem Vorgesetzten in die Pfanne zu hauen. Das habe ich persönlich nicht erlebt, aber mehrere behaupteten, erlebt zu haben, daß Molotow dazu fähig war. Sein Verhältnis zur Wahrheit war tatsächlich ein wenig unkorrekt, das habe ich auch erleben können. Molotow erzählte gern Geschichten. Wenn sie nicht spannend genug waren, dann machte er ein wenig dazu, gab der Story Schwung – und diese Zugabe stimmte meist nicht. Molotow war ein Geschichtenerzähler, er erzählte sie sogar gut. Obwohl die Geschichten nicht genau stimmten, einen wahren Kern hatten sie schon. Vielleicht waren seine Erzählungen so schnurrig, weil er älter geworden war. Da soll man ja,

wie viele behaupten, vorübergehend die Boshaftigkeit verlieren, bis sie dann im höheren Alter noch stärker zurückkomme. Molotow war in der Phase der gutmütigen Schnurrigkeit.
Doch Bruder und Schwester standen sich unversöhnlich gegenüber. Wenn ich, als ich schon selbst arbeitete, nachmittags mit dem Fahrrad durch die Felder nach Hochlarmark zur Oma fuhr, begegnete ich Molotow gelegentlich auf den schmalen Feldwegen. Es war schwierig, sich hier auszuweichen. Molotow lächelte mich meist an, sagte »na, Junge«, und fuhr weiter. Er hatte dann seinen täglichen Besuch bei seiner Mutter schon beendet. Natürlich habe ich dann, wenn wir vom Fahrrad steigen mußten, um die Gestelle aneinander vorbeischieben zu können, nicht »na, Onkel Molotow« gesagt. Sehr lange Zeit habe ich überhaupt nicht geantwortet, denn die Aversionen, von Kind an eingeprägt, saßen tief gegen den Mann, der krückte, und wie. Später habe ich dann verhalten freundlich »guten Tag« gesagt. Zu einem Gespräch kam es zwischen Molotow und mir nie. Auch auf der Arbeitsstelle nicht. Obwohl wir räumlich eine zeitlang dicht nebeneinander arbeiteten. Ich hörte mir seine Geschichten nicht ungern an, stellte aber leicht fest, daß sie nicht stimmten. Sie amüsierten mich jedoch. Bei einer seiner Schnurren vergriff er sich in den Begriffen, so daß er leicht der Unwahrheit zu überführen war. So erzählte er eine Geschichte über einen Motorradfahrer, der es allen einmal zeigen wollte, aber von der Maschine, die er besaß, wohl offenkundig keinen blassen Schimmer hatte, denn er muß etwas falsch gemacht haben, weil er später mit einem rot glühenden Tank im Graben gelegen habe. Ich weiß nicht, ob am Motor etwas sichtbar glühen kann, mit Sicherheit aber nicht der Tank, denn der enthält Benzin. Würde der

geglüht haben, hätte man nicht mal die Leiche des Menschen gefunden, der von seinem Motorrad so wenig Ahnung hatte. Aber alle lachten schadenfroh über den Mann, der angeblich mit dem rot glühenden Tank im Graben gelegen hatte. Auch auf der Zeche wußte kaum jemand, daß Molotow und ich verwandt waren. Wer es nicht schon wußte, wäre nie auf den Gedanken gekommen, denn wir redeten kaum miteinander, wir wechselten den Gruß. Vielleicht kam mal die gedankenlose Frage, wie es einem gehe. Mehr nicht.
Einmal nur war es zwischen meiner Mutter und Molotow zu einer brenzligen Situation gekommen. Meine Mutter hatte mit mir die Oma in Hochlarmark besucht. Wie üblich redeten sie angeregt in polnischer Sprache miteinander. Die Oma saß mit dem Rücken zur Wand in ihrer Einzimmerwohnung, meine Mutter mit dem Rücken zur Tür. Der Fahrplan des geschickten gegenseitigen Ausweichens war wohl durcheinandergekommen, denn Molotow kam auch ins Zimmer. Die Oma strahlte ihn an, meine Mutter drehte sich nicht um. Sie muß sofort erfaßt haben, wer in den Raum gekommen war. Molotow sagte etwas, auch auf polnisch, zu der Oma, dann blickte er zu meiner Mutter und ging ihr dann, ich starrte wie gebannt hin, mit seinen etwas dicken Fingern lieblich von hinten ans Ohr. Jetzt mußte der Knall kommen. Wütend drehte sich meine Mutter um. Da zog er seine Hand hastig zurück und sagte halblaut, aber auf deutsch: »Ich dachte, es ist die Wally.«
In den ersten vierzehn Jahren meines Lebens habe ich die Tante Wally, von deren Existenz ich aber wußte, nicht gesehen, weil ihr Mann, also für mich der Onkel Horst, auch, wie meine Mutter behauptete, ein Ekelpaket war. Über ihn hatte sie nie weitere Worte verloren. Er war,

wie ihr Vater, ein Ekelpaket. Von ihrer Schwester, also meiner Tante Wally, da sprach sie schon mal. Als die Älteste der ganzen Kinderschar habe sie schon früh im Haushalt mitarbeiten müssen. Ja, sie behauptete auch, die Tante Wally habe früher sogar die Züchtigungsaufgaben der Mutter gelegentlich übernommen, indem sie dieser oder jener Schwester ein paar gelangt habe. Die sei dann an dieses Ekelpaket geraten, der habe ihr dann acht Kinder gemacht. Wenn sie nicht glücklicherweise so viele Fehlgeburten gehabt hätte, dann wären es doppelt so viele geworden, was dem Ekelpaket wohl nichts ausgemacht hätte. Denn die Wally müsse sich ja mit den vielen Kindern herumschlagen. Die Tante Wally, von deren Existenz ich wußte, die ich aber noch nie gesehen hatte, wohnte mit den Kindern und dem Ekelpaket in Ickern. Das sei ganz schön weit entfernt. Man müsse mehrere Male umsteigen, wenn man zu ihr mit der Straßenbahn fahre. Zu den beiden Omas mußte man jeweils einmal umsteigen, in beiden Fällen von der Linie zwei in die Linie drei. Mein Vater hatte einmal gesagt, die Tante Wally wohne in der Walachei. Das kannte ich aber auch von den Nachbarn. Wenn Verwandte, mit denen man nicht viel zu tun haben wollte, weit entfernt wohnten, dann war das immer die Walachei. Weil die Tante Wally aus der Walachei so viele Kinder hatte, konnte sie nicht so oft zur Oma fahren. Deshalb sind wir ihr dort nie begegnet, also kannte ich sie nicht. Mir war auch nicht klar, ob meine Mutter zu der Zeit mit ihrer ältesten Schwester Wally nicht sprach oder nur mit ihrem Mann nicht.

Aber offensichtlich waren die beiden Frauen nicht verkracht gewesen. Denn als der Onkel Horst, also das Ekelpaket, gestorben war, da war der Kontakt plötzlich wieder da. Eines Tages wurde ich herausgeputzt, die

Mutter ging mit mir zur Straßenbahn. Wir fuhren mit der Linie zwei, dann mit der Linie drei, dann mußten wir um eine Straßenecke gehen, dort stand eine völlig andere Straßenbahn, eine, die entschieden dicker wirkte. Sie fuhr auch auf einer breiteren Spur und gehörte einer anderen Gesellschaft. In der dicken Bahn mußte meine Mutter neu lösen, die alten Fahrscheine galten nicht, mußten aber gezeigt werden, weil es dann billiger in der dicken Bahn war, denn meine Mutter hatte »Übergang« gelöst.

Als wir nach einigen Stationen die Bahn mit der breiteren Spur verlassen hatten, mußten wir noch eine Strecke zu Fuß laufen, über eine Straße, auf der auch eine Bahn fuhr, die wir aber nicht bestiegen hatten, weil es sich nicht mehr lohne, wie meine Mutter sagte. Es war eine lebhafte Geschäftsstraße, wie ich sie von zu Hause nicht kannte, die wirkte richtig städtisch. Nach einigen hundert Metern bogen wir dann rechts ab, hier wurde es sofort still. Wir waren in einer typischen Straße mit Bergmannshäusern. Rechts und links der gleiche Typ, Häuser aus dunkelroten Backsteinen, mit kleinen, sehr gepflegten Vorgärten, einige mit vier Wohnungen, andere mit zwei großen. Auf ein paar Dächern war je ein Taubenstall gebaut. Ich sah nirgends ein Auto parken, Kinder spielten auf der Straße, sie lärmten und jagten einem Ball nach. Die Nebenstraßen waren genauso: dunkelrote Häuser, Vorgärten, hinter den Fenstern gepflegte Gardinen. Hin und wieder standen an einem Haustor ein paar Frauen und redeten. An einer Straßenseite waren Warnschilder angebracht, hier fuhr gelegentlich die Zechenbahn durch, wenn sie Material oder Kohlen oder Öl von einem Betrieb zum anderen transportierte. An einem der Häuser hielt meine Mutter, hier sei es, sagte sie kurz.

Dann öffnete sie die grüne Gartenpforte und ging seitlich an dem Haus entlang, denn die Haustüren waren nicht vorn, sie befanden sich entweder hinter dem Haus oder an der Seite. Auf dem länglichen Hof stand eine metallene Teppichklopfanlage, daran baumelte unbenutzt eine lädierte Kinderschaukel, dahinter hing an einem Haken ein lederner Sandsack für Boxübungen. Eine Steintreppe führte vier Stufen hoch bis zur Haustür, die weit geöffnet war. Neben einem selbstgebauten Anbau – sicher ein Stall für das Schwein oder die Hühner – führte ein Weg in einen Garten, der an einen anderen Garten grenzte. Dahinter war die Rückansicht eines Hauses von der Parallelstraße zu sehen.
Wir gingen an der geöffneten Tür vorbei in einen kleineren Flur mit roten Fliesen. Links führte eine Tür in die sogenannte Waschküche mit dem Klo. Man mußte eine Stufe hinuntersteigen, daran schloß sich der selbstgebaute Stall an, der einen eigenen Eingang hatte, durch den man aber auch von hinten durch die Waschküche ins Haus konnte. Am Ende des kurzen Flures führte eine beachtlich steile Treppe nach oben. Dort befanden sich zwei Schlafräume, darüber konnte man über eine Leiter auf den Dachboden. Rechts unten im Flur ging es in die Wohnküche. Meine Tante Wally stand am Kohleherd und hantierte mit dem Stocheisen an den eisernen Ringen oben auf dem Ofen. Sie sah meiner Mutter erstaunlich ähnlich, war lediglich älter und dicker. Sie trug eine Brille mit einem dunklen Rahmen, die sie sofort abnahm, als wir die Wohnung betreten hatten. Sie hatte ihr Haar hinten zu einem Knoten gebunden, wie die meisten Arbeiterfrauen in der Gegend. Der gebundene Zopf soll nicht echt gewesen sein, behauptete später mein Vater, das sei ein falscher Wilhelm. Die Tante, die meiner Mutter so

erstaunlich ähnlich sah, rieb sich die Hände an ihrer grauen Schürze, so, als wolle sie Schmutz abstreifen, dann reichte sie mir ihre warme fleischige Hand, meine verschwand ganz darin. Sie lächelte mich an. Seitlich vorn fehlten einige Zähne.

Wer die Wohnküche bei meiner Tante Wally betreten hatte, der konnte sich direkt rechts an den großen Küchentisch setzen. Um den herum standen ein paar Stühle, an der Längsseite ein zweisitziges abgesessenes Ledersofa. An der Wand direkt rechts neben der Tür hingen viele Urkunden von meinem Vetter Peter, der war Boxer, eine für den zehnten Kampf, den fünfundzwanzigsten, den vierzigsten, fünfzigsten bis zum hundertsten für Rote Erde Ickern, wobei sein Name Peter Woetke einige Male als Peter Woitke geschrieben war. Neben dem Tisch das seitliche Fenster zum Hof, durch das überraschender Besuch rechtzeitig erkannt werden konnte. In der äußersten rechten Ecke der Wohnküche stand ein zweitüriger Küchenschrank mit einem Aufsatz, in dem hinter einer Gardine die Tassen und Untertassen und der Zucker standen. An den Glasrahmen des Aufbaus des Schrankes waren seitlich ein paar Fotos geklemmt, drei Bilder zeigten den toten Onkel Horst, also das Ekelpaket, wie er in seinem Sarg gelegen hatte, gefaltete Hände, ein hageres Gesicht, das mir nichts sagte. Hinter dem Sarg stand offenbar eine mit schwarzem Tuch bespannte Stellwand. An deren Stirnseite war ein Kreuz, auf die Seidentücher waren Palmen gemalt, am Fußende des Sarges lag ein Strauß Nelken. Ein weiteres Bild zeigte die älteste Tochter Agnes mit ihrem Mann Otto Langankie während der Hochzeit, Agnes kräftig, mit eingeschnürter Taille, kräftigem Busen, wie ein Ringkämpfer, der die Luft voll eingezogen hat, damit der Bauch verschwindet und der Brustkorb sich imponierend hebt. Das Brautkleid reichte bis zu den Knöcheln, der Schleier ging nicht bis zur Erde, nur bis in die Höhe des Gürtels, bis zum Arsch, wie mein Vater kommentierte, daneben, in Uniform, ein wenig winzig, wie angehängt, Otto, der gerade getraute Ehemann, der auch im Kleide des Frontkämpfers gar nicht militärisch und einschüchternd wirkte. Neben dem Schrank führte eine Tür in einen weiteren Raum, dessen Fenster nach vorn zeigte. Hier standen etwas bessere Möbel und das Bett meiner Tante. Das Zimmer betraten wir nie, das Leben pulsierte durch die Küche. Links von der Tür zum Wohn- und Schlafzimmer der Tante Wally stand der Kohleherd, von Küppersbusch, wie fast alle Öfen in der Bergmannssiedlung, neben dem Herd der Lieblingsstuhl der Hausfrau, immer warm, zu Lebzeiten der allein beanspruchte Sitzplatz des Ekelpaketes. Weiter links neben dem Stuhl befand sich eine kleine Anrichte, darin standen, wie durch den meist halb geöffneten Vorhang zu sehen war, Kochtöpfe und gleich mehrere Bratpfannen, zu Hause hatten wir nur eine große und eine kleine. Auf der linken Seite vom Eingang in die Wohnküche führte dann hinter einem Vorbau eine Treppe in den Keller. Dort lagerten die Kartoffeln, das Brennholz und die Kohlen, da standen auch die Gläser mit dem eingemachten Fleisch von der Hausschlachtung und das Faß mit dem selbstgemachten Sauerkraut.

In dieser Küche hielten sich tagsüber alle auf, die zu Hause waren. Selten waren alle zusammen. Agnes wohnte mit ihrem Otto und zwei Kindern einige Straßen weiter. Man konnte den Weg zu ihr erheblich verkürzen, wenn man einen kleinen Pfad direkt neben der Zechenbahn benutzte, an dem Ginsterbüsche wuchsen.

Die älteste Tochter Agnes hatte in ihrer Statur und ihrem

Auftreten Ähnlichkeit mit der Tante Wally. Zwar wirkte sie nicht wie ihr aus dem Gesicht geschnitten, aber sie machte den Eindruck, als sei sie herrisch und ungewöhnlich alt. Stolz hatte sie auch immer verlauten lassen, ihr Mann sei Angestellter auf der Zeche, er sei Ingenieur, deshalb hätten sie auch bevorzugt eine Wohnung in einem Neubau in einem Angestelltenviertel bekommen. Die Cousinen und Vettern witzelten, Otto könne man auch von hinten lesen wie ATA, das Scheuermittel. Bescheuert sei der Otto zudem auch, zu sagen habe er bei der Agnes nichts. Während der Arbeiter es sich leisten könne, ein kräftiges Kotelett aus der Hand zu essen, würde der Angestellte einen mageren Hering verschlingen, den aber mit Messer und Gabel essen. Der Name Langankie sei ja eindeutig der eines Pollacks. Mein Vater sagte immer, der Otto sei Ingenieur auf der Kohlenkippe. Man könne ja sehen, daß der einen Kopfschuß habe. Tatsächlich hatte ihm ein Geschoß aus einem russischen Karabiner rechts einen unverwechselbaren Scheitel gezogen.

Die Kinder der Tante Wally sagten zu ihr nicht Mama oder Mutter, sie nannten sie unsere Mäm oder sagten einfach Mäm. Während der vielen Besuche habe ich die Tante Wally nie ruhig sitzen sehen. Meist stand sie am Herd oder bildete scheinbar auch dann den Mittelpunkt in der Küche, wenn sie seitlich am Schrank stand. Sie konnte wohl nicht gut hören. Wenn man mit ihr sprach, verzog sie leicht ihr Gesicht, weil sie sich konzentrieren mußte. Meist fuhr sie mit Kommandoworten zwischen ihre erwachsenen und noch nicht erwachsenen Kinder. Den größeren Vettern drohte sie manchmal mit der Suppenkelle, aber ohne besondere Wirkung, denn die lachten dann.

Ich habe nie gesehen, daß mal alle zusammen in der

Wohnung waren. Nachmittags saßen die Kinder um den Tisch, die größeren Jungen waren noch bei der Arbeit. Wenn sie nach Hause kamen, mampften sie was in sich hinein, gingen nach oben, um erst einmal zu schlafen oder kamen kurz darauf umgezogen herunter, mit Brisk im Haar für das Ausgehen herausgeputzt. Die gehen auf Brautschau, hieß es dann. Die Spitze der Kochkunst der Tante Wally waren längliche Klöße aus Mehl und rohen Kartoffeln. Das Rezept soll sie von einem Bauern mit in die Familie gebracht haben. Sie hießen Polizeifinger, dazu gab es meist in kleinen Portionen zugeteilten Schweinebraten und das Sauerkraut, das man im Herbst selbst hergestellt hatte; als Nachtisch gelben Pudding mit Eiweiß drauf, ebenfalls selbst gekocht, in dem Wohnzimmer mußte er auf einer Marmorplatte aber erst abkühlen.

Ich erinnere mich, daß sie auch mal erzählt hat, daß sie auf einer Boxveranstaltung von Rote Erde Ickern war. Einmal muß sie sogar nach auswärts zu einem Vereinskampf gefahren sein. Wenn ich mich richtig erinnere, war sie in Witten. Bei dem heimischen Kampf sei sie zunächst sehr ängstlich gewesen, denn einige Mitglieder der gegnerischen Mannschaft seien vorher mit einer Metzgerschürze durch die Zuschauerränge gelaufen. Sie hatte befürchtet, »die eigenen«, wie sie es formulierte, würden anschließend im Ring abgeschlachtet. Aber die hätten die ganz schön eingeseift.

Wenn wir mit Mutter und Vater Tante Wally besuchten, dann blieben wir meist nur über Nachmittag. Am frühen Abend ging es zurück, weil die Fahrt mit der Straßenbahn viel Zeit kostete. Die Abfahrtzeiten der drei Linien waren nicht aufeinander abgestimmt. Oft sahen wir nur noch das Schlußlicht einer Bahn, dann mußten wir dreißig Minuten lang im Freien auf die nächste warten, denn wir hatten nicht genug Geld, in einer Gaststätte etwas zu verzehren und uns dabei aufzuwärmen. Für die Nachmittage hatte Tante Wally dann immer mehrere Kuchen gebacken, ganze Platten, wie meine Mutter sagte. An Geburtstagen gab es noch dazu selbstgebackene Buttercremetorte, die so gut gemacht war, daß sie glänzte. Ärgerlich für mich war, daß in zwei Schichten Kaffee getrunken wurde. Der eine Küchentisch reichte nicht für alle Personen. Dann aßen die Erwachsenen zuerst von den üppigen Kuchenplatten, und wir Jüngeren achteten vom Ofen oder von der Tür aus genau darauf, ob sie nicht die besten Stücke wegfraßen. Zu ihrer Ehre muß der Chronist aber versichern, daß sie redlich teilten und neben der Torte auch noch den Streuselkuchen, den mein Vater Beerdigungskuchen nannte, in sich hineinwürgten. Nach der ersten Kuchenzeit wurde das weiße Tischtuch, das in Wirklichkeit ein nicht mehr benutztes Bettlaken war, zum Küchenfenster getragen, die Kuchenreste wurden in den Hof geschüttelt, dann wurde das Laken wieder auf den Tisch gelegt, Teller wurden gebracht, Kakao wurde in einer weißen Kanne exakt in die Tischmitte gestellt, dann kamen die Jüngeren zur zweiten Schicht. Die älteren Vettern, die auch schon Freundinnen mit in die Wohnung brachten, beteiligten sich an keiner der Eßzeiten. Wenn sie am Tisch vorbeikamen, griffen sie einfach auf den Teller, nahmen oft zwei Stücke und aßen aus der Faust. Da der Streuselkuchen kunstvoll aufgetürmt war, nahmen sie mit absoluter Sicherheit unten das Stück heraus, was den ganzen Kuchenberg zum Einsturz brachte. Darüber konnte sich Tante Wally immer neu aufregen, sie drohte dann, sie wolle den Schuldigen verwemsen, aber der lachte dann meist nur höhnisch. Meine Mutter

war stets verwundert, wenn ihre Schwester Wally sich über den eingestürzten Kuchenberg aufregte, denn die sei doch, sagte sie, bei acht Blagen Kummer gewöhnt.
Wenn die zweite Schicht begann, dann nahm Agnes die in der Mitte des Tisches stehende Kanne mit Kakao und füllte die Tassen der Kinder, um zumindest den Beginn eines Verteilungskampfes zu verhindern. Denn der begann mit absoluter Sicherheit, jeder pflegte sich den Teller mit der Torte vollzuladen, damit er nicht so viel trokkenen Streuselkuchen essen mußte. Agnes, Tante Wally und meine Mutter standen, während die Kinder um den Kuchen balgten, am Kohleherd und tranken meist noch eine Tasse Kaffee im Stehen. Wenn die Kinder Kuchen gegessen hatten, wurden sie auf den Hof geschickt und die Frauen wuschen das Geschirr.
Agnes war die älteste Tochter meiner Tante Wally. In der Wohnung und gegenüber ihren jüngeren Geschwistern wirkte sie wie eine Zweit-Mutter. Sie schuriegelte ihre Schwestern, verbot ihnen etwas oder zog ihnen einfach den Kuchenteller weg. Sie war bereits, wie erwähnt, verheiratet und hatte selbst schon zwei Kinder.
Dann folgte der älteste Sohn der Tante Wally, Peter, der Boxer von Rote Erde Ickern. Der arbeitete, wie einst sein verstorbener Vater, auf der benachbarten Zeche. Später wurde er einige Monate lang Berufsboxer, mußte diese Tätigkeit aber aufgeben, weil er zwei Burschen in einer Gaststätte windelweich geschlagen hatte. Er ging dann wieder zur Zeche zurück.
Hinter Peter folgte mein Vetter Hans. Aus irgendeinem Grunde war der nicht auf der Zeche beschäftigt. Er hatte Schlosser gelernt; doch er war dann von einem hohen Gerüst gefallen und hatte viele Knochenbrüche, fast ein Jahr lang ging er an Krücken. Dem Hans folgte in der

Reihenfolge Günter, der eine auffallende Ähnlichkeit mit Horst Buchholz hatte. Er war sehr schmächtig und konnte, wie Tante Wally anerkennend berichtete, keine Frau in Ruhe lassen. Auch er war, wie sein ihm dann folgender Bruder Dieter, auf der Zeche beschäftigt. Sie lag nur wenige Straßen weiter, auf ihr hatte früher der Onkel Horst gearbeitet, viele Jahre in Nachtschicht, dann drei seiner Söhne.

Dicht hinter Dieter folgte seine Schwester Renate, die, glaube ich, knapp ein Jahr jünger war als er. Sie war, als wir nach dem Tod des Ekelpakets wieder Kontakt mit der Tante Wally hatten, noch in der Volksschule. Wie alle besuchte sie die Siemens-Schule, die auch nur wenige Straßen von der Herbertstraße, auf der sie wohnten, entfernt war. Deshalb konnten sich die Kinder der Familie oft über die Lehrer an der Schule unterhalten, denn sie kannten alle. Einige hatten trotz des Altersunterschiedes denselben Pauker gehabt.

Der Cousine Renate folgte Gerda, die ich irgendwie besonders mochte, denn sie war auffallend fröhlich, blond. Trotz meiner jungen Jahre fand ich sie ganz reizvoll. Als letzter in der Kette folgte wieder ein Junge, es war Horst, der von meiner Tante Wally ganz besonders bevorzugt wurde. Er konnte die anderen ärgern, sie nahm ihn in äffischer Liebe blind in Schutz. Wenn Tante Wally sich mit ihren Schwestern, also auch meiner Mutter, bei der Oma traf, dann brachte sie immer Horst mit. Das letzte Geld wurde zusammengekratzt, damit es auch noch zu einer Straßenbahnfahrt für ihn reichte. Agnes war meist auch dabei, aber sie bezahlte schon selbst.

Bei der Oma jammerte die Tante Wally darüber, daß ihre Söhne sich ständig bei Tanzabenden prügelten, den anderen »die Weiber ausspannten« und sich dann wunderten, wenn sie »die Fresse poliert bekamen«. Die Polizei sei auch schon mal im Hause gewesen, wenn das ihr Mann noch erlebt hätte, der hätte sie, behauptete sie, alle achtkantig aus der Bude geprügelt.

Ich fand meine Vettern ganz interessant. Sie hatten bei jedem Besuch neue Freundinnen, das war an sich schon spannend. Dann imponierte mir, daß sie sich während des Kaffeetrinkens nicht an den Tisch setzten, sondern einfach den Kuchen nahmen, den sie wollten, daß sie den Kuchenberg einstürzen ließen und laut lachten, wenn die Mutter schimpfte. Das wünschte ich mir zu Hause auch, traute es mir aber nie in die Tat umzusetzen.

Einmal hatten mich die drei ältesten Vettern an einem Sonntagnachmittag zu einem Lokalkampf mitgenommen. Es spielte Arminia Ickern gegen den VfB Habinghorst. Ich erinnere mich deshalb an die Vereinsnamen, weil ich die vorher noch nie gehört hatte. In unserer Zeitung befand sich keine Tabelle, in der die beiden Klubs genannt wurden. Die drei hatten Ledermäntel an, wie es zu der Zeit die große Mode war. Hans, der Schlosser, ging an zwei Krücken mit einem Gipsbein mit, sie stellten sich oben auf den Kamm eines Walles, auf dem die Zuschauer standen. Ich stand, weil ich kleiner war als die erwachsenen Jungen, vor ihnen. Einige Meter vor mir wiederum stand ein Mann, der offensichtlich mit dem VfB Habinghorst hielt. Er rief zwar nichts auf das Spielfeld, aber immer dann, wenn die Spieler von Arminia Ickern auf das Tor des VfB Habinghorst stürmten, dann lachte der Mann ungewöhnlich gehässig. Beim ersten Lachen lachten wir auch. Dann wurden die Mienen der Vettern, die alle drei mit Ickern hielten, sichtbar unfreundlicher. Der Mann war talentiert, jeder legte sein Lachen als gehässig aus.

Peter, der Boxer, beugte sich herunter – ich sah seinen Arm an mir vorbeikommen – und griff dem Lacher von hinten an den Mantelkragen. Sofort zog er ihn kraftvoll zu, denn als er den Mann dann, wohlgemerkt mit einer Hand, zu sich hoch an den Kamm des Walles zog, war der schon dunkelrot angelaufen, und die Augen quollen aus seinem Gesicht. Mit diesen übergroßen weißen Augen blickte er meinen Vetter Peter ängstlich und überrascht an. Der sagte dann zu ihm: »Junge, merk dich, für Leute aus Habinghorst gibt es in Ickern nichts zu lachen. Geh nach Hause zu deine Mutti.« Dann ließ er ihn so los, als würde er ihn leicht von sich stoßen. Der gehässige Lacher ging auch sofort weg, andere Zuschauer in der Nähe lachten laut über ihn. Mein Cousin Günter, der aussah wie Horst Buchholz, der kleinste der drei, rief ihm noch nach: »Wenne nach Hause kommst und hast die Hosen voll, dann sag deine Mutter, nachher kommen noch elf nach Habinghorst, die die Hosen voll haben.« Die Zuschauer lachten nicht mehr, sie wieherten vor Schadenfreude.

Später bin ich noch oft mit dem Fahrrad zu Tante Wally in die Walachei gefahren, weil es, wie meine Mutter erläuterte, gesunder und billiger sei als mit der Straßenbahn. Das theoretisch ersparte Geld brauchte ich fürs Kino. Mir gefiel die Unruhe in der dortigen Wohnung. Ständig kam und ging jemand, heulte einer laut auf oder beschwerte sich wegen einer Ungerechtigkeit, prügelte einen anderen, weil er sich von dem übervorteilt fühlte, trat jemand laut hörbar gegen die Klotür, weil ein anderer zu lange darauf saß, dazwischen als ruhender Pol die Gewaltigkeit der Tante Wally, an der die Unruhe der acht Kinder vorbeiflutete, die nicht mehr hinhörte, die nur noch ein Ohr für einen besonders lauten Schrei hatte, die wußte, daß ihre Drohungen im Grunde keine mehr waren. Wenn der Onkel Horst noch wäre, philosophierte sie manchmal, dann wäre das alles nicht, der würde draufhauen wie auf kalt' Eisen. Aber von ihm steckten nur noch drei Fotos von seiner Aufbahrung unbeachtet am Rahmen des Schrankaufbaus.

Während all der Jahre unserer ständigen Besuche bei der Tante Wally oder der Treffs bei der Oma war sie nie krank. Sie hatte auch nicht wegen irgendeiner Verstimmung im Bett gelegen, sie hatte nicht einmal mittags eine Mütze voll Schlaf genommen. Aufgestanden war sie immer dann, wenn ihr Mann, das Ekelpaket, oder die Söhne Morgenschicht hatten. Sie kochte den Morgenkaffee und machte die Brote, versorgte später die schulpflichtigen Kinder, kaufte dann ein und bereitete das Mittagessen vor. Am Nachmittag stopfte sie meist Kleidungsstücke der Kinder, sie machte das Abendessen und saß noch bis zum späten Abend in der Wohnküche, bis sie sich dann, wenn die schulpflichtigen Kinder schon schliefen, in ihr Zimmer zurückzog, das eigentlich als Wohnzimmer eingerichtet war, in dem aber an der Wand ihr Bett stand. Sie hatte, was ich anfänglich gar nicht mitbekam, immer öfter über Kopfschmerzen geklagt. Ihr Mann hatte jahrelang, wie sie sagte, unter wahnsinnigen Kopfschmerzen gelitten. Deshalb hatte niemand ihren Klagen irgendeine besondere Bedeutung gegeben. Ich war dann wieder mit dem Fahrrad zu ihr gefahren, am späten Nachmittag im frühen Herbst. In der Wohnküche saßen die Cousinen am Tisch und aßen Brote, Peter, der Boxer, hantierte am Wasserhahn in der unmittelbaren Nähe des Ofens. Mir fiel sofort auf, die Tante Wally stand nicht im Mittelpunkt der Wohnküche, sie fehlte spürbar. Sie liege nebenan im Bett, sagte mir jemand.

Ich setzte mich zu der Tante. Worüber wir reden sollten, wußte ich auch nicht, denn in den vielen Jahren hatte meine Tante nie mit mir ein längeres Gespräch geführt, dazu war es in der Wohnung immer zu hektisch gewesen, sie sprach auch lieber mit den Erwachsenen. Ich erinnere mich, daß sie mich fragte, ob ich mit der Straßenbahn gekommen sei oder mit dem Fahrrad. Ich erklärte ihr, ich sei nicht mit der Bahn gekommen, es ginge so viel schneller und billiger sei es auch noch. Es werde auch bald dunkel, da sei es schon wichtig, frühzeitig wieder zu Hause zu sein. Sie wollte wissen, wie es meiner Mutter gehe, dann fragte sie mich wieder, ob ich mit dem Fahrrad oder der Straßenbahn gekommen sei. Das machte mich stutzig. Der Zeitabstand von der ersten zur zweiten Frage war so gering, daß sie es nicht hätte vergessen können, selbst wenn die Frage so oberflächlich gestellt worden wäre wie die übliche: na, wie geht's?
Nach zehn Minuten verabschiedete ich mich von Tante Wally. Ich ging nach vorn in die Wohnküche. Peter, der Boxer, holte eine Tasse aus dem Schrank, an den die Bilder von seinem aufgebahrten Vater und das Hochzeitsfoto seiner Schwester Agnes geklemmt waren. »Du, mit deiner Mutter ist was nicht in Ordnung«, sagte ich, »die hat mich zweimal hintereinander gefragt, ob ich mit der Bahn oder dem Rad gekommen bin.« »Die Mäm ist ein bißchen dusselig im Kopf, das haben wir auch schon gemerkt. Die bekriegt sich schon wieder, die kriegt keiner kaputt.« Die Mädchen saßen noch immer am Tisch, Gerda hatte sich inzwischen an ihre Schularbeiten gemacht.
Wenige Tage später kam ein Vetter mit dem Fahrrad zu uns gefahren und sagte, meine Mutter solle doch mal sofort zu ihrer Schwester kommen, der gehe es gar nicht

gut, die müsse wohl ins Krankenhaus, die tobe in ihrem Bett.
Da unser Alltagsleben verhältnismäßig ereignislos und undramatisch verlief, hatten Krankheit, Unfall und Tod ihren gehobenen Stellenwert. Über diese Ereignisse wurde ausführlich und farbig berichtet. Meine Mutter hatte noch die Eigenschaft, ein wichtiges Erlebnis gleich mehrere Male hintereinander zu erzählen. Sie war, wie sie später oft berichtete, zu ihrer Schwester Wally gefahren. Die habe in ihrem Bett vor Kopfschmerzen getobt, während die Kinder im Wohnzimmer gesessen und in aller Ruhe gefressen hätten. Der Hausarzt, der natürlich sofort gekommen sei, als sie nach ihm geschickt habe, hätte sie sofort nach Eickelborn ins Landeskrankenhaus eingewiesen. Meine Mutter sagte nicht, was sonst üblich war, in die Klapsmühle oder Nervenheilanstalt. Da es sich um ihre Schwester handelte, hieß es plötzlich korrekt Landeskrankenhaus. »In die Klapsmühle«, hatte ich nach der ersten Erzählung überrascht gefragt, ein vernichtender Blick war die Antwort, ich hakte nicht mehr nach.
»Die haben die anschnallen müssen, so hat die im Krankenwagen getobt. Ich bin natürlich mitgefahren. Die hat sich ständig aufbäumen wollen, wie eine Furie, die muß Kraft gehabt haben, die Krankenwärter haben auch daneben gesessen. Die Fahrt wollte kein Ende nehmen, das Toben auch nicht. Als wir vor dem Landeskrankenhaus vorfuhren, da standen die schon draußen mit der Bahre.«
Ich hatte fragen wollen, ob das nicht in Wirklichkeit eine Zwangsjacke war, aber ich hatte den ersten Blick nach meiner Frage noch genau vor Augen. Immer wieder erzählte meine Mutter, auch Leuten, die es gar nicht hören wollten, daß ihre Schwester, die ja immerhin acht Kinder habe, wie wahnsinnig getobt habe.

Zwei oder drei Wochen später kam die Nachricht, sie sei im Landeskrankenhaus in Eickelborn an einem Gehirntumor gestorben. Meine Mutter fuhr selbst mit dem Fahrrad nach Ickern. Sie müsse sich, sagte sie, zunächst mal um die Blagen kümmern. Aber Agnes hatte die Aufgabe schon übernommen. Ich selbst fuhr erst am Tage der Beerdigung mit nach Ickern. Dafür hatte ich am Arbeitsplatz einen Tag frei nehmen dürfen.
Als ich, wie vor vielen Jahren, die Wohnküche betrat, wirkte die ungewöhnlich grau und tot. Die Cousinen saßen wieder am Tisch, alle dunkel gekleidet, die Vettern waren nicht so aufgedreht wie in all den Jahren zuvor. Ob sie noch offen sei, wollte meine Mutter von Peter wissen, der in einen langen, grünen Ledermantel gekleidet am Schrank lehnte, er hatte nur genickt. In dem angrenzenden Wohnraum, wo sie immer geschlafen hatte, lag sie aufgebahrt: Mir war sofort aufgefallen, daß auch hinter ihrem Sarg Tücher gespannt waren, auf denen am Kopfende mit goldener Farbe ein großes Kreuz gemalt oder gestickt war, rechts und links waren es stilisierte Palmen. Die Dekoration, die ich von den Fotos vom Küchenschrank her kannte, sollte die Möbel im Raum verdecken und die Aufbahrung feierlicher machen. Die Tante Wally sah im Sarg liegend entschieden jünger aus als zu Lebzeiten. Vielleicht lag es auch daran, daß sie jetzt nicht mehr ihre strenge Frisur mit dem falschen Wilhelm hatte. Ihr Haar lag geöffnet und locker um ihre Schultern, es war wellig, die graue Farbe schimmerte kaum durch. Das Kinn hatte sie leicht vorgeschoben, wie zu Lebzeiten, wenn sie sich über was geärgert hatte.
Anschließend gingen wir alle über die Herbertstraße in die nahe Kirche, zu einer Totenmesse. Ich wunderte mich, daß alle mitgingen, denn fromm schien mir nie-

mand aus der Familie zu sein; wir waren es zu Hause auch nicht. An die Totenmesse erinnere ich mich nicht. Nur ein Ereignis ist mir im Gedächtnis geblieben: Als der Mann mit dem Klingelbeutel Geld einsammeln wollte und in der ersten Reihe dem Boxer den Stab mit dem Geldsack vor die Nase hielt, da schüttelte der sichtbar mit dem Kopf. Er wolle nichts zahlen, hieß das. Die anderen warfen etwas in den Beutel, weil es sich so gehörte.

Den Sarg müssen die Träger, es waren Männer aus der Nachbarschaft, aus dem Wohnzimmer in die Küche bugsiert haben. Der Flur war wohl für den weiteren Transport zu eng, denn er wurde von einigen Trägern aus dem Fenster geschoben. Die anderen standen auf dem Hof und mußten ihn mit hochgestreckten Armen annehmen, denn das Fenster lag doch ziemlich hoch, obwohl es Parterre war; einige Träger stöhnten hörbar, als sie den Sarg zunächst hochhalten und dann herunterlassen mußten.

An der Spitze des Trauerzuges fuhr ein Leichenauto, das beachtlich exakt das Schrittempo hielt. Ich machte mir noch Gedanken, ob so ein Wagen dafür wohl einen besonderen Gang habe, denn sonst würde er ganz schön Kupplungsseile verbrauchen. Der Zug führte über die Herbertstraße, dann bogen wir rechts um die Ecke, überquerten die sonst so lebhafte Geschäftsstraße, ein Polizist hielt den Autoverkehr an, dann ging es parallel von der belebten über eine stille Straße in Richtung Friedhof, der lag genau an der Strecke, an der die Bahn mit der breiten Spur fuhr. Tante Wally aus Ickern erhielt ein Reihengrab. Von der Klasse des jüngsten Kindes Horst waren der Lehrer und sämtliche Kinder gekommen. Was der Pfarrer erzählte, verstand ich nicht. Ich horchte auf den vorbeiflutenden Verkehr, die Straßenbahn und das ständige

Summen der Förderräder eines Turms der nahen Zeche. Horst, sagten einige, werde sich jetzt ganz schön umgukken, denn den habe seine Mutter verzogen. Eine Familie sei das auch nicht mehr, hatte meine Mutter gesagt. Ob wir noch zusammen Kaffee getrunken haben, weiß ich nicht mehr. Nach dem Tod der Tante Wally sind wir nicht mehr nach Ickern gefahren. Von ihrem Tod, hatte meine Mutter Jahre später mal gesagt, habe sich die Oma, also die Mutter der Tante Wally, nicht mehr erholt.

2. Kapitel

Schlag zurück, Mädchen

Die Erinnerungen an die Kindheit waren Gedanken an eine schöne Zeit. Agnes Langankie, geborene Woetke, erzählte viel darüber. Sie erinnerte sich an schöne, warme Sommer und an Winter mit Schnee. Es war damals alles anders als heute. Selbst das Wetter. Daran glaubte sie fest. Man kann nicht sagen, sie redete es sich ein. Erst sehr spät hatte sie mal von der Oma erfahren, daß sie der Anlaß der Eheschließung ihrer Eltern war. Sie war, wie die Oma es formulierte, schon unterwegs. Unmittelbar nach ihrer Geburt bekamen die Eltern eine Vierzimmerwohnung in der Herbertstraße. Es war eine große Wohnung für eine Familie mit einem Kind. Deshalb fand sie ihre Kindertage so schön. Sie hatten die Wohnküche, die sich bis zu dem Tod ihrer Mutter nicht wesentlich veränderte. Vorn hatten sie ein Wohnzimmer. Das mochte sie nicht. Sie durfte es nicht betreten. Agnes Langankie konnte sich nicht erinnern, daß dieses Zimmer je bewohnt wurde. Auch Besucher, Onkel, Tanten oder Opa und Oma saßen nicht im Wohnzimmer. Auch der Kuchen wurde in der Küche gegessen. Das Wohnzimmer war nie beheizt, der kleine, schmale Röhrenofen war immer äußerlich sauber. Aber unten, wo er hätte angezündet werden können, lag stets Holz auf Zeitungspapier.

Man hätte jederzeit ein Feuer darin machen können. Als Kind hatte sie oft von der Tür aus in das Zimmer geschaut. Von der Schwelle aus durften es auch die Besucher betrachten. Wenn die Eltern, was selten vorkam, nicht in der Wohnung waren und sie allein ließen, dann betrat sie es auch mal. Sie hätte sich nicht darin aufhalten mögen. Die klinische Sauberkeit machte den Raum tot. Aber er zog sie an. Das Zimmer schien immer zu locken und stieß sie ab, wenn sie es heimlich betrat. Selbst die Möbel berührte sie damals nicht. Sie waren aus dunklem Holz, das sie irgendwie an Särge erinnerte.
Oben im Hause befand sich das Schlafzimmer der Eltern. Daneben hatten sie ihren Schlafraum. Trotzdem hatte sie die ersten drei Jahre bei Vater und Mutter im Bett mitgeschlafen. Dann mußte sie sich daran gewöhnen, des Nachts allein in ihrem Raum zu sein. Das war zunächst sehr bitter für sie. Die anderen Mädchen der Herbertstraße aber beneideten sie darum. Kein Kind in der Straße hatte ein eigenes Zimmer. Alle hatten Geschwister. Mit denen schliefen sie in einem Raum. Sie fühlte sich von der Mutter verstoßen, als sie in ihr Zimmer mußte. Aber sie genoß es auch, wenn die Mutter sagte: »Spielt oben in deinem Zimmer.« Das sagte sie schon mal, wenn Mädchen von nebenan mit ihr in der Küche unten spielten. Es war aber nur möglich, wenn der Vater auf der Zeche Morgenschicht oder Mittagschicht hatte. Hatte er Nachtschicht, so durften sie oben nicht spielen. Denn der Vater lag direkt nebenan im Schlafzimmer im Bett. Dann schickte die Mutter die Kinder aus dem Haus. Auch auf dem Hof durften sie dann nicht spielen, weil das Schlafzimmerfenster zum Hof lag. Sie mußten sich dann auf der Straße aufhalten.
Ihr Vater hatte ihr an der Teppichklopfstange auf dem

Hof eine Schaukel angebracht. Diese Stange gehörte mit zum Haus. Sie hatten aber keinen Teppich. Deshalb hatte er ihr aus Wäscheleinen und einem Brett eine Schaukel gemacht. Hinter dem Haus hatte der Vater einen Schuppen gebaut. Dazu einen Stall für das Schwein. Und hinter dem Schuppen hatte er einen kleinen quadratischen Sandkasten gezimmert. Vier Bretter von gleicher Länge umschlossen einen Haufen gelben Sand. Den Sand hatten sie selbst geholt. Sie waren mit der Handkarre an die Zechenbahn gefahren. An der Bahn entlang führte ein schmaler Weg. Für Fußgänger und Radfahrer. Rechts von dem Weg lag eine alte Halde. Am Fuße des Steinberges hatten sich einige Bergleute noch zusätzlich zu ihren am Hause gelegenen Gärten noch weitere angelegt. An einer Stelle hatten sie ein großes Loch gemacht. Daraus konnte man gelben Sand holen. Gemeinsam waren sie an einem Sommerabend mit dem Handwagen dort hingegangen. Als sie mit dem Wägelchen voll gelben Sand die Herbertstraße entlang kamen, erzählte sie allen Kindern, der sei für ihren Sandkasten. Agnes Langankie hatte nur gute Erinnerungen an ihre Kindheit. Selbst über schlechte Zeiten dachte sie gut.

Als sie fünf war, weinte die Mutter einmal. Sie erinnerte sich, daß ihre Mutter einen ungewöhnlich dicken Bauch hatte. Einige Mädchen hatten gesagt, ihre Mütter hätten gesagt, ihre Mutter bekomme was Kleines. Eine hatte gesagt, ihr Vater habe gesagt, Frau Woetke werde ja wohl bald werfen. Lange Zeit vorher, als sie noch einen normalen Bauch hatte, hatte sie gehört, wie ihre Mutter zu ihrer Mutter gesagt hatte, sie sei wieder voll. Sie habe sich überhaupt gewundert, daß das so lange gut gelaufen sei. Der Norbert sei schuld. Der saufe manchmal und dann passe er überhaupt nicht auf. Weil die anderen Mädchen

meist alle Brüder hatten, wollte Agnes auch einen. Deshalb freute sie sich sogar, daß was Kleines unterwegs war. Sollte ihre Mutter etwa eine Absage vom Storch bekommen haben? Der Vater saß auch am Küchentisch. Meist saß er auf einem Stuhl neben dem Herd. Wenn sie etwas besprachen, dann setzte er sich auch außerhalb der Essenszeiten an den Tisch.
Die Mutter sagte ihr, man mache den Pütt dicht. Der werde geschlossen. Erst seien andere dran gewesen, jetzt auch ihr Vater. Er sei arbeitslos geworden. Au fein, hatte sie gedacht, jetzt kann er ja meine Schaukel reparieren. Jetzt würde er nicht mehr Nachtschicht haben. Dann könnte sie mit den anderen Mädchen oben spielen. Der Vater sei dann ja immer zu Hause, wie schön. Freudig war sie aus der Wohnung gestürzt, über den Hof gelaufen und dann hatte sie den anderen Kindern erzählt, jetzt werde bestimmt die Schaukel repariert, der Vater sei arbeitslos. Sie freute sich auch, weil ihre Mutter nicht deshalb weinte, weil sie eine Absage vom Storch bekommen hatte.
In ihrem gesamten späteren Leben hatte Agnes Langankie, geborene Woetke, die Zeit der Arbeitslosigkeit dann ganz anders geschildert. Daß es eine schlimme Zeit gewesen sei. Alle hätten darunter gelitten. Die Angst vor Arbeitslosigkeit sitze sehr tief.
Tatsächlich hatte sie es anders empfunden. Das konnte sie aber nicht erzählen. Denn bestimmt hätten alle widersprochen. Die negativen Erlebnisse der Erwachsenen prägten die Erinnerung an diese Zeit. Und die hatten die Zeit auch tatsächlich ganz anders erlebt.
Ihr Vater war jetzt immer zu Hause. Er hatte die Schaukel repariert. Irgendwo hatte er sogar Drahtseile organisiert und die Wäscheleine dagegen ausgetauscht. Auch

der gelbe Sand im Sandkasten wurde ausgewechselt. Sie hatten frischen aus der Kuhle geholt. Am Ende des Gartens baute der Vater sogar eine Laube. Im Sommer saßen abends die Erwachsenen mit den Nachbarn darin. Die Kinder durften eine Stunde lang dabeisein, dann mußten sie ins Bett. Auf dem Hof hatte ihr Vater auch noch einen Karnickelstall gebaut. Es waren insgesamt sechzehn kleine Kästen, die wie ein offener Schrank für Karteikästen aussahen. Sie hatten kleine Türen, die mit Zaundraht bespannt waren. Am Abend konnte man noch jeden kleinen Kasten mit einer Holztür verschließen. Wegen der Kälte und der Einbrecher. Hansis nannte sie alle Karnikkel. Die ersten hatten sie als ganz kleine von einem Nachbarn gekauft. Neue wollte er sich selbst ziehen, hatte der Vater gesagt. Den Sinn des Satzes hatte sie damals nicht begriffen.
Im Herbst des Jahres 1930, als sie fünf Jahre alt war, mußte sie plötzlich zur Oma. Der Vater hatte sie auf den Gepäckträger des Fahrrads gesetzt. Bei der Oma müsse sie ein paar Nächte schlafen, hatte er gesagt. Dann war er eilig zurückgefahren. Die Oma hatte ihr gesagt, das sei deshalb, weil sie ein Brüderchen bekomme. Wenn das der Opa noch erlebt hätte, hatte sie noch gesagt.
Nach ein paar Tagen holte sie der Vater wieder ab. »Du hast ein Brüderchen«, hatte er gestrahlt. Da freute sie sich gar nicht. Denn sie hatte gemerkt, daß sich der Vater zu sehr über einen Stammhalter freute. Er nannte seinen Sohn Peter tatsächlich Stammhalter.
Als sie zurück in die Herbertstraße kamen, lief sie sofort ins Schlafzimmer. Oben im Bett lag ihre Mutter. Sie strahlte nicht so wie der Vater, die Mutter machte sogar ein ernstes Gesicht. Links, in ihrer Armbeuge, lag der kleine Peter. Der sieht aus wie ein Opa, hatte sie gedacht.

Die Oma war mit der Straßenbahn ebenfalls in die Herbertstraße gekommen. Ein paar Tage lang machte sie das Essen. Die Mutter müsse sich ausruhen, hieß es.
Mit einem Mal fand Agnes alles nicht mehr so schön wie vorher. Es drehte sich alles um den Bruder. Der Vater hatte überall erzählt, das sei ein strammer Kerl. Das würde bestimmt mal ein Reißer. Den habe er ganz sauber hingekriegt, prahlte er. Auch die Nachbarinnen bestaunten den kleinen alten Mann im Bett ihrer Mutter. Als eine dann fragte, ob sie sich denn freue, sagte Agnes nein. Das gebe sich schon wieder, hatte die Nachbarin gesagt. »Du wirst dich schon gegen ihn durchsetzen«, hatte sie noch gemeint.
»Du wirst später auf ihn aufpassen«, hatte der Vater gesagt. »Paß auf, daß er nicht ein weicher Junge wird. Wenn er dir was tut, schlag zurück, Mädchen.« Er hatte ihr oft Sprüche mit auf den Weg gegeben. Daran erinnerte sie sich ihr Leben lang. »Du kriegst im Leben nichts geschenkt, das mußt du dir holen«, hatte er auch gesagt. »Wenn du die linke Wange hinhältst, wenn sie dir eine auf die rechte gegeben haben, dann kriegst du noch mehr. Du mußt zuerst schlagen, Mädchen. Dann weiß jeder, mit dir ist nicht zu spaßen. Es geht Zahn um Zahn, Aug' um Aug'.« Sie hatte das früher nicht verstanden, fragte aber nicht, was Zahn um Zahn denn heiße. Als dann später ein Junge einem anderen einen Zahn ausgeschlagen hatte, wußte sie plötzlich, was der Vater gemeint hatte. Denn der andere hatte nicht zurückgeschlagen, er hatte geweint und war weggelaufen. Der zuerst geschlagen hatte, war als Sieger von der Straße gegangen. Das konnte auch nicht dadurch geschmälert werden, daß er dafür zu Hause Prügel bekam.
Ihren Bruder Peter hatte sie von Anfang an mit einer ge-

wissen Gegnerschaft behandelt. Er war, wie sie empfand, in ihre Idylle eingedrungen. Er hatte sich dazwischengedrängt. Einen Anspruch angemeldet. Er sah noch nach Monaten aus wie ein kleiner alter Mann. Als er auf dem Küchentisch gelegen hatte, hatte sie sich sein Pimmelchen interessiert angesehen. Sie fragte, was das denn sei. »Sein Hähnchen«, hatte die Mutter gesagt. Und Agnes hatte geschlossen, deshalb heißen männliche Hühner Hahn, wegen eines Hähnchens. Sehr früh hatte sie herausgefunden, daß es nichts brachte, wenn sie ihn mal kniff. Sie entwickelte eine besondere Taktik: Sie kniff ihn und behauptete dann, der sei weich, der heule wegen jedem Scheiß. Und ihr Vater hatte dann seinen Sohn mit Unbehagen betrachtet. »Das wird doch wohl keine Memme«, hatte er dann laut gezweifelt. Später hatte sie gesagt, »die Memme hat in die Hose gepinkelt und stundenlang geheult.« Tatsächlich hatte sie ihn aber gekniffen, wenn sie gefühlt hatte, daß seine Hose naß war. Agnes hatte gelernt, ihren Anspruch geltend zu machen.

Im Jahre 1931 war sie in die Schule nach Ickern gekommen. Der Vater, noch immer arbeitslos, hatte sie begleitet. Die Eltern kamen mit in die Schulklasse. Vorne saßen die Kinder, hinten an der Wand standen die Erwachsenen. Niemand hatte eine Schultüte mit Süßigkeiten. Ein Fotograf wollte die Kinder einzeln fotografieren. Die Eltern weigerten sich. Er solle ein Gemeinschaftsfoto machen. Das sei dann pro Abzug billiger. Die Väter der meisten Kinder waren arbeitslose Bergleute. »Siehste«, hatte der Vater gesagt, »der wollte uns naß machen. Aber wir haben uns nicht das Fell über die Ohren ziehen lassen.«

Als ihr Bruder Peter einige Wochen laufen konnte, hörte sie, wie die Mutter zu ihrer Mutter sagte, sie sei wieder voll. Die beiden Frauen waren traurig. Bei den schlechten Zeiten. Der Norbert sei gewissenlos, hatte die Oma noch gesagt. Wenige Tage vor Weihnachten 1932 wurde ihr Bruder Hans geboren. Sie wurde nicht mehr zur Oma gebracht. Agnes mußte sich unten in der Wohnküche aufhalten. Sie mußte noch zu Fuß zu der Hebamme und dort hatte sie sagen müssen, es sei soweit. Die Oma war gekommen. Wieder mit der Straßenbahn. Auf dem Kohleherd wurde ständig Wasser heiß gemacht. Ganze Kochtöpfe voll dampfenden Wassers wurden von der Oma und der Hebamme nach oben getragen. Ihr Vater mußte unten bleiben. Das sei nichts für Männer, hatte die Hebamme gesagt. Er mußte ständig Kohlen nachlegen und für heißes Wasser sorgen. Oben hörte sie die Mutter stöhnen. Dann schrie die Mutter sogar. Als sie unten weinte, sagte die Oma, der Klapperstorch picke die Mama. Das tue weh. Der Vater trank einige Schnäpse, die ein Nachbar aus Runkeln gebrannt hatte. Sie hörte plötzlich ein Kinderschreien. Wieder habe sie ein Brüderchen bekommen, sagte später die Hebamme. Agnes dachte nur daran, daß jetzt nicht nur ihr Bruder Peter bei ihr schlafe, sondern bald wohl auch der neue. So waren sie schon zu dritt. Aber sie werde, dachte sie, ihre Vorrechte verteidigen: Die schlafen dann in einem Bett und ich allein in meinem. Ihr zweiter Bruder hieß Hans.

In der Schule hatten es die Kinder leichter, die schon ältere Geschwister hatten. Die konnten den Jüngeren die Schiefertafel überlassen, wenn sie in Hefte schreiben mußten. Sie bekam dann auch eine. »Die haben wir uns vom Mund abgespart«, hatten Mutter und Vater gesagt. Sie verstand das nicht. Denn gegessen hatten die immer. Ihr wurde eingebleut, sorgsam damit umzugehen. Die Brüder würden die dann später übernehmen. Als der

Lehrer dann mal wegen der kleinen Griffel gemeckert hatte, hatte sie gesagt, sie hätten zu Hause keinen Dukatenscheißer in der Ecke stehen. Der Lehrer hatte ihr eine gelangt. Sie hatte es dem Vater erzählt. Der war in die Schule gegangen und hatte dem Lehrer gesagt, sie hätten tatsächlich keinen Dukatenscheißer in der Ecke stehen. Wenn er seine Tochter noch einmal schlage, dann würde er sich ganz schön umgucken. »Man muß zurückschlagen«, hatte er dann zu Hause gesagt. Sie meinte, das ginge nicht immer. Sie hätte dem Lehrer keine knallen können. So habe er das auch nicht gemeint, hatte ihr Vater gesagt. Das sei nur ein Beispiel. Der Lehrer hatte viel von schlechten Zeiten gesprochen. Vom Zusammenbruch, der bevorstehe. Da könne nur eine neue Kraft kommen. Aus den Trümmern der Gesellschaft komme ein neuer Geist.

»Der meint doch wohl nicht den Anstreicher?« hatte der Vater dann gesagt. Zusammen mit einem Nachbarn hatte der Vater Schnaps gebrannt. Im Keller des Nachbarn. »Damit halten wir uns zusätzlich am Scheißen«, hatte der gemeint. An den Nachmittagen saß der Vater neben dem Ofen und trank einige Schnäpse. Dann sang er mit ihr Kinderlieder. Sie erinnerte sich gern an die schlechten Zeiten. Die Mutter hatte immer gesagt, »der Vater trinkt mal einen, aber er säuft nicht.« Wenn er ein paar Schnaps getrunken hatte, dann sagte er auch immer, wenn der Anstreicher drankomme, der mache nur ein paar Monate, dann sei der Spuk vorbei. Die Sozis, hatte er gesagt, die würden nicht hart genug zurückschlagen. Die hätten leider gelernt zu leiden, nicht zu schlagen. Das sei ihr Schicksal. Die Kommunisten wären da ganz anders. Aber die würden jetzt erst die richtigen schlagen. Früher hätten die auf die falschen gekloppt.

Wenn sie abends mit ihren Brüdern in einem Raum lag, dann hörte sie die Eltern nebenan im Schlafzimmer gelegentlich streiten. Der Vater solle sich um Arbeit bemühen. Die Mutter wisse bald nicht mehr, was sie auf den Tisch setzen solle. Wenn der Vater ein paar Schnäpse getrunken hatte, dann hörte sie die Mutter auch mal wimmern. »Paß auf, Norbert«, hatte sie oft gestöhnt. »Nicht jetzt«, hatte sie auch gesagt. »Komm her«, hatte er dann gesagt. »Paß auf«, die Mutter. Zwischen Mutter und Vater geschah etwas, wogegen sich die Mutter hörbar wehrte. Vater nahm sich etwas, was die Mutter ungern gab. Was es genau war, wußte sie noch nicht.
Erst Jahre später hatte sie mitbekommen, daß der Anstreicher Hitler war. Als Hitler Reichskanzler geworden war, hatte der Vater gelacht. »Der wird sich blamieren«, hatte er gehöhnt. Der Nachbar Hausmann von gegenüber hatte plötzlich eine braune SA-Uniform an. Der Vater war mit Agnes ins Wohnzimmer gegangen. Das tat er sonst nie. Am Fenster stehend zeigte er ihr den Hausmann in seiner Uniform. »Guck dir den Kanarienvogel an«, hatte er gesagt und auf den Nachbarn gezeigt. Auch der Lehrer erschien wenige Tage später in Uniform in der Schule.
Der Schuldirektor hatte den Lehrer nach Hause geschickt. Die Kinder frohlockten. Einige Wochen später wurde der Direktor versetzt. Der Lehrer erschien dann öfter in Uniform; wenn irgendwelche Feiern waren. Dann hielt er kernige Reden vom neuen Geist.
Der Vater hatte zu ihr gesagt, »gehe mal zu Hausmann und hole die Anstreicher-Zeitung«. Sie war ins Nachbarhaus gelaufen und hatte das so gesagt. Der Hausmann war, mit Uniform, aber mit Pantoffeln an den Füßen, mit ihr zu ihrem Vater gelaufen. Er hatte den »Völkischen

Beobachter« hochgehalten und, rot im Gesicht, laut gefragt: »Norbert, meinst du das hier als Anstreicher-Zeitung?« Der Vater hatte am Ofen gesessen und lachend gesagt: »Sag mal erst guten Tag, wenn du meine Bude betrittst.«

»Ich habe dich was gefragt«, rief der Hausmann wütend.

»Ihr seid noch nicht so weit, daß ihr andere Leute in deren Wohnung überfallen könnt«, sagte ihr Vater, wiederum lachend.

»Norbert«, erwiderte der Nachbar, »mach keinen Scheiß, red dem Kind nicht so ein Mist ein.« Dann war er gegangen. Den »Völkischen Beobachter« hatte er wieder mitgenommen. »Nicht einschüchtern lassen«, hatte ihr Vater noch gesagt. »So macht man das.« Im Herbst hatte die Mutter wieder geweint. Der Spuk war noch nicht vorbei. Arbeit hatte der Vater auch noch nicht. Den Nachbarinnen sagte die Mutter, sie sei schon wieder voll. Und die hatten gesagt, die Frau von nebenan auch, und jene auch und jene. Sie bekam mit, daß die Mutter dem Vater Vorwürfe machte, er habe wieder nicht aufgepaßt. Er wolle nur sein Vergnügen. Und er denke nicht an das Elend. Die Mutter hatte einige Wochen täglich sehr heiß gebadet. Sie habe eine rote Haut vom heißen Wasser, hatte sie geklagt. Aber es habe nichts genutzt. Im Sommer 1934 wurde der dritte Sohn mit Namen Günter geboren. Wieder dachte Agnes daran, daß einer mehr in ihrem Zimmer schlafen werde. Sie war bereit, mit allen Mitteln ihr Einzelbett zu verteidigen.

Ihre schöne Zeit war vorbei. Sie mußte auf die Brüder aufpassen und konnte weniger spielen. Puppen hatte sie nicht. »Du hast ja die Brüder«, sagte der Vater. Die Brüder aber pinkelten in den Sandkasten. Sie mußte Windeln

waschen. Immer öfter mußte sie zu Hause mitarbeiten. Weil sie inzwischen vier Kinder hatten.
Als sie zehn war, begannen die ersten wieder auf der Zeche zu arbeiten. Der Nachbar Hausmann war Funktionär im Betrieb. Sie wußte nicht, was Funktionär hieß. Aber aus den Reden verstand sie, daß der was zu sagen hatte. Und weil der was zu sagen hatte, bekam der Vater keine Arbeit. Das sagte er und das meinten auch die anderen Männer. Trotzdem schickte er sie manchmal gegenüber ins Haus mit dem Auftrag, sie solle sagen, mein Vater wolle was zu lachen haben, er solle ihr seine Zeitung leihen.
»Bald hat der nichts mehr zu lachen«, sagte der Nachbar dann. Manchmal gab er ihr sogar den »Völkischen Beobachter« mit und meinte, »sag ihm, da könne er lesen, wo es lang geht.«
Wenn sie die Zeitung mitbrachte, dann setzte sich der Vater damit an den Ofen. Er goß sich dann einen Schnaps ein. Sonst könne er das nicht lesen. Dann las er der Mutter mit verstellter Stimme etwas daraus vor. Er lachte dann. Sie sagte meist, »Norbert, übertreibe nicht, die sitzen am längeren Hebel.«
Im Frühjahr 1935 wurde der Vater auf der Zeche wieder eingestellt. Vorher war er Hauer gewesen. Das war die Bezeichnung für einen ausgebildeten Bergmann. Er wurde aber nur als Schlepper eingestellt. Das wurde schlechter bezahlt. Er mußte einem Hauer zuarbeiten. Zunächst einmal. Später mußte er Material transportieren. Holz für den Ausbau unter Tage. Geräte für das Weitertreiben der Stollen, die sie Strecken nennen. Das wurde meist in der Nacht gemacht. Deshalb bekam er überwiegend Nachtschicht. Es begann eine schlimme Zeit. Sie mußte mit den Brüdern nach Möglichkeit auf der Straße spielen.

Oder hinten in der Laube. Damit der Vater tagsüber oben schlafen konnte. Unten in der Wohnung sprachen sie meist nur im Flüsterton.
»Die wollen mich kleinmachen«, hatte der Vater oft gesagt. Nachmittags, wenn er neben dem Ofen saß. Er hielt sich oft den Kopf. Er habe Schmerzen, jammerte er. Dann sprang er mal auf und hielt den Kopf unter den kalten Strahl des Wasserhahns. Wenn sie den Vater nachmittags wecken sollte, dann hatte sie gesehen, daß er seinen Kopf unter dem Kissen vergraben hatte. »Vor Schmerzen«, hatte die Mutter ihr erklärt. Der Arzt hatte ihm meist gesagt, er könne nichts feststellen. Er hatte ihn auch gefragt, ob er wohl simuliere, weil er von den Braunen nichts halte. Ihr Vater hatte auf die Frage nur gesagt: »Wegen die kann einem nur der Kopf täglich dröhnen.« Sie erinnerte sich deshalb daran, weil der Hausmann einen Tag später bei ihnen war. Er hatte ihrem Vater gesagt, er solle so was nicht sagen. Lange würde sich das die Partei nicht mehr bieten lassen. Der Arzt hatte das den Nazis hinterbracht. Fortan nannte ihr Vater den Knappschaftsarzt nur das Schwein. Wenn er dann in die Sprechstunde ging, dann redeten beide nur das Nötigste. Wenn der Arzt irgendwas Privates wissen wollte, dann schaute ihr Vater einfach aus dem Fenster.
Sie hatte sich um ihre Brüder kümmern müssen. Wenn der Vater schlief, dann mußte sie sie ablenken. Sie mußte sie beschäftigen. Die Mutter machte die Wäsche, sie ging mit ihren Brüdern auf die nahe Halde. Wenn sie ärgerlich war, dann knallte sie mal einem der Jungen ihre Hand vor den Kopf. Ihr Bruder Peter, der fünf Jahre jünger war, schlug aber seit dem sechsten Lebensjahr zurück. Er warf mit Steinen nach ihr oder trat mit den Füßen. Bei ihm mußte sie aufpassen.

Als der Vater Nachtschicht bekam, hörte sie an den Sonntagabenden die Auseinandersetzungen zwischen den Eltern. »Laß doch die Schweinerei«, sagte ihre Mutter dann öfter. Sie wimmerte später. Inzwischen wußte Agnes, was die Mutter mit Schweinerei meinte. Es mußte schlimm sein, was der Vater wollte. Denn sie selbst hatte an den Folgen zu leiden. Es gab immer weniger zu essen. Es mußte mehr geteilt werden. Vier Kinder waren zu viel.

Im Jahre 1936 wurde ihr Bruder Dieter geboren. Die Eltern zogen nach unten. In dem Wohnzimmer wurde das Ehebett aufgebaut. Oben kamen zwei Feldbetten ins Zimmer. Woher der Vater die hatte, bekam sie nie heraus. Sie wurden abends auf dem Wagen eines Nachbarn gebracht.

Sie schlief mit Peter und Hans in einem Zimmer. Die beiden Jungen in einem Bett, sie allein in ihrem. Günter und Dieter kamen in die Feldbetten.

Es wurde auch sonntags gearbeitet. Panzerschichten nannte man diese Arbeitstage. »Die reißen einen Krieg vom Zaun«, hatte der Vater stets gesagt, wenn er eine solche Schicht machen mußte.

Wenn die Mutter schwanger war, dann weinte sie immer. Denn sie empfand das als Unglück. Schuld hatte stets der Vater. Oder der Norbert, wie die Oma sagte. Er hatte nicht aufgepaßt bei der Schweinerei. Die Mutter sprach angeekelt mit den Nachbarinnen, wenn, in gewundenen Formulierungen, über Geschlechtsverkehr geredet wurde. Die meisten Frauen aus den Häusern der Straße empfanden es auch so. Es war ihnen eine Bürde, die die Männer ihnen auferlegten.

Im Herbst 1938 wurde ihre Schwester Renate geboren. Sie freute sich, endlich mal keinen neuen Bruder zu ha-

ben. Der Vater sagte, »mal wieder eine, die im Sitzen pinkelt.« Er hatte sich das Kind angesehen. Ob er etwas empfand, bezweifelte Agnes. Sie hatte das beobachtet. Sie war inzwischen dreizehn Jahre alt.
Als der Krieg ausbrach, war sie nicht mehr in der Schule. Ihr Bruder Peter hatte erzählt, der Lehrer sei in Uniform erschienen. Sie hätten alle in die Turnhalle gemußt. Da habe er von der Bewährungsprobe gesprochen. »Dem geht der Arsch jetzt auf Grundeis«, hatte ihr Vater seinen Bericht kommentiert. Peter hatte denselben Lehrer, den sie einige Jahre vorher gehabt hatte. »Wenn die Ernst machen«, hatte der Vater noch nachgeschickt, »dann kriegt der auch bald 'ne Knarre in die Hand.« Ihr Bruder Peter meinte, das wäre doch gut für den Lehrer. Er hatte das nicht ironisch gemeint, mehr in Bewunderung.
Dem Nachbarn Hausmann hatte der Vater wiederholt gesagt: »Hier in Ickern brauchen sie keine Helden. Wann hast du denn das grüne Kleid an?« Der hatte dann meist erwidert: »Quatsch nicht. Dir werden auch noch die Augen aufgehen.«
»Jaja, du bist der Held an der Arbeitsfront im Betrieb, in der Schreibstube.« Daß der Hausmann sich von ihrem Vater immer anmeckern ließ, erstaunte sie. Andere hatten nämlich gesagt, ihr Vater stehe immer auf der Kippe. Er hatte dann kommentiert: »Wenn ich ein Arschkriecher wäre, dann hätten die mich schon lang am Kanthaken.« Im ersten Jahr nach Kriegsbeginn, 1940, wurde ihre Schwester Gerda geboren. »Gut so«, hatte ihr Vater kommentiert, »das Blag wird wenigstens nicht Soldat.« Die Hebamme hatte sich ängstlich umgesehen.
Weitere zwei Jahre später kam der Bruder Horst auf die Welt. Das wäre der letzte, hatte die Mutter laut zu Nachbarn gesagt. Jetzt sei Schluß, da könne der machen, was er wolle.

Weil sie fest davon überzeugt war, daß nach Horst kein Kind mehr kommen werde, pflegte sie ihn besonders. Ärgerlich hatte Agnes beobachtet, daß ihre Mutter eine äffische Liebe zu ihm entwickelte. Agnes mochte ihn nicht. Horst wirkte kränklich, er war ein weinerlicher Typ. »Der macht nicht lange«, sagte der Vater mal zu der Mutter. Es sei ja überhaupt ein Wunder, daß keines der Kinder bisher ins Gras gebissen habe. Andere hätten da mehr Glück.
»Mein Vater war knochenhart«, sagte sie oft in der Erinnerung an ihn. »Nicht nur gegen uns«, pflegte sie dann nachzuschieben. Als sie direkt nach Kriegsbeginn die Volksschule verließ, setzte sich die Mutter zunächst durch. »Ich brauche die Agnes bei den vielen Kindern«, hatte sie gesagt. Deshalb ging sie nicht, wie die anderen aus ihrer Klasse, in den Haushalt eines Bauern oder eines hohen Angestellten. Sie blieb zu Hause, obwohl der Vater zu der Zeit der einzige Ernährer war. Inzwischen hatte sie auch von der Mutter das Kochen gelernt. Sie wußte, wie schwer es war, ein Essen auf den Tisch zu bringen. Sie hielten zwei Schweine. Eines wurde geschlachtet, das andere nach der Schlachtung verkauft. Sie verkauften auch mal einen Schinken oder die Würste. Während des Sommers lebten sie fast nur von den Dingen, die sie selbst im Garten angepflanzt hatten. Inzwischen hatten sie neben den Kaninchen auch noch Hühner. Bis in den späten Herbst mußte sie jeden Abend mit einem Korb an den Ortsrand wandern und dort von den Wiesenrändern Grünes holen. Für die Karnickel, die der Vater selbst schlachtete, wenn sie kräftig genug waren. »Ein so 'n Stallhase ist inzwischen auch zu wenig«, hatte der Vater resigniert festgestellt, wenn sich zehn Personen mittags ein Tier teilten.

Sie nahm an den Veranstaltungen des BDM nicht teil. Der Vater hatte ihr verboten, bei den braunen Zicken mitzumachen. Auch deshalb war der Nachbar Hausmann zu ihnen gekommen. »Die Agnes hilft hier an der Küchenfront«, hatte der Vater gesagt. Alle hatten mitbekommen, wie höhnisch er das ausgesprochen hatte. Der Hausmann, der im Laufe der Jahre immer dicker geworden war, hatte ein krebsrotes Gesicht bekommen. Alle seien dabei, nur seine Tochter nicht, er wisse schon, was dahinterstecke, hatte er getobt. »In Uniform solltest du dich benehmen in der Wohnung eines deutschen Patrioten«, hatte der Vater gesagt. Wieder spürten alle den Hohn. »Meine Frau kriegt bald das goldene Mutterkreuz«, und dabei hatte ihr Vater gelacht, »und du willst ihr die einzige Hilfe wegnehmen zum Ringelreihen.« »Das wirst du noch mal alles bereuen«, hatte der Hausmann wohl zum hundertsten Male gedroht und war abgedreht.

Als Agnes Langankie, geborene Woetke, sechzehn Jahre alt war, mußte sie dann doch arbeiten gehen. »Wir kommen nicht mehr über die Runden«, hatte die Mutter gestöhnt.

Agnes bekam eine Haushaltsstelle bei einem Krankenhausarzt zugewiesen. Es war im Stadtteil Castrop. Der Arzt, Dr. Schulte, hatte eine gehobene Stelle im Krankenhaus der Knappschaft. Was er dort machte, wußte sie nicht. Ein Arzt heilt kranke Menschen, das war ihre Vorstellung. Aber Ärzte können auch nicht alles, das wußte sie auch schon. Denn die ständigen Kopfschmerzen ihres Vaters konnten nicht geheilt werden.

Sie fuhr morgens mit dem Fahrrad an der Zechenbahn entlang in Richtung Castrop. Der Dr. Schulte lebte in einem Wohnviertel für höhere Angestellte. Zusammen mit

seiner Frau bewohnte er fünf Zimmer. Ein unwahrscheinlich großer Haushalt für ihre Begriffe. Die hatten zwei Schlafzimmer, eines davon nur für Gäste. Aber Gäste hatten die nie. Zumindest keine, die nachts blieben. Sie hatten zwei Wohnzimmer, in denen sie sogar richtig wohnten, das heißt, sie hielten sich tagsüber darin auf. Und sie hatten einen Raum, in dem sie aßen, in dem aber nicht gekocht wurde. Ganz anders als zu Hause. In ihrem Wohnzimmer wohnte niemand. In der Küche aßen alle, da wurde gekocht und da wohnten alle Familienmitglieder.
Agnes Langankie mußte morgens, wenn sie geklingelt hatte, erst einmal die Betten machen. Dann bekam sie einen Zettel von der Arztfrau, darauf stand, was sie einkaufen sollte. Anschließend mußte sie kochen. Bei Dr. Schulte gab es selten Eintopf. Es wurde öfter ein Braten gemacht, Schnitzel aßen sie auch sehr oft. Auf jeden Fall gab es immer eine Suppe und nach dem Hauptgang einen Pudding oder nur Obst. Zu Hause gab es nie Obst zum Nachtisch, Suppe und Pudding nur an Feiertagen und gelegentlich mal sonntags.
Nach dem Mittagessen, wenn Dr. Schulte sich ein wenig zur Ruhe gelegt hatte, mußte sie die Wohnräume säubern. Am frühen Nachmittag ging der Doktor wieder ins Krankenhaus. Wenn Agnes am Abend mit dem Fahrrad zurück nach Hause fuhr, war der Arzt noch nicht wieder zurück.
Wenn Agnes im Haus des Krankenhausarztes arbeitete, dann unterhielt sich die Frau niemals mit ihr. Sie fragte nichts, sie erzählte ihr auch nichts. Der Dr. Schulte selbst sagte schon mal, »wie geht es dir?«, oder »heute war das Essen gut«, mehr sagte er auch nicht. Die Tatsache, daß sich mit ihr niemand unterhielt, bedrückte sie. Zumal zu

Hause immer viel geredet und gestritten wurde. Als sie es ihrem Vater mal gesagt hatte, sagte der nur: »Die Flaschen haben sich auch nichts zu sagen.« Aber das half ihr nicht.

Einmal hatte sie bei dem Arzt nicht mehr arbeiten wollen. Sie hatte an dem Tag, wie üblich, das Essen zubereitet. Agnes hatte Rindfleischsuppe mit kleinen Mehlklößchen angerichtet, dann unpanierte Schweineschnitzel mit Salzkartoffeln und Rotkohl gemacht, danach Eierpudding, ein Essen, das es zu Hause höchstens zu Weihnachten gab. Es war aber ein normaler Dienstag. »Wie war's?« hatte die Arztfrau mittags ihren Mann gefragt. Das fragte sie immer zu Beginn des Essens.

»Es war viel los«, sagte er.

Agnes gab ihm Suppe auf den Teller.

»Was?« fragte die Frau weiter.

»Eine Niere, ein akuter Blinddarm, zwei Brüche.«

»Und die Niere?«

»Mußte weg.«

»Und wie lief's?«

»'ne Heidenarbeit.«

»Kriegt ihr ihn durch?«

»War 'ne sie.«

»Ach, 'ne Frau.«

»Jung oder alt?«

»So um die Fünfzig. Die Narkose geht auf die Leber. Die ist auch nicht mehr das Beste.«

Agnes stand an der Anrichte und hörte gespannt zu. Sie war überrascht, daß die beiden so teilnahmslos über Krankheiten anderer Menschen reden konnten. Sie sah, daß dem Dr. Schulte die Suppe schmeckte.

»Wir haben 'ne Schwester ans Bett gesetzt. Da genügt ein Durchzug im Zimmer, dann ist die weg.«

Er kratzte mit dem Löffel über den Boden des fast leeren Tellers.
»Was gab es sonst?« fragte sie weiter.
»Zwei Betten wurden heute nacht frei.«
»Ach«, sagte sie.
»Bei einem war es klar, Steinstaub. Den hörte man drei Zimmer weiter japsen.«
»Und das andere Bett?«
»'ne Embolie. Hab' mich sehr darüber geärgert.«
»Agnes, die Suppenteller sind leer«, sagte die Frau in der gleichen Tonlage. Sie nahm die Teller weg, ging dann in die Küche und holte die Schnitzel. Dann die Kartoffeln, den Rotkohl und die Soße.
»So was ist schon ärgerlich«, sagte die Frau.
»Wenn man manches vorher wüßte«, ergänzte er.
»Ach, war das der Magen vom letzten Donnerstag?« fragte die Frau.
»Ja, der war es. Da haben wir uns so angestrengt, und dann so 'n Mist.«
»Was falsch gemacht vom Personal?«
»Weiß auch nicht, man ist ja nicht dabei.«
»Aber sonst lief alles gut?«
»Zwei andere kriegen wir auch nicht durch.«
»Ach«, sagte sie wieder.
»Auch Steinstaub. Der eine kocht schon. Der andere kann noch Wochen oder Monate machen. Vielleicht ein Jahr. Was der kostet, obwohl es nichts mehr bringt.«
Agnes stand an der Anrichte und tat so, als arbeite sie, aber sie bewegte sich nur mechanisch.
»Irgendwie müssen wir den auf eine andere Station abschieben. Aber wir finden nichts, um ihn den anderen anzudrehen. Die wollen den auch nicht. Der ist auf der chirurgischen eingeliefert worden, da bleibt er.«

»Und der Alte, was sagt der?«
»Der pumpt Medikamente rein. Obwohl die jetzt so knapp werden. Der weiß genau, daß es nichts mehr bringt. Der will wohl dann die Lunge haben.«
»Daß der so einen Ehrgeiz hat«, sagte sie voller Unverständnis.
»Ich hab' auch schon gesagt, das kann er einfacher haben. Wenn er zum Steinbruch geht, kriegt er genau so 'n Ding als Stein, denn anders ist die Lunge auch nicht mehr. Der Stein hat nur 'ne andere Form.«
»Ob der meint, der wird noch was?«, fragte die Frau mit tonloser Stimme.
»Das ist wohl mehr Sammelleidenschaft. Der Rotkohl war gut, Agnes.« Sie zuckte zusammen, als sie plötzlich ihren Namen hörte.
»Und heute nachmittag?«, fragte die Frau.
»Mal sehen, was so reingekommen ist. Vielleicht ein paar Brüche. Aber meist kommen ja nur Fälle, wo nichts mehr zu machen ist. Die Niere ist ja auch so 'n Grenzfall.«
»Ja, das sagtest du schon.«
»Auf jeden Fall ist die Stimmung schlecht.«
»Wieso?«
»Wegen der beiden Steinstaublungen. Da müßte man 'ne Pflegestation haben. Die kochen da vor sich hin und halten das Personal von der eigentlichen Arbeit ab. Zu Hause wollen die Verwandten die auch nicht.«
»Kann man verstehen«, ergänzte die Frau.
»Wegen der Embolie haben sie auch Krach gemacht.«
»Die Hinterbliebenen?«
»Nein, die Schwestern.«
»Warum denn die?«
»Weil sie gerade die Station wieder in Schuß hatten. Die hatten alle Betten durch, frisch bezogen, wie immer an

den Dienstagen, da passierte das, da kannste dir doch denken, daß die sauer waren.«

»Ist doch deren Beruf.«

»Trotzdem haben sie geschimpft, die haben ja auch alle Hände voll zu tun. Es ist ja nicht wie in Friedenszeiten, das Personal ist knapp. Die Wäsche auch. Der ganze Schreibkram, weil sie außer der Reihe gewaschene Bettbezüge brauchten am Dienstag.«

»So was ist ärgerlich«, lenkte sie ein.

»Gibt es eigentlich Pudding, Agnes?«

»Agnes«, fragte die Frau, nachdem das Mädchen nichts gesagt hatte, denn sie stand wie versteinert neben der Anrichte.

»Ja, es gibt Pudding«, hatte sie dann gesagt.

»Fein«, sagte er freundlich.

Am Abend kam sie zurück in die Herbertstraße. Ihr Vater hatte neben dem Ofen gesessen. Er hatte vor sich hin gestarrt. Ihre Geschwister hörte sie im Stall hinten toben. Die Mutter legte gerade Kohlen nach. Agnes hatte die Wohnung betreten, dann warf sie sich rechts neben dem Eingang auf das lederne Sofa und weinte. Vater und Mutter sahen sie an, rührten sich aber nicht.

»Hat dir ein Kerl was gemacht?« fragte der Vater.

Sie hatte weinend erklärt, sie wolle nicht mehr in den Arzthaushalt. Die würden über Kranke so fies reden, das könne sie sich nicht weiter mit anhören.

»Dann hör doch weg«, meinte die Mutter lakonisch und wandte sich wieder dem Ofen zu.

»Da mußt du durch, Mädchen. Du kannst nicht sofort die Brocken hinwerfen, wenn dir irgendwas nicht paßt. Du kennst doch meine Devise: du mußt zurückschlagen, Mädchen.«

Am anderen Tag mußte sie wieder zu Dr. Schulte. Das

Arzt-Ehepaar hatte überhaupt nicht bemerkt, daß das Gespräch das Mädchen so berührt hatte. Später hörte sie bewußt nicht mehr hin, wenn die beiden sich unterhielten. Sie litt auch nicht mehr darunter, daß die Frau und der Mann nicht mit ihr sprachen. Sie hatte selbst kein Interesse mehr daran.

Als Agnes siebzehn Jahre alt war, im Jahre 1942, lernte sie Otto Langankie kennen. Es war bei einer Tanzveranstaltung in der Gaststätte. Nachmittags bis zum frühen Abend durften auch Mädchen unter achtzehn zum Tanz kommen. Da sie mit siebzehn schon fast die gleiche stramme Figur wie die Mutter hatte, konnte sie von ihr ein Sonntagskleid tragen. Damals, erzählte sie später, konnten auch die Töchter die Kleider der Mütter tragen. Da habe es, ergänzte sie dann, keine Jungmädchen-Mode gegeben. Früher, hatte sie dann meist noch gesagt, war das Leben einfacher.

Sie war auch nicht in eine Tanzschule gegangen. Ein Nachbarmädchen hatte ihr das Tanzen beigebracht. Walzer und Tango. Und die konnte es von ihrer Mutter. Zu Radio-Musik hatten sie in der Wohnung des Nachbarmädchens geübt.

Als Otto sie zum Tanzen aufforderte, hatte sie ihn zunächst nicht gemocht. »Der ist kleiner wie ich«, hatte sie zu ihrer Freundin gesagt. »Nee, der ist so groß wie du«, hatte die sie beschwichtigt. Er wirkte kleiner, weil Agnes kräftig war und resolut wirkte. Das sagte ihr aber niemand so.

Otto erzählte ihr, er werde Ingenieur, wie sein Vater auch. Zwar arbeite er auch auf der Zeche, aber nicht als Arbeiter. Schon gar nicht unten in der Grube. Er müsse sich nicht einmal umziehen bei der Arbeit. Er sitze an einem Schreibtisch und entwerfe was. Technische Sachen, hatte er gesagt. Das beeindruckte sie. Noch mehr eingenommen war sie, als er ihr erzählte, in welcher Straße er wohnte. Da wohnten nur höhere Angestellte. Das wußte sie aus den Erzählungen der Nachbarn. »Das sind die Kalfaktoren«, hatte der Vater gesagt. Sie wußte nicht, was ein Kalfaktor ist, sie mochte auch nicht fragen. So wie der Vater das ausgesprochen hatte, war das keine gute Sache. Aber das beeindruckte sie nicht.

Am selben Tag des ersten Tanzes bettelte Otto geradezu, sie möge sich mit ihm treffen. Er setzte sich nicht so hart durch wie ihr Vater, er bat sie um etwas. Das war ihr vorher noch nicht passiert. Die Brüder versuchten immer, sich gegen sie durchzusetzen, sie auszutricksen. Wenn einer sie hereingelegt hatte, dann lachte ihr Vater immer schadenfroh. »Du mußt dir nicht die Butter vom Brot nehmen lassen«, lautete dann sein Kommentar.

Und Otto sagte: »Kann ich dich wiedersehen, Agnes, bitte.« Bitte hatte nie jemand in der Familie gesagt. Der Vater nicht zur Mutter, die Mutter nicht zum Vater, der Bruder nicht zur Schwester, Agnes nicht zur Mutter. Sie hatte immer nur gesagt: »Ich hab' Hunger, kann ich mir ein Brot machen?« »Nein«, hatte die Mäm, wie sie sie nannten, regelmäßig geantwortet, »gegessen wird nur zu den Mahlzeiten.« Oder sie hatte geschimpft, man wolle ihr die Haare vom Kopf fressen. Und der Vater hatte gesagt: »Man bittet nicht, man fordert oder man holt oder man nimmt es sich.« Das hatte sich aber nicht auf Essen bezogen.

Sie traf Otto schon am nächsten Abend. Auf dem Weg an der Zechenbahn. Er hatte ein Fahrrad. Sie durfte sich auf die Fahrradstange des Herrenrades setzen und mit ihm nach Castrop fahren. Dort standen sie dann vor dem Ki-

no. Später lud er sie ins Kino ein. Es war ihr erster Kinobesuch überhaupt. Der Film hieß »Das Ferienkind«. An die Handlung konnte sie sich später nicht mehr erinnern, nur an den Titel.
Die Begegnungen mit Otto Langankie gefielen der Agnes Woetke immer mehr. Denn sie spürte, daß Otto machte, was sie wollte. Wenn sie schlechte Laune spielte, dann wurde er nicht wütend. Er versuchte dann, besonders nett zu ihr zu sein. Hatte sie sich wirklich mal geärgert, dann konnte sie ihn schikanieren. Er wehrte sich nicht. Otto war der erste Mensch im Leben der Agnes Woetke, der tat, was sie wollte. Sie brauchte nicht zu tricksen, er war nicht arglistig. Zu Hause war es ein Kampf ums Essen, ein dauernder Streit mit den Geschwistern, bei Otto war alles anders. Wenn er sie mit seiner feuchten Art küssen wollte, dann drehte sie einfach den Kopf zur Seite. Wollte er trotzdem, dann sagte sie, »laß das«, und er ließ es. An seinen Küssen fand sie wenig Freude. Küsse hatten was mit Sexualität zu tun, und das schien keine gute Sache zu sein. Da hatten nur die Männer ihren Spaß. So hatte sie es aus den Reden der Mutter gehört. Die Nachbarfrauen sprachen ja ähnlich. Wenn sie sich unbelauscht glaubten.
Im April 1943 wurde Otto Langankie eingezogen. Er kam nach einer Ausbildungszeit in Soest an die Westfront. Aus Frankreich schrieb er ihr bunte Karten. »Sei froh, daß der nicht an der Ostfront ist, sonst wärste den los, bevor der das erste Mal die Hose aufgemacht hat«, spottete ihr Vater. Über den Ausspruch hatte sie sich sehr geärgert. Da hörte sie wieder, daß bei den sexuellen Dingen nur die Männer ihren Spaß hatten. Denn die Mäm hatte nie so zotige Bemerkungen gemacht.
Otto Langankie kam gegen Weihnachten des Jahres für

einige Tage nach Hause. Agnes Woetke hatte sich von Soldaten immer ein bestimmtes Bild gemacht: Soldaten müßten hart sein, hart wie Kruppstahl, zäh wie Leder und flink wie Windhunde. Aber Otto Langankie war auch in Uniform weich wie vorher. Er bettelte um ihre Küsse, ließ sich abweisen, wenn sie nicht wollte, und sie wollte oft nicht. Wenn er seine Hand in ihre Bluse verstaute und sie zwischen Halter und üppiger Brust klemmte, dann empfand sie dabei wenig. Sie redete sich ein, er wärme seine Hände dabei.
Otto Langankie hatte sie auch mit zu seinen Eltern genommen. Er war der einzige Sohn. Sein Vater war völlig weißhaarig, was sie beeindruckte. Die Mutter war, ähnlich wie ihre, körperlich sehr kräftig. Seine Mutter wirkte selbstbewußt. Alle wichtigen Entscheidungen im Hause fällte sie. Sohn und Vater ordneten sich da klaglos unter. Nach der Devise: Mutter macht das schon. »Leg dich mit der nicht sofort an«, hatte er gewarnt. Agnes wußte von zu Hause, man muß sich verstellen können, um auf Umwegen zum Ziel zu kommen.
Die Eltern von Otto hatten eine Wohnküche, ein Wohnzimmer, in dem sie sich aufhielten, ein Schlafzimmer, er schlief in einer Kammer, die sie auf dem Dachboden ausgebaut hatten. In der Kammer kam es dann während des ersten Urlaubs auch zu ersten sexuellen Handlungen. Zum Glück waren seine Eltern an dem frühen Sonntagabend, als es geschah, nicht zu Hause, so daß sie unmittelbar danach in die Küche laufen konnte. Sie säuberte sich unten mit einem Waschlappen. Das hatte ihr die Mutter empfohlen, falls der Otto dabei nicht aufpassen könne. Sie mußte aber den breiten Hüfthalter säubern. Dem Otto Langankie war schon vorher das passiert, was die Mutter ›nicht aufpassen‹ nannte.

Er fragte sie während dieses Urlaubs, es war auf dem Weg von seinen Eltern zu ihren, ob sie ihn heiraten würde. Sie wollte, weil er so leicht zu schikanieren war. Otto Langankie meinte noch, man wisse ja nicht, was noch alles so komme. So günstig sei die Kriegslage gar nicht. Das hatte ihr Vater auch immer gesagt. »Der landet noch mal wegen der Wehrkraftzersetzung im Zuchthaus«, hatte dann Hausmann von gegenüber gedroht und sich weggedreht.

»Wenn der an die Ostfront verlegt wird, dann kauf dir mal schwarze statt weiße Kleider«, kommentierte der Vater ihre Mitteilung. Während des nächsten Urlaubs wollte sie Otto heiraten. Die Mäm hatte nur laut geschnieft. Das war bei ihr eine Vorstufe des Weinens.

Im Juni 1944 wurde Agnes Woetke dann Frau Langankie. Von dem Schwein, das im Frühjahr geschlachtet wurde, blieb deshalb viel übrig, weil sie gleich ein zweites schwarz mitgeschlachtet hatten. »Verdammt viel Fleisch diesmal«, hatten einige Nachbarn im Februar vor der Hochzeit das Schlachtfest kommentiert. Und der Hausmann hatte spitz gesagt: »Ihr habt wohl ein Wundertier erledigt, mit vier Schinken.« Aber die Polizei war nicht gekommen. Obwohl sie es tagelang gefürchtet hatten.

Die Brüder hatten sich für den Polterabend etwas einfallen lassen. Wochenlang hatten sie auf der Müllkippe zerborstenes Porzellan gesammelt. Da mußte man in diesem vorletzten Kriegsfrühjahr schon lange suchen.

Mit den Schwiegereltern kamen ihre Eltern auf Anhieb nicht gut zurecht. »Die will zuviel reinreden«, hatte die Mäm über ihre Schwiegermutter gesagt. »Der scheißt auch nur durch den Arsch«, hatte ihr Vater über Ottos Vater gesagt. Während der Hochzeit wurde viel getrun-

ken. Der Schnaps schmeckte scheußlich, er war überwiegend schwarz gebrannt worden.
Die Hochzeitsnacht verbrachten sie in Ottos Kammer in der Wohnung seiner Eltern. »Paß auf«, hatte die Mutter gewarnt. »Laß dich nicht voll machen, bei den schlechten Zeiten.«
Und ihr Vater hatte am anderen Morgen höhnisch gefragt: »Na, geht es jetzt mit Trauschein besser als vorher?« Sie hatte rot vor Wut und Scham geschwiegen. Sieben Nächte hatte sie mit ihm in der Kammer geschlafen. Freude hatte es ihr nicht gemacht, weil sie Angst vor einem Kind hatte. Bei Otto passierte es immer zu früh. Sicher auch deshalb, weil sie sich auch nach der Trauung noch immer wehrte.
Er kam 1944 nicht mehr nach Ickern. Urlaub gab es nicht mehr. Im Januar 1945 bekam sie Bescheid, er sei vermißt worden. Vorher hatte er, so wurde ihr noch mitgeteilt, einen Streifschuß am Kopf bekommen. »Dann ist er in die Hände des vorrückenden Feindes geraten.« So stand es in einem Schreiben.
»Wenn er dabei noch gelebt hat, dann ist er jetzt besser dran. Denn unsere haben ja nicht einmal Verbandszeug für den Kopf. Die brauchen sie als Fußlappen, weil sie so schnell vor den Amis herlaufen müssen«, hatte ihr Vater gesagt. Dabei hatte er ihr mit der Hand über den Kopf gestreichelt. Das hatte er schon jahrelang nicht mehr getan. Das tat ihr so gut, daß sie sich nicht einmal über seine herzlose Redensart ärgern konnte. Sie hatte laut geheult. Und alle in der Wohnung taten so, als merkten sie es nicht.
Das Frühjahr 1945 war ein schlimmes Vierteljahr. Sie wußte nicht, ob ihr Mann lebte. Deshalb trug sie fast nur dunkle Kleider. Die waren von der Mutter. Zu dem Arzt

brauchte sie nicht mehr zu gehen. »Die sollen sich ihr Essen selbst kochen«, hatte ihr Vater gesagt. »Und wenn der Hausmann kommt, dich holen will, dem ziehe ich mit dem Beil einen Scheitel.« Doch der Hausmann kam nicht. Im Gegenteil, im März 1945 mußte er zum Volkssturm. Ihr Bruder Peter mußte ebenfalls seine Arbeit aufgeben. Zusammen mit dem inzwischen sehr dicken und immer rotgesichtigen Hausmann sollte er die Lippe verteidigen. »Wenn sie der Rhein nicht hindert, die Lippe schon gar nicht«, hatte ihr Vater gesagt. Als ihr Bruder Peter zusammen mit dem Hausmann zur Sammelstelle ging, sagte ihr Vater laut auf der Straße: »Peter, wenn's knallt, immer nach hinten laufen. Denk daran, nur die Partei stürmt nach vorn.« Einige Männer hatten laut gelacht. Denn viele standen an den Gartenpforten und riefen den beiden etwas zu, als sie, mitten auf der Straße, abzogen. »Das dauert nicht lange«, rief einer, »der Hausmann macht das alles mit der Schnauze«, meinte kekkernd ein anderer.
Drei Wochen vor dem Kriegsende waren beide wieder zu Hause. Ihr Bruder Peter versteckte sich oben auf dem Dachboden, wenn ein Militärfahrzeug durch die Straße fuhr. Wo sich der Hausmann verkrochen hatte, wußten sie nicht. Vor seinem Haus fuhren öfter Nazis vor und durchsuchten die Wohnung. Aber den Hausmann fanden sie nicht.
Der Vater hatte zu den Aktionen nichts mehr gesagt. Er wollte sich, wie er sagte, kurz vor Toresschluß nicht noch von einem Verrückten umlegen lassen. »Helden sind Idioten«, lautete seine Devise.
Einen Monat nach dem Einmarsch der Amerikaner bekam sie Bescheid: Otto war in einem Gefangenenlager bei Lüttich in Belgien. Von Belgien und Lüttich hatte sie

keinerlei Vorstellungen, denn Agnes Woetke war, wie die anderen in der Familie auch, noch nie in ihrem Leben verreist.
Die Amerikaner hatten den Hausmann sofort gefunden. Er hatte sich auch nicht mehr versteckt. »Vor denen hat der weniger Angst als vor seinen eigenen«, hatte ihr Vater gesagt. Sie standen am Fenster des Wohnzimmers und beobachteten, wie drei US-Soldaten ihn zu einem Jeep führten. Als der Wagen durch die Straße zuckelte, stand niemand am Tor und freute sich. Kein Mensch war zu sehen, nur die Gardinen bewegten sich an den Fenstern.
Im September 1945 kam Otto eines Tages über den Hof. Er wirkte noch schmaler und kleiner als früher schon. Man hatte ihm die Haare abrasiert. Sein Kopf wirkte wie der eines Vogels. »Spatzenkopf« hatte ihr Bruder Günter spontan gerufen. Auf dem Kopf war eine verkrustete Narbe, die sich wie ein Scheitel hinzog. Als Otto vor Agnes stand, kam er ihr erschreckend fremd vor. Es war für sie beklemmend, mit diesem kleinen, blassen und geschundenen Mann verheiratet zu sein. In den Monaten vorher hatte sie sich in ihren Erinnerungen einen ganz anderen Otto zusammengeträumt. Als sie ihn in die Arme schloß, hatte sie das Gefühl, sie umarme einen Sohn.
Otto Langankie erholte sich nach drei Wochen, in denen er viel schlief. Zu essen gab es wenig. Sie lebten auch von dem, was in dem Garten ihrer Schwiegereltern wuchs. Von ihren Eltern konnte sie nicht viel erwarten, die waren froh, einen Esser zu verlieren.
Otto Langankie bekam auf der Zeche eine Anstellung im Büro der Bauplanung; es wurde wieder aufgebaut. Agnes war stolz auf die Tätigkeit ihres Mannes. Wenn er krank sei, erzählte sie oft ungefragt, dann bekomme er sechs Wochen lang sein Gehalt weiter. Und wenn man ihm

kündige, dann dauere es sechs Wochen. Nicht vierzehn Tage zum Monatsende, wie beim Arbeiter. Ein Arbeiter bekam auch bei Krankheit drei Tage lang überhaupt nichts bezahlt. Sie erzählte es bei den Besuchen ihrer Mutter, damit sich alle, die Brüder und der Vater, darüber ärgern sollten.

Bald schon bekamen sie eine kleine Zweizimmerwohnung in einem Angestelltenviertel zugewiesen. Von seinen Verwandten erhielten sie zum Teil alte Möbel. Seine Eltern verkauften einen kostbaren Teppich an einen Bauern im Münsterland. Dafür erhielten sie mehrere Zentner Einkellerungskartoffeln. Für die Kartoffeln wiederum tauschten sie einen leicht gebrauchten Küchenherd ein. Eigentlich hätte Agnes Langankie in dieser schlechten Zeit glücklich sein können. Sie hatte schon eine Existenz, sie wohnte nicht mehr bei den Eltern. Wenn nur nicht ständig die sexuellen Wünsche von Otto gewesen wären. Sie konnte ihn oft abwehren, ihr sei nicht gut, sie wolle heute die Schweinerei nicht, sie habe Angst vor Kindern in dieser schlechten Zeit. Verärgert nannte sie das, was er abends wollte, Schweinerei. Woraufhin er sich dann stumm zur Seite drehte; ihr war es nur recht.

In den ersten Jahren ihrer Ehe ging sie fast täglich zu ihrer Mutter in die Herbertstraße. Sie konnte nicht allein sein. Ihr Leben lang hatte sie sich gegenüber den Geschwistern durchsetzen müssen, hatte sie niedergehalten, sie gedrückt, wo sie nur konnte. Das konnte sie nicht von einem auf den anderen Tag einstellen. Deshalb hielt sie sich so oft in der Herbertstraße auf. Sie brachte auch etwas zu essen mit, kochte Kaffee, half ihrer Mäm beim Spülen, deckelte immer noch die jüngeren Geschwister. Sie wußte, daß sie deshalb von ihnen gehaßt wurde, aber das gerade gefiel ihr.

An des Vaters Zoten hatte sie sich gewöhnt. Über zwei Ehejahre hatte sie mit Glück eine Schwangerschaft überstanden. »Der hat wohl 'ne Luftpumpe in der Hose«, hatte ihr Vater wegen der Kinderlosigkeit gespottet. »Da kommt wohl nur heiße Luft raus.« »Und du«, hatte sie einmal forsch geantwortet, »warst schon in der Schule fleißig, konntest aber nicht aufpassen.«
»Wenn du nicht verheiratet wärst, würde ich dir eine wischen«, hatte er geantwortet, dann aber laut gelacht und gesagt, »richtig Mädchen, schlag zurück. Alle Achtung, gut pariert. Du siehst, dein Alter hat dir doch was beigebracht.« Mit Otto kam sie trotz der Schwierigkeiten zurecht. Denn er schikanierte sie nie, spielte nicht den Herrn im Haus und fraß ihr, wie der Bruder Peter es sagte, die Zwiebeln aus der Hand. Die Brüder mochten ihren Schwager nicht. Weil er ihnen bei jedem Streit recht gab, sich mit ihnen nicht anlegte; sie sagten, er sei ein Waschlappen. Ein typischer Angestellter sei er, ein Schreibstubenhengst, ein Wichser.
Nach zwei Jahren war sie dann doch schwanger geworden. Sie heulte vor Wut. Heißes Baden nutzte nichts. Im Haus ihrer Schwiegereltern setzte sie sich auf die oberste Treppenstufe und hoppelte auf dem wuchtigen Hintern sitzend die Stufen hinunter. Man hatte ihr gesagt, dann könnte sich das lösen. Aber nichts geschah. Otto Langankie freute sich, auch noch, als sie ihn angeschrien hatte. Während der Schwangerschaft verweigerte sie sich ihm ganz. Als Bestrafung für ihn. Agnes bekam 1948 einen Sohn. Sie einigte sich mit Otto auf den Namen Wolfgang. So hieß niemand in der Familie mit Vornamen. Sie wollten damit keinen der beiden Schwiegerväter verärgern.
Direkt nach der Geburt bekamen sie eine Wohnung zugewiesen, die ein Zimmer mehr hatte. Es war die erste

Neubauwohnung in Castrop-Rauxel, die von der Zeche gebaut wurde. Nur Angestellte kamen in die neuen Wohnungen. Das neue Geld ermöglichte es ihnen jetzt, auch Möbel zu kaufen, aber Otto verdiente als Angestellter nicht so viel wie ein Bergarbeiter im Akkord. Gegenüber ihrem Vater und der Mäm behauptete sie zwar stets, er verdiene mehr, als tatsächlich auf dem Lohnstreifen war, und deshalb mußte sie eisern sparen: Sie wollte ihren Verwandten einen höheren Lebensstandard vorspielen. Gespart wurde in erster Linie am Essen. Wie in den Kriegszeiten mengte sie Mehl unter die Rühreier, um sie zu strecken. Fleisch wurde ausgekocht für die Suppe, dann noch kleingeschnitten und für einen Eintopf verwandt, ein anderer Teil wurde mit feuchten Brötchen zu Bouletten verarbeitet.
Überrascht war sie, daß ihr Vater sich für das Kind interessierte. Seit der Geburt des Sohnes Wolfgang schwang er sich wieder auf ein Fahrrad und kam in den Stadtteil geradelt, in dem sie wohnte. Es war nicht so weit von der Herbertstraße entfernt. Er fuhr an der Werksbahn entlang, an einer Steinhalde, an selbstgebauten Gärten, dann mußte man die Bahn überqueren, am Rande des Zechenwaldes war die Siedlung angelegt worden, sie bestand nur aus sieben Häusern.
Sie hatte bis dahin geglaubt, ihr Vater predige nicht nur Härte, er sei auch hart. Er konnte ausgesprochen kindisch wirken, wenn er sich mit seinem kleinen Enkel beschäftigte.
Ihre Möbel kauften Langankies auf Abzahlung. Die Ratenzahlungen waren hart. Aber zu Hause erzählte sie, alles sei bar bezahlt worden. Ein Angestellter könne doch nicht auf Pump kaufen.
Als sich der Ratendruck ein wenig milderte, beschlossen

sie, sich ein Radio zu kaufen. Der Tag des Kaufes hatte sich in ihr Gedächtnis eingegraben. Sie war mit Otto in Castrop in einem Elektrogeschäft, als plötzlich ihr Bruder Hans hinter ihr stand. Er hatte seinen Maleranzug noch an. Weiße Farbflecken hatte er im Gesicht. Er hatte sich noch nicht waschen können. Agnes sah, daß er weit geöffnete Augen hatte.

»Agnes, komm mal sofort nach Hause, Papa ist was passiert«, sagte er hastig.

»Ist er tot?« fragte sie direkt.

»Ja«, sagte er, dabei entdeckte sie Tränen in seinen Augen. Ausgerechnet der weint, dachte sie noch, bevor es dunkel vor ihren Augen wurde. Als sie aus der leichten Ohnmacht erwachte, lag sie in dem kleinen Büro, das zu dem Radiogeschäft gehörte.

Die Fahrt mit dem Auto von Castrop in die Herbertstraße nach Ickern war auch die erste Taxifahrt in ihrem Leben. Was das nur kostet, dachte sie während der Fahrt. Agnes Langankie konnte nicht leicht leben und mal Geld auf den Kopf hauen. Für sie war Sparen ein Zwang. Bei jeder Ausgabe rechnete sie, wieviel Fleisch sie für das Geld bekommen könnte oder was ein Meter Stoff kostete.

Als sie die elterliche Wohnung betrat, waren alle Geschwister in der Wohnung. Das sah sie sofort. Ihr fiel auch auf, daß die Mutter neben dem Ofen auf dem angestammten Platz des Vaters saß. Die Tür zum Elternschlafzimmer war geschlossen. Die Mäm blickte hoch, deutete auf die Tür und sagte: »Er wird gerade eingesargt.« Dann heulte sie mit einer beachtlich hohen Stimme auf. Wie ein Schlittenhund, dachte Agnes.

Schon wenige Augenblicke später kamen zwei Männer aus dem Schlafzimmer und einer sagte sie anblickend: »Es ist soweit, sie können hinein.«

Agnes hakte sich bei ihrer Mutter unter, dann gingen sie in das Schlafzimmer. Ihr Vater wirkte bedrückend fremd. Sein Gesicht schien abweisend, sie hatte zu Lebzeiten nie einen derartigen Gesichtsausdruck bei ihm gesehen. Der Mund war ein dünner Strich, eine schmale Falte schob sich von der Nasenwurzel über die Stirn. Das korrekt frisierte Haar machte ihn noch fremder. Das weiße Totenhemd mit den Spitzen am Kragen wirkte weibisch.

Während der Vorbereitungen zur Beerdigung war Agnes wieder in ihrem Element. Sie erledigte alle Arbeiten, traf sämtliche Entscheidungen. Alle ordneten sich für die wenigen Tage ihrem Kommando unter. Tür an Tür mit der Leiche wollte niemand Streit mit ihr beginnen.

Nach der Beerdigung kam sie weiterhin täglich zu ihrer Mutter. Sie meinte, sie werde jetzt von der Mäm gebraucht, weil der Vater nicht mehr da war. Sie redeten jetzt mehr miteinander als früher. Aber die Mutter sprach fast überhaupt nicht über den verstorbenen Vater. Agnes mußte das Gespräch darauf bringen, aber die Mutter ging nur selten darauf ein. Und wenn, dann auch nur kurz. Sie ging auch ganz selten zum Friedhof. Nur am Totensonntag und am ersten Weihnachtstag nachmittags. Zur Grabpflege schickte sie ihre Kinder. Fast alle Gespräche drehten sich um die Kinder.

Agnes war noch einmal wütend auf Otto. Als Wolfgang zwei Jahre alt war, wurde sie wieder schwanger. Auch bei der zweiten Schwangerschaft waren die Versuche in der Wanne mit dem heißen Wasser zwecklos. Wieder entzog sie sich während der neun Monate ihrem Mann. Nach der Geburt der Tochter, die sie Sieglinde nannten, kam er nur noch in ganz wenigen Fällen zu seinen Wünschen; Agnes fand daran keinen Spaß.

Sie hatten ihre Möbel bezahlt. Das Kinderzimmer war

neu eingerichtet worden. Es war sogar bar bezahlt worden. Der Schwiegervater bekam eine gute Rente und hatte was zugelegt. Die Schwiegermutter durfte das aber nicht erfahren.

Jetzt hätten sie sich endlich mal ganz neu einkleiden können. Bettwäsche mußte längst angeschafft werden. Da konnte Otto wieder nicht aufpassen. Jetzt kostete Sieglinde erst mal wieder Geld. Alle Vorgänge im Leben der Agnes Langankie wurden in Geldbeträge umgerechnet. Sie dachte ständig daran, was sie sich für diesen oder jenen Betrag kaufen könnte, wenn sie ihn erst einmal hätte.

Bei den Besuchen in der Herbertstraße spürte sie immer öfter die Feindschaft der Brüder. Agnes fand, die Brüder hätten, alle durch die Bank, einen schlechten Umgang. Die Mädchen, die sie als Freundinnen vorstellten, waren ihr zu modisch. Alles Flittchen, urteilte sie. Das seien Typen, die sich doch nur mit denen ins Bett legten, lag sie der Mutter in den Ohren.

Als die Mutter krank war, hatte sie eine stille Genugtuung. Jetzt wurde sie zumindest von den jüngeren Geschwistern gebraucht. Die mußten sich erneut unterordnen. Agnes übte wieder Macht aus. Sie spürte zwar den Widerstand der vier Brüder, aber sie wußte auch, daß sie sie brauchten. Denn sonst hätten sie sich um die jüngeren Mädchen kümmern müssen. Um die täglichen Probleme wie Einkauf, Essen machen, Kaffee kochen, die Frühstücksbrote am Abend vorher herrichten. Sie ertappte sich bei dem Gedanken, die werden sich noch umgucken, wenn die Mutter tot ist. Dann kämen sie zu mir gekrochen.

Beim Tod ihrer Mutter war sie zu stark mit Arbeiten beschäftigt. Sie wollte alle Entscheidungen allein fällen, doch ihr Bruder Peter leistete schon bei der Sargbestellung offenen Widerstand. Sie könne nicht das Geld verplempern, letztlich müsse er es beschaffen. Ob er der Mutter etwa einen billigen Sarg andrehen wolle, hatte sie gefragt. »Der drehe ich nichts mehr an, ob billig oder teuer, die macht keinen Haucher mehr«, hatte er geantwortet. »Das hat die Mutter nicht verdient«, heulte sie auf. Nicht wegen der Mutter, wegen der Widerrede. »Meinst du, die freut sich?« hatte er, für ihre Begriffe zynisch, zurückgefragt.

Einige erledigten die Aufgaben, die sie ihnen gegeben hatte: in die Druckerei gehen, Nachbarn einladen, Sargträger ansprechen, zum Friseur gehen, Kuchen backen und was sonst noch anfiel. Mal sagte einer einfach nein und tat es dann wirklich nicht. Sie spürte stündlich, sie hatte nicht mehr die Mutter hinter sich, ihre Autorität schwand. Ihr Zorn richtete sich manchmal sogar gegen die tote Mutter. Die sei an allem schuld, dachte sie.

»In der Bude habe ich künftig was zu sagen«, erklärte Peter ihr ohne Umschweife, »weil sie demnächst auf meinen Namen läuft. Richte dich danach.« Hilflos hatte sie sich umgesehen, alle grinsten. Alle waren dankbar. Agnes ging in das Zimmer zu der aufgebahrten Mutter und weinte lange an ihrem Sarg. Sie glaubte, man wolle sie aus der Wohnung drängen, gerade jetzt, wo man sie doch so brauchte.

Drei Wochen nach der Beerdigung wurde ihnen ihr bestellter VW-Käfer geliefert. Auch ihn mußten sie wieder auf Raten bezahlen, aber Otto hatte ja sein gesichertes Einkommen. Sie verstand sich noch immer aufs Sparen, wenn es um das tägliche Brot ging. Agnes Langankie, die den Werksangestellten geheiratet hatte, war die erste in der Familie, die ein Auto ihr Eigentum nennen konnte.

In den ersten Wochen nach der Anschaffung kam sie noch gelegentlich in die Herbertstraße. Immer unter dem Vorwand, noch einmal in den Papieren der Eltern was suchen zu müssen. Sie ließ sich dann von Otto mit dem Auto zu ihren Geschwistern fahren, um sie zu ärgern. Keiner ihrer Brüder sollte je in dem VW-Käfer mitgenommen werden. Es fragte aber auch nie einer, ob er in die Stadt mitfahren könne. Weil die genau wissen, daß ich nein sagen werde, dachte sie. »Sei doch nicht so hart«, hatte Otto oft gesagt. »Gerade du mußt nachgeben, wo sie doch immer sagten, du wärst ein Arschloch.« Er schwieg dann immer.
Als sie einige Monate nach dem Tod der Mutter wieder in der alten Keksdose hantierte, in der seit Menschengedenken alle wichtigen Familienpapiere aufbewahrt wurden, sagte ihr Bruder Peter ganz ruhig: »Wenn du noch mal kommst, dann frag nach, ob ich hier bin. Es ist nämlich meine Bude.«
Wortlos drehte sie ab, verließ die Wohnung, schlug die Küchentür laut hinter sich zu, stapfte wütend über den Hof. Sie wußte, daß er ihr aus dem Küchenfenster nachgrinste. Aber sie blickte nicht hoch, schlug noch einmal laut die Wagentür zu und hat seitdem die Herbertstraße in ihrem ganzen Leben nicht mehr betreten.
Sie blieb in der Siedlung wohnen. Otto Langankie blieb Büroangestellter auf der Zeche, die zum Glück alle Krisen überstand. Als die beiden Kinder Anfang der siebziger Jahre auszogen, kauften sich Otto und Agnes noch einmal neue Möbel. Sie schafften sich einen Farbfernseher an, einen neuen Plattenspieler, kauften aber nur wenige Platten. Hauptsächlich Operettenmelodien. Zwei Käfer hatte er gefahren, sie dann nach jeweils drei Jahren wieder in Zahlung gegeben, dann fuhr er Opel. Auch im-

mer nur drei Jahre lang. Ihre erste Urlaubsreise machten sie erst, als ihre Kinder schon aus dem Haus waren. Sie flogen nach Mallorca. Aber Agnes hat es wenig Spaß gemacht. Es war ihr alles zu teuer.

3. Kapitel

Der Boxer

Die ersten zehn Jahre seines Lebens waren in einem Dunst ungenauer Erinnerung verschwunden. Deutlich erinnerte sich Peter Woetke nur an einen Vorfall. Da war er schon zehn Jahre alt. Sein Klassenlehrer Willi Kreitmaier hatte die Schüler ermahnt, dem Jungvolk von Ikkern, also der HJ, beizutreten. Er hatte angedeutet, daß jeder, der sich seiner Vorstellung gegenüber taub zeigte, es spüren werde. Dieser Appell wurde für Peter Woetke wohl auch deshalb ein besonderes Erlebnis, weil Lehrer Willi Kreitmaier nach dem Krieg der SPD beigetreten war und beinahe noch in den Rat der Stadt gewählt worden wäre, wenn nicht ein christlicher Kandidat, der auch von der NSDAP in seine jetzige Partei gewechselt war, ihm den Wahlkreis mit einer hauchdünnen Mehrheit weggeschnappt hätte.

Die unklar ausgesprochene Drohung hatte Peter Woetke damals so beeindruckt, daß er seinem Vater am Nachmittag eröffnete, er müsse dem Jungvolk beitreten, obwohl er wisse, daß der Vater gegen die Kanarienvögel sei. Aber er würde sonst in der Schule Schwierigkeiten bekommen. Mit dem Lehrer sei in dieser Frage bestimmt nicht zu spaßen, das spüre jeder dort auf seiner Holzbank. Zum erstenmal in seinem jungen Leben hatte Peter Woetke seinem Vater etwas vorgetragen, hatte den Vater eingeweiht in seine kindliche, aber doch realistische Einschätzung seiner Lage in der Schule. Bis zu diesem Zeitpunkt, davon war dann Peter Woetke zeit seines Lebens überzeugt, hatte er nie mit seinem Vater gesprochen und der auch nicht mit ihm. Er hatte Befehle des Alten ausgeführt und nicht über deren Sinn oder Unsinn nachgedacht. Er hatte sich lediglich darum bemüht, sich der Allmacht seiner Schwester Agnes zu widersetzen.

Norbert Woetke hatte seinen zehnjährigen, beachtlich kräftig entwickelten Sohn überrascht angesehen. Er hatte geradezu gestutzt und sichtbar darüber nachgedacht, ob er seinem Sohn eine langen sollte oder nicht. Doch dann schien ihn die Erkenntnis seines Kindes irgendwie zu beeindrucken. Nachdem er einige Sekunden lang verärgert sein Gesicht verzogen hatte, hellte es sich auf. Er sah dem auf der Couch sitzenden Peter ins Gesicht und sagte überraschend freundlich: »Ich überlasse dir die Entscheidung.« Und nach einer kleinen Pause energisch: »Aber laß dich in dem Kostüm von denen ja nicht hier blicken. Ich brech' dir alle Knochen. Was du außerhalb meiner vier Wände machst, das interessiert mich nicht. Lauf dir in der Schule meinetwegen einen Hund im Arsch. Und der Kreitmaier wird sowieso aufgehängt, wenn die tausend Jahre rum sind. Aber sag dem Bock das nicht.« Er grinste seinen Sohn an, und den Jungen überströmte eine Freude, die er körperlich spürte. Deshalb wohl begann sein Leben, wenn er gelegentlich vor dem Einschlafen darüber nachdachte, erst mit dem zehnten Lebensjahr, mit seinem Eintritt in die HJ.

Die Erinnerung an den Vorgang mag sich auch deshalb über Jahrzehnte so klar im Gedächtnis gehalten haben, weil Peter Woetke damit auch die Erkenntnis verknüpfte, als Kind eine sogenannte gute Nase gehabt zu haben. Der Lehrer Willi Kreitmaier hatte nach wenigen Wochen seinen unverbindlich drohenden Ton in schrille Laute übergehen lassen. Einige Klassenkameraden hatten wohl nicht so ein feines Gehör gehabt und gemeint, Kreitmaier habe nur eine unverbindliche Empfehlung ausgesprochen. Er prügelte sie dann in die HJ.

Peter Woetke war später davon überzeugt, ihm habe es im Jungvolk nie Spaß gemacht. Es stimmte aber nicht. Sein Verhältnis zu der faschistischen Jugendarbeit blieb gespalten. Die Spiele im Gelände gefielen ihm wohl. Er war kräftiger als viele andere seines Jahrgangs und konnte es hier demonstrieren. Entschieden weniger Spaß machten ihm die Heimabende am Samstag, wenn Geschichten von deutschen Dichtern vorgelesen wurden. Ihm mißfiel damals auch, daß er jeden Mittwoch und ebenso jeden Samstag mit absoluter Treue zum Jungvolk gehen mußte und nichts anderes planen konnte. Aber Kreitmaier, der unerbittlich fragte, ob man denn die Abende der HJ besucht habe, zwang ihn hinzugehen. Weil der Lehrer mit aller Härte die Treue zur HJ in einige Schüler geprügelt und später so schnell zu einer Partei gewechselt hatte, die sein Vater immer wählte, glaubte Peter Woetke, die HJ habe ihm absolut nicht gefallen.

Die weiteren Erinnerungen an die Kriegsjahre waren Bilder vom Streit um das tägliche Essen, das eifersüchtige Wachen darüber, daß Geschwister nicht ungerecht bevorzugt wurden, der Zorn auf die Jüngeren, die von der Mutter ein bißchen besser versorgt wurden. Der ständig knurrende Magen, der zuweilen als beißend empfundene Hunger schien in jener Zeit der Mittelpunkt seines ganzen Lebens gewesen zu sein. Fast alle Gedanken kreisten um die Frage, wie komme ich zusätzlich an Essen? In den

Nachbargärten gab es wenig zu stehlen, weil alle mit Argusaugen auf die Obstbäume aufpaßten oder fast neben dem Gemüse schliefen. Deshalb stahl er einmal, es muß im Frühjahr 1943 gewesen sein, bei einem Bergmann einige Straßen weiter am frühen Abend grüne Erdbeeren. Der Gartenbesitzer hatte geglaubt, nur rote und somit reife seien in Gefahr von fremder Hand geerntet zu werden. Peter Woetke und ein Nachbarjunge hatten, als sie gerade von einer Versammlung des Jungvolkes kamen, festgestellt, daß unreife Erdbeeren gar nicht so schlecht schmeckten, wenn man Hunger hat, sogar gut. »Von grünen Äpfeln und anderen Früchten bekommt man fürchterliche Bauchschmerzen und anschließend Dünnschiß«, hatten die Erwachsenen immer gewarnt. Deshalb hatte Peter Woetke einige Tage lang neugierig ins Klo geschaut. Aber alles war völlig normal, nicht einmal grün verfärbt war es. Die Alten hatten also nur tricksen wollen, damit man nicht vorher an ihre Früchte geht, dachte er. Der Nachbarjunge teilte seine Meinung: grüne Erdbeeren schmeckten hervorragend.
Willi Kreitmaier hatte ihm nicht nur den Eintritt ins Jungvolk in unangenehme Erinnerung gebracht, auch den Schulunterricht selbst gestaltete der Lehrer derart lernfeindlich und asketisch, daß sich Peter Woetkes Seele wie mit einer Gummihaut bezog, an der die eingepaukten Zahlen, die Drohungen, das Schreien und das Auswendiglernen wie Wasser abtropften. Er hatte gelernt, den Lehrer zu täuschen, ihm nicht offen zu widersprechen, um so über die Runden, genauer über die Jahre zu kommen. Während des Geschichtsunterrichts merkte er sich die vaterländischen Heldentaten, aber sie hafteten nicht in seinem Gedächtnis. Er vergaß sie wenige Tage danach schon wieder, zumindest wenn er sicher war, daß sie im

Unterricht nicht mehr vorkamen. Willi Kreitmaier hatte die Schüler dazu gebracht, daß sie sich bemühten, weder positiv noch negativ aufzufallen. Denn wer durch Lerneifer Kreitmaiers Interesse auf sich gelenkt hatte, der mußte für ihn mit den Zahlen vor der gesamten Klasse brillieren, und das war eigentlich allen zu anstrengend. Deshalb beschimpfte der Lehrer auch gelegentlich die Klasse und sagte, der Führer würde nachts in die Kissen weinen, wenn er wüßte, daß seine Jugend so interessenlos sei. Während sich der Reichskanzler vierundzwanzig Stunden am Tag Sorge um das deutsche Volk mache, seien sie zu schlapp und unmännlich, das würde für alle kein gutes Ende nehmen. »Wenn der wegen uns heult, dann kommt der ja nicht mehr aus seinen Kissen«, hatte einer in der Pause gewitzelt. Ein anderer hatte abgewiegelt mit der einleuchtenden Bemerkung: »Als wenn der sich gerade um Ickern kümmern würde.« »Genau«, hatten einige eingestimmt und sich damit in ihrer Bewußtseinslage bestätigt gefühlt: nicht auffallen, und die Herren ganz oben haben ganz andere Sorgen, die kümmern sich nicht um die kleinen Pimpfe. Ähnlich hatten auch die Väter immer argumentiert, wenn sie ihre beschissene Lage mit drastischen Worten beschrieben: Man kümmere sich nicht um sie, sie müßten ihre Interessen selbst in die Hand nehmen. Aber das sei zur Zeit nicht möglich, da die Partei so tat, als sorge sie sich um alles, obwohl es nicht stimmte.

Es gab im Laufe der Jahre immer weniger Unterrichtsstunden und immer häufiger Bombenalarm. Während der Schulzeit mußten die Kinder dann geschlossen in den nahen Betonbunker, der als einziges Gebäude, so wurde behauptet, einem Angriff widerstehen könne. Einzelne Bombenangriffe trafen Teile der Stadt Castrop-Rauxel.

Obwohl die Herbertstraße nur einige Steinwürfe von einer Zeche entfernt lag, wurde hier während der gesamten Kriegszeit nicht eine Bombe geworfen, sehr zum Verdruß von Peter Woetke und seinen Klassenkameraden, die immer offener darüber klagten, daß ausgerechnet ihre Schule von Angriffen verschont blieb. Die amerikanischen Jagdflugzeuge, so wußten die Erwachsenen spannend zu erzählen, griffen schon jeden einzelnen Radfahrer an, verfolgten sogar Menschen im Garten, aber sie ließen die Schule ungeschoren. Das verstand niemand unter den Schülern.

»Wenn du aus der Schule kommst, dann mußt du auf die Zeche, die brauchen da jetzt jeden«, hatte der Vater in den ersten Wochen des Jahres 1945 zu seinem Sohn Peter gesagt, »ich hoffe nur, daß die nicht noch ganz verrückt spielen, bevor deren Zirkus zu Ende ist.« Der Satz war für den Sohn, der dem Ende der Schule entgegenfieberte, ein Orakel. Aber er wollte es nicht entziffert bekommen, darum fragte er auch nicht. In der Schule hatte er es sich angewöhnt, die Leute einfach reden zu lassen und sich seinen Teil dabei zu denken. Der Vater hatte noch nachgesetzt: »Das ist keine schlechte Sache, so eine Arbeit auf der Zeche, die kriegste nie weggenommen. Die Nazis brauchten uns, die anderen werden uns auch brauchen.«

»Welche anderen«, fragte Peter Woetke. Es interessierte ihn, daß sein Vater, der sonst ein Mann des klaren Ausdrucks war, so gewunden formulierte. »Wenn du die Schnauze hältst, dann sag' ich es dir.«

»Schnauze«, sagte der Sohn. Dabei hob er die rechte Hand halb in die Höhe. Das hieß, ich halte sie, Ehrenwort oder so.

»Die Amis brauchen uns genauso wie die jetzt. Deshalb wirst du froh sein, wenn du auf der Zeche bist. Kohle überlebt jeden Krieg. Jeder braucht sie, denk an meine Worte.«

Er hatte sich schon darauf eingestellt, wenn er die Schule verlassen sollte, wie sein Vater und die Nachbarmänner und die älteren Bekannten auf der Zeche zu arbeiten. Denn sie war die einzige Arbeitsstelle für Männer, von ganz wenigen Handwerkern wie Anstreichern, Schreinern und Maurern einmal abgesehen. Die wenigen Schreiner und Schlosser arbeiteten auch auf der Zeche. Sie hatten als Handwerker zwar leichtere Arbeiten als die Bergleute, aber dafür verdienten sie auch weniger. In der Schule hieß es, der Besitzer des Sarglagers Hermann Schmülling suche noch einen Jungen, der das Handwerk bei ihm lerne. Doch zu ihm wollte niemand. Man könne da nicht viel lernen. Seine Kisten, so hieß es auf dem Schulhof, könne man schon nach wenigen Tagen nageln. Und einer hatte noch einen Witz auf den Leichenbestatter gemacht, in dem er vor der vor Freude juchzenden Klasse reimte: Stirbst du hier oder in der Ferne, Leichen-Schmülling holt dich gerne.

Doch der Übergang von der wenig geliebten Schule in den ebenso wenig geliebten Beruf, war dann nicht so reibungslos wie geplant und erwartet. In den ersten Märzwochen kam Peter Woetke wie so oft in den letzten Wochen hungrig und aufgeregt von der Schule und stürzte in die Wohnung, als er sofort fühlte, daß etwas vorgefallen war. Obwohl der Vater und die Mutter, er saß am Ofen, sie an dem Küchentisch, nichts sagten, oder weil sie so ungewohnt ernst schwiegen, wußte er gleich, da war was passiert.

»Jetzt biste noch dran«, sagte der Vater zu Peter Woetke, »die holen dich noch zum Volkssturm, die Idioten, zusammen mit dem Spinner von drüben.« Dabei machte er

eine Kopfbewegung in die Richtung der anderen Straßenseite, wo der Nachbar wohnte, den er bei jeder sich bietenden Gelegenheit verhöhnt hatte. »Brauch' ich dann nicht mehr inne Schule?« fragte Peter zurück.
»Du Idiot, natürlich nicht, oder meinst du, das Vaterland läßt sich immer nur nach Schulschluß verteidigen?«
»Prima«, jubelte Peter Woetke laut und lief wieder aus dem Haus, um den jüngeren Kindern auf der Straße zu erzählen, daß er jetzt nicht mehr in die Schule müsse. Er hatte nicht mehr mitbekommen, wie seine Mutter den Kopf gesenkt und geweint hatte.
Schon zwei Tage später war Peter Woetke aufgeregt und neugierig, er hatte die Nacht davor nicht sehr tief geschlafen, in den Krieg gezogen, gewissermaßen Seite an Seite mit seinem Nachbarn, dem auch die Parteifunktion auf der Zeche nichts mehr nutzte.
»Wenn dem Jungen was passiert und dir nichts, dann überlebste das nicht«, hatte der Vater in seinem Beisein dem Mann aus dem Hause gegenüber gedroht. Der hatte kleinlaut geantwortet: »Dem passiert schon nichts.« Sein Vater hatte dann für alle Umstehenden sichtbar resigniert mit dem Kopf geschüttelt. Peter Woetke verstand den Ernst des Vaters absolut nicht. Jetzt war er zum erstenmal in seinem Leben frei. Er stand nicht mehr unter dem Diktat des Alten, er war außer Haus. Das hatte er sich schon immer erträumt: nicht zu Hause zu schlafen. Er hätte ein Lied anstimmen können, so gut fühlte er sich, als er, Seite an Seite mit dem uniformierten Nachbarn, genau in der Straßenmitte – bei besonderen Ereignissen benutzten die Einwohner der Herbertstraße nie den Bürgersteig – unter den Blicken der Leute zur nahen Straßenbahnhaltestelle ging. Es steigerte seine aufgekratzte Stimmung noch mehr, daß er mit derselben Linie, die ihn sonst mal

zur Oma brachte, in der ersten Märzwoche des Jahres 1945 in den Krieg fuhr.
Die Bahn brachte die beiden bis an den Rand von Castrop-Rauxel. Dann fuhren sie mit einer anderen Linie, direkt an der Wohnstraße der Oma vorbei. Auf dem Marktplatz der münsterländischen Stadt, an dem auch die Endstation war, versammelten sich alte Männer und viele Schuljungen in seinem Alter. Sie wurden auf einige Lastwagen gebrüllt, die sie dann durch die Frühlingslandschaft über einen Kanal brachten. An einem alten Schloß des Bauernortes Flaesheim endete die Fahrt. Von hier aus sollte das Vaterland verteidigt werden.
Von den Ausbildern in Soldatenuniform wurde ihm dann bald strategisch erläutert, daß er zwar das Großdeutsche Reich in seiner inzwischen eingeschmolzenen Gesamtheit zu verteidigen hatte, konkret bezog sich das aber nur auf den Kanal, der sich wie an einer Schnur gezogen an dem Bauernort Flaesheim entlangzog. Rechts und links waren seit dem Bau der Wasserstraße kleine Wälle aufgeworfen worden, die sich mit ihrem Grün unauffällig in die westfälische Landschaft einfügten. Eine gewisse Erheiterung empfand Peter Woetke, daß der zu verteidigende Kanal kein Wasser mehr hatte. Durch gezielte Bombenwürfe auf die Schleusen hatte der Feind die Verteidigungslinie zu einer vielleicht zwei Meter tiefen furztrockenen länglichen Grube gemacht. Wenn der Feind bis zu dem Kanal überhaupt kommen sollte, dozierte ein entschlossen wirkender Krieger vor der versammelten Truppe auf dem Hof des Schlosses, das im Gegensatz zu dem nahen Kanal noch Wasser um seine Mauern hatte, dann will er ihn auch überschreiten, wobei er wohl durchschreiten gemeint hatte. Es sei die Aufgabe der hier Versammelten, den Vormarsch der Übermacht in Flaesheim zu stoppen.

Denn mit Sicherheit würden die wenigen Brücken gesprengt werden. Der Feind könne mit seinen Panzern nicht durch das trockene Bett. Also, hatte der Krieger weiter erläutert, würden die Feinde zu Fuß durch den Kanal kommen und versuchen, mit Leitern auf das diesseitige Ufer zu gelangen. Es sei die Aufgabe des Volkssturmes von Flaesheim, das notfalls im Kampf Mann gegen Mann zu verhindern. Peter Woetke stellte sich das ungemein spannend vor. Er war für sein Alter außergewöhnlich kräftig. Wo er hinhaute, so erläuterte der Vater den Nachbarmännern, da wachse kein Gras mehr. Er werde sicher mal ein guter Boxer, hatte der Lehrer ihm gesagt. Wenn die Feinde nun mit Leitern aus dem trockenen Kanalbett hochkämen, so malte er es sich freudig aus, dann könne er sie mit einem Schwinger auf den Boden des Kanals zurückschicken.
»Wenn wir jetzt schon Brennesseln hätten, dann könnten wir denen die Finger verjucken, wenn die mit ihren Negerpfoten an die Oberkante des Kanals packen«, hatte nach der Erläuterung durch den Soldaten der Nachbar zu ihm gesagt, dabei war Peter Woetke unsicher geworden, denn der Vorschlag schien ihm doch zu lächerlich zu sein. Doch er traute gerade dem Mann in der braunen Uniform nicht zu, über eine so ernste Sache Witze zu machen; das hätte auch sein Vater sagen können.
Peter Woetke war nach der Äußerung irritiert. Er hatte den Eindruck, die Alten hier in Flaesheim würden die Sache nicht ernst nehmen. Sie hatten sich vieldeutige Redensarten angewöhnt.
Zehn Tage verbrachten sie in innerer Abwehrbereitschaft im westfälischen Flaesheim in der Nähe des pulvertrokkenen Kanalbettes in der immer stärker aufkommenden Frühlingssonne. Gelegentlich wurden sie von einem geg-

nerischen Jagdbomber beobachtet, der eine Kurve über den Ort flog, und hin und wieder hörten sie in der Ferne ein dunkles Grollen, worauf ein Soldat jedesmal sagte, das sei bei Wesel. Die feindlichen Angreifer schienen zu zögern oder nicht voranzukommen. Wesel lag doch mehrere Tage zu Fuß von Flaesheim entfernt. Statt der britischen oder amerikanischen Truppen sahen sie nur eigene, die über die noch nicht gesprengte Brücke, abgemagert und teils heruntergekommen, ins Münsterland zurückströmten. Es hieß, sie zögen nach Dortmund, um die Stadt zu einer Festung zu machen.
Mit dem Nachbarn Hausmann hatte Peter Woetke wenig Kontakt. Der hielt sich meist bei den anderen uniformierten Nazis auf, der schlief auch nicht wie er in dem großen Schloßsaal. Sie hatten nichts zu tun. Es mußten keine Gräben ausgehoben werden. Der ausgelaufene Kanal war ein derart großer, breiter und tiefer Graben, da sollten sie erst mal durchkommen. Für Peter Woetke vergingen die Tage damit, auf dem Schloßhof zu sitzen und auf den Feind zu warten, der nur sein unheimliches Grollen aus dem fernen Wesel vernehmen ließ.
Es muß so um den zehnten Tag seit ihrer Abreise aus Ikkern gewesen sein, als der Nachbar Hausmann ihn beiseite nahm und merkwürdig abgehackt auf ihn einsprach: »Paß auf, was ich dir jetzt sage, darüber hältst du die Schnauze. Sonst werden wir beide an die Wand gestellt. Hörst du?« Peter Woetke nickte erregt. »Wir hauen hier ab, hörst du?« Wieder nickte er hastig und mechanisch. »Der Laden ist hier nicht zu halten. Ich sage morgen, ich ginge mit dir nach Olfen. Zu Verwandten, um Fressage zu besorgen.« »Aber stimmt das denn?« fragte Peter Woetke, immer noch sehr aufgeregt. »Du solltest die Schnauze halten und zuhören«, sagte der Nachbar barsch

und redete weiter: »Natürlich stimmt das nicht, du Ochse. Aber ich muß hier wegkommen, ohne daß die einen Verdacht schöpfen.«
»Und wo sollen wir denn hin abhauen?« fragte Peter Woetke verwirrt. »Wohin schon, du Ochse, nach Hause natürlich. Halt jetzt die Schnauze bei deinen Kameraden. Fang auch nicht an, irgendwas einzupacken, das fällt nur auf. Wir müssen uns ganz normal verhalten.«
Peter Woetke starrte den Nazi aus dem Haus gegenüber nur an. Er begriff das alles nicht. Er sah nur, daß der Mann entschlossen schien, und wenn er ehrlich war, wußte er auch, daß ihm die ganze Sache hier in Flaesheim mulmig erschien.
Er war fest davon überzeugt, daß er in der Nacht kein Auge geschlossen hatte. Wenn er doch geschlafen hatte, dann nur kurz und nervös.
Am anderen Morgen bemerkte Peter Woetke, daß sein Nachbar ihn kaum beachtete. Die Frühlingssonne war nicht durchgekommen. Es war ein milchig trübes, fast trauriges Wetter. Er dachte, das sei so ein richtiger Tag, an dem man erschossen werde. Er war fest überzeugt, er sei heute dran. Komisch, dachte er, ich bin gar nicht aufgeregt, obwohl sie mich heute umlegen werden, er war nur wütend, daß er gewissermaßen als Unschuldiger erschossen werden sollte, denn der eigentliche Täter war ja der Nachbar. Mittags spielte er mit dem blechernen Löffel in der dünnen Suppe, zog ihn durch die graue Flüssigkeit, so daß hinter dem Stiel kleine Wirbel entstanden, und wunderte sich, daß er zu solchen Faxen aufgelegt war.
Nach dem Essen beobachtete er den Hausmann genau. Der sprach mit einigen Soldaten, ging dann in den Schuppen des Schlosses und holte ein Fahrrad heraus. Dann rief

er laut über den Hof, »Peter hol deine Karre, wir holen was zu fressen.«
Ihm wurde klar, daß er ja auch noch zusammen mit dem Nachbarn je ein Fahrrad stehlen würde, denn sie waren ja mit der Straßenbahn angereist und die Fahrräder im Schuppen gehörten wohl dem Schloßbesitzer. Aber er war in einer Stimmung, in der es ihn nicht mehr weiter erregte, daß er noch mehr auf sein Kerbholz bekam. Er würde ja doch heute im Laufe des Tages erschossen.
Bevor sie gemeinsam vom Schloß wegradelten, erklärte der Nachbar noch einem Soldaten, daß sie ins sieben Kilometer entfernte münsterländische Olfen fahren wollten. Dort könnte ein Verwandter von ihm bestimmt etwas für die mit Lebensmitteln so schlecht ausstaffierte Lagerküche tun, und der Mann rief ihnen noch freundlich nach: »Gehst du nach Olfen, da wirst du geholfen.«
Peter Woetke schaute nur noch nach vorn. Sie überquerten die Lippe, die sich in einem weiten Bogen neben dem ausgelaufenen Kanal schlängelte, dann fuhren sie auf einer kleinen Landstraße schnurgerade auf Olfen zu, dessen hoher Kirchturm schon zu sehen war. Kurz vor Olfen bogen sie rechts ab und radelten auf einer sogenannten Verbandsstraße zurück in Richtung Datteln. Also hatten sie wiederum so rund sieben Kilometer vor der Lenkstange. Der Nachbar Hausmann schwitzte in seiner Fettleibigkeit auf dem Fahrrad. Dem Peter Woetke rann Angstschweiß vom Rücken, weil er jeden Augenblick befürchtete, aus dem Straßengraben springende Soldaten würden mit ihnen kurzen Prozeß machen. Doch niemand beachtete sie. Selbst die sonst am Himmel kurvenden amerikanischen Jäger tauchten nicht auf, das graue Wetter verschaffte ihnen offensichtlich zu wenig Sicht.

So konnten sie am späten Nachmittag unbehelligt Datteln erreichen. Sie stellten die beiden Fahrräder am Rathaus ab und gingen über das Kopfsteinpflaster der Hauptstraße zum Marktplatz.
»Wir müssen jetzt mit der Straßenbahn nach Hause fahren, damit wir da sind, bevor es dunkel wird. Wenn wir ganz normal mit der Straßenbahn fahren, fallen wir nicht auf. Sobald es dunkel wird, wird es kriminell für uns.«
Peter Woetke hatte seinem Nachbarn nicht widersprochen, aber er hatte Wut auf ihn, weil er wegen dessen Feigheit heute noch erschossen würde. Auch während der langen Radtour von Flaesheim nach Olfen und von Olfen nach Datteln hatten sie nicht über die Motive der Flucht gesprochen. Peter Woetke hatte gespürt, daß er den Mann, der seit 1933 ein aktiver Nazi in Ickern war, jetzt nicht nach seiner Feigheit befragen konnte, denn dann hätte der durchgedreht und sie wären sofort aufgefallen. Er hoffte auf die hauchdünne Chance, daß diese Fahnenflucht per Fahrrad und Straßenbahn glücken werde. Der Nachbar löste für beide je einen Fahrschein, die Schaffnerin behandelte sie völlig normal. Uniformierte waren oft unter ihren Fahrgästen. Die Bahn rumpelte an der Siedlung vorbei, in der die Oma wohnte, und Peter Woetke hoffte, daß ihn die sogenannten Kettenhunde nicht gerade hier erwischten. Er wollte es der Oma ersparen, daß er in Hörweite ihrer Mietwohnung erschossen würde.
Der Plan des Nachbarn Hausmann war genau aufgegangen. Niemand achtete auf den dekorierten Nazi und auf den Jungen, sie kamen ohne jede Kontrolle bei Einbruch der Frühjahrsdunkelheit in Ickern an. Als sie in die Herbertstraße einbogen, gingen sie dicht an den Gartenzäunen entlang, nicht mehr auf der Straßenmitte, wie bei ih-

rem Auszug in den Krieg vor rund zehn Tagen. Der Nachbar brachte Peter Woetke bis an die Haustür. Da sie nie verschlossen war, schob ihn der Nachbar durch den kleinen Hausflur direkt in den Wohnraum. Die Mutter hantierte am Herd, und der Vater lag auf der Ledercouch und starrte an die graue Decke. »Hier, Norbert, hast du deinen Jungen. Versteck ihn gut, denn wir sind abgehauen, es hat keinen Sinn mehr.« Bevor sein Vater etwas sagen konnte, war der Nachbar schon wieder aus dem Haus. Sie haben ihn nicht mehr gesehen, bis er sich selbst nach dem Einmarsch den Amerikanern stellte.
Der Vater hatte sich aufgerichtet. Er saß auf dem Ledersofa und starrte ihn an. Dann sagte er: »Für so klug hätte ich den Idioten gar nicht gehalten.« »Was jetzt«, fragte die Mutter, die auf ihn zugegangen war und ihn an ihre Schulter zog. Sie duftete nach Rindfleischsuppe, jeder Essengeruch war ihm angenehm. »Ich habe Hunger«, sagte er nur. Und da sie im Februar geschlachtet hatten, gab es sogar Wurst. Er hatte völlig vergessen, daß er bei der dünnen Mittagssuppe noch an seine Henkersmahlzeit geglaubt hatte.
Der Vater war durch das Haus gegangen. Zunächst hörte Peter Woetke ihn im Keller rumoren. Danach hatte er sich in den Dachstuhl begeben. Dort hörte er ihn wieder hantieren, bis er schließlich wieder hereinkam und sagte, Peter müsse sich tagsüber oben aufhalten, er dürfe sich auch nicht am Fenster zeigen.
Die ganze Scheiße sei wohl in ein paar Tagen vorüber. Man höre ja schon die Geschütze der Amis. Bis die da seien, müsse er sich verstecken, sonst würde er mit Sicherheit umgelegt. Der Vater führte Peter Woetke die Treppen hinauf, sie legten eine Leiter an und stiegen auf den ausgebauten Taubenschlag, in dem aber seit den letz-

ten beiden Kriegsjahren keine Tauben mehr gehalten wurden. Dort zeigte er ihm hinter dem Verschlag einen Hohlraum, in den Peter mit Mühe kriechen konnte. »Da mußt du es drin aushalten«, sagte er. »Da schlafen mir ja die Füße und die Arme ein«, erwiderte Peter, der glaubte, er müsse hinter der Bretterwand in der Hocke sitzend auf die Amerikaner warten. Nein, er könne sich tagsüber oben in den Kinderzimmern aufhalten, erklärte ihm der Alte. Dann wurden die Geschwister drohend verdonnert, daß sie die Klappe zu halten hätten. Sie sollten überall erzählen, der Peter sei mit dem Nachbarn zusammen beim Volkssturm in Flaesheim. Wenn sie etwas anderes erzählten, so machte er ihnen den Ernst der Lage deutlich, bekäme die gesamte Familie die Rübe ab, da wären sie nicht die ersten. Agnes hielt dem Vater, aus jahrelanger Abneigung gegen Peter, vor, er habe die ganze Familie ja schön in den Schlamassel gezogen, nur weil er zu feige sei, könnten sie alle am Galgen enden. »Halt die Klappe«, entgegnete der Vater kurz und wütend, »der ist nicht feige, der ist nur nicht so ein Idiot wie dein Otto.« Pikiert hatte sie sich umgedreht und hatte Peter bis zum Einmarsch der Amerikaner nicht mehr beachtet.
Einige Male kamen örtliche Nazis in das Haus des Nachbarn und verhörten die Frau. Woetkes beobachteten von gegenüber genau, daß die Männer alle Zimmer durchsuchten, den Kleiderschrank öffneten und die Mäntel auf die Betten warfen, sie schauten auch unter die Betten und nahmen sogar ein Bild von der Wand. Wenn sie aus dem Haus des Nazi-Nachbarn kamen, dann schauten sie immer zu ihnen herüber. Aber sie wollten sich wohl nicht die Blöße geben, zuzugeben, daß einer ihrer Kanarienvögel die vielzitierte Flinte ins Korn geworfen hatte.
»Es ist alles vorbei«, hatte eines Morgens der Vater seinen

Sohn Peter geweckt, »draußen sind sie, die Nazis sind weg.« Peter Woetke, der davon überzeugt war, seit seiner Fahnenflucht nie tief geschlafen zu haben, weil er immer auf dem Sprung gewesen war, wurde sofort hellwach. Er stürzte ans Fenster, erstmals wieder seit Tagen, riß es auf, atmete die einströmende Aprilluft und schaute auf einen Jeep, der unten aufreizend gemütlich durch die Herbertstraße zuckelte. In ihm saßen vier amerikanische Soldaten, die ihre Maschinenpistolen lässig auf den Oberschenkeln liegen hatten. Einer blickte zu ihm hoch und lächelte ihn an. Peter Woetke wußte nicht, wie er sich denen gegenüber zu verhalten hatte, er trat zurück und schloß das Fenster. Dann aber lief er fröhlich pfeifend die Treppen hinunter in die Küche, umarmte seine Mutter, und lief über den Hof zur Gartenpforte. Der Jeep hatte die Herbertstraße schon wieder verlassen. Die Straße wirkte beklemmend leer. Er wußte, daß viele Menschen hinter ihren Gardinen standen, aber niemand kam aus dem Haus. Gegenüber beim Nazi wirkte alles wie tot.

Drei Wochen nachdem Peter Woetke aus den oberen Zimmern des Hauses wieder ausziehen konnte, weil die Amerikaner ihn aus seiner mißlichen Lage befreit hatten, ging sein Vater mit ihm zur benachbarten Zeche. Er hatte immer nur ganz selbstverständlich gedacht, daß alle dort hingingen. Von dort kam auch die Kohle, die ihnen im Herbst und im Frühjahr zum eigenen Verbrauch vor die Haustür geschüttet wurde. Wenn man aus der Schule kam, dann ging man auch dort hin; so und nicht anders sah sein Weltbild aus. »Na, dann komm mal mit«, sagte der Vater zu ihm. Er lächelte ihn sogar an, blickte beinahe stolz zu ihm hinüber und trottete dann mit ihm durch die Straßen mit den eintönigen und zum Verwechseln ähnlichen Siedlungshäusern bis zum Zechentor, vor dem neben dem deutschen Aufpasser in einer Feuerwehruniform noch ein britischer Soldat mit einem Gewehr auf der Schulter stand. »Den melde ich an«, sagte der Vater zu dem Soldaten und zeigte auf seinen Sohn. Der Brite nickte und lächelte Peter Woetke an. Peter war sicher, daß der Soldat den Satz nicht verstanden hatte. Aber er ließ sie passieren.

Zu dem Feuerwehrmann sagte der Vater: »Ich gehe zur Schachtgewerkschaft.« Der Mann nickte gleichgültig, als interessiere es ihn nicht. Sie gingen über eine Treppe, dann kamen sie in eine lange Halle, an deren rechter Seite große Fenster Licht hereinließen. An der linken Seite gab es verschiedene Schalter, die meisten waren geschlossen. Am Ende des langen Ganges hing eine große Tafel, darauf stand: »Achtung, Schlagwettergefahr.« Wenn die Tafel erleuchtet war, so deutete es Peter Woetke, dann war Gefahr im Verzuge.

Der Vater bog ohne jeden Hinweis plötzlich links ab, klopfte kurz an einer Tür und öffnete sie, ohne darauf zu warten, daß jemand »herein« oder »bitte« rief.

In dem Raum standen mehrere alte Schreibtische. Einige Männer standen herum und unterhielten sich, zwei telefonierten. Es herrschte ein wenig Hektik in dem Raum. Der Vater steuerte mit ihm auf einen am Schreibtisch sitzenden Mann zu und sagte: »Willy, ich bring' euch meinen Ältesten.«

»Was, ist der schon soweit«, fragte der ältere Mann mit dem rötlich wirkenden Gesicht hinter dem Schreibtisch und reichte Peter Woetke die Hand. Verwirrt gab er ihm seine, er spürte, daß der Mann harte Schwielen hatte.

»Na, Junge, willste auch Bergmann werden?«

Das rötliche Gesicht strahlte ihn an.

»Ja, will ich«, sagte Peter Woetke. Dabei hörte er überrascht seine Stimme, als komme sie aus dem Mund eines anderen. Wollte er es eigentlich? Darüber hatte er nie nachgedacht.

»Na, dann eifere mal deinem Vater nach«, sagte der Mann, »der war immer ein aufrechter Gewerkschafter und Demokrat, da schneide dir mal 'ne Scheibe von ab.«

Peter Woetke wußte nicht, wie er sich verhalten sollte. Er wußte nicht, was ein Gewerkschafter und Demokrat war, ihm war auch nicht klar, wie man sich von was eine Scheibe abschneiden konnte, außer von einem Brot oder einer Wurst.

»Das geht in Ordnung, Norbert, die Papiere erledigen wir. Morgen um sechs kann er auf dem Leseband anfangen. Er hat die Nummer«, er sah in ein Buch, »die Nummer«, wiederholte er, »912.«

Am anderen Morgen stand Peter Woetke erstmals um fünf Uhr in der Frühe auf. Er blickte durch die Vorhänge, es war schon grauhell, die Straße war leer. Dieses fahle Morgenlicht hatte er vorher noch nie gesehen. Die Mutter war schon auf, sie hatte sogar schon Feuer im Herd, ein Topf mit Wasser stand auf der Flamme, das Wasser kochte. Sie machte ihm Kaffee-Ersatz. Ein Brot mit Wurst aus der eigenen Schlachtung gab sie ihm noch mit. Sie legte es in eine Blechbüchse und sagte: »Mach die Brotbüchse nicht weg. Ich habe die mühsam aufgetrieben, Zeitungspapier gibt es nicht. Wenn die Dose weg ist, mußt du dein Brot so in die Hand nehmen.« Er bekam ein blauweiß kariertes Handtuch in die Hand gedrückt, darin wickelte sie ein altes Hemd, eine alte Hose und eine ebenso alte Jacke, dazu kamen noch eine aufgetragene Mütze vom Vater und ein paar grobgestrickte Socken.

»Die Schuhe kriegste auf der Zeche«, sagte sie noch. Er nahm das Bündel mit dem Handtuch unter den Arm und verließ kurz vor halb sechs die Wohnung. Es war noch still auf der Herbertstraße. Er ging an den Vorgärten entlang, in denen die Männer an den letzten Wochenenden gearbeitet und trotz der schlechten Zeit Blumen angepflanzt hatten, er kam an einigen Gärten vorbei, in denen er als Kind Obst gestohlen hatte, auch an jenem Garten, in dem er als Pimpf grüne Erdbeeren gegessen hatte. Er durchschritt wie ein alter Bergmann das Werkstor, der Brite nickte nur, der Feuerwehrmann sah ihn gar nicht, zumindest erweckte er den Eindruck. Die Halle war erleuchtet, und viele Männer hielten sich jetzt geschäftig darin auf. Was sie redeten, war kaum zu verstehen. Kaum jemand unterhielt sich mit einem anderen, man knurrte nur so ein paar Worte heraus.
»Wo krieg' ich denn die Nummer 912?« fragte er einen alten Bergmann. Der hatte nur zu einem Schalter hingesehen, aber nicht gesagt »da« oder »dort«, die Kopfrichtung war die Antwort.
Vor dem Schalter stand niemand. Er war sofort dran, bekam die Nummer und stand ratlos im Flur. »Geh in die Jugendkaue, direkt bei der Hauptkaue gleich rechts«, rief ihm der Mann hinter dem Schalter zu. Er ging hinter den Männern her durch eine Pendeltür, rechts dahinter befand sich eine dunkle Tür. Hier zogen sich die Jugendlichen um, in dem großen Raum geradeaus die erwachsenen Männer. Hier duschten sie sich auch nach der Arbeit. Die Straßenkleidung wurde während der Arbeitszeit an einen Haken gehängt, den man mit einer Kette an die Decke des Raumes hieven konnte.
Wenige Minuten vor sechs kam der Mann mit dem roten Gesicht in die Jugendkaue. Er stellte sich als Sprecher der

Gewerkschaft vor und erklärte ihnen, daß sie jetzt im Betrieb und in der Gewerkschaft seien, die für alle da sei. Sie müßten zwei Jahre lang am Leseband arbeiten, bis sie richtige Bergleute seien und in die Grube dürften, jetzt sollten sie ihm folgen. Er führte sie an ihren neuen Arbeitsplatz.

Peter Woetke hatte keine genauen Vorstellungen von der Grube unter Tage. Er dachte nur darüber nach, warum der Mann gesagt hatte, sie dürften nach zwei Jahren hinunter. Noch nach Jahren erinnerte sich Peter Woetke an diesen ersten Gang zu seiner Arbeitsstelle. Es ging über schmutzige Treppen, durch dunkle und enge Flure, vorbei an Schaltern, dann an einer kleinen Eisenbahnstrecke entlang. Es liefen nur metallene Wagen an Ketten darüber, gemächlich und immer gleich langsam, eckig bogen sie um die Kurve, sie glitten nicht, sie ruckten, direkt daneben gingen die Bergleute, die aus der Grube schwarz kamen oder noch einigermaßen sauber hinunterfuhren. Es roch nach Öl, Schweiß und Dreck. Peter fühlte sich von diesen Eindrücken betroffen und bedrückt. Es ging durch verschiedene eiserne Türen, dann standen die Jugendlichen mit dem rotgesichtigen Mann in einer Halle, in der es laut lärmte. Der Mann wollte sprechen, aber niemand konnte ihn verstehen. Er gab es auf, winkte sie in einen kleinen Raum, in dem ein klobiger Tisch stand. Um ihn herum lagen ein paar beschmutzte Bänke, einige Fensterscheiben waren kaputt, die anderen waren grau und ließen kaum Licht in den rechteckigen Raum. Schwere, dicke Heizungsrohre zogen sich an der Wand entlang, trotz der zerstörten Scheiben und der Aprilkälte draußen, war es im Raum stickig warm.

»Um sechs geht es los«, sagte der Rotgesichtige zu ihnen, »dann werdet ihr an den Bändern eingestellt. Um halb

zehn gibt es eine Butterpause von dreißig Minuten. Dann geht es noch einmal weiter bis halb drei. Die Arbeitszeit beträgt acht Stunden.«
»So lange«, rief einer vorlaut aus dem Hintergrund.
»Dafür haben wir 1918 gekämpft, früher war das noch länger«, sagte der Mann ärgerlich.
»Booooooohhh«, riefen die Jungen unabgesprochen im Chor.
»Los, an die Arbeit«, wurden sie kommandiert. Sie gingen wieder in den Lärm zurück.
Vier metallene Bänder liefen durch die große Halle. Oberhalb der Bänder wurden die Kohlenwagen aus der Grube entleert. Kohle und Steine liefen an den Jungen und einigen älteren Bergleuten vorbei. Sie mußten die Steine heraussuchen und hinter sich in Trichter werfen. Von dort liefen andere Bänder mit den Steinen irgendwohin. Peter Woetke hat nie erfahren, wo die Steine gebraucht wurden. Niemand wußte das, es interessierte sich auch keiner dafür. Die von Steinen gesäuberte Kohle lief zwanzig Meter weiter in einen Waggon, der unterhalb der Halle stand. Wohin die Kohle dann transportiert wurde, wußte auch niemand genau. Ein alter Bergmann sagte, die Kohle käme nach England.
Peter Woetke bekam seinen Platz zugewiesen, hier sollte er es dann zwei Jahre aushalten. Bei dem Gedanken wurde ihm übel. Die Zeit verstrich quälend langsam. Er konnte mit den anderen nicht sprechen, es war viel zu laut. Er hungerte der Frühstückspause entgegen. In der zweiten Schichthälfte stellte sich bei ihm das Gefühl ein, er stehe still und der Platz, auf dem er stand, fahre an dem Band entlang.
Schon am zweiten Arbeitstag freute er sich, als es in der Produktion eine Panne gab, der Strom ausfiel und das

Band wimmernd und ächzend auslief, um dann fast eine Stunde lang keinen Millimeter mehr nach vorn zu fahren. Er hatte früh gewußt, daß man sich in so einem Großbetrieb keine Lorbeeren verdienen konnte, nur das notwendige Geld, und das mußte man so bequem wie möglich schaffen. Die Zeche war sein Feind. Sie wollte gnadenlos den schönsten Teil seiner Lebenszeit, sie wollte, wie er von den Nachbarn wußte, seine Gesundheit. Wenn er kaputt war, würde ihn die Zeche achtlos wieder ausspucken. Wenn der Kontrolleur mal nicht hinsah, dann ließ er Steine einfach durchlaufen. Die konnten ja später nicht mehr feststellen, wer an dieser miesen Ladung schuld war. Sollten doch die Engländer oder sonstwer mit Steinen heizen, ihn interessierte das nicht. Er dachte auch oft darüber nach, wie er selbst eine Panne herbeiführen könne. Aber dafür war alles zu perfekt geplant und zu sicher angelegt. »Man muß sich durchbeißen durch das Leben«, pflegte sein Vater zu sagen, wenn er auf die Arbeit, das nutzlose Geld und den Hunger zu sprechen kam. Denn für die Reichsmark, die er auf der Zeche ausgezahlt bekam, erhielt er kaum etwas. Die Alten bekamen schon mal eine Flasche Schnaps oder auch Naturalien, er als Jugendlicher nur wertloses Geld.

Immer hatten sie Hunger. Und so trachteten die Brüder und er ständig danach, an Essen zu kommen. Im ersten Sommer, in dem Peter auf der Zeche arbeitete, veranstaltete die Schachtgewerkschaft seines Betriebs für die Jugendlichen eine Woche lang ein Zeltlager in Haltern an der Lippe. Dieser Urlaub trug dann später seine Früchte. Die deutsche Wehrmacht hatte nicht nur, wie er sich später überzeugen konnte, tatsächlich in Flaesheim die Brükke über den Kanal gesprengt, auch die Straßen- und Eisenbahnbrücken über die Lippe bei Haltern waren zerstört worden. Mühsam und unsicher hatte man eingleisige Schienen über den Fluß gelegt, abgestützt durch Balken, alles wirkte ziemlich kriminell. Wie auf Filzlatschen schlichen sich die Züge aus dem Oldenburgischen kommend über die Notbrücke, sie fuhren ganz langsam, um nur keine Erschütterungen hervorzurufen. Auf den Trittbrettern der Eisenbahnwagen dritter Klasse lagen prall gefüllte Kartoffelsäcke, denn in den Zügen saßen Menschen aus dem Ruhrgebiet, die in Norddeutschland Schnaps oder Zigaretten gegen Fressage getauscht hatten. Zum Greifen nahe hatte Peter Woetke die Kartoffelsäcke vor seinen Augen. Sein Magen knurrte. Sie waren so hungrig, daß sie versuchten, in dem kleinen Flüßchen Stever Fische zu fangen.

Hinter der Notbrücke setzte der Zug in Richtung Recklinghausen, weißen Dampf ausstoßend, wieder langsam zu voller Fahrt an. Peter Woetke, der das beobachtete, hatte dabei die erste Idee seines Lebens, wie man sich so durchschlagen kann.

Als er von dem einwöchigen Urlaub aus Haltern nach Ikkern zurückkam, interessierte er sich für das Gartengerät des Vaters, besonders für den Jaucheheber, der einen sehr langen Stiel hatte. Mit dem am Ende befindlichen kleinen Kübel konnte man die Jauche aus der ziemlich tiefen Grube holen. Er ging damit zu einem Nachbarn, der in der Schlosserei der Zeche arbeitete und, wie die anderen auch, zu einer Gefälligkeit bereit war, wenn man ihm was versprach. Peter versprach dem Schlosser einen halben Zentner Kartoffeln, wenn er ihm heimlich in der betriebseigenen Schlosserei einen eisernen Haken herstellen würde, den er statt des Jauchekübels an der Spitze der Stange befestigen könnte. Der Nachbar war mißtrauisch, drohte, wenn er ihn hereinlege, werde er ihm derart den

Arsch verhauen, daß er die Engel im Himmel pfeifen höre. Peter Woetke versprach ihm den halben Zentner Kartoffeln fest in die Hand und dachte über dessen Spruch nach: hieß es nicht, bis man die Engel im Himmel singen höre?

Der Nachbar blieb zwar skeptisch, aber die Aussicht auf einen halben Zentner Kartoffeln ließ ihn dann doch dieses Risiko eingehen. Er schmiedete den Haken. Trotz intensiven Nachdenkens kam er nicht darauf, wofür Peter Woetke ihn brauchte und wieso er ihm dafür ein so wertvolles Angebot gemacht hatte.

Als Peter den Haken dann endlich hatte, besorgten sich seine Brüder Günter und Hans je ein Fahrrad, er hatte selbst eins, an dem er die lange Stange festband, dann fuhren sie die lange Strecke von Ickern über Datteln, Ahsen und Flaesheim nach Haltern, an die notdürftig erstellte Überfahrt der damaligen Reichsbahn. Sie beobachteten, wie sich der erste Zug fast tastend über die Lippe schlich und schauten der Lok nach, die wenige Meter nachdem der letzte Wagen den Fluß passiert hatte, dicken weißen Dampf ausstieß und langsam für volle Fahrt sorgte. Zwei Kilometer hinter der Lippe in Richtung Recklinghausen, bevor der Zug in die Wälder der Haard verschwand, hatte der Zug schon eine so beachtliche Geschwindigkeit, daß es lebensgefährlich gewesen wäre, aus dem Abteil zu springen. »Da müssen wir hin«, sagte Peter nur kurz zu seinen Brüdern, die ihm willig folgten, bereit, ein Abenteuer zu erleben, dessen Ziel und Ausgang sie nicht kannten.

Sie legten sich in die herbstliche Wiese, schauten den wenigen blauen Wölkchen nach, die langsam am Himmel in Richtung Westen zogen. Gelegentlich hörten sie einen der hungrigen Magen knurren, sie warteten. Nach eini-

gen Stunden rumpelte wieder ein Zug heran. Er tastete sich über die Brücke. Als der letzte Wagen fast schleichend über den Fluß gekommen war, stieß die Lok einen Pfiff aus, langsam bekam der Zug wieder Fahrt. Wie eine fette Raupe näherte er sich ihnen, die Kartoffelsäcke auf den hölzernen Trittbrettern hoben und senkten sich, denn die Strecke war holperig. Günter und Hans war mit einemmal klar, worum es ging, als sie sahen, wie ihr Bruder Peter den langen Stab mit dem Haken hob und auf den Bahndamm zuging. Sie begriffen, er wollte die Kartoffelsäcke entern. Bei seinem ersten Versuch glitt er ab. Doch beim zweiten hakte er sich in einen Sack. Einige Meter wurde er mitgezogen, dann rumpelte die prallgefüllte Beute auf den Bahndamm, ein weiterer Sack wurde mitgerissen. Sie waren selbst so verblüfft, daß sie vergaßen, noch mehr Beute zu machen. Es war so schnell gegangen, daß nicht einmal der Hamsterer im Zug diesen Diebstahl mitbekommen hatte. Sie mußten mit den beiden Kartoffelsäcken und der langen Stange über zwanzig Kilometer zurücklegen. Aber die Mühen dieser Fahrt spürten sie nicht, denn sie waren voller Triumph. Jetzt konnten sie wieder einmal richtig essen, ohne mißtrauisch darauf zu achten, daß keiner am Tisch eine Kartoffel mehr einheimste als ein anderer. Selbst ein hochgefüllter Suppenteller voller Kartoffeln mit Mehlsoße war ein Festmahl. Und zusätzlich hatten sie noch, darauf freuten sie sich, die Anerkennung der Familie. Zum erstenmal hatten die Söhne und nicht der Vater dafür gesorgt, daß alle was auf der Gabel hatten.
Zu Hause wurden sie auch tatsächlich wie Helden gefeiert. Sie mußten das Entern der Säcke immer wieder beschreiben, und bei jeder Darbietung wurde der Vorgang farbiger und gefährlicher. Wütende Männer hatten aus

den Fenstern des an Fahrt zunehmenden Zuges gedroht. Einer mußte mit Gewalt daran gehindert werden, aus dem zu schnell fahrenden Zug zu springen, der hätte sich glatt das Genick gebrochen. Denn auch Peter sei, so redeten sie sich in Rage, mindestens hundert Meter mitgeschleift worden, bis der Sack dann endlich plumpsend in der Wiese landete. Zwei Meter weiter, so schilderten sie es zu Hause durchaus glaubhaft, wäre Peter mit voller Wucht in einem Stacheldrahtzaun gelandet. Denn er hätte die Enterstange nie freigegeben, lieber hätte er sich in den Stacheldraht gestürzt.

Vor den dampfenden Kartoffeln lachten sie wiehernd über die Opfer, malten sich aus, wie der eine oder andere Mann zu Hause von seiner Alten einiges vor den Latz geschlagen bekäme, weil die ihm angesichts der hungrigen Kinder nicht glauben würde, daß er zehn Kilometer vor der Grenze zum Ruhrgebiet seinen Kartoffelsack auf eine so lächerliche Weise verloren hätte. Sie würde ihn vermöbeln, weil sie glauben würde, er habe die Zigaretten oder den Schnaps mit einem drallen Oldenburger Weib in einer Bauernscheune verhurt.

»So ist das Leben. Der eine wird satt, der andere geht vor die Hunde«, hatte der Vater nachdenklich gesagt. Dabei hatte er in seinen Kartoffeln gestochert. Er war einerseits stolz, welch gerissene Hunde er als Söhne hatte, er hatte sie, davon war er jetzt überzeugt, für den Lebenskampf richtig abgerichtet. Ihm war aber auch ein bißchen wehmütig zumute, weil er auf einmal ins zweite Glied gedrückt wurde. Er wußte, daß er die lange Fahrt mit der schweren Ladung nicht schaffen würde, und war auch nicht mehr beweglich genug für dieses gefährliche Entermanöver. Das machte ihn ein wenig traurig an diesem ersten Tag des guten Essens.

Die tägliche Arbeit an dem Leseband der Zeche wurde für Peter Woetke zur Qual. Ihn bedrückte die Eintönigkeit. Er schlief schlecht. Manchmal, wenn er wach lag, stellte er sich vor, daß am Ende des Ortes Ickern die Kohlewagen gekippt wurden. Die Kohle war dann weg, es gab einen Schlitz in der Erde, darin verschwand sie. Wenn er grübelnd und phantasierend in seinem Bett lag, hörte er nach einer Weile den regelmäßigen Atemzügen der Brüder zu. Das wirkte beruhigend auf ihn. Langsam spürte er, wie die Pulsschläge, die er in den Ohren hörte, ruhiger wurden. Wenn er dann nach einiger Zeit wieder einschlief, kamen wieder Bilder vom Leseband hoch. Er sah die Männer arbeiten, sie blickten überhaupt nicht hoch, sie sprachen, aber er hörte keine Laute. Das Lärmen der Wagen und des Bandes war auch nicht zu hören, es hörte sich alles so an, als tauchte es in dem Schwimmbad des Ortes unter, alles blubberte. Wachte er dann auf, dann fühlte er sich gerädert, zerschlagen, als habe er gerade eine volle Schicht an dem verhaßten Band gearbeitet.
Sooft er auch an den wenigen Sonntagen im Garten sitzend über sich nachdachte, er sah überhaupt keine Möglichkeit, hier herauszukommen, den Kreislauf zu durchbrechen, der eisern vorgeschrieben zu sein schien.
»Du mußt einen Ausgleich finden«, hatte der Vater mal gesagt, als er wieder auf der selbstgezimmerten schmalen Gartenbank saß. Der Alte muß geahnt haben, was den Sohn bedrückte. »Der Krajewskie hat mich angesprochen. Den kennst du doch, vom Boxverein der, der da auch in der SPD mitmischt, der meinte, du hast doch alle Voraussetzungen, um bei denen mitzumachen.« Der örtliche Boxverein interessierte sich für ihn, er war hellwach. Ja, dachte er, Boxen, das könnte was sein, so wer-

den wie Heinz Neuhaus und Hein ten Hoff, die waren fein raus, über die stand was in der Zeitung. Sogar in der Wochenschau waren die zu sehen.
»Aber ich habe doch keine Sportsachen«, entgegnete er lauernd. Er wollte sehen, wie weit sein Vater mit seiner Anteilnahme ging. »Du holst doch ständig Kartoffeln aus Haltern«, grinste der ihn an, »die müssen ja nicht alle verfressen werden. Sonst kriegst du noch einen Kartoffelbauch. Da läßt sich schon was tauschen, eine Turnhose, ein Hemd, ein paar Boxhandschuhe.«
Nachdem er den Segen des Alten bekommen hatte, enterte er mit seinen Brüdern wieder in Haltern. Sein Bruder Günter, jung und besonders gerissen, wie alle in der Familie still zugaben, besorgte für die geklaute Hamsterware die Sportkleidung. Der Vater ging mit ihm zum alten Krajewskie, der ihn freundlich betastete und dann anerkennend sagte: »Der Junge kann was werden. Er kann morgen zum Training kommen.«
Er ging hin. Vor der ramponierten Tür der einzigen vom Krieg nicht zerstörten Turnhalle des Ortes zitterte er vor Aufregung, betrat dann aber schwungvoll den düster beleuchteten Raum, aus dem ihm ein starker Schweißgeruch entgegenschlug. Der alte Krajewskie war schon in der Halle. Er stand inmitten einiger junger Boxer. Als er ihn sah, kam er auf ihn zu und begrüßte ihn mit Handschlag. Das war selten. Es war in Ickern nicht üblich, daß sich Bekannte oder Nachbarn oder Arbeitskollegen die Hand gaben, wenn sie sich trafen.
»Das ist Arthur Sauerland«, sagte er, und er zeigte dabei mit seiner schwieligen Bergmannshand auf einen gedrungenen Mann, der eine auffallend platte Nase hatte, nur am Ende, an der Stelle der Nasenlöcher, wölbte sich eine kleine Erhebung vor. »Der war im Krieg dreimal Ruhr-

bezirksmeister, der hat schon gegen Heinz Neuhaus geboxt, der trainiert die Jungs hier.«

»Zeig mal her, ob da was ist«, sagte der vierschrötige Sauerland. Dabei zeigte er ein unebenes, löchriges Gebiß mit beachtlich gelben Stumpen. Er tastete Peter Woetkes Schultern und Oberarme ab, drückte dann seine flache Hand einige Male kräftig in die Magengegend, um dann anerkennend zu nicken. »Gott sei Dank kein Wasserbauch«, meinte er. Dabei blickte er zum alten Krajewskie hinüber. Dann lächelte er Peter mit seinem Stummelmund an und sagte laut: »Aus dich machen wir wat.«

Dreimal in der Woche ging Peter Woetke in die schummrige Turnhalle. Er mußte gegen pendelnde Säcke schlagen, die an einer Leine von der Decke hingen, dann mußte er, wie die Mädchen auf der Straße, Seilchen springen, und gelegentlich nahm ihn sich der Arthur Sauerland vor, indem er ihm seine knollige Faust gegen die Brust drückte und rief, »schlag zu, Junge, schlag ruhig zu.« Zuerst hatte Peter Woetke gezögert, dann versuchte er ihn zu treffen, was ihm aber nicht gelang. Geschickt war der Wurzelzwerg, wie er hinter seinem Rücken von den Boxern genannt wurde, weggetaucht. Einmal hatte ihn Sauerland fast zur Weißglut gebracht, er hatte ihn wieder mit der Faust sanft gegen die Brust gestoßen, ihm dann aber mit der flachen Hand patschend auf die Wange gehauen. Wütend schlug Peter Woetke zu, traf ihn wieder nicht, und ehe er sich versehen hatte, spürte er die flache Hand schon wieder auf seiner Wange. »Halt«, rief der Knollige, als er sich wieder auf ihn stürzen wollte, »du mußt in jeder Situation die Ruhe bewahren. Du darfst dich nicht reizen lassen. Wer Wut hat, der schlägt unkontrolliert, das mußt du dir merken, Junge.« Das war einleuchtend. Peter Woetke erkannte langsam die Fähigkeiten jenes

Mannes, den er in den ersten Tagen für einen aufgeblasenen Gartenzwerg gehalten hatte.
»Du bist auf dem Leseband«, fragte ihn nach einigen Wochen der Krajewskie.
»Ja.«
»Macht es Spaß?«
»Nee.«
»Wie lange noch?«
»Ein halbes Jahr.«
»Möchteste auffe Lampenbude?«
»Ich möchte schon, Leseband ist Scheiße.«
»Also willste auffe Lampenbude?«
»Geht dat?«
»Ja, dat geht, vom Verein aus.«
»Da muß man weniger malochen?«
»Da muß man weniger malochen.«
»Ja, dann will ich wohl.«
»Gut, in den nächsten Tagen klappt et.«
»Prima.«
Als Peter Woetke nach dem Training nach Hause kam, rief er seinem Vater, der gerade wieder zur Nachtschicht auf die Zeche gehen wollte, laut durch die Küche zu, »Mensch, Vatter, der Krajewskie bringt mich auffe Lampenbude unter, vom Verein aus.«
»Drück dich, wo de kannst, Junge«, sagte der Vater nur, dabei blinzelte er ihn an, dann, bevor er die Tür hinter sich zuzog, sagte er zu allen, »macht kein Mist«, und ging in die Dunkelheit hinaus.
Tatsächlich lohnte sich für Peter Woetke das Training. Eine Woche nach dem Gespräch mit dem Krajewskie von der SPD hatte er auf der Zeche seinen neuen Arbeitsplatz. Er wurde tatsächlich in der Lampenbude beschäftigt. Die Lampenbude befand sich in der Nähe des

Schachtes. Hier gaben die ausfahrenden Bergleute ihre schweren Lampen ab, wenn sie wieder über Tage waren. Die klobigen Geräte wurden auf Wagen geladen, die so ähnlich aussahen, wie Essenwagen auf einer Krankenstation. Die Jungen auf der Lampenbude schraubten mit einer beachtlichen Geschicklichkeit die Köpfe der Lampen ab, der untere Teil mit dem Akku wurde in große Ladegeräte geschoben, nach einigen Stunden waren sie aufgefüllt, die Köpfe mit den Birnen wurden wieder aufgeschraubt, dann fuhren die Arbeiter die Wagen aus der Lampenbude, nach den darauf gemeißelten Markennummern der Bergleute wurden sie in ein Gestell gelegt, hier holte sie am anderen Tag der wieder ins Bergwerk einfahrende Bergmann selbst ab. Diese Arbeit war viel sauberer als die an dem Leseband. In den Räumen war es angenehm warm, und man stand nicht so unter Druck. Peter Woetke war zum erstenmal seit dem Beginn seiner Arbeitsaufnahme auf der ungeliebten Zeche zufrieden. In der Nacht wachte er nicht mehr auf, hatte keine dumpfen Vorstellungen mehr von seiner Zukunft. Er hatte jetzt Träume von einer Karriere als Boxer. Eines Tages würde er in Ickern ein geachteter Mann sein, der den kleinen Jungen von seinen Kämpfen erzählte und sogar Autogramme geben würde.
Peter Woetke sah seine Arbeit auf der Zeche nur noch als Nebenbeschäftigung. Er würde nicht, wie sein Vater, nach jahrzehntelanger Nachtschicht mit unerträglichen Kopfschmerzen am Herd sitzen und leiden, er würde was aus seiner Sportkarriere machen, mehr auch als der Sauerland, der zwar ein guter Trainer war, aber jetzt auf einem Drückeposten auf der Zeche saß und allen in den Ohren hing, was aus ihm geworden wäre, wenn dieser verdammte Krieg nicht dazwischengekommen wäre.

Sauerland stellte es oft so dar, als sei der Zweite Weltkrieg von den Nazis nur deshalb angezettelt worden, um ihn in seiner todsicher vorgeschriebenen glänzenden Boxkarriere erfolgreich zu hindern und um ihn um die Goldmedaille zu betrügen, die er bekommen hätte, wären die Olympischen Spiele nicht wegen des Krieges ausgefallen.
Nach einem halben Jahr auf der Lampenbude mußte Peter, wie alle seiner Altersgruppe, nach unter Tage, in die Grube. Wenige Tage vor der Verlegung nach unten hatten die jungen Leute eine Besichtigungsfahrt machen dürfen. Der erste Eindruck hatte ihn betroffen gemacht. Er litt unter dem miefigen und leicht in die Fäulnis gehenden Geruch. Der ständige Wind da unten, Wetter genannt, wirkte auf ihn, wie schon einige Male ausgeatmet, die Enge bedrückte ihn weniger, mehr die Unendlichkeit der langen Wege.
Er war mit der Gruppe heulender und Spaß treibender Jungen ungefähr zwei Stunden unten. Doch kam ihm diese Zeit viel länger vor. Er verlor fast den Zeit- und Orientierungssinn. Deprimiert kam er wieder nach oben. In der Waschkaue saß er eine halbe Stunde lang völlig niedergeschlagen auf der schmutzigen Bank, während die anderen seines Jahrgangs lärmten und ihre Späße trieben. Dann aber stand er ruckartig auf, zog seine Arbeitskleidung aus und lief fast hopsend unter die heiße Dusche. Er hatte sich fest vorgenommen, dort unten nicht sein Leben zu verbringen. Er würde der Held des Boxringes werden. Davon war er jetzt fest überzeugt.
Auch nach seiner Verlegung konnte er sich auf die Obhut des alten Krajewskie verlassen. Nicht nur die Fußballspieler von Arminia Ickern wurden am Arbeitsplatz bevorzugt, indem man ihnen Drückerposten zuspielte,

auch der Boxverein hatte seinen Einfluß auf die Arbeitsplatzeinteilung: Peter Woetke wurde einer Schmierkolonne zugeteilt. Eine Handvoll gestandener Bergleute bildete die Schmierkolonne. Mit einem Eimer Fett, den man auf den Rücken schnallen konnte, gingen diese Männer die unterirdischen Strecken ab und sorgten dafür, daß die Weichen bei den Schienen der Kohlenbahn unter Tage nicht trockneten, sie schmierten sie. Oder auch nicht. Diese Arbeit konnte niemand genau kontrollieren. Sie konnten sich ihre Tätigkeit gewissermaßen selbst einteilen, was in der Praxis hieß, daß montags grundsätzlich kein Handschlag getan wurde. Zwar schnallte man sich einen Fetteimer auf die Schulter, aber die Alten wußten genug Stellen in dem weitverzweigten Streckennetz unter Tage, wo kein Aufseher hinkam und wo man sich ungesehen für eine Mütze voll Schlaf auf einen Holzstoß legen konnte.
Ein wichtiges Erlebnis für ihn war die Währungsreform. Er erinnerte sich sehr oft in seinem Leben daran, wie sein Vater am Nachmittag dieses sonnigen Junisonntags lachend vor dem Küchentisch stand, die Geldscheine ausbreitete, damit fast die Tischfläche abdeckte und immer wieder sagte: »Endlich habe ich was davon, daß ich ein Kinderreicher bin. Endlich, darauf habe ich mein Leben lang gewartet. Bisher habe ich dafür nur dumme Bemerkungen auf der Zeche und in der Kneipe eingesteckt.« Wenn die jungen Töchter nicht mit am Tisch gestanden hätten, dann hätte er auch noch gesagt, was die Kritiker an der Theke für Ausdrücke gebraucht hatten. »Jetzt bin ich«, rief er immer wieder, »reich, weil ich so viele Kinder habe.« Mit beiden Händen war er durch das akkurat ausgelegte Geld gegangen und hatte darin gewühlt.
Amüsiert und freudig erregt stand Peter Woetke mit am

Tisch. Auch er hatte in der Schule wegen der vielen Geschwister abfällige Bemerkungen einstecken müssen. Doch das Erlebnis der Währungsreform war nicht der einmalige Triumph des Vaters wegen des ausgezahlten Kopfgeldes, drei Wochen nach diesem Sonntag kämpften sie in Gelsenkirchen-Horst, und der alte Krajewskie drückte ihm nach dem gewonnenen Kampf einen Zweimarkschein in die Hand. »Als Belohnung für den guten Kampf«, wie er in der nach Schweiß riechenden Kabine sagte. »Wenn du weiter so kämpfst, dann lassen wir mehr springen«, fügte er noch hinzu.

Von den zwei Mark erzählte Peter zu Hause nichts. Er hätte sonst teilen müssen. Der Vater hätte gesagt, er habe ihn schließlich so viele Jahre am Scheißen gehalten. Am Abend versteckte Peter das Geld unter seinem Bettlaken, weil er überzeugt war, daß das Bett im Laufe der kommenden Woche nicht neu bezogen wurde.

Als am darauffolgenden Sonntag nicht gekämpft wurde, nahm er den Zweimarkschein und ging am Nachmittag in die Gaststätte »Zum Anstoß«, wo am frühen Nachmittag schon von einem Akkordeonspieler zum Tanz aufgespielt wurde. Er setzte sich an einen auffälligen Platz, ließ Zigaretten kommen, obwohl er als Sportler nicht rauchte. Großzügig bot er seinen Bekannten je eine an. Sie griffen gierig zu, denn niemand hatte genug Geld, um mit Zigaretten und Bier freigebig umgehen zu können. Einigen Nachbarjungen bezahlte Peter ein Glas Bier und genoß es, wie sich alle um ihn scharten und die Mädchen zu ihm hinblickten. Es genügte ihm, wenn sie schauten. Näheren Kontakt mit ihnen wollte er nicht, denn der Trainer Sauerland, der alte Krajewskie und sein Vater predigten, als Sportler müsse er die Finger von den Weibern lassen. Sein Vater machte jedoch die Einschränkung: »Wenn es nicht anders geht, zieh lieber drei Pariser drüber wie gar keinen. Mach dich nicht dein Leben mit die Frauen kaputt, denk an mich.«

Am Abend war Peter Woetke ungemein zufrieden. Er spürte es körperlich, er konnte vor Aufregung nicht einschlafen, er hörte sein Herz laut in den Ohren schlagen, und doch war dieses Pochen angenehm. Am Montag fühlte er sich sehr zerschlagen. Er hakte sich unter Tage einen Fetteimer unter und schlief zum erstenmal in einer Nebenstrecke. Bisher hatte er nie verstehen können, daß die Alten unten von einer Minute auf die andere in einen scheinbar tiefen Schlaf fallen konnten, doch sofort hellwach waren, wenn sie in der Nähe ein verdächtiges Geräusch hörten.

Er bekam einen Sonntag später wieder einen Zweimarkschein. Schon während des Kampfes gegen seinen Gegner aus Waltrop hatte er in den zwei Ringpausen an das Geld gedacht. Er wollte es unbedingt haben. Wieder versteckte er den Schein zu Hause. Als er dann zwei Sonntage lang wegen der Kämpfe nicht in die Gaststätte gehen konnte, gab er beim nächsten Mal sechs Mark aus. Dadurch war er der Mittelpunkt der Kneipe, und die Mädchen sahen noch interessierter als vorher zu seinem Tisch hin. Er wußte auch, daß er nicht weiter mit dem Geld so hausen durfte. Denn seinem Vater würde das dann mit Sicherheit auf der Zeche hinterbracht werden, und dann gäbe es Krach. Später versteckte er das Geld im Taubenschlag, genau dort, wo in den letzten Kriegstagen sein eigenes Versteck gewesen war. Er wollte jetzt sparen, um eine größere Anschaffung zu machen. Er wollte sich einen Ledermantel kaufen, denn einen solchen Mantel hatte noch keiner in der Siedlung. Nachdem er einige Male zwei Mark erhalten hatte und dann sogar einen Zwanzigmarkschein und einen Blumenkorb und eine Urkunde für fünfundzwanzig Kämpfe ungeschlagen im Verein, da forderte er vom alten Krajewskie fünf Mark. Zwei seien ihm zuwenig, sagte er. Krajewskie war entrüstet. »Da zieht man die Bengels groß, lernt denen erst aufrecht laufen, dann fordern sie ganz frech. Das hat es früher nicht gegeben. Da haben wir noch Geld mitgebracht, damals im Arbeitersportverein ...«

»Ja, ja«, hatte er ihn unterbrochen, »und mit der bloßen Faust habt ihr gekämpft, das weiß ich alles. Entweder fünf Mark, oder ich lass' mich schlagen.«

»Das machst du nicht«, brüllte der Alte.

»Doch«, sagte er kühl, denn er wußte als Boxer, daß man nie Wut haben darf. Er war fest entschlossen, sich schlagen zu lassen, wenn er nicht die fünf Mark bekommen würde. »Was bist du nur für eine undankbare Kreatur«, heulte Krajewskie auf. Bevor er weiterjammern konnte, sagte Peter noch einmal, ganz entschlossen: »Entweder fünf Mark, oder ich fall' im Ring um wie ein Baum.«

Es entstand eine Pause, beide sahen sich an. Keiner senkte den Blick, dann flackerte der alte Funktionär mit den Augen und sagte kleinlaut: »Gut, du kriegst fünf Mark, aber du hältst die Schnauze und sagst keinem was im Verein.«

»Schnauze«, sagte er und hob die Hand. Das hieß: abgemacht oder Ehrenwort oder klar. Wortlos gab der Krajewskie dem Peter Woetke im Gang zur Kabine die fünf Mark. Er sagte nicht bitte, er drückte sie ihm verstohlen, aber auch verärgert in die Hand. Peter Woetke hatte an diesem Sonntag zweimal gewonnen: einmal im Ring und einmal gegen die Vereinsführung. Er ließ sich nicht mehr Geld als Gnadenakt oder stillschweigende Belohnung zustecken, er forderte und er hatte es bekommen. Wieder

hatte er am Abend sein Herz in den Ohren schlagen hören. Noch neunzehn Kämpfe und ich habe einen Ledermantel. Als erster junger Mann in der Herbertstraße kaufte er sich einen. Dafür hatte er sogar einen Tag auf der Zeche freigenommen und war nach Bochum gefahren.
Eine Woche nach dem Kauf starb sein Vater am Nachmittag auf dem Ledersofa. Sein Bruder Günter war ihm, als er von der Zeche nach Hause kam, auf dem Hof entgegengelaufen und hatte gerufen: »Der Alte ist weg, tot, hops, einfach alle.«
Von dieser, ohne jede Vorwarnung vorgetragenen Nachricht des Bruders, die in einer Tonlage wie, hast du schon gehört, gerufen wurde, war er gar nicht betroffen. Er dachte zunächst einmal, jetzt brauche ich das Geld nicht mehr vor dem Alten zu verstecken, der nimmt mir nichts mehr ab. Denn argwöhnisch hatte der Vater eine Woche vor seinem Tod noch gebohrt, woher er denn das Geld für den Ledermantel habe, das könne er sich wohl kaum von seinem Taschengeld gespart haben. Er hatte sogar die Mutter in seinem Beisein gefragt, ob sie nicht etwa Haushaltsgeld vermisse. Sie habe doch so oft in den letzten Wochen über die Teuerung geklagt.
Er hatte sich seinen Vater auf dem Ledersofa dann angesehen, wie er mit den Augen zur Decke starrte, so als denke er angestrengt über etwas nach. Er meinte, sein Vater schaue ihn im nächsten Augenblick an, der sei gar nicht tot.
Erst am Abend des aufregenden Todestages hatte er über den Vater und dessen Leben nachgedacht. Der Alte hatte eigentlich nichts vom Leben gehabt, er hatte nur schuften müssen, jahrelang auf Nachtschicht. Sein einziger Triumph war der von ihm von Anfang an vorausgesagte Niedergang der Nazis. Sonst hatte er nichts im Leben

vorzuweisen, nur Arbeit und Entsagung. Nicht einmal im Bett mit der Mutter hatte er wohl viel Spaß gehabt. Die Kinder, die regelmäßig geboren wurden, hatte er bestimmt nicht alle haben wollen. Nie war sein Vater ins Ausland gereist, hatte nicht einmal das Ruhrgebiet verlassen. Peter war sogar davon überzeugt, daß sein Vater nicht einmal mit der Eisenbahn verreist war. Egal, wie lange die Welt noch bestehen würde, hunderttausend Jahre oder zweihunderttausend Jahre oder eine Million Jahre, es würde den Norbert Woetke nie mehr geben. Er konnte nichts mehr nachholen, nicht mehr auf bessere Zeiten hoffen, er hatte den Löffel für immer weggelegt. Peter Woetke lag auf dem Rücken, die Augen weit geöffnet. Er konnte die graue Zimmerdecke nicht sehen, es war schon zu dunkel. Tränen rannen aus seinen Augen, er spürte, wie sie seitlich aus den Augen liefen, die Schläfen hinunter, die Ohren wurden unangenehm feucht. Er bewegte sich nicht. Er bedauerte seinen Alten. So wollte er nicht leben.
Als sie sich auf dem Rückweg vom Friedhof befanden, da dachte er, jetzt stehe ich allein meinen Mann. Ich brauche das Geld nicht zu verstecken, weil er mich nicht mehr zwingen kann, etwas davon abzugeben. Ich werde nichts teilen, es gehört mir allein. Die Mutter hat mir nichts zu sagen, denn sie hat ihr Leben lang vor ihm gekuscht. Ich habe keine Angst, denn sie ist es gewohnt, Befehle auszuführen, sie kann keine geben. Als sie dann nach der Beerdigung mit Verwandten im Wohnzimmer saßen, war er guter Stimmung. Es gab Streuselkuchen und Brötchen mit Wurst und Bohnenkaffee. Danach wurde Schnaps eingeschenkt. Am späten Abend sangen die Jungen »O du schöner Westerwald« und »Warum ist es am Rhein so schön« mit dem

Refrain, »weil der Franzmann, der Drecksack, das Rheinland besetzt hat«.
Peter Woetke war fortan ein fanatisch eifriger Boxer. Er trainierte mehr, als der Verein vorschrieb. An den Tagen, an denen er nicht zu Übungen in die immer noch halbzerstörte Turnhalle bestellt wurde, sprang er mit seinem Seil über den Hof oder schlug gegen einen Ledersack, den er sich an der Teppichklopfstange befestigt hatte. Sonntags ging er mit seinen Brüdern in den »Anstoß«, wo vom frühen Nachmittag bis zum Abend um zehn zum Tanz gespielt wurde. Der Wirt, Schorsch Albrecht, hatte noch immer Zulauf mit einem Akkordeonspieler. Das war ein Bergmann aus Habinghorst, der zehn Mark fürs Spielen und freie Getränke bekam. Zum Gaudi der halberwachsenen Gäste schwang er sich dann oft sturzbetrunken auf sein Fahrrad und fuhr im Zickzack davon. Gelegentlich holte ihn seine stets schimpfende Frau ab, die dann die Jugendlichen ankeifte, sie hätten ihren Mann wieder besoffen gemacht. Die jungen Männer wunderten sich jeden Sonntag, daß der Akkordeonspieler nach so vielen Jahren Saufpraxis so wenig vertragen konnte. Bis gegen acht Uhr blieb er auch standhaft. In den letzten zwei Stunden genügten sechs bis acht klare Schnäpse, und schon mußte ihm jemand helfen, wenn er sein Akkordeon auf den Gepäckträger seines Fahrrades schnallen wollte. Für sie war es ein verhältnismäßig preiswertes Vergnügen, ihn betrunken zu machen.
Während dieser beiden Jahre nach dem Tod des Vaters hatte er auch die ersten Mädchenbekanntschaften. Doch er hielt es bei keiner länger als zwei Wochen aus. Dann kam es schon zu Auseinandersetzungen, weil ihn eine andere auf dem Tanzboden interessierte. Peter Woetke wollte allen zeigen, daß er der Größte war, nicht nur im

Ring. Ihm war klar, daß er die Schmierkolonne unter Tage nur verlassen konnte, wenn er eisern trainierte und als Boxer Karriere machte. Frauen konnten ihn daran nur hindern. Deshalb spielten sexuelle Interessen bei ihm nicht die gleiche Rolle wie bei seinen beiden jüngeren Brüdern. Er hielt sich an die Empfehlung des Vaters, es niemals ohne Präservativ zu tun. Meist kam es mit den Freundinnen auch nur einmal zu einem sexuellen Kontakt. Er wollte nur wissen, ob er sie, wie er es formulierte, schaffte oder nicht.

Dem alten Krajewskie knöpfte er immer mehr Geld aus der Vereinskasse ab. Als der dann nicht mehr zahlen wollte, log er einfach, die Dortmunder seien bei ihm in der Wohnung gewesen, er solle den Verein wechseln, das würde sich für ihn lohnen. Die hätten auch einen besseren Arbeitsplatz für ihn. Dort brauche er nicht mehr in die stickige Luft unter Tage. Der Krajewskie schimpfte auf die Dortmunder, dann auf ihn. Man habe aus Peter Woetke erst einen Boxer gemacht, vorher sei er ein Schläger gewesen, höchstens ein Kirmesboxer. Und auf dem Rummel werde er auch noch einmal landen, wenn er weiter seinen Verein so erpressen werde. Früher beim Arbeitersport, da hätten sie ihr Fahrgeld selbst aufgebracht, und Peter hatte nur entgegnet, »und mit der bloßen Faust habt ihr zugeschlagen oder mit Mamas Fausthandschuhen, die sie extra gestrickt hat«. Wütend hatte der Krajewskie abgedreht, und am anderen Tag hatte ein Zettel auf seiner Markennummer geklebt, darauf hatte gestanden, Peter Woetke könne am nächsten Ersten im Geräteschuppen der Werksfeuerwehr über Tage arbeiten. Er hatte wieder einmal außerhalb des Ringes gewonnen.

Als er an einem sehr warmen Junitag des Jahres 1953 auf dem Hof gegen den Sack an der Teppichklopfstange schlug, fuhr langsam ein Wagen, es war ein schwarzer Citroën, genannt Gaunerwagen, vor dem Haus vor. Suchend schaute ein vierschrötiger Mann auf die Hausnummer, dann rollte das Auto aus und stand direkt vor dem Gartentor. Der Mann quälte sich aus dem Auto. Er trug, für einen Wochentag auffallend, einen dunklen Anzug und dazu, was noch auffälliger wirkte, ein schwarzes Hemd und einen knallgelben Schlips. Jedem Betrachter fielen zudem die glänzend schwarzen Lackschuhe auf. Der vierschrötige, untersetzte, fast dicke Mann schob seinen ebenfalls schwarzen Hut leicht nach hinten, dann schritt er forsch auf die Gartentür zu, lächelte mit einigen braunglänzenden Goldzähnen Peter Woetke an, der inzwischen nicht mehr gegen den Sack schlug, sondern erwartungsvoll den exotischen Besuch ansah.

»Zu Sie wollte ich«, sagte der Mann und reichte dem verdutzt dastehenden Boxer die Hand. Der hob irritiert seinen rechten Arm. Seine Hände steckten in den Handschuhen, er bot zum Gruß den rechten Unterarm als Ersatz für die verdeckte Hand.

»Roland Herchenroeder, mit O und E«, sagte der Mann peinlich laut lachend. »Peter Woetke«, sagte der Boxer und machte eine ähnliche Verbeugung wie im Ring, wenn er das johlende Publikum begrüßte. Die Geschwister schauten ungeniert aus dem Küchenfenster, die Schwestern lauerten auf der Treppe des Hauses, zwei Nachbarfrauen aus dem Haus gegenüber kamen bis an den Zaun des Vorgartens und betrachteten interessiert die Szene.

»Kann ich Sie mal sprechen?« fragte der Besucher wieder recht laut.

»Ja«, antwortete der Boxer zögernd und unsicher.

»Aber nicht hier vor die Leute«, meinte Herchenroeder, der sich umdrehte und registrierte, daß er das ungetarnte

Interesse der Geschwister und der Nachbarn in den nebenliegenden Gärten und Häusern auf sich zog.
»Drinnen sind wir auch nicht alleine«, meinte Peter Woetke noch immer sichtlich verunsichert, »wie wär's mit der Gartenbank hinten«, fragte er, obwohl ihm klar war, daß es nicht üblich ist, mit einem Besuch in den Garten zu gehen. Aber im Wohnzimmer würden alle an der Tür lauschen. Inzwischen hatten sich einige Kinder aus den nebenliegenden Häusern um den schwarzen Wagen, den sie tatsächlich nur als Fluchtwagen aus dem Kino kannten, versammelt. Niemand in Castrop-Rauxel besaß ein solches Auto.
Umständlich streifte Peter Woetke die leichten Boxhandschuhe ab. Er legte sie auf die Bank unter dem Küchenfenster. Dann warf er sich den leicht fleckigen Bademantel über, auf den die Mutter hinten das Wort »Ickern« gestickt hatte. Er ging vor dem interessant aussehenden Mann durch die Gartenpforte, dann ließ er ihn vorgehen, dabei sah er, daß der hintere Schlitz des schwarzen Anzugs auseinanderklaffte und daß der Mann ein pralles Gesäß hatte, einen richtigen Weiberarsch, dachte er noch. Als er ihn auf dem schmalen Gartenweg überholen wollte, um ihm die Richtung zur Bank zu zeigen, kam es fast zu einem Zusammenstoß.
Der Mann mit dem Namen Herchenroeder setzte sich mit dem von Peter Woetke als Weiberarsch eingestuften Hintern auf die Gartenbank, wobei er vorher noch umständlich und gestenreich mit einem weißen Taschentuch den vermeintlichen Staub wegwischte. Dann sagte er, der Boxer starrte dabei fasziniert auf die Goldzähne: »Ich will da gleich mit die Tür ins Haus fallen. Ich komm' aus Wanne-Eickel und bin Boxmanager. Ich wollte mal hören, wie et is, wenn ich Sie in meinen Stall nehme.«

Peter Woetke kannte sich als Amateur in dem Gewerbe schon so weit aus, daß er sich an den Begriff Stall nicht stieß, denn das war der gängige Ausdruck in der Branche. Er war sehr aufgeregt, denn er hatte schon lange berufsmäßig boxen wollen, aber nicht gewußt, wie man den Absprung schaffte. Sich allein selbständig zu machen, dazu fehlte ihm jede geschäftliche Erfahrung.
»Ja, wie stellen Sie sich das denn vor?« fragte er lauernd.
»Wir machen auf Provision«, sagte der Mann mit den Goldzähnen so selbstverständlich dahin.
»Ach so«, meinte Peter Woetke, und er ärgerte sich, denn er wußte nicht, was der Mann damit meinte, wollte sich aber auch keine Blöße geben und fragen.
»Anders als auf Provision kriegen Sie keinen Vertrag«, setzte der Mann nach.
»Nee?« fragte er verblüfft.
»Nee«, sagte Herchenroeder bestimmt.
»Wie soll das denn laufen?«
»Is klar, ich bin der Manager, ich mache Vorkämpfe vor großen Kämpfen, vor Heinz Neuhaus und so. Da muß ja vorher was geboten werden. Rahmenkämpfe.«
Peter Woetke kannte sich aus und nickte verständnisvoll.
»Da fällt ganz schön was bei ab. Ich arrangiere alles, mache die Termine, mache die Plakate, mache die Paarungen, ich mach' alles«, sagte der Mann beachtlich selbstbewußt.
»Ich bezahl' Sie nach jedem Kampf aus meine Börse. Ich mache die Verträge. Von der Börse krieg' ich vierzig Prozent«, und nach einer kunstvollen Pause, »netto.«
Peter Woetke wußte, daß mit der Börse die ausgehandelte Summe gemeint war. Unklar war ihm aber, was netto

hieß. Auch hier wollte er nicht fragen. Er versuchte den Eindruck zu erwecken, als wisse er das, spürte aber, daß der Herchenroeder ihn listig ansah. Die Verschlagenheit des Mannes empfand er körperlich.

»Sie müssen natürlich aufhören auf'm Pütt. Arbeiten ist nicht. Jetzt müssen Sie sportlich leben, Geld verdienen und zurücklegen, Weiber nur in Maßen.« Dabei lachte er laut auf und schlug Peter Woetke die beringte rechte Hand kollegial auf die Schulter.

»Das ist bei Amateuren schon so mit den Weibern«, sagte Peter Woetke und ging auf den Mann und seine Art von Gesprächsführung ein. Er hörte die lockenden Worte, daß er aufhören sollte, künftig auf der Zeche zu arbeiten. Darauf freute er sich, gleichzeitig spürte er Angst in sich aufkommen. Denn wer die Arbeitsstelle verließ, der verlor auch die Sicherheit, die billige Werkswohnung und die Deputatkohle.

»Mensch, Käärl«, rief Herchenroeder und tatschte ihn mit seiner Hand am Oberarm, »da musse zupacken, dat Geld fein sammeln, wenne dreißig bis, dat dauert ja noch wat, aber so lange isset auch nicht mehr, dann musse ausgesorgt haben, für de Zukunft. Da musse 'ne Toto-Annahmestelle, ein Zeitungsladen oder vielleicht auch sogar 'ne Tankstelle drin sein. Auf'm Pütt gehen nur die Verrückten dann.«

Peter Woetke saß an dem heißen Junitag in einem verwaschenen Bademantel mit dem kakelig aufgestickten Wort Ickern auf dem Rücken unschlüssig auf der Bank hinten im Garten. Vom Hof aus sahen die Geschwister herüber. In den Nachbargärten hatten auffallend viele Männer und Frauen gerade jetzt Unkraut ziehen müssen.

»Die Mama muß ja nicht mehr gefragt werden, wenn

man dreimal sieben is«, prockelte der Mann mit dem Namen Herchenroeder weiter.
»Wie ist das noch mal mit den geschäftlichen Dingen?«
Peter Woetke wunderte sich selbst, daß er die Formulierung geschäftliche Dinge gebraucht hatte. Den Ausdruck hatte er nie vorher bewußt gehört.
»Der Boxer lebt von der Börse, is ja klar, näch?«
Der Boxer nickte.
»Aber ich hab' die Sorgen, muß ja rennen, dat überhaupt geboxt wird, also ich bin tatsächlich Tach und Nacht unterwägs für meine Jungs, ährlich, dafür nehm' ich aba nur vierzig Prozent vonne Börse netto. Genauer heißt dat, von dem Bruttobetrag, der da gezahlt wird, krieg' ich vierzig Prozent, alles andere, mit die Kosten natürlich, gehört dem Junge.«
»Ah ja«, nickte Peter Woetke und wurde immer verwirrter. Er war mißtrauisch, weil er dem Mann neben sich auf der Gartenbank nicht zutraute, so selbstlos zu sein, wie er sich darstellte. »Ich brauch' Bedenkzeit«, stieß er zu seiner Überraschung plötzlich aus. Er hatte gar nicht taktisch gedacht, er hatte spontan reagiert mit der Forderung nach einer Pause.
»Gut, dat versteh' ich ja, is ja 'ne wichtige Sache im Leben, wenn man so aus dem Dreck herauskommen kann, ährlich, ich versteh' dat. Also in drei Tage komme ich wieder, mit 'nem Vertrag.«
Er legte Peter Woetke die fleischige Hand auf die Schulter, bleckte ihn noch einmal an und ging durch den schmalen Gartenweg, fast wippend in Richtung Hof. Die Schwestern des Boxers wichen von der hölzernen Gartentür und bildeten neugierig ein Spalier. Als der schwarze Citroën anfuhr, liefen ein paar Kinder schreiend ein Stück neben dem Auto her.

Nachbarn, Geschwister und Mutter wollten wissen, was die beiden hinten im Garten besprochen hätten, es wäre ja alles so vertraulich gewesen und so fröhlich. »Ich soll Berufsboxer werden«, antwortete Peter Woetke geduldig jedem Frager. Jeder reagierte anders. Von »großartig« bis »paß auf, Junge, watte has, dat weiße«, ging die Skala der Reaktionen und ungebetenen Ratschläge.

In den nächsten Tagen gefiel Peter Woetke nicht einmal mehr die Arbeit im Geräteschuppen der Werksfeuerwehr. Alles war ihm lästig. Wenn ein Vorgesetzter etwas wollte, dann reagierte er gereizt, widerspenstig, ärgerlich oder lustlos.

Im Verein mochte er niemand fragen, was denn genau mit der Bezeichnung netto vom Bruttovertrag gemeint war. Denn der alte Krajewskie würde von seiner Undankbarkeit und vom alten Arbeitersport sprechen. Da hätte man überhaupt nicht in den Begriffen von brutto und netto gedacht. Sie hätten ihre Kosten damals selbst getragen, aus eigener Tasche sei alles finanziert worden. Als er einen Angestellten im Büro der Werksfeuerwehr scheinbar wenig interessiert fragte, was denn brutto und netto sei, erzählte der einen Witz. Ein Bauer sei in der Stadt auf der Schule gewesen. Im Dorf habe er dann alle Personen auf die Waage gebeten und bei den Männern das Gewicht ausgerufen und brutto gesagt, bei den Frauen netto. Als dann einer der Bauern auf dem Platz nach dem Unterschied gefragt habe, da wurde ihm von dem Studierten, der in der Stadt gewesen war, gesagt, er habe gelernt mit Sack brutto und ohne Sack netto. Peter Woetke hatte gelacht, sich aber heimlich geärgert, weil ihm dieser Witz des Angestellten keineswegs half. Offen wollte er ihn aber nicht fragen, weil er sich genierte, daß er das nicht wußte, und er sich fürchtete, daß der Mann

an seinem Schreibtisch ihn von oben herab belehren würde.
Nach drei Tagen, es war ein Freitag, es war noch immer ungewöhnlich warm, und die Männer in den Nachbargärten meinten, wenn jetzt nicht bald Regen käme, dann würden die Einkellerungskartoffeln im Herbst wieder ganz schön teuer, denn die Bauern würden mit der anhaltenden Trockenheit argumentieren, da rollte der schwarze Wagen erneut fast geräuschlos vor dem Haus aus.
Der Herchenroeder zwängte seinen kurzen und dicken Leib mit sichtlichen Mühen zwischen Rückenlehne und Lenkrad heraus. Wiederum fast wippend und überwiegend schwarz gekleidet, näherte er sich der hölzernen Hoftür, öffnete sie wie selbstverständlich, Peter Woetke ließ die Fäuste, denn er hatte trainiert, sinken und zerrte den rechten Handschuh ab.
»Ich glaub', Junge, du läßt dich die Schance nicht entgehen, näch?« Der Mann strahlte ihn an, blickte nach oben zum Küchenfenster und fragte Peter: »Is das deine Frau Mutta?« »Frau Mutter« hatte noch nie einer gehört. Die beiden jüngeren Schwestern kicherten, die Mutter zog sich sofort vom Fenster zurück.
»Da gehn wa am besten ma rein inne Küche, da können wir den Vertrag dann unterschreiben.«
Gehorsam folgte Peter Woetke. Auf der steinernen Treppe zwängte er sich an dem Mann vorbei, dessen Jacke hinten noch weiter offen schien als vor drei Tagen, um vor ihm die Wohnung zu betreten. »Mäm«, sagte er, als sie die Wohnküche betraten, »das ist mein Manager.« Er hatte stolz Manager gesagt. Denn jetzt fühlte Peter Woetke, er habe den entscheidenden Schritt in seinem Leben getan. Er hatte seine Chance, eiskalt, so würde er es formulieren, ergriffen. Er war Boxer von Beruf und hatte einen Manager mit einem großen Auto.

»Sie sind die Frau Mutter.« Mit der Feststellung war Herchenroeder mit ausgestreckter Hand auf Peter Woetkes Mutter zugegangen. Die Frau band hastig und umständlich die Schürze ab und blickte auf die hingehaltene Hand, bevor sie eine Hand frei hatte und seine ergriff.

»Frau Woetke«, sagte sie.

»Ihr Junge macht 'ne gute Sache«, strahlte Herchenroeder.

Der Manager setzte sich mit Peter Woetke, der in der Zwischenzeit seinen Bademantel vom Handtuchhaken genommen und übergezogen hatte, an den Küchentisch und holte aus der Brusttasche seiner Jacke zwei Verträge heraus.

»Die sind vorher schon aufgesetzt worden«, grinste er.

Am Küchentisch sitzend, unaufgefordert hatte die Mutter in der Zwischenzeit Kaffeewasser aufgesetzt und Kohlen nachgelegt, las der Boxer den Vertragstext. Er konnte feststellen, daß die Laufzeit fünf Jahre betrug. Von der Bruttobörse bekam der Manager, das stand tatsächlich so auf dem Papier, vierzig Prozent netto. Der Rest gehörte dem Boxer, der allen Anweisungen und Abmachungen des Herchenroeder zu folgen habe. Herchenroeder hatte Peter Woetke offensichtlich beobachtet. Wie nach Drehbuch schob er ihm über den Tisch einen amerikanischen Füllfederhalter zu, in dem Augenblick, als der Boxer darüber nachdachte, womit er wohl unterschreiben könne, er hatte nur einen Kugelschreiber im Hause und er wußte auch nicht, wo der lag, weil ihn ständig einer der Geschwister zu stehlen versuchte. Umständlich, weil zunächst keine Tinte aus der Feder floß, setzte er Peter Woetke unter das Papier. Rechts daneben unterschrieb Herchenroeder, einen zweiten Vertrag, den wiederum beide unterzeichneten, schob er dem Boxer zu mit den Worten, »den tu mal gut wecklegen.« Dann lachte er dröhnend. Die Mutter schob die zunächst noch leeren Tassen über den Tisch, das Wasser kochte inzwischen hörbar in dem Topf.

»So, damitte jetzt wat sein kannz, lege ich mal erst fünfhundert vor, die zahlze von Kampf zu Kampf ab. Dafür kaufze dich ma erst nen richtigen Morgenmantel, und Ikkern hinten drauf kommt weck, Junge, da kannze dein Name draufmachen. Aber nicht so krakelig, dat muß tip top sein, vonne Firma gemacht. Und vanünftiges Trainingsgerät muß her, Junge, nich so anne Teppichstange kloppen. Dat muß nach wat aussehen, die Konkurrenz ist groß.«

»Sooo«, sagte die Mutter, »der Kaffee ist fertig, der muß nur noch ein bißchen ziehen.« Peter Woetke unterschrieb noch die Quittung. Darauf war vermerkt, daß er bei jedem Kampf einhundert Mark zurückzahlen mußte. Dann betrachtete er genau die Scheine. So bar auf die Hand fünfmal hundert Mark, er hätte den Herchenroeder umarmen können. Jetzt fühlte er sich befreit von seiner ungeliebten Arbeit, die ja eine besondere war, die er aber trotzdem nicht mochte, er werde kämpfen, die Zukunft und der kleine Wohlstand lagen in seinen Fäusten. Alle aus der Klasse würden ihn beneiden. Die Jungen auf der Herbertstraße würden am Gartenzaun zuschauen, wenn er trainierte. Statt Waldlauf würde er an der alten Steinhalde entlang laufen in einem Trainingsanzug, auf dessen Brust in großen Buchstaben Peter Woetke stehen würde.

Herchenroeder sagte dann, während er vernehmlich und offensichtlich genüßlich den Kaffee schlürfte, zwischen den Kämpfen müsse er ständig Konditionstraining machen und, dabei warf er einen kurzen Blick auf die am Ofen hantierende Mutter, die Finger von den Weibern lassen. Mindestens zwei Wochen vor einem Kampf müsse er täglich zu ihm reisen und nach den Anweisungen eines Trainers aus seinem Stall trainieren. Der Betrag gehe von seinen Bezügen ab. Es sei zwar nicht viel, weil der ja von allen Boxern bezahlt werde, aber das müsse schon sein. Peter Woetke nickte. Er schien nicht zuzuhören, er sah das verärgerte Gesicht des alten Krajewskie, der wieder sagen würde, beim Arbeitersport wäre das nicht möglich gewesen. Er freute sich, weil ihn die Kollegen bei der Feuerwehr beneiden würden, wenn er kündigte. Irgendwas würde er dem Angestellten noch so von oben herab sagen, der ihm nicht erläutert hatte, worin der Unterschied zwischen brutto und netto lag. Und in der Kneipe wollte er sich heute abend feiern lassen, für heute war das Training gelaufen.

Herchenroeder erzählte noch viel von den Werbekosten vor den Kämpfen, von seinen Reisen, Peter Woetke nickte immer wieder, verstand aber kein Wort. Er hatte nicht gelernt, daß man bei Geschäftspartnern genau hinhören muß.

Am anderen Tag kündigte er, der Angestellte bei der Feuerwehr schien nicht neidisch, er sagte nur: »Junge, du beginnst ein Abenteuer, du weißt nicht, wo die Fahrt hingeht.« Der alte Bademantel wurde von ihm in kleine Stücke zerschnitten und dann im Herd in der Küche verbrannt. Er kaufte sich in Dortmund einen neuen, für einhundertachtzig Mark ließ er sich einkleiden, er kaufte sich einen Satz Boxerhosen, zwei Paar Schuhe, ebenfalls zwei Paar Turnschuhe für die Konditionsläufe, das alles ließ er sich von dem Dortmunder Sportgeschäft per Lieferwagen nach Ickern bringen.

Als er nicht mehr zur Zeche mußte, wachte er trotzdem am Morgen gegen fünf Uhr auf. Die Brüder standen um die Zeit auf und tranken in der Küche schweigend den Kaffee, den die Mutter schon so früh gekocht hatte, wenn sie dann anschließend ihre in Zeitungspapier verpackten Brote in die Jackentasche stopften, dann sagten sie zu Anfang immer noch: »Berufssportler müßte man sein.« Nach sechs Uhr, wenn die Werkssirene heiser über die Dächer gekrächzt hatte, legte er sich noch einmal eine Stunde ins Bett, ohne aber erneut einzuschlafen. Gegen sieben lief er eine Stunde lang an der Halde entlang. Vormittags arbeitete er zunächst im Garten, gegen elf ging er in die Gaststätte »Zum Anstoß«, trank aber nur Sprudel oder mal eine Coca-Cola. Gegen halb eins kam er zurück in die Wohnung. Er legte sich bis zwei Uhr ins Bett, um halb drei wurde gegessen, dann war der Bruder Günter von der Zeche und alle jüngeren Familienmitglieder kamen aus der Schule zurück. Von drei bis halb fünf machte er auf dem Hof Konditionstraining. Die Kinder schauten zu, aber nicht vom Hoftor aus, sie kamen direkt bis zu ihm an die Teppichstange. Immer wieder wollte einer der Jungen seine Muskeln fühlen und prüfen, ob die tatsächlich steinhart waren, wie in der Schule behauptet wurde. Nach dem Abendessen ging er noch einmal in die Gaststätte. Aber auch dann trank er keinen Alkohol, er spielte mit Invaliden Karten, ging gelegentlich mal ins Kino oder traf sich mit einem Mädchen. Noch immer hatte er keine feste Freundin. Er wollte wissen, ob er eine herumbekam, dann interessierte sie ihn nicht mehr, was seine Mutter dann, wenn das Gespräch auf die Mädchen kam, mit »Hurenbock« kommentierte.

Acht Wochen nach der Unterzeichnung des Vertrages stand der erste Kampf an. Es war ein Rahmenkampf in der Ruhrland-Halle in Bochum. An einem Sonntag gab es mehrere Paarungen mit verhältnismäßig unbekannten Boxern. Abschließend sollten noch einige Faustkämpfer der amerikanischen Armee, alles Farbige, den Zuschauern was bieten. Seine Börse, so hatte Herchenroeder ihm auf einer Postkarte mitgeteilt, betrage 800 DM. Peter Woetke war hoch erfreut. Er zeigte allen in der Küche, auch den Mädchen, die Postkarte, auf der der Text mit der Schreibmaschine geschrieben worden war. Achthundert Mark war ein ganz schöner Batzen. »Da geht doch fast die Hälfte von ab«, rief seine Schwester Renate, die am Küchentisch saß und ihre Schulaufgaben erledigte. Es traf ihn wie ein Schlag. Das hatte er völlig vergessen, »rechne ma aus, wat vierzig Prozent davon sind«, sagte er verunsichert. »Moment«, meinte sie, dann holte sie sich die Schiefertafel ihrer Schwester Gerda und rechnete umständlich. Endlich sagte sie erleichtert, daß sie die Aufgabe gelöst hatte: »Dreihundertzwanzig für den, vierhundertachtzig für dich.«

Er mochte jetzt nicht fragen, worin denn der vereinbarte Unterschied von brutto und netto lag, denn die Mutter meinte: »Dreihundertzwanzig Mark und nix dafür machen, dat issen Geschäft. Du hältst für vierhundertachtzig die Fresse hin.«

»Bei den Amateuren habe ich die für fünf Mark hingehalten.«

»Für fünf Mark?« fragte sie überrascht.

»Fünf Mark pro Kampf«, antwortete er arglos.

»Du hass doch imma gesagt, du kriegst nix.«

»Habbich gesagt, aber fünf kriegte ich.«

»Wenn dat der Alte erlebt hätte, der hätte dich anne frische Luft gesetzt.«

»Der hat jetzt überhaupt keine Luft mehr«, sagte Peter Woetke ironisch.

»Wie soll dat mit euch noch mal enden«, fragte die Mutter sich selbst. Dann streifte sie mit den Händen wie vielleicht hundertmal an einem Tag die Schürze glatt und ging auf den Hof.
»Fast fünfhundert Mark reines Geld ist ein ganz schöner Batzen«, meinte Renate, die ihre Schularbeiten unterbrochen hatte.
»Aber du hältst draußen die Fresse, wenn dich eina frägt. Wenne die Schnauze nicht halten kannz, dann sag dat Doppelte, hörste.« Sie nickte.
Zwei Wochen vor dem Kampf fuhr er mit der Straßenbahn zum Training zu Herchenroeder. Der wohnte in einem alten Geschäftshaus, Herchenroeder besaß eine Drei-Zimmer-Wohnung allein. »Eine feste Frau habe ich nich«, sagte er. In seinem Wohnzimmer stand ein alter Schreibtisch, »mein Arbeitsraum wegen die Steuern«, kommentierte er, als Peter Woetke die Räume besichtigte. Er verstand ihn nicht. Der Trainer hieß Benno Schwarzkopf. Der soll im Krieg mal in Danzig große Klasse gewesen sein, wurde gesagt.
Trainiert wurde auf dem Hinterhof des Hauses, in dem Herchenroeder zur Miete wohnte. Es gab auch keinen Ring. Auf den von kleinen Ställen aus roten Ziegelsteinen umbauten Hofquadrat wurde mit Kalk ein Ringraum gezeichnet. Ein alter Schemel, den Herchenroeder wohl aus einem Gefangenenlager des Zweiten Weltkrieges ersteigert hatte, wurde in die angezeichnete Ringecke gestellt, Benno Schwarzkopf kontrollierte die jeweilige Rundenlänge auf seiner Armbanduhr. Weil es keinen Gong gab, rief er nach Ablauf der Zeit »Gooong«, das hieß Pause, unterbrechen, auftanken, Trainerkritik oder Schluß für heute.
»Wichtig sind die Reflexe«, sagte Benno Schwarzkopf

täglich zu Beginn des Trainings, wenn sich die wenigen Boxer aus dem Stall von Herchenroeder im Hinterhof versammelt hatten. »Deshalb machen wir nur Schattenboxen, schlagt nicht zu, Jungs.« Einen Kopfschutz bekam Peter Woetke nicht. Mit einem von Schwarzkopf bestimmten Gegner mußte er sich einige Runden lang tänzelnd in dem aufgezeichneten Quadrat bewegen. Er durfte aber nicht zuschlagen. Wie bei Drehaufnahmen zu Filmen mußte er Zentimeter vor dem Gesicht des anderen den Schlag stoppen. »Disziplin ist alles«, meinte Benno Schwarzkopf, als einer meckerte und sagte, er sei hier nicht in Hollywood, denn dort habe er seinen Vertrag abgelehnt, er sei Boxer und nicht Filmschauspieler, und vielleicht müßten sie es nur deshalb machen, weil Herchenroeder keinen Kopfschutz anschaffe, weil das Auto bestimmt zu teuer sei, denn ein VW, aber bezahlt, reiche wohl nicht aus. »Laß ihn dat nich hören«, meinte Schwarzkopf warnend. Dabei sah er fast ängstlich nach oben, ob die Fenster von Herchenroeders Wohnung geöffnet waren und der zuhören konnte. »Disziplin ist alles«, sagte er wieder.

Peter Woetke fühlte sich auf der Heimfahrt nach seinem ersten Training deprimiert. Er starrte aus dem Fenster. Die Revierkulisse zog an seinem Auge vorbei, aber er sah die langen, dunkelroten Zechenmauern nicht, nicht die dunklen Kohlehalden, die einheitlichen Vorderfronten der Zechenhäuser, die gelegentlich sehr gepflegten kleinen Vorgärten – er war nur traurig. Er hatte sich seine Arbeit als Berufsboxer farbiger vorgestellt. Doch er gewöhnte sich an die Scheinkämpfe auf dem Hinterhof. Manchmal wurde viel gelacht, die Männer rissen Witze über Frauen und erlaubten sich sogar Späße über Herchenroeder, aber nur dann, wenn sie genau wußten, daß er in seinem Gaunerwagen unterwegs war und nicht zuhören konnte. Benno Schwarzkopf tat immer so, als habe er nichts gehört.

Hin und wieder wollte er auch über seine Zeit in Danzig etwas erzählen, aber niemand hörte hin. Als einer dann sagte, dort habe er doch wohl nur Pollacken auf der Kirmes verprügelt, schwieg Benno Schwarzkopf sichtlich verärgert.

Nach dem ersten Kampf in der Ruhrland-Halle war die Hinterhofatmosphäre der Trainingsbedingungen sogar ganz vergessen.

In der dritten Runde hatte sein Gegner aufgegeben. Angeblich hatte er eine Knöchelverletzung, Peter Woetke wurde Sieger durch technischen K. o.

Nach drei Wochen kam die Abrechnung. Herchenroeder hatte ihn ausdrücklich wegen der bevorstehenden Auszahlung per Postkarte zu sich eingeladen. Von der Gesamtsumme, so hatte er ihm in jenem Zimmer eröffnet, das er aus Steuergründen den Arbeitsraum nannte, bekomme Herchenroeder vierzig Prozent netto, das seien 320 Mark. Dann, so argumentierte er weiter, müsse die Abrechnung von der Bruttosumme gerechnet werden, das seien achthundert Mark. Davon seien 80 Mark ausgegeben worden für Plakate, »umgelegt wurde hier der Betrag auf alle, sonst wäre die Summe höher«, sagte er sofort, denn er hatte wohl gespürt, daß Peter Woetke aus Empörung etwas sagen wollte. »Also vierhundertachtzig weniger achtzig sind vierhundert, hundertachtzig sind die Gemeinkosten für den Trainer, bleiben zweihundertzwanzig, hundert zahlste mir ab vom Vorschuß, hundertzwanzig Mark zahle ich dir aus. Ganz schön für den Anfang, du bist ja noch jung.«

Peter Woetke fühlte eine unbändige Wut in sich aufstei-

gen. Er hätte aufspringen und zuschlagen mögen. Er war hereingelegt worden. Die Tricks mit Brutto- und Nettobeträgen hatte er nicht durchschaut, und der Angestellte auf der Zechenverwaltung hatte nur Witze darüber gerissen. Zum erstenmal seit seiner Pubertät spürte er wieder das Gefühl, richtig weinen zu wollen. »Ein Hunderta und zwei Zehna«, sagte Herchenroeder, der das Geld aus einer kleinen Kassette umständlich gesucht hatte. Peter Woetke hatte gesehen, daß die Kasse geradezu randvoll war.
Auf der Rückfahrt in der Straßenbahn sah er wiederum nicht die bizarren Konturen der Zechen, nicht den dikken, gemütlich wirkenden weißen Rauch der Kesselhäuser. Diesmal war es nicht Traurigkeit, es war Wut über seine Situation. Ihm wurde klar, daß ihn die Lehrer in der Schule auf derartige Tricks nicht vorbereitet hatten, daß sein Leben eigentlich ganz harmonisch verlief, als sein Vater für alle entschieden hatte. Damals, als er sich noch nicht selbst durchschlagen mußte, da ging es ihm eigentlich gut. Einige Jahre nach dem Tod seines Vaters, in der Straßenbahn sitzend, vermißte er ihn und trauerte um den Alten.
Achtzehn Mark versoff er mit einigen Bekannten in der Gaststätte »Zum Anstoß«, achtzig Mark zahlte er der Mutter als Kostgeld, vorher hatte er sie von dem Vorschuß bezahlt, zweiundzwanzig Mark Börse blieben ihm noch für den persönlichen Gebrauch. Zum Glück war zehn Tage später in der Viktoria-Kampfbahn in Recklinghausen eine Freilichtveranstaltung angesetzt worden, seine Börse hatte neunhundert Mark betragen. Vielleicht bekomme ich zweihundert ausbezahlt, dachte er, dann komme ich über die Runden, wenn der Vorschuß abgezahlt ist, dann sehe ich Land. Am anderen Tag war Peter Woetke schon wieder optimistisch, nach dem Lauf an der

Steinhalde entlang war er sogar guter Dinge. Er war nach dem Saufabend am anderen Morgen nicht im Bett liegen geblieben, obwohl er ein Bedürfnis danach hatte. Daß er sich aufgerafft hatte und sogar bei Nieselregen gelaufen war, das hatte seine Stimmung gehoben. Er würde es schon schaffen.
Auch in Recklinghausen hatte er gesiegt, nach Punkten, der Gegner war ausgesprochen schwach, Peter Woetke hatte das Gefühl, der andere nutze seine Chance gar nicht. Nach Herchenroeders Rechensystem über die angefallenen Kosten blieben für ihn einhundertsiebzig übrig. Es ging aufwärts, er war nicht mehr so niedergeschlagen.
Schon bald nach seinem Auftritt in Recklinghausen erhielt Peter Woetke erneut eine der obligatorischen Postkarten mit Schreibmaschinentext ins Haus geschickt, auf der ein Kampf im Stadion Rote Erde von Dortmund angekündigt wurde. Die Gage, es stand nicht der Begriff Börse auf der Karte, betrage diesmal tausend Mark brutto. Peter Woetke empfand den Hinweis brutto als Hohn, eine Spitze, eine dreiste Andeutung, die sagen sollte, Junge, rechne richtig, brutto heißt nicht bar auf die Hand, da hast du dich reinlegen lassen. Die Zahl Tausend war verlockend, eine runde Summe, die bekam auch niemand brutto auf der Zeche, er freute sich, er zeigte mehreren Nachbarn die Karte, denn auch die wußten nicht, daß die Bruttoklausel enthielt, daß Herchenroeder vierzig Prozent davon netto kassierte, sie beneideten ihn, der mache, so hieß es, mit seiner Boxerei aber ganz schön Geld.
Wieder fuhr er zwei Wochen lang mit der Straßenbahn zu den seltsamen Schaukämpfen auf dem Hinterhof unter dem Kommando von Benno Schwarzkopf, aber niemand hörte auf dessen Anweisungen, lediglich wenn er

»Gooong« rief, dann ließen sie die Fäuste sinken und setzten sich auf die wackligen Schemel, in die mit einem glühenden Nagel der Name Herchenroeder eingebrannt worden war. »Und wenn der neunzig Prozent netto von meiner Gage bekommt, so einen Stuhl klaue ich nicht, denn so einen stelle ich nicht einmal in die Waschküche.« Alle lachten, nur Benno Schwarzkopf nicht, der hastig einen Blick nach oben warf, zum weitgeöffneten Fenster der Herchenroeder-Wohnung. Eine Stunde vor dem Kampf in dem Stadion Rote Erde kam Herchenroeder in die Kabine, in der sich sonst die Gegner von Borussia Dortmund umkleideten. Er ging direkt auf Peter Woetke zu und zog ihn in die Ecke des Raumes, dort, wo an einem Garderobenständer die farbigen Kampfmäntel der Boxer mit aufgestickten Namen hingen.

»Dein Gechner von heute is ein Neger. Das is ja nich so schlimm, oder?«

»'nen Neger als Gegner?«

»Hasse wat gegen Neger?«

»Nee, eigentlich nich.«

»Und wat heißt eigentlich?«

»Eigentlich nichts.«

»Wieso denn verdammt eigentlich?«

»Das heißt nichts, vergiß es.«

Herchenroeder war sichtlich zufrieden. Aber sein Gesicht wirkte merkwürdig gespannt. Da mußte noch was kommen, er sah und spürte es, so hatte er ihn noch nicht gesehen.

»Im Vertrag steht, daß du meine Anweisungen folgen mußt.«

»Steht dat da?«

»Ja, kannze ruhig reinkucken.«

»Ja, und wat soll der Hinweis?«

Herchenroeder sah sich kurz um, die anderen Boxer in der Kabine unterhielten sich laut. Es herrschte die übersteigerte aus Nervosität bedingte Heiterkeit. Jeder war im Grunde mit sich und seinen Späßen beschäftigt.
»Paß auf, Junge«, sagte Herchenroeder, »du läßt dich in der vierten Runde fallen, dann gehze zum Ringrichta und sagz, du biss aufm Knöchel gefallen, du mußt aufgeben, technischer K. o., kennze ja.«
»Ich bin doch nich verrückt.«
»Du Idiot, was meinze, warum der in Bochum wat am Knöchel hatte und warum der sich in Recklinghausen nicht gewährt hat?«
Peter Woetke fühlte sich erschlagen. Der Mann sagte zu ihm Idiot und er schlug ihm nicht was in die Fresse, er war von Herchenroeder so abhängig, daß der etwas sagen durfte, was sich auf der Zeche nicht einmal der Direktor erlaubt hätte. Er hatte ein dumpfes Gefühl im Magen und merkte, daß er die Gespräche und Scherze der anderen Boxer in der Kabine der gegnerischen Mannschaften von Borussia Dortmund nicht mehr wahrnahm. Es klang, als tauche er unter Wasser und höre die Geräusche nur verändert, blubbernd, unklar, akustisch verzogen, verschwommen, wie durch einen Filter. »Ich nähm an, du machz kein Ärger«, sagte Herchenroeder plötzlich auffallend klar und überdeutlich. Wie durch ein Megaphon schien er zu ihm gesprochen zu haben. Die Stimme hatte einen anderen Klang als sonst, meinte Peter Woetke, der sich selbst wunderte, daß er in dieser Situation die merkwürdigen Stimmverzerrungen genau registrierte.
Er wußte nicht, wie lange er auf seiner Bank gesessen hatte. Die anderen Boxer waren fröhlich erregt, im Grunde aber mit sich selbst beschäftigt, obwohl ständig einer etwas vermeintlich Witziges in den Raum rief und die an-

deren hysterisch und überzogen lachten. Peter Woetke lief sich nicht warm. Er hockte auf seiner Bank und lauschte in die verschwommenen Geräusche. Plötzlich hörte er aus einem Megaphon auf dem Kabinengang, »Peter Woetke gegen Richard Williams fertigmachen zum nächsten Kampf.«

Selbst die Menschen am Ring redeten nicht, sie blubberten mit Lauten. Sie mußten wohl durch Damenstrümpfe sprechen, die sie sich über den Mund gezogen hatten. Denn sonst wären ihre Gespräche klarer an sein Ohr gekommen. Den farbigen Amerikaner sah er kaum. Der hatte als Gesicht eine dunkle Masse. Peter Woetke schien nicht nur durch einen Filter zu hören, er schien auch dadurch zu sehen.

Er kämpfte fast mechanisch, auf Angriffe des Farbigen reagierte er nur mit Reflexen. Der schien aber nicht fest zuzuschlagen. Er spürte, daß Williams seine Schläge bremste, er schonte ihn. Im Laufe des Kampfes wurde es ihm etwas klarer im Kopf. In der vierten Runde ließ er sich aber nicht fallen. Peter Woetke spürte, daß der Amerikaner in der fünften Runde noch sanfter wurde, er schien so zu kämpfen, wie sie es beim Schattenboxen auf dem Hinterhof unter Anleitung von Benno Schwarzkopf tun mußten. Als Williams dann auch noch seine Deckung vernachlässigte, schlug Peter Woetke einmal zu. Der Farbige war tatsächlich k. o. Peter Woetke sah sofort, der spielte nicht, die Pupillen verschwanden unter den Augenlidern, der war weg.

Als er in die Kabine unter der Tribüne des Stadions zurückkam, sah er sich ängstlich um. Er erwartete ein Donnerwetter von Herchenroeder, doch der ließ sich nicht sehen. »Du wirst dich noch wundern«, zischte Benno Schwarzkopf. Dann war er allein. Die anderen Boxer befanden sich auf den Gängen. Langsam zog er sich aus, duschte lange unter dem warmen harten Strahl, dann zog er sich an. Richard Williams hatten sie wohl in die Kabine der Heimmannschaft getragen, wo die Trikots von Borussia Dortmund in den Schränken lagen.

Peter Woetke fühlte sich erleichtert, fast fröhlich. Nach den meisten Kämpfen hatte er den Ring als Sieger verlassen. Noch nie aber hatte er ein derartiges Triumphgefühl wie nach dem Niederschlag von Dortmund, auch nicht bei seinem ersten Sieg nach Auszählung des Gegners. Er ging in die Gaststätte in der Westfalenhalle und ließ sich vom Wirt ein Pils zapfen, das er genießerisch in sich hineinlaufen ließ. »Für 'n Pils lass' ich die Mutter liegen«, hatte der Vater gelegentlich gesagt. Daran erinnerte er sich, als er fühlte, wie das kalte Getränk sich im Magen breitmachte.

Als er das vierte Pils getrunken hatte, kamen Herchenroeder, Benno Schwarzkopf und drei Boxer aus dem Stall in die Kneipe. Der Manager stellte sich neben Peter Woetke an die Theke, er tat so, als sehe er ihn gar nicht. Die kleine Kugel namens Herchenroeder schaute auf den Wirt. Nachdem er bestellt hatte, zischte er, ohne zu Peter Woetke in die Höhe zu blicken: »Dann nimm mal Kreide zu Hause und geh zum Kamin, dadrin schreibze dann Geld, von mich gibtet keinz.«

»Dat wär doch gelacht«, antwortete Peter Woetke, durch die vier Pils in seiner Siegesstimmung noch gesteigert.

»Dann kuck mal in Paragraph vierzehn, du Idiot, watta steht.« Herchenroeder schaute noch immer in Richtung Wirt. Er sah so aus, als betrachtete er die Schnapsflaschen hinter dem Rücken des Mannes, der hier der Pächter war. Weil er wieder Idiot gesagt hatte, kam in Peter Woetke Wut hoch, Herchenroeder muß es an der Veränderung

seiner Körperhaltung gemerkt haben, denn er zischte, immer noch auf die Flaschen schauend: »Mach dich nicht unglücklich, du Idiot, wat meinze, warum hier Schwarzkopf und drei andere sind, die machen dich zu Seife, wenne deine Pfoten gegen mich hebzt, du Idiot.«
Die heitere Siegesstimmung war verschwunden, ohnmächtige Wut machte sich breit. Peter Woetke ließ das fünfte Pils in sich hineinlaufen, er sah den Wirt an, hob das leere Glas, der hatte verstanden, er bestellte das sechste. »Ich kann die Passasche auswendig, die dich betrifft. Da stäht nämlich, kannz ruhig kucken, den Anweisungen ist Folge zu leisten. Bei Nichtbefolgung, hörze, keine Auszahlung der Börse und das Recht vonne einseitige Kündigung. Von meinerseits, hörze, du Idiot. Also, bei mir machze nix mehr, Geld kriesse keinz, fahr zur Mama. Herr Wirt, der Mann zahlt unsere Getränke.«
Herchenroeder drehte sich blitzschnell um. Er war mit seinen vier Begleitern verschwunden, Peter Woetke hatte nicht einmal die Gelegenheit, dem freundlichen Mann hinter der Theke zuzurufen, die sollten ihre Biere selbst bezahlen, mit denen habe er nichts zu tun.
Er stand verdutzt in der Gaststätte. Plötzlich hatte er das Gefühl, doch noch eine Niederlage erlitten zu haben, er bestellte einen Schnaps. Während beim ersten Pils das Angenehme in der Kälte des Getränks lag, insbesondere als er es an den Magenwänden spürte, so floß der Schnaps, eine fühlige Wärme verbreitend, durch die Kehle und anschließend schien er sich im Magen wohlig einzurichten. Das Gefühl schien sich von den Magenwänden aufs Zwerchfell zu verlagern, dann breitete sich in der Brust um das Herz herum eine Wärme aus, die ihn in eine leicht fröhliche Grundstimmung versetzte. Er bestellte noch einen Schnaps. Der hatte nicht mehr die

Wirkung des ersten, steigerte aber sein Gefühl angenehmer, wohliger seelischer Sattheit. Bis zum heutigen Tag vermag Peter Woetke das weitere Geschehen nach dem Niederschlag gegen den Farbigen Richard Williams im Stadion Rote Erde und dem Gespräch mit Herchenroeder nicht zu schildern. Obwohl er sich rund ein Vierteljahrhundert darüber den Kopf zermarterte, kamen immer nur Bruchstücke hoch, Einzelheiten, die keine klare Abfolge der Geschehnisse ergaben.

Peter Woetke weiß nur, daß er am anderen Tag um die Mittagszeit aus einem scheinbar traumlosen Schlaf aufwachte und sofort, als er wieder bei vollem Bewußtsein war, Schmerzen im Kopf fühlte. Seine Zunge schmeckte filzig, er meinte widerlich aus dem Mund zu stinken, an den Schultern und der Wirbelsäule spürte er ebenfalls Schmerzen, helles Licht konnte er nicht vertragen, er mußte total besoffen gewesen sein.

Langsam ging er die schmale Treppe hinunter. Die Brüder waren wohl zu dieser Zeit alle bei der Arbeit, die jüngeren Geschwister mußten in der Schule sein. Die Mutter hantierte in der Küche, sie wusch, wie er meinte, die gerade geschälten Kartoffeln. Als er durch die Wohnungstür trat, merkte er an ihrem Verhalten, daß was vorgefallen war – sie war eingeschnappt, ihre Mundwinkel hingen sichtlich herunter. Wenn sie ärgerlich nachtragend gestimmt war, dann bildete sich bei ihr wie ein Wulst ein Doppelkinn. Das war für niemand zu übersehen und auch ein sichtbares Zeichen von Gefahr.

Er setzte sich an den Tisch, direkt unter die Einrahmungen seiner Urkunden von Kämpfen und Siegen für Ickern.

»Weisse wasse gemacht hast?« fragte sie lauernd.
»Gemacht?«
»Ja, gemacht?«
»Ich hab' gewonnen, gegen einen Neger.«
»Dat mein' ich nich.«
»Watten?«
»Dat von heute nacht.«
»Watten?«
Die Mutter baute sich vor Peter Woetke auf, das Doppelkinn wuchs, er sah genau hin. Sie stand dann vor ihm, beide Hände auf den Tisch gestützt, ihre Worte kamen deshalb von oben. Sie wirkten, als schlage ein Boxer mit besonders dünnen Handschuhen auf seinen Schädel. Er sei völlig besoffen aus Dortmund gekommen, keiner wisse wie, ob mit einem Taxi, der Straßenbahn oder der Bundesbahn, er sei voll wie tausend Russen gewesen, wie eine Haubitze, bis zum Stehkragen. Er sei in den »Anstoß« getorkelt – war die dabei, dachte er, wenn sie weiß, ob ich getorkelt oder gegangen bin –, dort habe er weiter gesoffen und Stunk gemacht. Mit einem Gast habe er Krach angefangen und den dann mit dem Kopf in das Spülbecken gedrückt. Wenn nicht mehrere Leute in der Kneipe gewesen wären, dann wäre der Mann ersoffen. Anschließend habe er vor den Augen aller Gäste den Zigarettenautomaten mit den bloßen Händen geknackt. Er habe mit brutaler Gewalt an den Fächern des Automaten gezogen, bis die sich ohne Geldeinwurf geöffnet hätten. Als die Polizei gekommen sei, da habe er sich mit denen prügeln wollen. Dem Krajewskie sein Junge, der bei der Polizei sei, dem sei er an die Wäsche gegangen. Deshalb sei er heute nacht mit dem Peterwagen nach Hause gebracht worden, vor den Augen aller Nachbarn.
Peter Woetke kam es vor, als redete seine Mutter von ei-

nem ganz anderen Menschen. Die Geschichte schien ihm sogar spannend. Er hätte auch gern gefragt, ob denn die Zigarettenfächer sich wieder hätten schließen lassen und ob der Anzug des Mannes naß geworden sei, der da beinahe ersäuft worden wäre, oder ob es bei ihm so war wie bei der Kopfwäsche beim Herrenfrisör. Aber es waren ja seine Untaten. Die Sache mit dem Krajewskie seinem Jungen werde ihn teuer zu stehen kommen. Das sei Widerstand gegen die Staatsgewalt. Dafür müsse man brummen. Ob er denn in Dortmund bei seinem Kampf »gegen den Neger da« wenigstens genug für einen Rechtsanwalt verdient habe? In diesem Augenblick war Peter Woetke eingefallen, daß der Vertrag mit Herchenroeder ja wohl geplatzt sei. Er würde gar keine Einnahmen machen, und dann die Sache mit der Kneipe. Er hatte das Gefühl, er müsse sich übergeben. Der Magen schien sich zu wenden, die Magenwände schienen sich nach außen zu drehen.

»Mach mal 'nen Kaffee«, sagte er nur. Dann stützte er den Kopf in beide Hände und sagte, »mein Gott, das kann man ja gar nicht glauben, davon weiß ich ja nichts.«

»Du warst voll wie tausend Russen«, wiederholte seine Mutter. Das Doppelkinn hing dabei wie ein Halbkranz zwischen Hals und Kinn.

An den Morgen in der Wohnung dachte Peter Woetke noch oft in den letzten fünfundzwanzig Jahren. Später war er sich nicht sicher, ob er sich doch an verschiedene Szenen erinnerte, oder ob sie ihm so oft erzählt worden waren, daß er glaubte, sie genau vor sich zu sehen. Er wußte, daß irgendwann mal eine Schaffnerin, eine resolute Fünfzigerin, mit ihm geschimpft hatte, also mußte er mit der Bahn gefahren sein. Auch meinte er sich zu erinnern, daß der Wirt im »Anstoß« gesagt habe, er gebe kein

Bier mehr und er meinte auch, alle hätten geklatscht, als es ihm gelungen war, mit der bloßen Hand den Zigarettenautomaten zu knacken.
Am Nachmittag kam der Sohn des alten Krajewskie, den dieser, wie es hieß, weil er in der SPD war, bei der Polizei untergekriegt hatte, in Zivilkleidung über den Hof.
In der Wohnküche setzte er sich neben Peter Woetke und fragte ihn leicht drucksend, ob er denn wisse, was er heute nacht getrieben habe. Peter Woetke sagte wahrheitsgemäß, das wisse er im Grunde nicht, seine Mutter habe ihm Geschichten erzählt, die könne er gar nicht glauben. Der Polizist bestätigte die Version der Mutter fast wortgleich, denn auch er benutzte die Formulierung, er sei voll wie eine Haubitze gewesen, das hätten alle gesehen. Er habe ihn, den Polizisten, zusammenschlagen wollen und habe sich an dessen Uniform festgekrallt. Er werde aber gegen einen alten Nachbarjungen keine Anzeige erstatten, da könne er ganz beruhigt sein. Sicher könne er auch mit dem Wirt sprechen, damit der von einer Anzeige wegen Diebstahls Abstand nehme. Lediglich der Mann, den er in dem Spülbecken habe ersäufen wollen, denn das habe er laut gesagt, als er dessen Kopf unter Wasser gedrückt habe, der habe in der Nacht noch auf dem Revier eine Anzeige wegen Körperverletzung aufgegeben. Der Streit mit dem Mann hatte dann in der Tat für Peter Woetke die schwersten Folgen. Wegen Körperverletzung wurde er zu einer Geldstrafe von fünfhundert Mark verurteilt. Weil der Mann nur einen Schock erlitten hatte, mußte er keine Folgekosten tragen. Wegen seiner Trunkenheit, die Polizisten hatten es bezeugt, wurden ihm noch mildernde Umstände eingeräumt. Der Rechtsanwalt verlangte ein Honorar von vierhundert Mark. Der Wirt ließ sich die Zigaretten und den zerstörten Automa-

ten ersetzen, dafür wollte er siebenhundert Mark haben. Der Krajewskie hatte Wort gehalten und keine Anzeige wegen Widerstand gegen die Staatsgewalt aufgegeben. Weil er aber wegen Körperverletzung verurteilt worden war, wurde ihm vom Verband die Lizenz als Berufsboxer entzogen. Herchenroeder hatte zwei Tage nach dem Niederschlag von Dortmund per Brief noch einmal gekündigt und dabei auf einige Paragraphen verwiesen. Außerdem hatte er die volle Börse einbehalten, weil er das, wie er geschrieben hatte, laut Vertrag könne. Dreihundert Mark noch nicht abbezahlten Vorschuß verlangte er zusätzlich zurück.

Die Nacht nach dem Niederschlag im Vorkampf im Stadion Rote Erde in Dortmund, an deren Einzelheiten er sich nie mehr genau erinnern konnte, hatte Peter Woetkes Leben mehr verändert als die Flucht mit dem Nachbarn Hausmann in voller Nazi-Uniform per Straßenbahn vor der irgendwann anrollenden Front. Sie hatte auch stärkere Spuren hinterlassen, als der erste Arbeitstag auf der Zeche, an den er sich noch nach dreißig Jahren genau erinnerte. Das Erlebnis bedrückte ihn mehr als der Tod des Vaters. Es beschäftigte ihn öfter als die Erinnerung an den ersten sexuellen Kontakt mit einem Nachbarmädchen hinten in einer Laube. Nur der Tod der Mutter spielte eine größere Rolle, weil es noch einmal einen Einschnitt in seinem Leben gab, den er als Folge jener Sauftour zu spüren bekam.

Peter Woetkes erträumter Aufstieg als Berufsboxer mit dem Ziel der Gründung einer unabhängigen Existenz in Form einer Toto-Annahmestelle oder eines Kiosks für Zeitungen und Süßigkeiten oder gar einer Tankstelle an einer Ausfallstraße war an dem Morgen vernichtet, als die Mutter vor ihm stehend Geschichten erzählte, die von einem Fremden stammen konnten und die bei ihm wirkten, als trommle sie mit dünnbehandschuhten Händen auf seinen brummenden Schädel. Herchenroeders Kündigung war schon eine unüberwindbare Hürde. Es würde sich in der Branche mit Sicherheit herumsprechen, daß er sich in Vorkämpfen nicht an Abmachungen halte und deshalb für den Beruf nichts tauge. Von diesen Zweifeln befreite ihn in unangenehmer Weise dann der Entzug der Lizenz als Berufsboxer. Nach nur einer durchzechten Nacht war er um seine Existenz gebracht, hatte erdrükkende Schulden und galt als vorbestraft.

Diesen tiefen Fall überstand er wohl deshalb, weil seine Eltern und er schon so lange in der Herbertstraße gewohnt hatten. Die Nachbarn verspotteten ihn nicht, nicht einmal Häme war zu spüren. Im Gegenteil, in den ersten Wochen nach jener Saufnacht taten einige so, als sei gar nichts vorgefallen, andere luden ihn im »Anstoß« völlig unpathetisch zu einem Bier ein und andere gar schwärmten ihm vor, wie beeindruckend sein nächtlicher Auftritt gewesen war. Denn er habe, so erzählten sie immer wieder, nur einmal kräftig an dem Automaten gezogen, da seien die Zigarettenschachteln nur so in die Kneipe gepurzelt. Das solle mal jemand nachmachen, das schaffe keiner, nicht einmal, wenn er nüchtern sei.

Peter Woetke ging zum Arbeitsamt. Dort sagte man ihm, er sei kräftig und gesund, da könne er als Bauhilfsarbeiter gutes Geld verdienen, bei Akkord würde ganz schön was rausspringen. Zwei Jahre arbeitete er dann auf verschiedenen Baustellen im Raume Castrop-Rauxel, Bochum und Herne. Er mußte während dieser vierundzwanzig Monate Zement und Steine schleppen. In den Wintermonaten betonierten sie Innenräume, deshalb war er nicht arbeitslos wie andere in der Branche, denn er konnte kräftig zupacken, man brauchte ihn. Während der zwei Jahre wechselte er nicht einmal die Firma, was bei dieser Arbeit nicht üblich war.

Unruhe erfaßte ihn, als er feststellte, daß die Mutter, im vorderen Zimmer in einem der an die Wand gequetschten Ehebetten liegend, vergaß, was sie wenige Minuten vorher gesagt hatte, und während eines kurzen Gesprächs mehrere Male dieselbe Frage stellte. Ihm fiel auch auf, daß sie Sehstörungen hatte, denn ein Sofakissen in ihrem Zimmer deutete sie einmal als eine hockende Katze, die Blumen auf der Fensterbank als farbige Tauben. Die Mutter hatte nur beim Nähen eine Brille getragen, weit konnte sie bis dahin sehr gut sehen. Wenn er mit seinen Brüdern mal darüber reden wollte, dann konnte er feststellen, daß sie gar nichts gemerkt hatten und das Gespräch beendeten mit der fast fröhlichen Floskel, die war nie krank, die bekrabbelt sich wieder.

Als sie dann in die Nervenheilanstalt, oder wie es hieß, in die Klapsmühle gebracht worden war, da wurde er noch unruhiger. Zum erstenmal in seinem Leben dachte er über seine Zukunft nach. Wenn sich die Alte, so überlegte er, für immer lang macht, dann stehe ich allein da. Ich habe nicht einmal ein Dach über dem Kopf. Denn die Zechenwohnung darf ich nicht behalten, ich arbeite ja auf dem Bau. Er fürchtete sich davor, auf der Zeche wieder vorsprechen zu müssen und um Arbeit zu bitten. Sie nahmen nur noch ungern Leute an, wegen der heraufziehenden Kohlenkrise. Viele Nachbarn wurden schon unruhig. Es war ihnen schon aufgefallen, daß die Kohle am Abend nicht mehr mit dem Zug weggefahren, sondern auf Halde gekippt wurde, und das werde nicht gemacht, weil die Zechenleitung an schlechtere Zeiten oder einen harten Winter denke und deshalb horte.

Die Alte macht sich davon, ich habe noch immer Schulden und keine Bude für den Winter – das waren seine Gedanken, als ihm seine Schwester Agnes die Nachricht von dem Tod der Mutter überbrachte, in einem derartigen Tonfall, als habe er die Mutter persönlich auf dem Gewissen. Agnes sah ihn auch so an, als habe er mutwillig das Leben der Mutter verkürzt. Als die Wut ihn zu pakken drohte, erkannte er, daß Agnes alle so behandelte. Alle hatten die Verblichene auf dem Gewissen, natürlich mit der Ausnahme von Agnes selbst.

Die kriegt hier jetzt nicht das Regiment in die Hand, dachte er, während er sie beobachtete. Agnes schaltete in der Küche so, als habe sie das Kommando übernommen. Bevor die hier einzieht, sinnierte er, gehe ich wieder auf die Zeche. Am Vortag der Beerdigung gab es einen Umtrunk unter den Brüdern. Auch an Einzelheiten dieser Nacht konnte er sich später nicht mehr erinnern. Es wurde nur immer wieder von anderen behauptet, sie hätten sich in dem Zimmer gekloppt, in dem die Mutter eingesargt lag, und man habe am frühen Morgen die Leiche wieder gerade legen müssen, damit die Trauergäste aus Verwandtschaft und Nachbarschaft nichts merkten. Zwei Tage nach der Beerdigung nahm er sich auf der Baustelle frei und ging früh am Morgen zur Zeche, ins Betriebsratszimmer. Dort saßen, wie er wußte, zwei aus seiner ehemaligen Schulklasse. Die würden ihn wohl nicht im Stich lassen.

Es waren fünf oder sechs Betriebsräte anwesend. Sie saßen im Halbkreis um ihn herum. Einer meinte, seine Mutter sei jetzt da. Dabei hob er den Daumen in Richtung Zimmerdecke. Ein anderer sagte, man wisse, daß sich die Mutter für immer lang gemacht habe, daß er der älteste Mann in der Familie sei und jetzt den Daumen draufhalten müsse. Es dürften zwar keine Leute mehr eingestellt werden, aber er solle mal seine Papiere auf dem Pütt lassen, sie, die Betriebsräte, sie würden die Sache schon deichseln, er könne aber nur als Kohlenhauer anfangen. Direkt vor Kohle wollten nur wenige arbeiten, hier schien die Maloche besonders schwer zu sein. Da konnte man sich auch nie ausruhen, es gab nur Akkord. Er willigte ein. Sechs Wochen später konnte er anfangen.

Als er dann das Werkstor durchschritt, war alles ähnlich wie vor Jahren, als er zum ersten Mal mit seinem Vater ins Werk gekommen war. Er spürte eine gewisse Vertrautheit, aber er fühlte sich auch niedergeschlagen. Die Saufnacht von Dortmund hatte ihn wieder an den Ausgangspunkt seines Berufslebens zurückgebracht. Der Tod seiner Mutter zwang ihn, diesen Weg zu gehen. Denn er wollte die Wohnung in der Herbertstraße behalten, allein schon deshalb, damit Agnes nicht dort einziehen konnte.

Als er durch die Lohnhalle der Zeche in Ickern schritt, da hatte er das Gefühl, als hätte sich in den Jahren dazwischen nichts verändert. Es war so, als seien die vergangenen Jahre nur eine Nacht zwischen zwei Arbeitstagen gewesen. Die Männer, denen er begegnete, schauten ihn nicht einmal verwundert an. Sie sahen ihn kaum, jeder starrte mißmutig vor sich hin und trauerte dem Schlaf nach. Er nannte seine neue Markennummer. Der Mann hinter dem Schalter sah ihn ebenfalls ohne jede Überraschung an, dann warf er die blecherne Marke in eine Vertiefung unterhalb des Schalters, hier konnte Peter Woetke sie sich, wie früher auch, herausnehmen. In der Waschkaue roch es wie damals nach Staub und Schweiß. »Na, bisse wieda da«, sagte einer, fast gleichgültig, ohne jede Überraschung oder Gehässigkeit in der Stimme.

Aus der Traumkarriere eines Berufsboxers war nichts geworden. Nie wollte er es sich eingestehen, daß sie schon an so harmlosen Begriffen wie brutto oder netto gescheitert war. Er war nach Jahren, wie bei einem Mensch-ärgere-Dich-nicht, an den Startpunkt zurückgeworfen worden. Weil er die Zeche, die Leute und die Atmosphäre kannte, fiel ihm der neue Start nicht zu schwer. Er hatte ja die Wohnung damit erobert.

Peter Woetke war ein sportlicher Mann, er war durchtrainiert. Deshalb fiel ihm die neue Arbeit im Akkord vor Kohle nicht so schwer. Er hatte auch schon bald seine Schulden bezahlt und sah, wie er es selbst formulierte, »wieder Land«.

Von der Zeche aus konnte er preiswert eine Urlaubsreise antreten. Er fuhr, als einer der wenigen Junggesellen, nach Stadtprozelten am Main, es war seine erste weitere Reise. Bis zu diesem Betriebsurlaub war er noch nie außerhalb des Reviers gereist. Mit dem Zug war er nur auf Nahverkehrsstrecken gefahren.

In Miltenberg lernte er dann bei einem Tanzabend seine Frau kennen. Sie war Vollwaise und lebte in einem Heim. Sie heirateten bald, die Frauen aus der Nachbarschaft meinten alle, er solle zugreifen, die sei als Waise Arbeit gewohnt und sei dankbar, wenn sie ein Dach über den Kopf bekomme. Die Frau sei bestimmt genügsam. So was würden andere mit der Stallaterne suchen.

In den ersten Wochen ihrer Ehe hat er sie einige Male verprügelt, weil sie, wie er Nachbarn erzählte, widerspenstig gewesen sei. Aber nach einigen Jahren muß es, wie die Verwandten sagten, »bei denen ganz gut gelaufen sein«. Peter Woetke verdiente auf der Zeche immer gut. Vor körperlicher Arbeit scheute er sich nicht. Deshalb pflegte er auch bald das Haus, verbesserte die hölzernen

Ställe, selbst den vom Vater geschaffenen Sandkasten besserte er wieder auf, obwohl keine Kinder darin spielten.

Nach einigen Untersuchungen behauptete der Hausarzt, seine Frau bekomme keine Kinder. Der Grund sei ein Schock aus ihrer Fluchtzeit zum Kriegsende, sie habe aufgrund dieser Schrecken die Gebärmutter eines zwölfjährigen Mädchens. Er war sich nie im klaren, ob er Kinder haben wollte oder nicht. Darüber hat er mit seiner Frau während der gesamten Ehe nicht gesprochen. Fünfzehnmal fuhren beide mit Verbilligung durch die Zeche nach Stadtprozelten. Tagsüber hielten sie sich aber meist in der Innenstadt oder am Mainufer von Miltenberg auf. Sie traf dort oft ehemalige Freundinnen aus dem Waisenhaus. Sie genoß es dann, daß sie jetzt in der Stadt Urlaub machen konnte und daß ihr sportlicher Mann von den anderen bewundert wurde.

Peter Woetke kaufte sich später alle zwei Jahre ein neues Auto, das bisherige gab er in Zahlung. Er fuhr mit dem Auto zur nahen Zeche, in die um die Ecke liegende Einkaufsstraße und samstags gelegentlich mal nach Gelsenkirchen zu Schalke 04. Als er sieben Jahre verheiratet war, ging er zum ersten Mal fremd, mit einer zwei Jahre älteren Wirtin. Auch mit der Frau eines Arbeitskollegen war er während des Urlaubs auf seinem Zimmer. Seine Frau und der Mann der Frau saßen nichtsahnend unten in der Gaststätte vor ihrer kalten Platte beim Abendessen.

Peter Woetke hieß auf der Zeche nur der Boxer. Man erzählte sich wundersame Dinge von ihm. Er sei als völlig ungeschlagener Berufsboxer abgetreten, er habe gegen Heinz Neuhaus und Hein ten Hoff geboxt. Wenn Muhammad Ali im Fernsehen aufgetreten war, dann mußte er in der Waschkaue fachkundige Kommentare geben,

die alle mit dem Satz endeten: »Ihr könnt sagen, was ihr wollt, er ist ein Ausnahmeboxer, dat sag' ich euch.«
Es hieß in der Bergmannssiedlung von Ickern, Peter Woetke hätte eine große Karriere machen können, denn die berühmtesten Manager hätten sich um ihn gerissen. Er habe aber einmal in der Kneipe zugeschlagen. Beinahe hätte er dabei einen Mann im Waschbecken der Biertheke ersäuft, wenn nicht ein ganzer Peterwagen voller Polizisten ihn abgelenkt hätte. Vier Beamte hätte er durch die geschlossene Tür nach draußen befördert. Vor deren Augen habe er mit der bloßen Hand einen Zigarettenautomaten von der Wand gerissen, und an dem Polizeiauto habe er eine verschlossene Tür abgerissen, als die Bullen sich vor Angst davonmachen wollten.
Peter Woetke widersprach nie, wenn die Nachbarn an lauen Sommertagen in der Gartenlaube oder am Zaun stehend ihren Kindern diese Geschichten erzählten.

4. Kapitel

Der Frühinvalide

Als ich Hans Woetke zum ersten Mal sah, fiel mir auf, daß er seinen Brüdern wenig ähnlich sah. Während alle schwarzhaarig waren und gedrungen wirkten, runde Köpfe hatten und einen vierschrötigen Eindruck machten, war er lang aufgeschossen, hatte bräunliches bis blondes Haar und eine auffallende Hakennase. Er hatte ein Vogelgesicht. Die hakige Nase wirkte wie der aggressive und gefährliche Schnabel, die etwas stechenden hellen Augen waren hellwach, so wie die eines Adlers, der immer Angriffslust aus seinem Blick erkennen läßt. Hans Woetke hätte ein leichtsinniger Zeitgenosse oder bösartiger Nachbar, weil er so anders aussah, als Beweis eines Fehltritts seiner Mutter bezeichnen können. Das tat aber niemand, weil das Leben seiner Eltern durchaus als solide galt, so daß sich selbst ärgste Feinde eine außereheliche Zeugung nicht hätten vorstellen können.

Außergewöhnlich für mich war nicht nur seine Erscheinung, er war auch bis zum Zeitpunkt unseres ersten Besuches bei den Verwandten der einzige Sohn, der einen sogenannten ordentlichen Beruf hatte lernen dürfen. Während sein älterer Bruder und seine beiden jüngeren Brüder, wie der Vater auch, auf der nahe liegenden Zeche als Bergleute arbeiteten oder noch lernten, war er als

Schlosser bei einer kleinen Firma, Klitsche genannt, ausgebildet worden. Hans Woetke war der einzige Handwerker in der Familie. Ich habe nie erfahren, warum die Eltern bei ihm die Ausnahme gemacht hatten, warum sie sich, wie es bei ihnen hieß, krummgelegt hatten. Denn in der Lehre verdiente er bei weitem nicht so viel wie die anderen im Bergwerk. Seine Ausbildung war über die Schule hinaus ein Zuschußunternehmen für die Eltern geblieben.

Vielleicht haben sie ihn in die Schlosserei geschickt, weil es ihnen schon etwas besser ging. Vielleicht hat auch der Vater aus einer Laune heraus einfach so entschieden. Vielleicht hat er ihnen auch vor der Schulentlassung die Hölle heiß gemacht, so bezeichnete man es, wenn einer als Kind ununterbrochen bei den Eltern gebettelt hatte. Vielleicht auch hatte ein Handwerker seinen Vater gut gekannt und er hatte gerade einen Lehrling gesucht und den Alten dann angesprochen, was wir als angehauen bezeichneten. Vielleicht sind seine Eltern auch vor seiner Entlassung aus der Volksschule, wie sie damals treffend hieß, zum ersten Mal zu einer Berufsberatung gegangen, was sie vorher nicht getan hatten, weil sie so was als Tinneff eingeordnet hatten, da es sowieso aussichtslos war, angesichts ihrer Lage. Vielleicht spielte der Zufall eine Rolle, auf den ich gar nicht kommen kann, weil er so außergewöhnlich war wie die Entscheidung selbst.

Wenn ich damals gefragt hätte, warum der Hans einen ordentlichen Beruf hatte erlernen dürfen, dann hätten sie vielleicht gesagt, »wie es uns noch gutging, da konnten wir uns das mal erlauben.« Die momentane Lage hätte dann den Ausschlag gegeben, denn eine bewußte Entscheidung konnte das nicht sein. Es wurde nicht,

wie in bürgerlichen Familien, gezielt nach der Erbfolge gedacht.
Ich habe aber nicht gefragt.
Hans Woetke, der junge Mann mit dem Habichtblick, hatte damals, als ich ihn zum ersten Mal sah, schon ausgelernt. Deshalb habe ich auch nicht erfahren, wie die Geschwister reagiert hatten, als er nicht, wie die anderen, »auf« der Zeche angemeldet wurde, ob er sich spitze Bemerkungen hatte einstecken müssen.
Sie akzeptierten seine besondere Stellung. Es wurde auch nie in seinem Beisein oder während seiner Abwesenheit, wie bei anderen, darüber diskutiert, und sie trumpften auch nicht auf, er bekomme später in seinem Beruf keine Deputatkohle und müsse sich deshalb im Winter teure Kohlen kaufen, er bekomme keine Werkswohnung wie die anderen, so daß er sich eine viel teurere privat mieten müsse und weniger auf der Hand habe als die, die zur Zeche gingen. Seine Arbeitszeit sei auch nicht so geregelt, denn mehr als acht Stunden müsse er doch oft machen. Er komme auch nicht, wie die anderen Männer aus der Herbertstraße, schon gewaschen und umgezogen nach Hause, er komme noch im blauen Arbeitsanzug und ungewaschen und müsse sich erst in der angebauten Waschküche säubern.
Es wurde überhaupt nicht darüber gesprochen, daß Hans Woetke morgens zwei Stunden später als die anderen aus dem Haus ging, dann aber schon in seinem Arbeitsanzug, daß er auch erheblich später zurückkam, während die Brüder schon am frühen Nachmittag nach der schweren Arbeit unter Tage am Mittagstisch saßen, daß er eigentlich an den Wochentagen tagsüber überhaupt keine warme Mahlzeit einnahm, denn nach dem Frühstück zu Hause nahm er sich ein paar Butterbrote in Zeitungspa-

pier gewickelt mit, wenn er am späten Nachmittag zurückkam, setzte ihm seine Mutter eine große Tasse mit Kaffee auf den Tisch, dazu Brot, Margarine und Marmelade, gelegentlich auch Wurst oder Schinken, denn das Mittagessen wollte sie nicht so lange warm halten.
Hans Woetke setzte sich dann an den Tisch, er nahm seine dunkelblaue Mütze nicht ab, er schob sie lediglich, als äußerliches Symbol für den Feierabend, leicht nach hinten, so daß der Haaransatz nicht mehr verdeckt wurde, dann griff er mit seinen ungewaschenen Händen zu der wuchtigen Tasse und schlürfte genüßlich laut, anschließend umschloß er die Tasse mit seinen Fingern so, als wolle er sich daran wärmen oder den Kaffee heiß halten. Erst wenn er eine Zeit so gesessen und mehrmals vernehmlich geschlürft hatte, griff er sich die Brotschnitten, legte sie auf die Wachstuchdecke, strich erkennbar dick Margarine darauf, dann wiederum recht kräftig die hausgemachte Marmelade. Während er das Brot aß, schaute er mit seinen weit aufgerissenen Vogelaugen zu irgendeinem Punkt in der Wohnküche und dachte offensichtlich nach.
Wenn er schweigend vor sich hin stierend seine Nachmittagsmahlzeit eingenommen hatte, ging er kurz nach oben, holte sich seine Ausgehsachen, kam anschließend fast polternd die Treppe herunter und schloß sich in der Waschküche ein. Niemand konnte jetzt aufs Klo, deshalb pinkelten seine Brüder auch schon mal in den Garten, er wusch sich und zog sich um.
Danach holte er sich aus der Wohnküche eine Messerspitze voll Margarine, die er dann zwischen seinen Händen verrieb, um sich anschließend mit den fettigen Fingern durch die Haare zu gehen. Danach kämmte er sich, die Haare glänzten dann hell.

Er hielt sich nicht lange in der Wohnung bei seiner Mutter und den jüngeren Geschwistern auf. Mit seinen Brüdern, der Boxer trainierte meist noch, ging er dann auf Jück, wie es seine Mutter, also meine Tante, formulierte, oder auf Brautschau, wie meine Mutter meinte, oder über die Dörfer, wie es die Oma bezeichnete, wenn die Jungen in die nächste Kneipe gingen oder Mädchen kennenlernen wollten. Über seine Arbeit redete er nicht mit uns, überhaupt war dieses Thema fast ein Tabu. Jeder knurrte mal gelegentlich, heute habe er wieder ganz schön malocht oder habe drangehauen, aber mehr wurde nicht gesagt. Hans Woetke sagte wohl mal, sein Chef sei ein Schwein, der hole alles aus den Leuten raus, aber die würden ihn auch ganz schön bescheißen. Wie das vor sich ging, das erzählte er nicht, warum der Besitzer der Klitsche ein Schwein war, schilderte er auch nicht näher.

Unstrittig hatte der Habicht Hans Woetke den größten Erfolg bei den Mädchen der Siedlung. Er brachte verhältnismäßig oft eine neue Freundin mit nach Hause. Er schleppte sie ran, wie die anderen sagten und stellte sie der Mutter vor, die den schnell wechselnden Begleitungen ihres Sohnes immer jeweils schweigend die Hand bei der Begrüßung reichte und sich dann nicht weiter um den Besuch kümmerte. Sie stellte dann einen Teller mehr auf den Tisch und setzte eine Tasse dazu. Sonntags gab es traditionell selbstgebackenen Kuchen, meist Streuselkuchen. Es war nicht üblich, daß man eine Freundin schon zum Mittagessen mit in die Wohnung brachte. Zwei oder drei Sonntage später war es schon wieder eine andere. Ich betrachtete die Mädchen neugierig, denn ich war schon in dem Alter, in dem man Interesse für Frauen zeigt und fast alle attraktiv und schön findet. Deshalb muß ich Abstriche machen, wenn ich schreibe, er habe immer außergewöhnlich schöne Frauen rangeschleppt, ich konnte noch nicht differenzieren. Ich beobachtete aber, daß seine Brüder immer dann besonders aufgedreht wirkten, wenn Hans Woetke eine neue Bekanntschaft mit in die Wohnung gebracht hatte. Seine Mutter paßte aber höllisch auf, daß der Besuch nicht nach oben in die Zimmer der Jungen genommen wurde. Sie wolle keinen Puff aus der Wohnung machen, sagte sie, jetzt, wo der Vater tot sei, müsse sie besonders darauf achten, wegen der Nachbarn.

An einem Sommertag kam dann Dieter Woetke, sein jüngerer Bruder, mit dem Fahrrad zu uns gefahren und berichtete aufgeregt, Hans sei ins Krankenhaus eingeliefert worden, er sei auf einer Baustelle, während der Arbeit, von einem Gerüst gefallen. Das sei mindestens so hoch gewesen wie der dritte Stock eines Wohnhauses. Er habe sich sämtliche Knochen gebrochen, also an den Armen und den Beinen, man wisse nicht, ob er mit dem Kopf zuerst aufgeschlagen sei. Auf jeden Fall sei er besinnungslos, wir sollten noch schnell nach Ickern kommen, die Mutter sei ins Krankenhaus gefahren, sie könne aber auch noch nichts Genaues sagen, die Ärzte ließen sie noch nicht ans Krankenbett.

Meine Mutter zog ihr Sonntagskleid an, holte die feine Handtasche aus dem Kleiderschrank, die sie nur bei besonderen Anlässen umhängte, dann zog sie die ebenfalls nur für den Sonntag vorgesehenen schwarzen Stöckelschuhe an und fuhr, mich mitnehmend, mit der Straßenbahn zu ihrer Schwester.

Als wir in die Wohnung kamen, saß meine Tante, also seine Mutter, vor einer großen Tasse Kaffee und starrte auf das Wachstuch des Küchentisches. Ich hatte den Eindruck, sie sei erheblich älter geworden, ihr Gesicht war aschgrau. Fast tonlos sagte sie, »kleine Kinder, kleine Sorgen, große Kinder, große Sorgen.« Dann wurde sie befragt, was denn sei. Er sei auf einer Baustelle gewesen, so erzählte sie, dort habe er, weil es noch kein Treppenhaus gegeben habe, über das Baugerüst aus dem zweiten Stockwerk, nicht aus dem dritten, wie sein aufgeregter Bruder bei uns erzählt hatte, Handwerkszeug von unten holen wollen, da habe er wohl neben eine Bohle getreten und sei mit Donnergetöse, diese Formulierung benutzte sie, heruntergefallen. Er habe sich wohl sämtliche Knochen gebrochen, er sei noch bewußtlos. Die Ärzte hätten sie wieder nach Hause geschickt. Mir fiel auf, daß sie »die Ärzte« besonders betonte, woraus wir erkennen sollten, daß es sich um einen ganz schlimmen Fall handelte. Denn wir waren gewohnt, daß sich sonst nur ein Arzt um einen Kranken oder Verletzten kümmerte. Dann stand seine Mutter auf und feuerte den Küchenherd kräftig an, sie ging an den Wasserhahn und füllte einen Kessel voll Wasser, den sie dann auf den Ofen schob, sie kochte für uns, ohne zu fragen, ob wir überhaupt was trinken wollten, Kaffee. Meine Mutter stellte noch einige Fragen, sagte einige Male »mein Gott«, schüttelte den Kopf, doch das Gespräch drehte sich im Kreise, sie wußten zu wenig über den Unfall. Aber die dürftigen Informationen gaben erstaunlicherweise immer noch genug Gesprächsstoff.

Später hieß es, der Junge habe Glück im Unglück gehabt, denn er habe nur eine Gehirnerschütterung bekommen und nicht den erst befürchteten Schädelbruch, zwölf Brüche hatte er aber, an beiden Beinen und an einem Arm mehrere, nur der rechte war bruchfrei geblieben, da könne er sich, wie der Boxer sagte, wenigstens

noch selbst die Hose aufknöpfen, wenn er mal aufs Klo müsse.
Einige Wochen nach dem Unfall durften wir Hans Woetke im Krankenhaus besuchen. Wieder fuhren wir mit der Straßenbahn in Richtung Castrop-Rauxel. An einer Haltestelle der Bahn lag das massige Gebäude des Krankenhauses aus dunkelroten Backsteinen, auf dem Dach war noch deutlich, wenn auch schon verwittert, ein riesiges rotes Kreuz im grauweißen Feld zu erkennen, das noch aus der Kriegszeit stammte.
Er lag mit mindestens acht weiteren Kranken in einem langgestreckten Zimmer mit auffallend weißen Wänden, seine Beine waren in Gips verpackt, sie hingen an einem Gestell schräg nach oben gezogen, der linke Arm war bis zum Halsansatz ebenfalls vergipst. Er lag auf dem Rükken, die Vogelnase wirkte noch hakiger, sein Gesicht war so weiß, daß es sich kaum von seinem Bettbezug abhob. Die größte Scheiße sei, so sagte er sofort, daß er nur auf dem Rücken liegen könne. Schlimm sei auch, daß er nicht selbst pinkeln gehen könne, das einzig Schöne an seiner Situation sei schon vorbei. Als er nämlich bewußtlos gewesen sei, da habe er die Engel im Himmel pfeifen hören. Mich interessierte, ob die Engel, wie mein Vater, auf zwei oder vier Fingern gepfiffen hatten oder ein Instrument benötigten, aber ich traute mich nicht zu fragen, weil meine Mutter, bevor Hans Woetke hätte antworten können, mit Sicherheit gezischt hätte: »Bist du ruhig!« Der Besuch im Krankenhaus war langweilig. Nach einigen Wochen wurde er mit seinen Gipsverbänden aus dem Krankenhaus entlassen. Er saß dann wochenlang in der Wohnküche, direkt neben der Eingangstür. Zum Klo humpelte er umständlich, bis zur Tür mußte ihn immer einer stützen, er streckte die verbundenen

Beine so in die Küche, daß gelegentlich jemand davor trat oder darüber stolperte, dann schlug er sofort mit seiner Krücke. Er traf selten, weil diejenigen, die versehentlich an seinen Gips kamen, sich sofort mit einem Sprung aus seiner Stockweite in Sicherheit brachten. Gelegentliche Treffer taten ihm aber sichtlich gut, denn er war über alle Maßen mißlaunig, was sich noch steigerte, wenn er nicht getroffen hatte. Seine Schwestern mußten zu den Nachbarn gehen und ihm alte Illustrierte oder Wild-West-Heftchen holen, weil er sich langweilte. Er trieb es mit seiner schlechten Laune so weit, daß die Mädchen sogar auf den Müllkippen nach alten Zeitungen suchten, um ihn so zu unterhalten, von seinen Freundinnen, die er vorher ins Haus gebracht hatte, kam keine.

Da er an einem Bein wohl offensichtlich mehr Brüche als an dem anderen hatte, war später nur noch das rechte stark vergipst, der Arm und das linke Bein nicht mehr, so daß er sich an zwei Stöcken vorwärts bewegen konnte. Da es aber inzwischen Winter geworden war, konnte er nicht in den Garten oder auf den Hof humpeln. Er ließ die anderen, wie sie es formulierten, für sich springen, sie mußten ihm den Kaffeelöffel oder Zucker aus dem Schrank holen, ihn wieder wegtragen, dann wollte er doch wieder mehr, sie mußten die Tüte erneut holen, wenn es nicht schnell genug ging, warf er einen seiner Stöcke nach ihnen; wenn er nicht getroffen hatte, mußten sie ihn aufheben und zurückbringen. Im darauffolgenden Frühjahr ging er mit seinen Brüdern sogar sonntags wieder in die Gaststätte zum Tanz, er hatte immer noch ein Bein in Gips, konnte aber schon mit Hilfe nur einer Krücke vorwärts humpeln. Sie erzählten oft, daß er bei den Tanzveranstaltungen auch immer sein verpacktes Bein demonstrativ in den Gang hielt, daß er sofort mit

seiner Krücke zuschlug, wenn jemand versehentlich dagegen stolperte, wurde derjenige noch frech, so erhoben sich drei Brüder, darunter der Boxer, eindeutig drohend, so daß sich schließlich niemand gegen den Krückenschlag zur Wehr setzte; das muß ihnen viel Spaß gemacht haben.
Er mußte dann öfter zum Vertrauensarzt der Krankenkasse, der in dem Ruf stand, selbst noch Leute arbeitsfähig zu schreiben, die schon im Sarg lagen, der ließe sich selbst dann nicht beeindrucken, wenn man mit dem Kopf unterm Arm bei ihm erscheine. Einige sagten, der hätte eigentlich Metzger werden wollen, habe aber keine Lehrstelle bekommen, deshalb sei er dann Vertrauensarzt geworden.
Obwohl der hakennasige Hans Woetke noch immer auf Krücken laufen mußte, bekam er schließlich eine Arbeit zugewiesen, nicht mehr in der kleinen Klitsche, bei einer Großbaufirma mußte er im Geräteschuppen, das sie Magazin nannten, das Handwerkszeug bewachen und es den Arbeitern gegen Quittungen aushändigen. Auf der Zeche hätte er auch so einen Drückeposten bekommen, sagten die Nachbarn, aber bei einer besseren Bezahlung, er hätte noch Deputatkohle bekommen und ein Anrecht auf eine Werkswohnung erworben, aber er sei ja noch jung, vielleicht würde sich wieder alles geben. Wenn sich das Wetter änderte, dann war Hans Woetke besonders schlecht gelaunt, »da tut sich was«, sagte er dann, denn die Bruchstellen schmerzten.
Als seine Mutter gestorben war, fiel mir wieder auf, daß er wie ein Habicht aussah, sein Gesicht wirkte eingefallen, weiß, die dem Schnabel ähnelnde Nase stach auffallend stark hervor, die Augen wirkten aggressiv angriffslustig. Während wir nach der Beerdigung den obligatori-

schen Streuselkuchen hinunterwürgten, saß er still am Tisch, er hatte eine Krücke zwischen den Beinen, auf deren Ende stützte er gelegentlich seinen Kopf wie ein Raubvogel, der zum Angriff ansetzt, er dachte wohl nach, denn an den immer lauter und lustiger werdenden Gesprächen beteiligte er sich nicht, er starrte auf einen Punkt.

Er soll nachher sogar wieder so weit hergestellt gewesen sein, daß er in seinem Beruf hat arbeiten können, es hieß auch, er hätte auf der Zeche anfangen wollen, aber die hätten ihn nicht genommen, weil er wegen seiner Brüche nicht gesund genug gewesen sei. Der wäre, so hatte es geheißen, zu früh der Knappschaft zur Last gefallen. Kontakt mit seinen Geschwistern hat Hans Woetke nicht mehr. Sie sagten, er wohne gar nicht so weit von Ickern entfernt, er habe eine Frau geheiratet, die gleichaltrig sei. Es heißt auch, er arbeite nicht mehr, er sei völlig auf. So bezeichnet man den Zustand eines jungen Invaliden.

5. Kapitel

Die Reise nach Italien

Günter Woetke steuerte seinen Golf unaufmerksam durch die Hauptstraße von La Spezia. Trotz des brodelnden Verkehrs und seiner Ängste bei der Fahrt im Ausland ließ er sich immer wieder verleiten, in die Nebenstraßen nach links zu schauen, durch die Häuserschluchten hindurch sah er das Meer, die Geschäfte interessierten ihn. Seine Frau hatte ihm, als sie wenige Kilometer vor der Stadt waren, aus einem geliehenen Reiseführer vorgelesen. Es hieß, La Spezia sei eine Industriestadt mit einem Kriegshafen, sie sei nicht schön.

»Es ist wie zu Hause, nur italienisch«, sagte er einige Male zu ihr, während sie von Zeit zu Zeit ausstieß: »Paß auf.« Die Stadt wirkte leicht verkommen, etwas marode. Er meinte Auspuffgase und ausgelaufenes Öl riechen zu können. Als er dann endlich die Hafenstraße erreicht hatte und zur linken Hand die Hochhäuser sah und rechts die Bucht des Hafens, mußte er anhalten, eine Industriebahn durchkreuzte seinen Weg. Der Geruch, der Lärm, das Rattern der langsam dahinrollenden Güterwagen, erinnerte ihn irgendwie an zu Hause und war doch nicht Ickern, es war ausländisch, anders, exotisch, italienisch. Nach mehreren Urlauben mit einer Reisegesellschaft hatte er jetzt, im Jahre 1979, den Mut gefaßt, mit dem Auto und Frau allein – die Kinder waren bei der Oma geblieben – eine Reise ins Ausland zu wagen, nach Italien. Beide hatten nicht gewußt, warum sie sich für Italien entschieden hatten. Sie waren weder Kunstkenner noch Reisende, die aufgrund der guten Küche ein Urlaubsziel anfahren. Sie hatten keinerlei Kenntnisse über die Historie dieses Landes. Sie wußten nur, daß es hier einen polnischen Papst gibt, viele Bischöfe, Kommunisten und Terroristen. Und daß es bestimmt zu jeder Mahlzeit Pizza geben würde. Und billig sollte es sein.

Sie waren auch einfach in den Norden des Landes gefahren, hatten willkürlich Autobahnen benutzt und jetzt fuhren sie durch La Spezia, die erste größere Stadt, die sie seit ihrer Einreise angesteuert hatten.

»Den Krach kann ich auch zu Hause haben«, maulte sie. Sie drückte ihre Kaufhof-Sonnenbrille auf die Nasenflügel und blickte über die oberen Ränder auf die Eisenbahn, die aufreizend langsam die Straße überquerte. Sie fuhren über die Hafenstraße weiter südlich, dann stellte er fest, daß sie in die häßlichen Vororte der Stadt kamen. Er lenkte seinen Golf scharf rechts heran; als der Verkehrsfluß ein wenig abgeebbt hatte, wendete er und fuhr in die Stadt zurück. Den Güterzug sah er jetzt zur linken Hand parallel zur Straße stehen. Offensichtlich wurde er be- oder entladen, ein Schiff dahinter sah er nicht, er vermutete es. Sie hatten die Fenster der Autotüren heruntergekurbelt, er schnupperte in der öligen Luft, während seine Frau an ihrem Gesichtsausdruck erkennen ließ, daß sie seine, für sie merkwürdigen Urlaubsfreuden nicht teilen konnte.

»Hier ist es für uns bestimmt zu teuer«, meinte er halblaut zu sich selbst, in der Annahme, sie werde diese Ansicht bestätigen, denn er war unsicher. Unsicher war er auch, weil er ganz gern in dieser Stadt, die ihn in ihrer Häßlichkeit faszinierte, geblieben wäre, sich das aber nicht auszusprechen traute. Doris Woetke kannte ihren Mann. Sie wußte, daß er mit der Bemerkung seine Unsicherheit preisgab, und sie wußte auch, daß er glaubte, sie durchschaue ihn nicht. »Das können wir uns bestimmt nicht leisten«, bestätigte sie. Sie waren sich vor ihrer Reise darüber einig, einmal ans Meer zu fahren – ihre bisherigen Urlaube hatten sie nur in Bayern verbracht – und beide hatten sie ein Urlaubsziel erträumt mit klarem Wasser, Segelbooten, weißem Strand, einigen Menschen und sauberen, aber nicht zu großen Hotels, alles sehr preiswert.

»Fahr mal rechts ran«, kommandierte sie. Er blickte in den Rückspiegel, die Straße war verhältnismäßig frei, er schaute nach rechts an die Bordsteinkante. Nachdem er eine größere Lücke entdeckt hatte, hielt er seinen Wagen an. Umständlich kramte sie nach der Karte von Norditalien und ging mit dem Zeigefinger über das Gebiet um La Spezia. Er ärgerte sich, weil er auf ihr Kommando angehalten hatte und weil sie jetzt ohne über den weiteren Aufenthalt hier in der Stadt zu diskutieren, offensichtlich einen Zielort suchte.

»Sieh mal«, sagte sie und hielt ihm die Karte dicht vor die Nase, »von dieser Autobahn über Parma sind wir gekommen, die andere führt nach Genova, aber wir haben schon so viel für die Autobahn bezahlt.«

»Dann laß uns doch an der Küste entlangfahren«, schlug er vor, in der stillen Hoffnung, in der Nähe von La Spezia Meer, Sand, ein gutes Hotel und was er sich sonst noch vorgestellt hatte zu finden, so daß er in den nächsten Tagen leicht wieder in die Stadt hätte zurückfahren können; als Tagesausflug getarnt.

»Das sieht alles ganz gut aus«, meinte sie und faltete die Karte wieder zusammen.
Er ordnete sich in den fließenden Verkehr ein. Wieder war er unvorsichtig, starrte wiederholt auf die links von ihm liegende Bucht, im Hintergrund sah er mächtige Kriegsschiffe im Hafen vertäut liegen, sie faszinierten ihn in ihrem Einheitsgrau und in ihrer Mächtigkeit. Günter Woetke, der selbst nie Soldat war, hatte sich Kriegsschiffe sehr schlank und somit schnell vorgestellt. Bald schon hatten sie die Hafenstadt nordwärts über eine Landstraße verlassen. Sie wand sich in engen Kurven in die Höhe, gelegentlich sahen sie links oder rechts weit unter sich die steinernen Karos der Stadt und die immer kleiner werdenden grauen Kriegsschiffe, bis sich die Straße abwandte und in ein grünes Tal in Richtung Norden führte. Es kamen ihnen sehr wenige Autos entgegen, hin und wieder sahen sie rechts von sich die Betonpiste der Autobahn, die lebhaft befahren wurde. Die kleinen Orte wirkten verschlafen, auf einigen Terrassencafés saßen alte Männer, »wie in einem Spielfilm über die Mafia«, kommentierte er jedesmal den Anblick. Sie nickte nur, denn sie wußte, daß er Dinge, die ihn interessierten, faszinierten oder erfreuten, stets wiederholte, Geschichten über aufregende Erlebnisse erzählte er bis zu fünfmal hintereinander. Doris Woetke hatte sich daran gewöhnt so zu tun, als höre sie zu; während er sich dann in seinen Wiederholungen erging, hing sie ihren Gedanken nach. Sie haben nie darüber gesprochen, daß es sie nervte, daß er die Geschichten ständig wiederholte, und er hatte nie durchblicken lassen, ob er vielleicht wußte, daß sie nicht mehr hinhörte. Sie fuhren fast zwei Stunden über die Landstraße in Richtung Genova. Dabei durchquerten sie sattgrüne Täler, sie überquerten kleine Flüßchen mit

scheinbar klarem Wasser, bis sie dann endlich wieder eine beachtliche Höhe erreicht hatten. Denn mindestens 20 Minuten vor Erreichung dieser Bergspitze hatten sie sich mit ihrem Golf auf Serpentinen hochschrauben müssen.

»Hier muß wohl wieder so eine Fremdenverkehrsecke sein«, meinte er, denn er hatte auf der Zufahrt mehrere Werbeschilder für Hotels entdeckt. »Dann bieg mal links ab, wo du kannst, denn in die Richtung muß das Meer liegen«, antwortete Doris Woetke, nachdem sie wiederum umständlich mit ihrem Zeigefinger die Straßenzeichnung auf der Karte verfolgt hatte. Sie bogen links ab und es ging steil abwärts, so daß er den zweiten Gang einlegen mußte. Nachdem sie mehrere kleine Ortschaften passiert hatten, in denen, im Gegensatz zu den entlegenen Dörfern, Neubauten zu sehen waren, erreichten sie eine kleine Stadt unten am Meer. Er quälte sich mit seinem Wagen durch die engen Gassen, von links donnerte auf einer Böschung ein Zug an ihnen vorbei. Doris Woetke kommentierte, in diesen Hotels möge sie nicht wohnen, da jage ja der Zug durch den Frühstücksraum. Als sie am Bahnhof des Ortes vorbeigefahren waren, erreichten sie das Meer. Fein und für italienische Verhältnisse zu akkurat, stand hier Liegestuhl neben Liegestuhl, rechts an der Straße registrierten sie die Betonfronten der Hotels, die alle zwischen 6 und 10 Stockwerke hoch waren. »Das hab' ich mir auch romantischer vorgestellt«, knurrte er, der Ort war ihm zu modern und zu sauber, La Spezia wirkte dagegen durch seine Industrieanlagen und den Hafen leicht verkommen. Das hatte auf ihn gewirkt wie ein leicht abgewetzter ehemals guter Anzug. Dieser Ort dagegen symbolisierte den modernen Durchschnittsanzug aus dem Kaufhaus, akkurat und sauber, aber ohne Pfiff.

»Ich glaub', ich fahr' mal weiter, das kann nicht so bleiben«, sagte er. Die Straße lief parallel zur Eisenbahnlinie, links das Meer und vor ihnen verschiedene Buchten und Landzungen. Nachdem sie einige Kilometer auf der schmalen Küstenstraße hinter sich gebracht hatten, standen sie nach einer Biegung überrascht vor einer Ampel, die auf Rot geschaltet war.
»Da ist ein Tunnel«, sagte er, nachdem er sich unmittelbar nach der ersten Überraschung über die Ampel hier orientiert hatte. »Das war aber ganz schön teuer, hier für die Urlauber einen Tunnel zu machen«, meinte sie. Günter Woetke antwortete nicht. Es war zwischen beiden üblich, daß sie Alltagsereignisse oder Situationen kommentierten, es zwar dem anderen sagend, aber doch mehr für sich; zumindest kommentierte keiner den Kommentar des anderen.
Nachdem sich der Gegenverkehr an ihnen vorbeigequält hatte, schaltete die Ampel ohne Gelb direkt auf Grün. Günter Woetke hatte, als er mit dem Wagen in den Tunnel stieß, die Fenster immer noch heruntergekurbelt, so daß der Geruch in dieser unterirdischen Unterführung voll in den Wagen schlug. Plötzlich hob er wie ein Hund das Gesicht, schnupperte laut und vernehmlich, sagte »ha, ha«, er hechelte geradezu nach Luft, »das riecht wie unten im Pütt, genauso, ja, genauso riecht es da unten«. Dann schon fast aufgeregt: »Riech mal, genauso war es unten, haargenau, jetzt weißt du, wie es da unten ist.« Obwohl auch bei Doris Woetke das Fenster bis auf wenige Fingerbreiten heruntergekurbelt war, zog sie die Scheibe bis in die Einfassung der Tür und sog dann den Fahrtwind in die Nase. »Das riecht wie alter Keller«, meinte sie.
»Nee, das riecht noch schlimmer, wie unten«, rief er fast

aufgeregt. Die Tunnelwände waren nicht betoniert, der schmutzig-graue Fels war zu sehen, an offensichtlich bröckeligen Stellen war ein wenig Maschendraht gezogen, auch die Straße war innerhalb der Durchführung nicht betoniert, Schotter und Sand bildeten den Untergrund, gelegentlich jagte der Wagen durch Pfützen, in dem einspurigen Durchstoß durch den Felsen roch es muffig, leicht feucht, etwas faulig, Grabkammerduft; wie er es immer empfunden hatte, wenn er unter Tage auf der Zeche in Ickern arbeiten mußte. Gerüche in den Strecken des Bergwerks hatten ihn abgestoßen und fasziniert. Abgestoßen deshalb, weil er sich den Geruch eines Mausoleums, einer ägyptischen Grabkammer, eines mittelalterlichen Bischofsgrabs ebenso vorstellte, andererseits war dieser faulige, dieser Duft nach abgestandener Nässe nur unter Tage im Bergwerk zu riechen. Die Strecken unter Tage auf der Zeche in Ickern hatten verschiedene Düfte: Es gab trocken-faulige Gerüche, naß-faulige, moosige, leicht schimmlige, trocken-holzige, meist aber Grabgerüche. Er wirkte wie elektrisiert, daß er jetzt, im Urlaub, seine Frau exakt die Gerüche schnuppern lassen konnte, die er ihr nie erläutern konnte, wenn er von seiner früheren Arbeit unter Tage zu Hause erzählt hatte. Aufgeregt rief er immer wieder: »Genauso riecht es, ganz genauso, wie auf'm Pütt.« Und dann fast überlaut lachend: »Und ausgerechnet im Urlaub.« Als sie den Tunnel durchquert hatten, wirbelte die naß-salzige Meeresluft wieder in den Wagen, aber nach nur wenigen Metern stießen sie erneut in ein Felsloch. Der zweite Tunnel war im Gegensatz zum ersten überhaupt nicht beleuchtet. Obwohl er nur 40 Kilometer Stundengeschwindigkeit auf dem Tacho registrierte, hatte er das Gefühl, mit einer ungewöhnlich hohen Geschwindigkeit durch den Bergwerksersatz zu jagen. Die rauhen und spitzen Felsmauern schossen links an seinem Wagenfenster vorbei. Selbst das Fernlicht erfaßte nur wenige Meter, wenn er Wasserpfützen durchquerte, gab es einen Knall. Er genoß diesen fauligen Geruch des Tunnels. Doris Woetke stellte fest, ihr Mann war in einer Form von Erregung, die sie in ihrer Ehe noch nie an ihm bemerkt hatte. Sie kannte ihn, wenn er Wut hatte, sie wußte, wann er gereizt war und nicht weiter geärgert werden durfte. Sie merkte an seinem Verhalten im Badezimmer, wenn er sich besonders intensiv wusch, daß er seinen Pflichten als Ehemann ihr gegenüber nachkommen wollte, aber diese Form von Erregung hatte sie noch nie an ihm festgestellt. Er schnuppert wie ein Hund, dachte sie. Da ihr das Verhalten ihres Ehemannes so neu war, blieb sie in einer Art Lauerstellung.

Auf der ganzen Strecke blieb die räumliche Einteilung gleich: links das Meer, das manchmal bis an den Rand der Straße kam, rechts leicht überhöht die Eisenbahnstrecke, gelegentlich hinter der Eisenbahnlinie wiederum rechts eine italienische Kleinstadt mit Hoteltürmen und links dann jeweils davor die akkurat parzellierten Räume für die Urlauber am Strand. Doch Günter Woetke schien sich für die einzelnen Orte gar nicht zu interessieren. Obwohl es Abend wurde, schien er kein konkretes Ziel anzusteuern, wie in einem Rausch wartete er auf den nächsten Tunnel. Sie hatten einige kurze und zwei sehr lange passiert, Doris Woetke war der Geruch wohl auch deshalb unangenehm, weil er in einem scharfen Kontrast zu dem salzigen Duft nach der jeweiligen Ausfahrt stand.

Direkt hinter dem Ort Sestri Levante mußten sie ungewöhnlich lange vor einer auf Rot geschalteten Ampel warten, die nur wenige Meter rechts vor einem dunklen Ausgangsschlund eines Tunnels stand. Als sie dann nach der Grünschaltung in dieses Loch stießen und Günter Woetke mit, wie sie empfand, überhöhter Geschwindigkeit durch die feucht und modrig wirkende Strecke fuhr, glaubte sie, sie habe überhaupt kein Ende mehr, sie würden schließlich im Meer enden. Vielleicht waren sie drei, fünf oder gar zehn Minuten gefahren. Ihr war der Zeitbegriff verlorengegangen, gedanklich umfaßte Doris Woetke die Länge der Fahrt schlicht als unendlich. Nach der ungewöhnlich langen Durchfahrt, wobei sie wieder seinen Rauschzustand bemerkt hatte, fuhr er in der dann folgenden größeren Stadt plötzlich rechts auf einen schmalen Bürgersteig, sagte »zeig mal« und entriß ihr die Karte von Norditalien, auch er ging mit dem Finger unbeholfen die Strecke nach, dann sagte er plötzlich: »Die Tunnelei ist hier zu Ende.« Entgegen seiner sonstigen Art erklärte er sein weiteres Vorhaben nicht, er wendete den Wagen und fuhr, zu ihrem Verdruß, zurück in dieses modrig riechende dunkle Loch. Sie hatte den Eindruck, er gebe immer mehr Gas, er fahre immer schneller durch die unterirdische Strecke, sie fürchtete, der Geruchsrausch sei in einen Geschwindigkeitswahn umgeschlagen. Als sie die außergewöhnlich lange Strecke durchfahren hatten, sagte Günter Woetke, vielleicht finden wir hier in Sestri Levante etwas. Er unterfuhr die Eisenbahnstrecke und erreichte einen Ort, der zwischen den Damm der Eisenbahn und verhältnismäßig steilen Berghängen geklemmt schien, der aber noch einen alten Stadtkern und anmutige Straßenzüge hatte, dazwischen waren moderne Hotels gepfercht.

»Guck mal, ob wir hier wat kriegen«, meinte er, als er den Wagen auf einen der vielen kleinen Plätze dieser

Kleinstadt gesteuert hatte; ohne zu murren nahm sie ein kleines Taschenbuch mit italienischen Ausdrücken in die Hand und klapperte die Hotels ab. Er blieb im Wagen sitzen.

Nach einer knappen halben Stunde kam sie zurück, riß für ihn überraschend die Wagentür auf – er hatte sie nicht kommen sehen – und sagte, »wir haben wat«. Mit ihren insgesamt vier Koffern gingen sie über die Straße, vorbei an mehreren Hotels. In den Eßräumen sahen sie ältere Menschen sitzen, die um diese Zeit ihr Abendessen einnahmen. Sie hatte in einem mittelkleinen Hotel ein Doppelzimmer mit Dusche und Klo bekommen, sie sagte, »wenn ich es richtig verstanden habe, zahlen wir hier 30 DM mit Abendessen, das geht doch, nicht?«

»Ich weiß das nicht«, sagte er.

»Bei Neckermann ist es auch nicht billiger«, antwortete sie leicht ärgerlich.

»Ich weiß es nicht«, sagte er jetzt leicht gereizt.

»Auf jeden Fall ist das billig«, entgegnete sie.

»Wenn man selbst nicht arbeitet, dann mag das wohl so sein«, giftete er. Doris Woetke wußte, daß es keinen Sinn hatte, mit ihrem Mann zu diskutieren. Wenn er aus irgendeiner Situation, die er selbst nicht erklären konnte, mißlaunig wurde, hob er immer leicht zynisch hervor, daß er ja allein arbeite, das Geld heranschleppe und die gesamte Last des Ernährens auf seinen Schultern fühle.

Wortlos packten sie ihre Sachen aus, er hatte drei Anzüge mitgenommen, sie sieben Kleider und noch einen leichten Sommermantel, fünf Paar Schuhe hatte sie ebenfalls in den Koffer gepfercht. Mehrere Male standen sie sich während der Arbeit gereizt im Wege.

Anschließend gingen sie in den Gemeinschaftsraum, in dem die anderen Hotelgäste schon saßen. Es war leicht zu sehen, nur Italiener. Das dickliche und freundliche Serviermädchen wies ihnen einen Tisch zu; ohne zu fragen, brachte sie eine Gemüsesuppe. Als er sich aus der Terrine zum zweiten Mal den Teller füllen wollte, zischte Doris über den Tisch: »Dat macht man nicht.«

»Da scheiß' ich drauf«, gab er für ihre Begriffe zu laut zurück. Als es dann anschließend ein dünnpaniertes Schnitzel mit Teigwaren und Blumenkohl gab, meckerte er: »Das schmeckt wie Knüppel auf'm Kopf.«

»Wenn du dauernd Pizza fressen willst, dann hätteste deinen Urlaub in Castrop verbringen müssen«, giftete sie zurück.

»Wenn du auch das Mittagessen gebucht hättest, dann würd' ich heute abend noch hier ausziehen.«

»Ich werde morgen mal gucken, ob es irgendwo für dich Sauerkraut gibt.«

»Da du schon keine Klöße machen kannst wie meine Mutter, kannst du dir die Arbeit hier sparen.«

»Du hast keine Kultur.«

»Ich weiß.« Sie ärgerte sich, weil er ein Streitgespräch deshalb nie zu einer Explosion brachte, weil er irgendwann durch eine Wortwendung zu verstehen gab, daß er jetzt gewissermaßen nicht mehr zulegen werde. Dann kochte sie.

»Beerra«, rief er, wie sie empfand zu laut, der Pummligen zu.

»Sag doch wenigstens bitte, wenn du im Lokal bist«, belehrte sie ihn über den Tisch.

»Das versteht die ja doch nicht«, gab er sich wiederum gleichmütig.

An diesem Abend unterhielten sie sich nicht mehr. Sie kamen sich in der ersten Urlaubsnacht in einem Hotel auch nicht näher, abrupt hatten sie sich umgedreht, in je-

weils abgerückten Winkeln lagen sie in ihren Betten, die Hintern hätten sich beinahe berührt. Dann waren sie aufgrund der Strapazen der langen Anreise eingeschlafen.
Als Günter Woetke am anderen Morgen so gegen 9.00 Uhr aufwachte, lag seine Frau Doris bereits wach im Bett. Sie blickte, wie oft an den Sonntagen in der Frühe, mit weitgeöffneten Augen an die Decke des Zimmers. Er war noch nie an einem Urlaubstag oder Sonntag vor ihr wach geworden, Günter Woetke beunruhigte auch nicht mehr, daß seine Frau irgendwelchen Gedanken nachhing und darüber nie sprach. Er wußte, daß sie sich in diesen Stunden – er hatte auch nie herausbekommen, wie lange sie schon wach war – seiner Kontrolle entzog, weil sie sich ausschwieg. In den ersten Jahren der Ehe hatte er immer wissen wollen, woran sie gerade gedacht habe. Doch dann war er sicherer geworden: woran sollte sie eigentlich denken, er wußte ja alles; alles war überschaubar, die Geldmenge, die kleine Wohnung, der Garten, von der Arbeitsstelle wußte sie so gut wie nichts, allein verreisen konnte sie nicht. Mehr aus heiterer Neugier als etwa aus Angst hätte er gern mal gewußt, worüber sie grübelte.
Im Frühstücksraum meckerte er sie an, weil das nach seiner Meinung kein Frühstück war. Der schwarze Kaffee schmecke, so maulte er, wie schon einmal getrunken, die zwei Hörnchen waren was für den hohlen Zahn, und das kleine abgepackte Päckchen Butter schien ihm zu salzig. Die Marmelade schmecke »wie Bayer Leverkusen«, für sein Geld, so maulte er weiter, könne er mehr verlangen. Doris Woetke wunderte sich, daß er so miesepeterig gelaunt war. Er war doch sonst, wenn sie in den Bayerischen Wald gefahren waren, so fröhlich während des Urlaubs.
Nach dem Frühstück schauten sie sich die Stadt an, sie

schlenderten an den wenigen Schaufenstern entlang, dann gingen sie durch eine Unterführung unterhalb der Bahn zum Strand. Hier entdeckten sie dann, daß größere Parzellen von den jeweiligen Hotels für deren Gäste reserviert waren. Auch ihr Hotel hatte ein Strandquadrat abstecken lassen. Hotelgäste zahlten 2 DM pro Tag für einen Liegestuhl, andere Urlauber, die in diesem Quadrat einen Stuhl mieteten, mußten umgerechnet 4 DM bezahlen. »Ganz schön happig«, kommentierte Günter Woetke, »die nehmen von die Lebendigen.«

»Von die Toten kriegst du nix«, gab sie gereizt zurück.

Sie ließen sich von einem freundlichen Italiener zwei Liegestühle in der Nähe des Zaunes aufstellen, dann zogen sie sich in der Holzkabine um. Sie hatte sich vorher in Castrop einen neuen Bikini zugelegt, ihm hatte sie eine sehr kurz geschnittene Badehose gekauft. Günter Woetke stellte fest, daß die Hose exakt über seinem Schamhaar endete. Sie war so eng geschnitten, daß ihm seine Wölbungen darin imponierten, aufgrund des engen Gummibandes oben, so meinte er, werde sein Bauch herausgedrückt.

Interessiert betrachtete er seine Frau im Bikini, ohne daß sie es merkte. Überrascht stellte er fest, daß sie um den Nabel herum Falten hatte, die ihren Krähenfüßen um die Augen sehr ähnlich sahen. Sie wirkte im Vergleich zu anderen Frauen am Strand verhältnismäßig gedrungen, die Oberschenkel waren entweder zu dick oder die Hose war zu eng, so daß die Einschnitte am Ende der Oberschenkel zu registrieren waren. Sie hätte den Büstenhalter höher ziehen müssen, dachte er noch, dann wäre es vielleicht nicht so aufgefallen, daß die Brüste nach unten hingen. Eigentlich hat sie auch gar keine Taille mehr, dachte er.

Er erinnerte sich an die ersten Begegnungen mit Doris

Niedermann, die er im Frühjahr 1952 zum ersten Mal gesehen hatte, als er von der Arbeit kam und an dem Friseurladen, in dem sie als Lehrling tätig war, vorbeimußte. Ihm war das blonde Mädchen aufgefallen, weil er, während sie mit einem Aufnehmer die steinernen Stufen zum Geschäft säuberte, in ihren Ausschnitt sehen konnte. Sie stand auf der untersten der drei Stufen und wischte die dritte mit dem Tuch ab. Ihre weite weiße Bluse hing nach unten durch, er konnte hineinsehen und erblickte zwei, wie er fand, beachtliche Brüste. Gegen 19 Uhr am Abend hielt er sich dann, den Zufall spielend, in der Nähe des Friseurladens auf. Doris Niedermann nahm ihn in den ersten Tagen überhaupt nicht wahr. Er hatte bald herausgefunden, daß sie Niedermann hieß. Arbeitskollegen hatten ihm erzählt, daß sie am Rande von Ickern, ebenfalls in einer Bergwerkssiedlung, zusammen mit ihrer Mutter lebte. Ihr Vater war bei einem Bergwerksunglück während des Krieges tödlich verletzt worden. Er erinnerte sich dunkel an die aufwendige Beerdigung, als man acht tote Bergleute gleichzeitig zu Grabe getragen hatte. Die Mutter durfte mit ihr in der Werkswohnung wohnen, weil der Ernährer während der Arbeitszeit umgekommen war. Sie lebten für ihre Verhältnisse nicht schlecht. Das alles wußte er schon, bevor die ersten Sätze zwischen beiden gewechselt wurden. Er hatte sich an einem der Abende den Mut genommen, sich in der Nähe des Geschäftes aufgebaut, vorher sein Haar mit Brisk frisiert, an einem Wochentag ein weißes Hemd angezogen, und dann hatte er einfach, als sie aus der Tür kam, »Hallo«, gesagt. »Hallo«, hatte sie, offensichtlich überrascht, geantwortet, sie hatte ihm dabei ins Gesicht geblickt. Er hatte entdeckt, daß sie hellblaue Augen hatte. »Die passen aber zu Ihrem Haar«, hörte er sich selbst reden, »das ja wohl echt ist«, setzte er, wie er meinte, humorig nach.

»So«, sagte sie nur kurz, dann ging sie an ihm vorbei in Richtung Geschäftsstraße. Offensichtlich hatte er angenommen, sie sei bereit, sich mit ihm zu unterhalten, deshalb hatte er verdutzt vor dem Geschäft gestanden, als sie einfach weitergegangen war. Nach einigen Schrecksekunden setzte er nach, er plapperte geradezu auf sie ein, ob sie nicht Zeit habe heute abend, ob sie nicht mit ihm in eine Gaststätte gehen wolle, ob sie nicht am Sonntag Zeit habe zu einer Fahrradtour, er wüßte im Münsterland einen netten See, sie könnten auch zum nahen Kanal fahren, oder zum Schiffshebewerk, oder einfach so durch den Ort. Doris Niedermann lächelte in sich hinein. Sie schien den Schwall seiner Worte zwar wahrzunehmen, aber seine Angebote zündeten nicht bei ihr.

»Tschüß«, sagte sie dann plötzlich und bog in einen Hofgang eines roten Bergmannshauses ein. Er hatte in seiner Aufregung gar nicht bemerkt, daß er ihr bis zu ihrer Wohnung am Ortsrand gefolgt war. Verdutzt blieb er noch vor dem Haus stehen, er blickte auf die Fenster. Dahinter hingen säuberlich und akkurat geflickte Gardinen, Blumen standen nicht auf den Fensterbänken, die Fenster selbst machten einen toten Eindruck, sie schienen zu den Wohnzimmern der Familien zu gehören. Offensichtlich lag die Küche im hinteren Teil des Hauses, hier hielten sich, wie überall üblich, die Menschen dann tagsüber auf. Die Vorderseite des aus roten Backsteinen gebauten Hauses wirkte ablehnend, kalt, starr. Er ging langsam, fast schleppend bis in die Nähe der Herbertstraße, dort ging es dann in die Kneipe, er hatte noch 2 DM von seinem Taschengeld gespart. Als er aus der Kneipe

kam, hatte er das Gefühl, zumindest angetrunken zu sein.
Am anderen Abend hatte er sich wieder zurecht gemacht. Günter Woetke hatte eine Übermenge Brisk ins Haar gegeben, schnurgerade hatte er links seinen Scheitel gezogen, auf der rechten Kopfseite schob er sich Wellen zurecht, worauf sein Bruder Hans, der an diesem Tag ebenfalls ein weißes Hemd anzog, sagte: »Mein Gott, du drückst dich ja Tollen im Haar, bis du läufig geworden?«
»Guck dich mal an«, sagte er, »du hast mehr Fett im Haar wie Erich Mende.«
Günter Woetke hatte an sich immer eine auffallende Ähnlichkeit mit Horst Buchholz registriert. Er war auch völlig sicher, ebenso wie Horst Buchholz vom Film entdeckt zu werden. Er wollte aber nicht nur Schauspieler werden, Günter Woetke wollte Schlager singen und im Film auftreten. Zuerst hatte er werden wollen wie Rudi Schuricke, deshalb hatte er sich angewöhnt mit hoher Stimme zu singen. Er meinte noch schmalziger vor sich hin hauchen zu können, »dreh dich noch einmal um, bevor wir auseinandergehen«. Günter Woetke war überzeugt, ein besserer Tenor als Rudi Schuricke zu sein, bis ihn ein Arbeitskollege auf der Zeche anfuhr, er solle doch nicht immer mit einer verstellten Kastratenstimme hier herumheulen, und dann noch dieses Arschfickerlied. Er hatte sofort aufgehört, mit verstellt hoher Stimme Schlager zu singen. Sein neues Idol wurde dann Will Höhne. Denn fortan versuchte er mit einer gekünstelt tiefen Stimme zu singen. Er war dunkelhaarig wie Horst Buchholz, er habe eine Stimme wie Will Höhne, so glaubte er, das war seiner Meinung nach das richtige Fundament für eine glänzende Karriere. Eines Tages werde er

herauskommen aus diesem Mief, daran glaubte er fest. Dann würden sich alle wundern.
Doris Niedermann lächelte ihn, als sie gegen 19 Uhr aus dem Friseurladen kam, überrascht an, »Hallo«, sagte sie, bevor er etwas sagen konnte. Er fand, daß sie ungewöhnlich offen und freundlich lächelte und gar nicht ironisch sagte: »Verdammt hartnäckig.«
»Muß man ja sein.«
»Wieso?«
»Die Konkurrenz ist groß.«
»Wieso?«
»Die sind doch nicht alle blind hier in Ickern.«
»So.«
»Das kann ich mir schon denken, denn ich bin nicht blind.«
»Wirklich?«
»Ja.«
»Wirklich?«
»Seh ich so aus?«
»Nee.«
Beide lachten. Sie war überrascht, daß er sich vorher so intensiv über ihre Lebensumstände informiert hatte. Während sie durch den Ort gingen, hatte er das Gefühl, er schütte sie mit Reden zu. Denn sie selbst sagte sehr wenig, sie schaute oft fragend zu ihm, sah ihm dabei ins Gesicht, was bei ihm ein angenehmes Kribbeln oberhalb des Magens auslöste. Verdammt, dachte er, ich hätte gar nicht gedacht, daß man so was körperlich fühlen kann.
Mit »Tschüß« hatte sie seinen Redeschwall beendet. Denn wieder waren sie vor dem Haus mit den tot wirkenden Fenstern angelangt, sie hatte die rechte Hand gehoben und mit den Fingern gewunken, dann war sie durch die Haustür verschwunden. Auf dem Weg zu dem

Haus mit den leblosen Fenstern hatte er sehr intensiv die Gerüche in sich eingesogen, die von ihr ausgingen. Sie duftete parfümiert. Er spürte jenen Geruch in der Nase, der ihm gelegentlich entgegenwehte, wenn sich beim Friseur, bei dem er sich regelmäßig die Haare schneiden ließ, die Tür des Damensalons öffnete. Ein Damensalon roch anders als der Raum des Herrenfriseurs. Der Geruch war irgendwie feiner, hochgezüchteter, ein Duft, den man in der Nase fast auf Augenhöhe registrierte. Und so roch auch sie.
In der darauffolgenden Nacht hatte er sie wieder ganz deutlich vor sich gesehen. Sie hatte wieder eine weiße Bluse mit einem weiten Ausschnitt an, sie bückte sich jedoch nicht mit einem Wischlappen über eine Eingangstreppe eines Friseurgeschäfts, sie pflückte Blumen, Löwenzahn, auf einer unendlich großen Wiese. Er sah ihr dabei zu, sie schaute ihn gelegentlich mit ihren wasserklaren blauen Augen an. Immer wieder sah er ihre Brüste im Takt der Pflückbewegungen wippen. Er meinte ihren benebelnden Friseurduft zu spüren. Das Bild löste einen ungeahnten sexuellen Reiz bei ihm aus. Das angenehme Bild wurde abrupt zerstört durch eine unangenehme Realität; er war aufgewacht, Günter Woetke hatte gespürt, daß er während des Schlafens einen Samenerguß hatte. Einen Schlafanzug besaß er nicht, den hatte keiner seiner Brüder. Sie schliefen in der Unterhose, die im Sommer kurz, vom Herbst bis Frühjahr lang war. So alle drei bis vier Tage wurde sie dann gegen eine gewaschene gewechselt. Aufgeregt hatte er sein Bett abgetastet, er fand keine feuchte Stelle, nur wenn er in den Hosenbund griff. Er spürte eine Peinlichkeit in sich hochkommen, seine Mutter würde es merken, wenn sie bei der nächsten großen Wäsche die Unterhosen durchnehmen würde. Günter

Woetke war aufgestanden, er hatte sich nach unten begeben, neben der Toilette befand sich die Waschküche. Ihm war der Spruch eines Bergmanns während der Arbeit wieder eingefallen, der laut lachend die Lebensweisheit von sich gegeben hatte: »Gegen kalte Bauern hilft nur kaltes Wasser.« Mit dem Zeitungspapier, das in akkuraten Quadraten gerissen an einem Nagel als Klopapier hing, säuberte er sich die Unterhose von innen, genau darauf achtend, daß er kein Blatt mit einer großen Überschrift benutzte, weil die Druckerschwärze sonst auf die grau-weiße Hose abgefärbt hätte. Anschließend begab er sich an den Wasserhahn, er befeuchtete seine linke Handfläche mit kaltem Wasser und rieb den gesamten Hosenlatz ein. Das alles mußte möglichst geräuschlos geschehen, denn Mutter oder Geschwister durften nicht wach werden. Mit seiner nassen Unterhose ging er wieder ins Bett, ein Blick auf die Uhr, er hatte noch eineinhalb Stunden zu schlafen, dann ging es wieder zur Zeche.

Günter Woetke blickte auf seine Frau, sie lag neben ihm in dem Liegestuhl. Sie hatte die Augen geschlossen, beide Arme hatte sie über dem Kopf verschränkt. Ihre Haare waren weißblond gefärbt, wer genau hinsah, konnte sehen, daß bald eine Nachfärbung nötig war. Von den Augenwinkeln zu den Ohren hin hatte sie tiefe Falten, in den letzten drei Jahren hatte er bemerkt, daß sich ihre Mundfalten leicht bis unten durchzogen. Vom Kinn her hatte sie rechts und links zwei minimale Wölbungen durchhängen, dann ging die Linienführung an den Wangen jedoch wieder glatt weiter. Diese merkwürdige leichte Falte hatte er, nachdem er sie an seiner Frau entdeckt hatte, bei mehreren Nachbarinnen gesehen, die ebenfalls das vierzigste Lebensjahr überschritten hatten. Über diese Entdeckung hatte er sich bei seiner Frau ausgeschwiegen. Es traf sie schon, wenn er auf ihre sichtbaren Krähenfüße verwies. Daß ihre Brüste so auffallend nach unten hingen, schien ihm neu. Es mochte an dem Oberteil des Bikinis liegen oder an der Möglichkeit des Vergleichs, denn er hatte, zu seiner eigenen Überraschung, sehr interessiert vorher einigen Mädchen nachgesehen, die gerade erst sechzehn Jahre alt sein konnten. Eigentlich das beste Alter, hatte er gedacht, da ist keine Unze Fett zuviel, schade, daß sie in dem Alter so blöd sind.

Am anderen Tag schien sie ihn schon erwartet zu haben, denn als er kurz nach 19 Uhr, wiederum in einem weißen Hemd, am Nebeneingang des Friseurgeschäftes wartete, sagte sie nicht überrascht »Hallo«, sie blickte ihn nur aus ihren auffallend blauen Augen offen an und lächelte.

»Nahmt«, sagte er, jetzt schon etwas sicherer.

»Guten Abend«, antwortete sie, wie er fand fast artig.

Er traf sich jetzt Abend für Abend mit ihr, den Arbeitskollegen auf der Zeche sagte er nicht ohne Stolz, er gehe mit ihr.

An einem Maisonntag des Jahres waren sie dann auch mit dem Fahrrad gemeinsam an den Rhein-Herne-Kanal gefahren. Die Fahrräder hatten sie gegeneinander gestellt, er hatte mit einer Kette und einem Schloß die beiden Vorderräder verbunden. Beide schauten die Fahrräder an, sie grinsten sich an, weil beide wußten, daß der jeweils andere die Symbolik der vorn verschlossenen Fahrräder verstanden hatte. Sie legten sich an den Rand des Kanals, Doris Niedermann hatte eine alte Wolldecke mitgenommen. Er hatte, neben ihr am Kanal liegend, wieder ihre Friseurdüfte in sich eingesogen und sie zum ersten Mal geküßt. Als er dann anschließend sein Gesicht auf ihre Schulter drückte, hatte er das Gefühl, in diesem Geruch nach Damenfriseur zu versinken. Als er an dem Abend des Maisonntags nach Hause kam, schnüffelte er an seinem Hemd. Selbst das roch noch nach ihr. Wenn er darüber nachdachte, was ihn so faszinierte, so war es dieser erkennbar ehrliche Blick. Und geradezu hingezogen fühlte er sich von den parfümierten Düften. Er konnte sich gar nicht vorstellen, daß sie später, wenn sie nicht in dem Friseurgeschäft arbeitete, anders riechen würde.

Sie hatte ihm dann später erzählt, daß sie den Beruf deshalb gewählt hatte, weil man als Friseuse immer noch schwarz etwas dazuverdienen könne, wenn man Kinder habe. Es gebe genug Nachbarinnen, die zu Hause frisiert werden könnten, man könne, wenn man Kinder habe, die Arbeitszeit selbst einteilen, so ein paar Stunden pro Tag brächten immer noch ganz schönes Geld.

Wenn sie Verkäuferin gelernt hätte, wie die Mutter es gewollt hatte, dann wäre das nicht möglich. Dann müßte man ausscheiden aus dem Beruf, wenn man Kinder bekäme, und könne nichts mehr dazuverdienen. Lediglich bei Verkäuferinnen in einer Bäckerei gäbe es eine Ausnahme. Die könnten an den Sonntagen aushelfen, wenn die Leute Kuchen kaufen, denn die Bäckerei sei ja sonntags zwei Stunden geöffnet. Aber der Friseurberuf gefalle ihr auch besser, sagte sie nach diesen Überlegungen.

Und er genierte sich nicht, ihr zu sagen, er meine, er sehe Horst Buchholz sehr ähnlich. Sie sagte ja, das sei ihr auch schon aufgefallen, aber das sei nicht ihr Grund, weshalb sie sich mit ihm eingelassen habe. Ihr habe seine Hartnäckigkeit imponiert. Er habe so angenehm umständlich gewirkt, wenn er in seinem weißen Hemd vor der Tür gestanden habe. Als er ihr dann noch erzählte, er sei völlig sicher, eines Tages wie Horst Buchholz zum Film zu kommen, da hatte sie nicht geantwortet, sie hatte nicht gelacht, sie hatte nur gezögert. Er war völlig sicher, daß sie die richtige Frau für seine spätere Karriere sei, denn als Friseuse wisse sie, wie man sich pflegt und aufdonnert, wie man sich geschmackvoll kleidet.

Mit seinem Freund Heiner Hartmann, einem Nachbarjungen im gleichen Alter, der wie er auf der Zeche arbeitete, war er einmal mit dem Fahrrad nach Bochum gefahren. Sie hatten sich vorher bei ihren Arbeitskollegen genau erkundigt, wo denn in Bochum das Bordell liege, dieses Haus wurde auf der Zeche nur Eierberg genannt. Ältere Arbeitskollegen hatten ihnen empfohlen, dort einmal 5 DM anzulegen, um zumindest zu üben. Sie hatten gesagt, sie würden sich dann nicht so blamieren, wenn ein Mädchen sie mal ließe. Heiner Hartmann und er hatten beschlossen, unmittelbar nach der Arbeit mit dem Fahrrad in Richtung Bochum zu radeln, um sich die Frauen dort anzusehen. Man hatte ihnen erzählt, sie müßten hinter dem Rathaus von Bochum eine Straße entlangfahren, von dort aus sei es nicht schwer, den Eierberg zu finden. Als sie nach einer längeren Radtour das Bochumer Rathaus erkannt hatten, standen sie unschlüssig in der Stadt. Sie wußten nicht, welche Straße sie benutzen sollten.

Sie waren in die angegebene Richtung gefahren, ihre Fahrräder hatten sie sorgfältig verschlossen. Dann gingen sie gegenüber einer Gaststätte in eine Toreinfahrt. Der sogenannte Eierberg war eine Anhäufung kleinerer zum Teil leicht verkommener Häuser, die sich in einem Karree um einen ungepflegten Platz schlossen. Das machte auf Günter Woetke mehr den Eindruck eines Straflagers als eines Freudenhauses. Männer standen in Gruppen auf

dem Platz, einige Pulks hingen an den Fenstern der Häuser, ältere und überwiegend dickliche Frauen standen in Hauseingängen.
»Na, Kleiner, willst du mal«, fragte eine etwas ältere in einen Ledermantel gekleidete Frau aus einer Toreinfahrt. Günter Woetke und sein Freund Heiner Hartmann hatten sie vorher nicht wahrgenommen. Schlagartig gingen beide im Takt einen Schritt schneller. Sie waren betroffen, daß eine Frau so was so deutlich sagte, und abgestoßen von der Tatsache, daß sie das erste Wort an sie gerichtet hatte. Aus den vielen Gesprächen in der Schule und später am Arbeitsplatz war es ihnen zur Selbstverständlichkeit geworden, daß ein Mann zuerst die Initiative zu ergreifen hatte. Eine Frau hatte sich zu zieren, wenn sie nein sagte, so war ihnen immer wieder erzählt worden, dann heiße das noch lange nicht nein, man müsse nur nachsetzen. Und jetzt stimmte alles nicht mehr. Sie hatten sich in Gesprächen ihren Plan vorher ganz anders ausgelegt. Sie hatten sagen wollen: »Na, hallo, Kleine!« Heiner Hartmann hatte sich vorgenommen, eine direkt zu fragen, ob sie mal wolle. Dabei hatten sie laut und überreizt gelacht. Sie waren nach Bochum gefahren, um den Eierberg zu erobern. Jetzt gingen sie hastig an den Häusern vorbei, nicht mehr so nahe an den Wänden entlang wie vorher. Unbewußt wählten sie einen Sicherheitsabstand, um nicht wieder überraschend von einer Frau angesprochen zu werden. Sie näherten sich den Pulks von Männern, die vor einigen Fenstern hingen, und stellten sich hinten an. Meist stand vorn am Fenster ein Wortführer, der zum Erstaunen oder zur Erheiterung der anderen ein Rededuell mit einer Frau führte oder ungeniert und offen mit ihr den Preis aushandelte, sie nannte eine Tabelle, er einen niedrigen Preis. Für den von ihm

genannten Betrag strich sie dann einige Leistungen aus ihrem Angebot. Die offenen Gespräche zwischen einem Mann und einer Frau über ihre späteren sexuellen Handlungen trafen sie wie Keulenschläge. In der Schule und am Arbeitsplatz hatten sie unter Gleichaltrigen und Gleichgesinnten oft darüber geredet. Sie hatten sich gegenseitig gesteigert, sich fast in eine Erregung gebracht, aber dabei war nie eine Frau in der Nähe. Jetzt wirkte das alles so abschreckend.

Gut eine Stunde kreisten sie in dem Karree, näherten sich mal diesem Haus, lauschten den Gesprächen und fühlten jeweils eine Beklemmung in sich aufsteigen, wenn nach einer Verhandlung ein Mann durch die Tür in das Haus zu einer Frau ging. Sie hatten beobachtet, daß der Aufenthalt nicht sehr lange dauerte und der Abgang meist unauffällig war. Die Haustür wurde nur sehr kurz geöffnet, der Mann schlich sich fast aus dem Haus, er schwenkte sofort nach rechts oder links ab und verließ schnell das weite Gelände des Bordells.

»Ich glaube, wir üben woanders«, meinte Heiner Hartmann nach einer verstrichenen Stunde kleinlaut. Günter Woetke war erleichtert, daß der Abgang so vorbereitet wurde.

Seine Frau hatte sich aus dem angemieteten Liegestuhl erhoben. Sie blickte kurz zu ihm und sagte: »Ich geh' mal ans Wasser.« Er nickte. Sie ging langsam in Richtung Wasser, mit ihren bloßen Füßen schob sie gelegentlich den hellen Sand vor sich her, verhielt vor kleinen Erhebungen, trat sie dann nieder, genoß offensichtlich die Barfüßigkeit. Er sah ihr nach. Ihre Beine waren kräftiger geworden, ihm fiel auf, daß sie kaum Kniekehlen hatte, zumindest wirkte es so. Weil sie in den letzten Jahren zugenommen hatte, gab es an dem Kniegelenk kaum noch

eine Einbuchtung, im Gegenteil, er meinte sogar eine Auswuchtung zu registrieren; von den Knien aufwärts verdickten sich die Oberschenkel konsequent. Sie hatte nicht einmal mehr ein konturenreiches Gesäß, ihr Hintern bestand aus verlängerten Oberschenkeln. Günter Woetke fühlte sich bedrückt, als er seine Frau nach so vielen Jahren im grellen Sonnenlicht und im Bikini betrachtete und ihre körperlichen Veränderungen bemerkte. Er fand, daß die hoch am Himmel stehende Vormittagssonne sie schonungslos beleuchtete.
Wieder kamen die Erinnerungen an die erste Zeit ihrer Bekanntschaft. Wenn es irgendwie möglich war, trafen sie sich jeden Abend. Da er vom frühen Morgen bis zum späten Mittag auf der Zeche arbeitete, schlief er nachmittags oft eine bis zwei Stunden, dann machte er sich selbst einen Kaffee, weil die Mutter nicht bereit war, jedem, der, wie sie sagte, aus dem Bett kroch, Kaffeewasser aufzusetzen. Seit er Doris kannte, kleidete er sich sorgfältiger und bürstete seinen einzigen Anzug an den Wochenenden mit kaltem Kaffee, um ihn sauberzuhalten. Sie gingen oft ins Kino und sahen sich alles an: Wildwestfilme, Revuen, Abenteuerfilme, sie wählten nicht, sie nahmen alles. Er hatte aufgehört, die Billy-Jenkins-Hefte zu lesen, sie las überhaupt nicht. Jetzt am Strand konnte er sich nicht erinnern, worüber sie sich die ganzen Jahre Abend für Abend unterhalten hatten. In den ersten Monaten küßten sie sich nur, später ließ sie es zu, daß er, wenn sie sich in einer Gartenlaube befanden, in ihre Bluse faßte. Als er dann, nach gut einem Jahr, wiederum am Kanal liegend, mehr wollte, setzte sie sich plötzlich aufrecht und sagte: »Nicht ohne Pariser.« Den Satz und die Tonlage, mit der er vorgetragen wurde, würde er nie vergessen. Irritiert sagte er nur: »Ich habe aber keine.«

»Dann ist nichts zu machen«, sagte sie und legte sich wieder auf die Decke zurück. Umständlich und langatmig begann er zu erläutern, daß er schlecht daran kommen könne, schon gar nicht heute, an einem Sonntag, er könne ja auch nicht in den Laden kommen, in dem sie arbeite, um sie dort zu kaufen. Dann wüßten alle sofort, warum. Sie sagte ihm, es bestünden keine Schwierigkeiten, wenn sie die besorgte, denn als Lehrling müßte sie ja oft Kunden bedienen, die Frisiercreme, Haarnadeln oder Kämme in dem Geschäft kauften, da könnte sie, ohne daß es auffiele, einige einstecken und das Geld in die Kasse legen. Er war erleichtert.
»Das Wasser ist mir zu kalt, da geh' ich nicht rein.«
Ihre Stimme klang laut, zu laut, wie er empfand. Denn plötzlich stand sie wieder vor ihm, blickte zu ihm herab, sie war unbemerkt vom Wasser zurückgekommen.
»Ich leg' mich wieder was hin«, sagte sie und ließ sich umständlich in ihren angemieteten Liegestuhl nieder.
»Ich fahr' mal ein bisken«, sagte er und erhob sich.
»Aber denk an die Benzinscheine, hier ist der Sprit so teuer, sonst«, maulte sie.
Er gab ihr keine Antwort, die Hose und sein Hemd hatte er schnell wieder angezogen. Unter der Bahnunterführung ging er zu seinem Wagen, der unter Bäumen parkte, deren Blätter ihm gelblich erschienen.
Im Schrittempo quälte er sich durch die kleinen städtischen Gassen. Vor seinem Kühler quirlten Gruppen von Urlaubern mit Kindern, er fädelte sich in die schmale Fernstraße ein. Am Ortsausgang mußte er zunächst halten, weil vor dem längsten Tunnel der Strecke die Ampel auf Rot geschaltet war. Aus dem Mundloch des Tunnels kamen fünfzehn Wagen in einer Schlange heraus, er hatte, wegen der Urlaubslangeweile die Autos gezählt.

Als das Ampellicht auf Grün sprang, setzte er zu einer forschen Fahrt an, denn er befand sich an der Spitze der inzwischen angesammelten Kolonne. Günter Woetke empfand es als angenehm, als ihm der modrige Geruch der Unterführung entgegenschlug; die Scheibe an seiner Tür hatte er heruntergekurbelt. Er blickte auf seinen Tachometer, die Nadel stand auf 40 und doch hatte er das Gefühl, mit einer hohen Geschwindigkeit durch die steinerne Röhre zu jagen. Während er den Kellergeruch in sich einsog, erinnerte er sich an den Beginn seines Arbeitslebens vor über 25 Jahren.

Der Unterricht in der Schule hatte ihm Spaß gemacht. Fast alles, was behandelt wurde, hatte er leicht verarbeiten können. Seine Noten waren gut, er hatte sich in der Schule nie anstrengen müssen. Die meisten vom Lehrer vorgetragenen Probleme löste er, Mathematik war seine Schwäche, da hätte er büffeln müssen – der Lehrer tolerierte, daß er auf einem Gebiet schwach war. Und doch hatte ihm die Schule im letzten Jahr keinen Spaß mehr gemacht, er wollte Geld verdienen, sich etwas leisten können, wie die älteren Brüder leben. Er wollte über Geld verfügen und nicht nur immer darüber nachdenken, wie er daran komme. Um sich Billy-Jenkins-Hefte kaufen zu können, hatte er auf der Mülldeponie Senfgläser gesucht, sie in der Waschküche des Hauses mühsam gesäubert und ins Lebensmittelgeschäft zurückgebracht und das Pfandgeld kassiert. In der Dämmerung hatte er bei Nachbarn Bierflaschen gestohlen, um sich auch von dem Pfandgeld Hefte kaufen zu können. Denn es gab kein Taschengeld für Kinder, die noch nicht arbeiteten. In der Schule hatten alle gesagt, auf der Zeche verdiene man gut, daß sei eine sichere Arbeit, später bekomme man eine Wohnung und Deputatkohle, sicherer könne nichts sein. Sein älte-

rer Bruder, der in einer Schlosserlehre war, verdiente weniger als die anderen und mußte mehr arbeiten, das zumindest erzählte er immer. Er hatte nie verstehen können, daß sein Bruder trotz der schweren Arbeit und schlechten Bezahlung meinte, er habe das bessere Los gezogen. Er selbst hatte inzwischen auch eingesehen, Cowboy könne er nicht werden, Westernheld nur dann, wenn er später, nachdem er Geld zurückgelegt hatte, nach Amerika auswandern würde. Er wollte auf der Zeche arbeiten, um zunächst einmal Geld zu haben.
Die notwendigen Formalitäten zu seiner Einstellung auf der Zeche hatten die Eltern erledigt. Er hatte nur einmal zu einem Arzt gehen müssen, der ihn untersucht und erklärt hatte, er sei völlig gesund.
An dem Morgen des ersten Arbeitstages mußte er, wie der Vater und sein Bruder, schon um fünf Uhr aufstehen. Die Mutter hatte den Kaffee gekocht und Butterbrote eingepackt, jeder bekam ein gleich großes Paket, dann gingen sie zu dritt zu Fuß über die Herbertstraße, über weitere ähnlich aussehende Straßen in Richtung Zeche. Bruder, Vater und er wechselten währenddessen kein Wort. Andere Männer, meist Nachbarn, die sie überholten, sagten kurz »moin«, sonst redete niemand.
Sie durchschritten das Werkstor, das hell erleuchtet war, der Vater nickte dem uniformierten Wächter zu, der grinste zurück, beide sagten aber nichts. Dann gingen sie eine breite Treppe hinauf in die sogenannte Lohnhalle. Als sie die Pendeltüren geöffnet hatten, die ihn an einen Western-Saloon erinnerten, sah er vor sich einen langen Flur mit gelblich hellen Fliesen rechts an den Wänden. Links sah er eine Menge von Schaltern, davor kleine eiserne Geländer, so daß man an die Schalter jeweils nur von rechts oder links treten konnte. Auch der Fußboden

hatte Fliesen, sie waren dunkelrot. Was ihm zunächst auffiel, war der merkwürdige Geruch. Er setzte sich zusammen aus Sauberkeit und leichtem Schweißgeruch. Die großen hellen Lampen an der Decke der langen Halle zeigten grell, daß es hier wohl einen ständigen Kampf zwischen den Putkolonnen und der andauernden Verdreckung gab. Er hatte einen duklen Raum erwartet. Statt dessen wirkte dieser auffallend sauber, jedoch mit Schmutzflecken, die man dann sah, wenn man kritisch über die Fliesen schaute.

Der Vater hatte an eine Tür geklopft, sie hatten den Raum dann betreten, der Bruder war nicht mit hineingangen, er lief geradeaus zum Kopfende der Lohnhalle. Er und sein Vater hatten einen großen Büroraum betreten, an dessen gleichförmigen Schreibtischen, die wie aus Sperrholz wirkten, fast gleich aussehende Männer in undefinierbarem Alter saßen. Der Raum war hell erleuchtet, an den Wänden hingen keine Bilder, der bräunlichrote Fußboden war frisch gebohnert. Ein Mann erhob sich und kam lächelnd auf die beiden zu.

»Ich bring' dir den Günter«, sagte der Vater und zeigte auf ihn.

»So, so, bist du auch schon soweit. Ich erinnere mich noch, da warste noch ein kleiner Steppke.«

Günter Woetke wußte nicht, wer der Mann war. Sicher wohnte der einige Straßen weiter, aber er war ihm nie aufgefallen. Der Mann reichte ihm die Hand, der spürte, daß die Innenflächen, im Gegensatz zu denen der anderen Männer aus der Nachbarschaft, fleischig weich war und daß sie seine Hand voll umschloß.

»Tja, da wollen wir mal, mein Junge«, sagte der Mann. »Du hast die Markennummer 412, hier hast du einen Zette, die mußt du jeden Morgen abholen am Ende der

Arbeitszeit abgeben, damit wir auch wissen, ob du wirklich gearbeitet hast«, lachte der Mann.
»Also, Glück auf, Heinrich«, sagte sein Vater zu dem Mann, und sie verließen den Raum. In der Lohnhalle erschnüffelte er wieder den Geruch von Sauberkeit und Schweiß, die Mischung hatte er außerhalb der Zeche noch nie wahrgenommen. Sie gingen zum zweiten Schalter links. Vor ihnen standen einige Männer, die in ein Fenster Nummern riefen und dann eine Blechmarke zugeschoben bekamen. Als er dran war, nannte er seine. Durch einen Schlitz am Schalter bekam er eine runde graue Marke zugeschoben, in die die Nummer 412 gestanzt war, die Eins leicht schräg.
»In der Waschkaue für die Jugendlichen hast du einen Haken, an dem du deine Sachen aufhängen kannst, der hat dieselbe Nummer«, sagte der Vater und ging mit ihm zum Kopfende der Lohnhalle. Hier gab es wieder eine Pendeltür wie in einem Western-Saloon. Sie durchschritten sie und betraten einen dunklen, sehr düster wirkenden Vorraum, in dem ihnen Hitze und ein bedrückender Schweißgeruch gemischt mit Dreck entgegenschlug. Er mußte rechts in die abgeteilte Jugendkaue gehen. Sein Vater ging durch eine zweite Pendeltür in eine große dunkle Halle, das war die Kaue für die Erwachsenen, hier zogen sich die Männer um, wenn sie ins Bergwerk einfuhren oder, total verdreckt und erschöpft, den Arbeitsplatz wieder verließen.
Inzwischen hatte Günter Woetke den Tunnel durchquert. Wieder fuhr er rechts heran und ließ die nach ihm fahrende Kolonne vorbeiziehen. Dann wendete er mit durchdrehenden Rädern und fuhr in den Tunnel zurück, wieder hechelte er nach dem muffigen Geruch der Höhle.

Er hatte sich damals an seinem ersten Arbeitstag in der Jugendkaue umgezogen, der blaue Monteursanzug, den der Vater Blaumann genannt hatte, war völlig neu. Es war angenehm, den noch nicht gewaschenen rauhen Stoff auf seiner Haut zu fühlen. Seine private Kleidung hatte er auf einen Haken aufgehängt und diesen an einer Kette nach oben gezogen. Kurz vor sechs gingen die Jungen aus der Waschkaue, vorbei an der Pendeltür der Umkleideräume für die Erwachsenen. »Die ist wie bei uns, die haben nur längere Schwänze«, kommentierte einer. Sie gingen in einer losen Kolonne durch die Lohnhalle, die lange Freitreppe hinunter, dann rechts in Richtung Zechengelände, sie betraten ein großes rotes Gebäude, in dessen Eingangshalle an den Wänden Bänke standen. Die Jungen setzten sich dorthin, er suchte sich einen Platz rechts im Raum, neben ihm holte einer, gekonnt wie ein alter Kumpel, eine Blechflasche aus einer abgeschabten Aktentasche und trank daraus. Dann wickelte er sein Butterbrot aus dem Zeitungspapier und begann schmatzend zu essen.
Eine Minute nach sechs Uhr betraten zwölf Männer in ausgewaschenen weißen Anzügen mit Grubenhelmen auf dem Kopf den Raum, einer hatte seinen Straßenanzug an. Er wurde als Betriebsrat vorgestellt und sagte ihnen, daß er der Vertreter der Gewerkschaft sei und daß sie sich in allen Fragen an ihn wenden sollten. Wenn sie Klagen hätten – er hätte ein Büro, er und die Gewerkschaft würden sich für sie einsetzen, denn sie seien ja jetzt Mitglied. Einer der Männer in dem ausgewaschenen weißen Anzug stellte sich als der Gruppenleiter vor und sagte ihnen, daß er die Arbeiten einteilen werde. Gruppen bis zu 15 Personen wurden in einzelne Abteilungen der Betriebe geschickt. Günter Woetke, so erinnerte er sich bei der

Durchfahrt durch den italienischen Straßentunnel, mußte an seinem ersten Arbeitstag Steine klopfen. Einer der weißgekleideten Männer ging mit ihnen, er sei ein Meisterhauer, sagte er, auf sein Kommando müßten alle hören. Sie gingen durch das Werksgelände, auf dem es stark nach fauligem Holz roch, die vielen eisernen Treppen, die sie aufsteigen und wieder hinabsteigen mußten, verwirrten Günter Woetke. Am Rande eines großen Werksgebäudes mußten sie sich dann Bretter suchen, auf denen sie sitzen konnten. Vorher hatten sie alle einen Hammer in die Hand gedrückt bekommen. Mit diesem Handwerkszeug mußten sie Mörtel von alten Ziegelsteinen entfernen, die dann wieder benutzt werden konnten.

»Das ist ja 'ne leichte Arbeit«, sagte ein Junge neben ihm.

»Das hatte ich mir auch schwerer vorgestellt«, meinte er.

Es war frühlingskalt, er suchte sich einen Platz, an dem er den Wind nicht so spürte. Der Meisterhauer stand einige Meter von ihnen entfernt und beobachtete sie. Er sprach nicht mit ihnen, gelegentlich kam ein Arbeiter vorbei und stellte sich zu dem Meisterhauer. Worüber die beiden dann sprachen, war nicht zu hören, es war aber auszumachen, daß sie über die Lehrlinge redeten, denn sie schauten oft zu ihnen.

»Kennste eigentlich den Unterschied vom Gefängnis und hier«, fragte der Lehrling neben ihm.

»Nee.«

»Das ist kein großer Unterschied.«

»Wieso?«

»Im Gefängnis hat der da«, und er zeigte auf den Meisterhauer, »'ne Uniform an und ist bewaffnet, sonst gibt es keinen Unterschied.«

Ein paar Jungen lachten, der Meisterhauer schaute zu ihnen herüber. Als Günter Woetke meinte, er habe mindestens einen halben Tag gearbeitet, und die ersten Schmerzen in den gekrümmten Fingern spürte, fragte er, ob der andere Lehrling wisse, wie spät es sei. Es war erst halb acht. Er hatte überhaupt kein Zeitgefühl mehr. Als er glaubte, einen ganzen Tag gearbeitet zu haben und auch die ersten Schmerzen in den Schultern spürte, da kam ein langanhaltender Ton. Es war die Sirene, die zur Frühstückspause rief: es war erst neun Uhr. Günter Woetke meinte noch jetzt, während der Fahrt durch den Tunnel, er habe am ersten Tag das Gefühl gehabt, er habe eine Woche gearbeitet.

Er fuhr seinen Wagen hinter das Hotel und ging zurück zum Strand. Seine Frau meinte, es sei jetzt Zeit, etwas zu essen. Während er die Benzingutscheine vergeudet habe, habe sie sich umgesehen. Aber Pizza gäbe es hier wohl nicht. Sie könnten ja zum Mittag ein Würstchen mit Brötchen essen und am Strand nachher noch einen Berliner Ballen, den es hier in Italien auch gebe, der aber mit gelbem Pudding gefüllt sei. Richtig essen könnten sie ja am Abend. Günter Woetke war einverstanden. Es ärgerte ihn, daß es keine Pizzeria im Ort gab, überhaupt hatte er sich seinen Urlaub in Italien anders vorgestellt, er konnte aber nicht sagen, was er erwartet hatte, er war nur irgendwie unzufrieden.

»Sollen wir denn am Nachmittag mal nach La Spezia fahren und Geschäfte gucken«, fragte die Frau.

»Nee.«

»Warum nicht?«

»Hab' keine Lust.«

»Wenn du deine Benzingutscheine durch Tunnelfahrten raushaust, dann können wir doch auch nach La Spezia fahren.«

»Ich hab' keine Lust.«
»Na, dann ziehe ich mir wenigstens was an, ich will mir nicht einen Sonnenbrand auf den Balg holen«, sagte sie und zog ihr dünnes Kleid über. Ihm war es ein wenig unangenehm, daß seine Frau in einem Kleid im Liegestuhl lag, während die anderen weiblichen Strandgäste einen Bikini oder Badeanzug trugen. Aus seinen halbgeöffneten Augen beobachtete er die Mädchen, die 15 oder 16 Jahre alt waren.
Sie hatte damals nach der Absprache am Kanal tatsächlich Präservative aus dem Friseurgeschäft mitgebracht. Er erinnerte sich jetzt an die Peinlichkeit, die ihn damals befallen hatte, als sie ihm bei der Begrüßung mit der linken Hand das kleine Päckchen in seine rechte gedrückt hatte und sagte, dafür bekomm' ich eine Mark, und ihm dabei die geöffnete rechte Hand hinhielt. Doris hatte gekichert und ihm gesagt, der Chef hätte sich wohl gewundert, wenn er in die Kasse geschaut hätte, denn sie habe die eine Mark dort hineingelegt, nachdem sie eine alte Frau bedient hatte. Er spürte, daß sein Körper sich in dem Liegestuhl zusammenzog, als in ihm die Bilder hochstiegen. Die ersten drei konnte er nicht verwenden, sie wurden schon beim Vorspiel gefüllt.
Wegen ihrer Lieferungen hatte es dann auch später Streitigkeiten gegeben, weil drei Mark pro Woche aufgebraucht wurden, das war ihm zu viel Geld, denn trotz des relativ guten Verdienstes als Lehrling auf der Zeche, mußte er mit seinem Geld rechnen. Sie hatte nur gesagt, »dann stelle doch dein Rauchen ein, dann hast du das Geld dafür«. Fast ein halbes Jahr lang war es dann auch ohne Präservative gutgegangen. Doch eines Tages war sie, sie hatte inzwischen die Prüfung abgelegt, niedergeschlagen, als er sie am Abend, wie seit Jahren üblich, ab-

geholt hatte. Sie war mürrisch und unzugänglich. An ihren Antworten merkte er auch, daß sie gar nicht zuhörte, als er ihr was erzählte. Dann eröffnete sie ihm auf der Straße, wieder waren einige Tage vergangen, sie habe bereits mit der Mutter gesprochen, es sei schiefgegangen. Zu einem Arzt wolle sie nicht gehen, denn sie kenne keinen, der so was mache. Selbst wenn sie einen fände, das könnten sie bestimmt nicht bezahlen. Er erinnerte sich, daß er ein flaues Gefühl im Magen hatte, sie hatten zwar vorher nie darüber gesprochen, aber er glaubte sich stillschweigend mit ihr einig zu sein, daß sie eines Tages heiraten würden. Er konnte sich eine Frau ohne die ihm so angenehmen Friseurdüfte nicht vorstellen. Sie kleidete sich geschmackvoll, war immer gepflegt, die Kollegen auf der Zeche sagten, sie sähe schneidig aus. Mit ihrer Mutter kam er gut zurecht, sie war weniger herrschsüchtig als seine. Ihm gefiel an ihrer Mutter, daß sie sich oft mit ihm über die Arbeit, über das Sparen und über Hausarbeiten unterhielt, während seine Mutter mit den Kindern überhaupt keine Gespräche führte. Damals auf der Straße hatte er sich erstaunt selbst reden hören: »Na, dann heiraten wir doch einfach.«
»Ja, meinst du?«
Sie hatte sich eingehakt, er hatte gespürt, daß sie seinen Arm an sich zog. Ihre Mutter hatte auch am selben Abend noch erzählt, sie werde künftig in den unteren beiden Räumen der Wohnung wohnen, sie könnten das dritte Zimmer, das oben lag, so lange benutzen, bis sie eine richtige Wohnung von der Zeche zugeteilt bekämen.
Die Vorbereitungen zur Hochzeit waren an ihm gewissermaßen vorbeigerauscht. Er hatte alles amüsiert und mit Abstand betrachtet. Fast hatte er sich einreden müs-

sen, daß die Vorbereitungen ihm und seiner Verheiratung galten. Als sie dann vor dem Standesbeamten standen, hatte er gespannt hingehört, ob sie wohl ja sagen werde. Im Grunde gab es keinen Zweifel, aber er wäre auch nicht überrascht gewesen, wenn sie nein gesagt hätte. In den über 20 Jahren der Ehe erinnerte er sich genauer an die Tonlage ihres Ja als an seines.

Sie hatte die kleinen roten italienischen Würstchen gekauft und brachte auf einem rechteckigen Papptablett auch noch Pommes frites mit. In einer Tüte lagen die Berliner Ballen, die mehr wie Apfeltaschen aussahen und eine gelbliche Puddingfüllung hatten.

Als er sich nach dem Essen erhob, sagte sie: »Ich hab' sofort gewußt, daß du wieder Benzin verplemperst, denn du hast ja nicht umsonst Hose und Hemd angelassen.«

»Ja, ich fahre noch mal 'ne Runde.« Er sah noch, wie sie sich verärgert in ihrem Stuhl zurücklegte. Wieder fuhr er in Richtung Tunnel. Die Ampel war auf Grün geschaltet, mit erhöhter Geschwindigkeit stieß er in das dunkle Loch, der Modergeruch drang in den Wagen.

Nach dem Ende seiner Berglehre hatte er sich fürs Gedinge (Akkord) gemeldet. Jetzt, so meinte er, und so hatten es ihm die Nachbarmänner erzählt, könne er sein Einkommen selbst gestalten. Er bekomme nicht mehr Monat für Monat die gleiche Summe, jetzt läge es an ihm selbst, was er in der Lohntüte habe. Nach einigen Monaten im Gedinge würde er sich bestimmt schon ein gebrauchtes Motorrad kaufen können.

An die Arbeit unten hatte er sich gewöhnt. Er erinnerte sich, während er durch den engen Tunnel jagte, daß ihm schon bei seiner ersten Grubenfahrt der modrige Grabgeruch unten aufgefallen war. Er hielt sich dann besonders gern in alten Bergwerken auf, denn hier waren die Strek-

ken unter Tage noch mit Holz ausgebaut und abgestützt. Er hatte dann das Gefühl, hier sei es wärmer wegen des Geruchs nach altem Holz. Wenn die Stollen nicht feucht waren, dann verschwand der Modergeruch gänzlich, dann meinte er, angenehme Holzdüfte in sich einsaugen zu können.
Er wurde in eine Arbeitseinheit versetzt, die neue Strekken unter Tage trieb. »Das ist hier wie im Krieg, wir sind an der Front, du mußt für den nötigen Nachschub sorgen«, hatte zur Begrüßung ein älterer Bergmann zu ihm gesagt. Vorne sprengten Männer zwischen 30 und 40 Jahren das Gestein auf und trieben die Strecke vor. Die jüngeren Arbeiter im Gedinge mußten Eisenträger heranschleppen, schwere Packen Holz tragen, das immer noch zur Abdichtung zwischen den Eisenträgern benutzt wurde. Er schleppte schwere Holzbohlen nach vorn, die unter die Schienen gelegt wurden, bis er Schmerzen in seinen Leisten spürte. Der aufwirbelnde Staub, ein Gemisch aus Stein und Kohle, setzte sich überall fest: In den Poren, in den Haaren, in den Ohren, in den Augenwimpern, auf den Augäpfeln selbst, in der Nase bis zum Rachen; der feine Staub, der sich mit dem Schweiß zu einem Gemisch vereinigte, war am Kragen des Arbeitshemdes schmerzhaft zu spüren, besonders stark jedoch am Ledergürtel in der Taille, an den Enden der Gummistiefel unterhalb der Knie. Wenn er spuckte, dann war der Schleim mit Staub durchsetzt, er meinte oft, seine Nasenwände seien von innen mit Staub so trockengelegt, daß er nicht mehr riechen könne.
Günter Woetke genoß die Fahrt durch den Tunnel. Die steinigen Wände waren feucht, an einigen Stellen tröpfelte Wasser hinunter und bildete Pfützen, Millionen von den kleinen Steinchen, die die Unterlagen der Fahrbahn

bildeten, hatte er in seiner Zeit unter Tage nach oben befördert. Jetzt fuhr er mit seinem Golf darüber, mit hoher Geschwindigkeit. Er preschte durch die Pfützen, er hatte keinen Gürtel, der den Staub in die Haut rieb, keinen Kunststoffhelm auf, dessen Kanten den Kopf einzuengen drohten, keinen schmerzhaften Schmutz auf den Augäpfeln, er konnte den Arm auf die Wagentür legen, der warme Wind mit der fauligen Luft strich über die Haut, er blähte sogar sein Hemd zwischen Rücken und Sitz auf, er war hier Urlauber, nicht Leidender. Als er die dunkle Strecke verlassen hatte, wendete er wiederum seinen Wagen und ordnete sich in eine Kolonne ein, denn acht bis zehn Wagen standen mit brummelnden Motoren vor der Ampel, die auf Rot geschaltet war.
Bevor er wieder freie Fahrt bekam, blickte er noch kurz auf den Benzinanzeiger, es wurde Reserve signalisiert. Da ist ganz schön was draufgegangen, dachte er, da wird sie gleich Krach machen, wenn sie wieder Benzingutscheine herausrücken muß.
Als er erneut durch die dunkle und verengte Strecke fuhr, dachte er wieder an seine Zeit in Ickern. Es muß im November gewesen sein, glaubte er, auf das Jahr kam er nicht mehr. Es war kurz vor ihrer Schwangerschaft, sie waren nach Habinghorst zum Tanzen gefahren, er hatte sich das Fahrrad seines Bruders geliehen. An Einzelheiten des Tanzabends erinnerte er sich nicht mehr. Er wußte nur noch, daß er danach in ausgelassener Stimmung war, das Bier hatte geschmeckt, Doris hatte ihn einige Male gemahnt, er solle nicht mehr trinken. Er nahm sie, wie damals üblich, auf dem Fahrrad mit. Sie setzte sich vor ihm auf die Lenkstange des Herrenfahrrades, dann radelte er breitbeinig die Straße hinunter. Zu Anfang hatte er noch gesungen. Sie hatte ihn gewarnt, das Fahrrad

habe keine Lampe, er solle nur sehr vorsichtig fahren, sobald ein Polizist auftauche, solle er rechtzeitig absteigen und das Fahrrad schieben.
Er erinnerte sich jetzt, daß eine Strecke verhältnismäßig steil abwärts ging. Er brauchte nicht zu treten, das Fahrrad lief von selbst und nahm an Geschwindigkeit zu. Auch jetzt konnte er keine Einzelheiten rekonstruieren. Er wußte nur, daß es plötzlich einen dumpfen Schlag gegeben hatte, daß er das Gefühl hatte, das Fahrrad habe kein Lenkrad mehr oder genauer, es folgte seinen Lenkbewegungen nicht mehr. Plötzlich tat es an den Beinen und an der Schulter sehr weh, er erkannte damals, daß er über die Betondecke der Straße rutschte, jetzt lächelte er aber, weil ihm einfiel, daß er trotz des überraschenden Sturzes und des Schmerzes noch dachte, jetzt ist der gute Anzug im Arsch, denn die Straße ist naß. Als er sich dann aufrichtete, spürte er eine Feuchtigkeit im rechten Hosenbein, hoffentlich ist es Wasser, nicht Blut, dachte er noch, dann sah er vor sich zwei Menschen liegen, seine Freundin Doris, die sich vor Schmerzen krümmte und etwas weiter, auf dem Bauch, ja sogar auf dem Gesicht liegend, ein Mann in einem dunklen Anzug. »Hast du was«, fragte er sie, doch sie stöhnte nur: »Schau mal nach dem Mann.« Er ging zu dem Liegenden, zuerst bemerkte er noch, daß dieser schütteres Haar in Form eines Kranzes hatte, auf der Kopfplatte hatte sich die Glatze schon ausgeweitet, er faßte ihn an die Schulter, der Mann regte sich nicht, er drehte ihn zur Seite und spürte, daß der Körper schwer war. Er kramte in seiner Tasche und holte den kleinen Spiegel hervor, den er immer bei sich trug und den er benutzte, um seinen Scheitel von Zeit zu Zeit mit einem alten Kamm wieder gerade zu ziehen. Den Spiegel rieb er an seiner Jacke blank, dann hielt er ihn

dem Mann vor den Mund, um festzustellen, ob er noch atmete. Das wurde in den Wildwest-Heften, die er als Junge gelesen hatte, auch immer so gemacht. Inzwischen waren einige andere Menschen hinzugekommen und beleuchteten den am Boden liegenden Mann mit ihren Taschenlampen. Monate später, während er zu Hause am Tisch saß, hatte sein Vater sich am Ofen sitzend erhoben und war plötzlich vorn über das alte Sofa gefallen. Da hatte er zunächst geglaubt, sein Vater mache Spaß. Er war aber aufgesprungen und hatte ihn auf den Rücken gedreht, die Augen des Alten blickten starr zur Decke. Auch in dieser Situation hatte er seinen Spiegel wie in einem Wildwest-Film aus der Jackentasche geholt und ihn vor dessen Mund und Nase gehalten: Der Spiegel befeuchtete sich nicht mehr, sein Vater war tot. »Der ist weg«, hatte er dann gesagt.

Ein Autofahrer hinter ihm schien ungeduldig zu sein. Einige Male blinkte er mit dem Fernlicht, Günter Woetke sollte schneller durch den Tunnel fahren. Er erhöhte die Geschwindigkeit aber nicht.

Einige der Menschen mit den Taschenlampen schimpften, das sei die heutige Jugend, rücksichtslos bis auf die Knochen, man sei seines Lebens ja nicht mehr sicher, bei Hitler hätte es das nicht gegeben. Der Mann auf der Straße war nicht tot, das hatte er an dem Spiegel erkannt. In einer ungewöhnlich kurzen Zeit kam ein Krankenwagen. Ohne weitere Fragen zu stellen, luden die beiden Männer in den weißen Kitteln den am Boden liegenden Mann auf die Bahre, schoben diese in den Krankenwagen, mit heulenden Sirenen und Blaulicht jagten sie davon. Sekunden nach dem Krankenwagen waren auch Polizisten in einem grünen Volkswagen gekommen. Sie forderten die Leute auf, etwas weiter zurückzutreten, dann betrachteten sie umständlich die Unfallstelle und fragten seine Freundin Doris, ob sie noch starke Schmerzen habe. Sie sagte, es sei nicht mehr so schlimm. Sie nahmen ihn anschließend in dem Wagen mit zur Wache nach Castrop, Doris wurde gebeten, das ziemlich lädierte Fahrrad ebenfalls zur Polizei zu schieben. Seine Personalien wurden aufgeschrieben, als er die Polizeistation verlassen durfte, sagte einer, das würde ihn ganz schön teuer zu stehen kommen, für den Mann würde er ein Leben lang krücken müssen, denn die Rente müßte er zahlen. Zwei Tage später wurde über den Unfall sogar in der Lokalzeitung berichtet. Günter Woetke wurde zwar nicht namentlich genannt, aber die Zeitung schrieb, er sei ein Rowdy. Der Mann sei lebensgefährlich verletzt, so stand es in dem Bericht. Es sei zu befürchten, daß er nicht mehr arbeitsfähig werde. Seine Mutter weinte ununterbrochen. Sie hatte den Artikel mindestens zwanzigmal im Laufe des Tages gelesen. Die Mutter seiner Freundin Doris weinte nicht, sie sagte aber immer, jetzt kämen schwere Zeiten auf ihn zu. Beide Mütter rieten ihm, den Mann im Krankenhaus doch zu besuchen, so was wäre günstig für die spätere Gerichtsverhandlung. Er hatte nicht ins Krankenhaus gehen wollen, er sagte immer, er wisse nicht, was er dem Mann sagen solle, im übrigen kenne er ihn ja auch nicht. Doch nach vier Wochen lieh er sich von einem Bruder einen Anzug – sein eigener war zu lädiert –, und zog sich ein weißes Hemd an. Seine Frau Doris hatte Blumen gekauft. Dann fuhr er mit der Straßenbahn ins Krankenhaus.

Der Mann, den er mit dem Fahrrad überfahren hatte, lag im ersten Bett links. Die anderen beiden Patienten, er nahm sie kurz wahr, er hätte sie nie beschreiben können, wendeten sich demonstrativ ab, er spürte ihre Abneigung. Der Mann hatte den Kopf verbunden, nur der Mund und die Nase waren frei und ein Auge, aus dem er ihn, wie er empfand, ungewöhnlich starr ansah. Günter Woetke hatte guten Tag gesagt, dann hatte er, wie es ihm beide Mütter eingetrichtert hatten, noch gestammelt, es tue ihm alles leid, er habe den Mann nicht gesehen. Der antwortete aber nicht. Er fragte ihn dann, ob er eine Vase habe, der Mann nickte und blickte mit dem nichtverbundenen Auge zur Seite in Richtung eines Tisches. Er nahm das Papier von den Blumen und, ohne Wasser einzufüllen, stielte er sie ein.

Wieder blinkte der ungeduldige Fahrer hinter ihm mit seinem Fernlicht, doch Günter Woetke erhöhte die Geschwindigkeit trotzdem nicht.

An Einzelheiten des Gespräches mit dem Mann konnte er sich nicht mehr erinnern, sie hatten nur wenige Worte gewechselt, er hatte nach dem Essen gefragt, der Mann hatte gesagt, das sei ganz gut. Nachdem sie sich eine unendlich lange Zeit angeschwiegen hatten, verließ er ihn wieder. Als er gute Besserung sagte, kam ihm dieser Satz recht höhnisch vor. Später hatte er dann den Brief eines Rechtsanwaltes erhalten, in dem dieser androhte, daß sein Mandant auf Zahlung einer Rente klagen werde, die er ihm zu zahlen habe.

»Es hat also nichts gebracht, daß ich dieses Arschloch auch noch besucht habe«, kommentierte er damals wütend den Brief. Während der beiden Weihnachtsfeiertage des Jahres war die Stimmung auf dem tiefsten Punkt, beide Mütter hatten erklärt, sie könnten ihm keine Geschenke machen und sie wollten auch keine haben, er müsse jetzt das gesamte Geld zusammenkratzen. Die Arbeit unter Tage erschien ihm in diesen Wochen noch schwerer. Sie kam ihm wie eine Strafe vor. Denn das

Geld, an diesen Gedanken gewöhnte er sich langsam, würde er überwiegend für die Rente eines anderen abgeben müssen.
Im Januar bekam er dann Bescheid, der Mandant des Rechtsanwaltes sei gestorben. Noch jetzt im italienischen Tunnel spürte Günter Woetke die Erleichterung, ja die Freude, die er bei der Nachricht empfunden hatte. Im Auftrag der Hinterbliebenen hatte der Rechtsanwalt noch behauptet, sein Mandant sei an den Folgen des Unfalls gestorben. Doch die Ärzte im Krankenhaus widersprachen, es sei ein Herzversagen gewesen, ein unmittelbarer Zusammenhang mit den Verletzungen habe nicht bestanden.
Günter Woetke hatte den Tunnel verlassen, wieder parkte er seinen Wagen hinter dem Hotel und ging zum Strand. Seine Frau lag nicht mehr in dem Liegestuhl, beide waren zusammengeklappt an den Vermieter zurückgegeben worden. Er ging zurück ins Hotel, sie lag angezogen auf dem Bett und starrte an die Decke. Sofort sah er, daß sie schlecht gelaunt war, sie war wegen seiner Fahrten offensichtlich eingeschnappt. Trotzdem sagte er: »Hast du was?«
»So was Blödes hab' ich noch nicht erlebt.«
»Was?«
»Jahrelang hast du uns allen in den Ohren gehangen, du wolltest nicht mehr auf der Zeche arbeiten, da sei das so schwer und der Pütt hätte keine Zukunft mehr, hier fährste wie ein Kind durch die Tunnels, nur weil die so ähnlich sind wie auffe Zeche.«
»Das verstehze nich.«
»Aber ich muß den Sprit bezahlen.«
»Nein, den bezahl' ich, denn ich maloche ja schließlich.«

»Und ich arbeite nebenher.«
»Aber nicht für't Benzin hier.«
»Wofür denn?«
»Für Krimskrams.«
»Wenn ich nicht noch zusätzlich arbeiten würde, könnten wir uns bei die drei Kinder den Urlaub nicht leisten.«
»Du quackst vom Sprit, nich vom Urlaub.«
»Dat is datselbe.«
»Nein.«
»Doch.«
»Streite nicht, laß uns Essen gehen.«
»Um diese Zeit gibt et noch nichts.«
»Wat, et is doch gleich sieben.«
»In Italien ißt man später.«
»Mein Gott, diese Spaghettifresser, versauen einem noch den ganzen Urlaub.«
Sie sagte nichts mehr, sie starrte aber weiter zur Zimmerdecke. Nach einiger Zeit erhob sie sich, sie ging ins Badezimmer, er hörte sie dort hantieren, sie würde sich parfümieren und umziehen, damit sie dann Essen gehen könnten.
In dem Restaurant des kleinen Hotels gab es für alle Gäste ein einheitliches Abendessen; eine undefinierbare Suppe, ein dünnes paniertes Kotelett, dazu Teigwaren und wieder Blumenkohl. Er meckerte sie an, »für Blumenkohl fahr' ich bis nache Itacker.« Sie schwiegen sich während des gesamten Essens an. Danach gingen sie noch einmal durch die belebten kleinen Gassen, in einem kleinen Lokal trank er noch drei Glas Bier, das ihm, wie er erklärte, nicht schmecke. Es sei mehr Pferdepisse als Bier, typisch italienisch. Sie hatte ein Glas sauren roten Wein getrunken und weiter geschwiegen. Als sie nach

22 Uhr ihr Hotelzimmer betreten hatten, beobachtete er sie beim Ausziehen, aber so, daß sie es nicht merkte. Als sie nackt ins Badezimmer ging, bemerkte er noch, daß ihre Haut leicht gerötet war, nur die Brüste und der Hintern zeigten ein weiches Weiß. Nachdem er sich geduscht hatte, drehte er sich in seinem Bett nach links und erinnerte sich an einige Mädchen, die er tagsüber am Strand beobachtet hatte.

Das Frühstück am anderen Morgen war ihm erneut zu schlecht. Die seien alle nur hier, meinte er, um ihnen das Geld aus der Tasche zu ziehen. Doris Woetke fragte, ob sie sich wieder an den Strand legen sollten, er sagte ja, denn das sei ja eben Urlaub. Sie gingen wieder in das reservierte Geviert des Hotels, mieteten erneut zwei Liegestühle, in den hölzernen Kabinen legten sie ihre Badesachen an, er setzte sich anschließend neben seinen Liegestuhl in den Sand und spielte verloren darin, gelegentlich blickte er den Menschen nach, ohne sie aber zu beobachten. Von Zeit zu Zeit rollte ein Zug hinter ihnen vorbei. Sie sagte immer wieder: »Diese Eisenbahnlinie ist unmöglich, die schneidet die Stadt vom Strand ab.« Hin und wieder nickte er, später sagte er nichts mehr.

»Will'ze nich mal mitfahren«, fragte er.

»Durch 'nen Tunnel, im Urlaub, ich bin doch nicht bekloppt.«

»Dann gib die Benzingutscheine her.«

Sie kramte in ihrer Handtasche, dann reichte sie ihm drei Scheine zu je zehn Litern und sagte: »Hau dat Geld ruhig raus, wir haben's ja.«

»So schlecht geht et uns auch wieda nich.«

»Aber zum Verplempern haben wir't auch nich.«

»Erst wenn man wat verplempern kann, dann geht et einen gut«, grinste er und erhob sich. Er holte seinen Wagen vom Hotelhof und fuhr jetzt in die andere Richtung, er wollte die Strecke mit dem kürzeren Tunnel befahren, denn ihm war selbst nicht wohl zumute, es hätte ihn ja jemand beobachten können. Bevor er in die erste steinerne Unterführung stieß, kurbelte er auch noch das Fenster am Beifahrersitz herunter, so daß die modrige Luft ungehindert in den Wagen eindringen konnte. Er hatte als erster von den Brüdern die Zeche in Ickern verlassen. Sein Vater hatte dort ein Leben lang gearbeitet. Über den Vater des Vaters wußte er nichts, vielleicht hatte er schon dort gearbeitet, als unter Tage die Strecken noch nicht mit Eisen gesichert wurden. Wie alt die Zeche war, das wußte er auch nicht, das mag man ihm in der Berufsschule zwar erzählt haben, aber es hatte ihn nicht interessiert, denn er war ja sicher, eines Tages wie Horst Buchholz entdeckt zu werden, und dann wollte er abhauen. Er hatte auf der ersten und auf der zweiten Zeche immer viel Geld verdienen wollen, aber als das zweite Kind dann gekommen war, da hatte er zum ersten Mal festgestellt, es hatte trotz schwerer Arbeit nie ganz gereicht, er kam immer so eben hin, sie konnten Anschaffungen machen, ein Radio kaufen, dann einen Plattenspieler, dann einen Fernseher, er hatte auch mal ein gebrauchtes Motorrad, dann einen gebrauchten VW, dann einen gebrauchten DKW, dann einen gebrauchten Fiat. Der Golf war der erste Wagen, den er nach 20 Arbeitsjahren neu gekauft hatte. Weil sie nach der Hochzeit in Ickern keine Wohnung zugewiesen bekamen, fragte er den Betriebsrat, ob der nicht wisse, ob man nicht auf einem anderen Pütt arbeiten könne, wo es eine Wohnung gäbe. Er konnte dann auf einer Zeche in Recklinghausen beginnen. Von der Zechenverwaltung bekamen sie eine Zwei-Zimmer-Wohnung zugewiesen, später, nach der Geburt des zweiten

Kindes, sogar eine Drei-Zimmer-Wohnung. Seine Frau hatte nach dem ersten Kind ihre Stelle bei dem Friseur gekündigt, aber sie hatte in all den Jahren in freien Stunden Nachbarinnen frisiert, sie ging entweder zu denen, manchmal kamen sie auch zu ihr in die Wohnung. Er hatte es immer sofort gerochen, schnuppernd hatte er dann die Wohnung betreten. Wenn er in ihre Nähe kam, zog er sie auch gelegentlich an sich und legte sein Gesicht auf ihre Schulter. Er konnte dann in Gedanken versinken, an den Kanal denken, er sah dann das blonde Mädchen vor sich, sah sie und sich auf der alten Wolldecke sitzen. Er meinte manchmal sogar, während sie am Rhein-Herne-Kanal gelegen hätten, hätte irgendwo aus dem nahen Wald eine schöne Musik geklungen. Dann später, an den Tag konnte er sich nicht genau erinnern, war ihm klargeworden, daß er nie herauskommen würde aus diesem Leben. Es wurden neue und andere Männer für den Film entdeckt, aber immer weniger Menschen gingen ins Kino, sie saßen vor dem Fernseher, das Fernsehen hatte keine Filmstars. Daran mag es wohl gelegen haben, daß er die Karriere nicht machte, von der er fast ein Jahrzehnt geträumt hatte. Es lag an dem Untergang des Kinos und der Filmindustrie. Im Fernsehen waren ganz andere Personen die Helden, Peter Frankenfeld und Hans-Joachim Kulenkampff, so wie der hatte er nie werden wollen. Davon war er fest überzeugt.
Günter Woetke hatte auf drei verschiedenen Zechen gearbeitet, auch die in Recklinghausen hatte er verlassen, weil er in Bottrop noch günstiger wohnen konnte. Jede Lohnhalle roch anders, keine so gut wie die in Ickern, die in Recklinghausen war dunkel, dem Schweißgeruch der Halle fehlte der Strich Sauberkeit, in Bottrop roch die Halle nach Kramladen, schwer definierbar, kein

Schweiß, keine Sauberkeit, kein Holz, wie in einem Geschäft, in dem sich die Düfte gegenseitig aufheben und doch vorhanden sind. Eines Tages hatte Doris gesagt, die Zeche habe keine Zukunft mehr. Sie hatte einen Bericht im Fernsehen gesehen, viele tausend Kumpel hatten gegen die Schließungen von Zechen demonstriert, ihr war sogar der Text des Spruchbandes in der Erinnerung geblieben: »Kühn und Schiller, Zechenkiller.«

Die könnten auch nichts machen, die würden nur laut reden, das würden alle Politiker tun, er müsse sich nach etwas anderem umsehen, meinte sie. Günter Woetke hatte sich aber an die Arbeit unter Tage gewöhnt, er mochte die Gerüche, obwohl er sich auch hier hatte umstellen müssen, denn es gab immer weniger Holz unter Tage. Die neuen Strecken waren kälter, nicht so abwechslungsreich. Es roch da mehr nach Kalk als nach Holz. Aber sie roch auch nicht mehr oft nach Friseur. An den Sommertagen meinte er, sie rieche sogar nach Schweiß.

Günter Woetke hatte vier Tunnels durchquert, ließ seinen Wagen ausrollen und betrachtete den Strand. Die Anordnung der Liegestühle und die Parzellierung war hier nicht anders. Der Ort hatte aber mehr Hotelneubauten. Er verließ seinen Wagen, schloß umständlich die Tür, dann setzte er sich auf eine Bank an dem betonierten Weg oberhalb des Strandes. Interessiert betrachtete er die Frauen, die unten auf Luftmatratzen lagen oder, sehr oft zu zweit, am Wasser entlangwanderten. So sehr ist meine auch nicht aus dem Leim gegangen, dachte er. Wenn sie über 20 sind, dann ist es halt aus.

Wenn sie dann abends oft sagte, er müsse sich nach etwas anderem umsehen, dann erwiderte er stereotyp, er habe achtzehn Jahre im Pütt verbracht und nichts anderes gelernt. Da sei nichts zu machen, zu Opel wolle er auch nicht. Die würden sich in Bochum noch alle umschauen, denn eines Tages hätte jeder ein Auto, dann wäre dort auch eine Krise. Und das würde er noch persönlich erleben, denn so alt sei er ja noch nicht. Er wisse auch nicht, verteidigte er sich weiter, wie man sich überhaupt eine Stelle suche, er könne sich ja nicht in Bottrop auf den Markt stellen. Doris Woetke erwiderte, bei Friseuren sei das auch nicht so, sie stellten sich auch nicht auf den Marktplatz, es gäbe genug Zeitungen, darin stünden Stellenanzeigen, aber er würde halt nur lesen, wie Schalke gespielt habe, sonst interessiere ihn nichts.

Zu Anfang ärgerte er sich immer, wenn sie ihm Stellenanzeigen aus den Zeitungen herausgeschnitten und neben den Suppenteller gelegt hatte. Er schob sie unbeachtet zurück. Da sie aber hartnäckig geblieben war, begann er sie zu lesen. Zunächst hatte er an jedem Angebot etwas auszusetzen, er sei zu alt, oder er habe zu wenig Erfahrung, seine Schulbildung reiche nicht, er sei auch nicht mehr so gesund durch die Bergmannszeit, doch immer wieder schnippelte sie Anzeigen aus dem überregionalen Teil der Lokalzeitung.

»Hier«, sagte sie eines Tages, »da ist noch eine Sache mit Zukunft, denn Kunststoff hat Zukunft.« Er wußte, daß sie wieder eine Anzeige ausgeschnitten hatte, widerwillig las er. In Menden, am Rande des Ruhrgebietes, aber schon im Sauerland, suchte eine Kunststoffabrik Arbeiter.

»Arbeiter, Arbeiter«, raunzte er gereizt, »immerhin habe ich einen Beruf gelernt.«

»Na, so edel ist der auch nicht.«

»Aber ernährt hat er uns.«

»Aber nicht mehr lange.«

»Dat kann keiner so sagen.«

»Versuche et doch zumindest mal, schreib doch mal hin.«
»Ich schreib nicht.«
»Dann schreib ich hin.«
Er war froh, daß sie ihm das Angebot gemacht hatte, denn er hatte nie gelernt, wie man ein Bewerbungsschreiben aufsetzt. Er hatte zwar schon darüber nachgedacht, es dann aber aufgegeben, wenn er nur an die Anrede dachte. Schreibt man etwa liebe Fabrik? Oder lieber Herr Direktor? Nach diesen Ängsten verwarf er immer den Wunsch, sich irgendwo bewerben zu wollen.
Sechs Wochen nach dem Gespräch legte sie ihm einen Brief auf den Tisch, er nahm dabei ihren triumphierenden Blick wahr, die Kunststoffabrik aus Menden hatte sich gemeldet, in dem Brief stand fein säuberlich mit einer Schreibmaschine geschrieben: »Sehr geehrter Herr Woetke.« Er hatte noch nie einen Brief von einer Firma oder Fabrik mit einer persönlichen Anrede erhalten. Sie schrieben, er könne sich vorstellen. Sie hatten ihm zwei Tage zur Auswahl genannt, er zögerte.
»Wer a sagt, muß auch b sagen. Und mehr als nein sagen können die nich«, hakte Doris Woetke nach. Denn sie hatte gespürt, daß er wieder geschwankt hatte.
Günter Woetke nahm sich einen Tag Urlaub und fuhr nach Menden. Der Pförtner des Betriebes schickte ihn in ein Verwaltungsgebäude. Eine elegant angezogene junge Frau sagte in einem Büro zu ihm, er solle noch etwas warten, er werde gerufen. Der Raum roch nach Bohnerwachs, doch es war ein anderer Wachsgeruch als fast zwei Jahrzehnte vorher auf der Zeche, als der Vater ihn in den Raum geführt hatte, in dem Männer an Sperrholzschreibtischen saßen. Dieses Bohnerwachs war feiner, gepflegter, wahrscheinlich hatten sie es nicht so dick aufgetra-

gen. Vielleicht roch es auch deshalb angenehmer, weil der Boden nicht so dunkelrot war, er war hell, der Schreibtisch der fein angezogenen Dame spiegelte sich darin. Er wurde dann zu einem Mann ins Büro geführt, der bei seinem Eintritt ins Zimmer aufstand, um den Schreibtisch herumkam und ihn freundlich begrüßte, sie setzten sich in zwei sperrige Sessel an einen kleinen Tisch. Der Mann fragte, ob Günter Woetke rauche, er sagte, er tue es nicht, denn er fürchtete, es mache keinen guten Eindruck, wenn der Gastgeber ihm dann eine Zigarette anbieten und er sie auch nehmen würde. Der freundliche Herr wollte wissen, warum Günter Woetke denn die Sicherheit des Bergbaus verlassen wollte, er sagte, daß sei gar nicht so sicher, und dann sagte er zu seiner völligen Überraschung, er wolle etwas Neues beginnen, er sei noch nicht zu alt, er hätte das Leben ja noch vor sich. Das klang in dem Büro des Mannes so, als hätte es ein anderer gesagt, den Spruch hatte er sich nicht einmal zurechtgelegt. Die Firma würde Kunststoffteile produzieren, sagte der Mann, gesucht würden Fahrer für Gabelstapler, die die Produkte, er sagte nicht Waren, in die Lastwagen laden würden. Das sei keineswegs eine schwierige körperliche Arbeit, das werde alles technisch geregelt, man brauche zuverlässige Männer, Bergleute hätten diesen Ruf. Der Betrieb zahle zwar etwas schlechter als der Bergbau, aber die Branche habe Zukunft, setzte der Mann nach, das Preisgefälle sei hier im Sauerland auch günstiger.
Günter Woetke war verunsichert, er hatte ein Mißtrauen, wieso hier bei schlechterer Bezahlung alles besser sein sollte. Der Mann sagte, er müsse sich natürlich nicht sofort entscheiden, da könne er doch bestimmt noch mit seiner Frau zu Hause reden, dafür habe er Verständnis. Er müßte in vierzehn Tagen Bescheid geben. Er bekam eine

Lohntabelle in die Hand gedrückt, dann wurde er freundlich verabschiedet, die feine junge Dame sagte nicht einmal auf Wiedersehen, das hatte er noch registriert, als er die Tür hinter sich schloß. Doris Woetke hatte zu Hause gemeint, das sei die Chance seines Lebens, der Mann habe recht, Kunststoff habe Zukunft, dann brauche er die Dreckarbeit nicht mehr zu machen. Soviel weniger zahlten die ja auch nicht.
Günter Woetke erhob sich von seiner Bank, er ging zurück zu seinem Golf und fuhr dann auf die Landstraße neben der Eisenbahn.
Es war doch gut, daß er dann auf der Zeche gekündigt hatte. Der Pütt in Bottrop, den er in Gesprächen immer seinen nannte, machte dann drei Jahre später auch dicht. Er hatte es in der Zeitung der Gewerkschaft gelesen, auch daß seine Kumpel aber Arbeit in anderen Werken gefunden hätten und daß sie ihre Werkswohnungen behalten durften.
Mir geht es gut, dachte er. Ganz langsam, wie streichelnd strich er mit beiden Händen von oben nach unten über das Lenkrad, griff fast liebkosend über die Rundung.
Er hatte sich damals an seine Arbeit gewöhnt. Wenn er mit dem Förderkorb morgens 800 Meter tief nach unten fuhr und ihm der Geruch unter Tage entgegenschlug, dann hatte er ihn als vertraut empfunden. Er hatte anderen, die nicht in diesem Beruf tätig waren, nie erklären können, daß er dann, wenn er am Schacht schnupperte, auch ein Gefühl von Sicherheit und Geborgenheit empfunden hatte. Die Tunnels, die er jetzt durchfuhr, waren rauher, sie waren den Strecken unter Tage zwar ähnlich, aber ihre spitzen Felskanten wirkten feindlich, aggressiv, gefährlich. Unten war es runder, abgesicherter. Eisen und Holz gaben den langen Strecken harmonische Rundungen. Nur der Geruch war gleich.

Er hatte seinen Urlaubsort wieder erreicht und steuerte seinen Wagen hinter das Hotel. Heute mittag wollte er nicht wieder rote italienische Würstchen essen. Er würde viel zahlen, wenn in einer der Gaststätten eine Linsensuppe mit Knoblauchwurst angeboten würde. Dafür würde er auf eine Pizza verzichten.

»Hasse wieder Benzin verplempert?«

»Nee, ich hab' nur getankt.«

»Findesse et passend, wenne hier inne Hose und Hemd am Strand rumstehst?«

»Dat is doch alles Mist hier.«

»Mir gefällt et auch nich.«

»Ich weiß nich, ich hab' mir dat alles irgendwie anders vorgestellt.«

»Ich auch.«

»Sollen wir wieder fahren?«

»Meinze?«

»Ja.«

»Wann?«

»Morgen.«

»Ja, morgen, is Schitte hier in Italien.«

6. *Kapitel*

Die Geschichte von der Küchenbank

Wenn ich meine Mutter nach den einzelnen Personen der ehemaligen Familie Woetke frage, dann erzählt sie nur Bruchstückhaftes. Ich frage mich, warum sie das tut. Sicher hat sie in der Schule nicht gelernt, Geschichten chronologisch zu erzählen. Man hat den Kindern ihrer Generation überhaupt nicht beigebracht, Vorgänge in Zusammenhängen zu sehen. Wirtschaftlich hat sie lernen müssen, von der Hand in den Mund zu leben. Und sie hat lernen müssen, von Tagesereignis zu Tagesereignis zu leben. Ihr sogenannter Umgang bestand aus den Familienmitgliedern und den nächsten Nachbarn. Sie war ihr Leben lang Hausfrau. Die Familienmitglieder sowie die Nachbarn waren Menschen, die wie sie selbst auch nur von den Ereignissen des jeweiligen Tages lebten. Was zurücklag, das hatten sie alle zusammen erlebt. Über die spartanische Jugend war schon alles gesagt. Die jeweiligen Verwandten kannten die Nachbarn schon, die persönlichen Geschichten aus dem unmittelbaren Bereich auch, weil sie sie selbst miterlebt hatten: den Einzug in die Werkswohnung, das Ausrangieren der alten Couch, den Kauf des Mopeds, die schlechte Ernte des letzten Jahres, die Aufgabe des kleinen Gartens aus Altersgründen, den verregneten Sommer des Jahres 1978, das alles

kannten die anderen auch. Das brauchte man nicht zu wiederholen. Das waren wohl die Gründe, weshalb meine Mutter Geschichten nicht zusammenhängend erzählen konnte.
Sie konnte nicht mehr berücksichtigen, daß ich schon zwanzig Jahre nicht mehr bei ihr lebte und die alltäglichen Ereignisse nicht kannte. Es war eine Verlustsummierung von zwanzig mal dreihundertfünfundsechzig Tageserlebnissen in ihrem Wohnbereich.
Unser unterschiedliches Leben führte zu unterschiedlichen Unterhaltungsformen, über die ich erst wieder nachdachte, als ich meine Mutter nach Mitgliedern der ehemaligen Familie Woetke befragte.
Die erste Unterhaltungsform ist die übliche: ohne jede Chronologie und, wie ich meine, völlig durcheinander, hängt sie Alltagsgeschichte an Alltagsgeschichte, ohne die Hintergründe und die Entwicklung der Vorgänge zu erläutern. Die Erzählungen werden dadurch unverständlich. Sie sind scheinbar alle ähnlich, weil sich die Probleme und Sorgen der Nachbarn gleichen. Meine Mutter ist zudem in einem Alter, in dem der Tod der anderen der letzte Höhepunkt des ereignislosen Lebens ist. Dadurch werden ihre Erzählungen unverständlich und, oberflächlich gesehen, gleichförmig. Der Zuhörer, in diesem Fall ich, hört nicht mehr genau hin. Er ist selbst verantwortlich für die scheinbare Oberflächlichkeit der Stories, weil er ihre Hintergründe nicht erforscht und sich selbst daran gewöhnt hat, das soziale Umfeld ihres Lebens als gegeben hinzunehmen – er, der Zuhörer, also ich, ist noch bereit, sein eigenes Leben zu verändern, das der anderen, in diesem Falle der Mutter, aber als gewissermaßen gottgegeben hinzunehmen. Wenn Gespräche in der ersten, und ich darf auch wohl feststellen, üblichen Form geführt

werden, dann verläuft das Ritual so: meine Mutter erzählt von den Enkelkindern, von dem Nachbarn, der ihr frische Kartoffeln aus seinem Garten gegeben hat, oder von dem jungen Mann, der unter ihr in der Wohnung lebt und sich einen Taubenschlag gebaut hat, oder von dem Hausarzt, der gestern wieder in der Wohnung war und dem Vater die Monatsspritze gegeben hat, oder von dem Mann, der damals, vor fast dreißig Jahren, zwei Straßen weiter gewohnt hat und noch immer dort wohnt, obwohl die Wohnung inzwischen zu groß geworden ist, da doch beide Kinder nach der Heirat ausgezogen sind, doch der plötzlich gestorben ist, mitten im Garten, obwohl der Arzt gesagt hatte, bei der Gesundheit könne er mindestens hundert Jahre alt werden. Diese Geschichten fließen an dem Ohr des Gegenübers einfach vorbei. Sie gehen nicht in die Tiefe, erregen keine Aufmerksamkeit, weil sie, denn ich höre ja nicht genau hin, scheinbar alle gleich oder ähnlich sind. Hin und wieder sage ich »so, so« oder nicke nur mit dem Kopf. Ich kann mir nicht vorstellen, daß sie nicht weiß, daß ich nicht genau zuhöre und nur so tue, als interessierten mich die Erzählungen.

Die andere Art der Unterhaltung ist selten: Dann stelle ich Fragen und diktiere so das Gespräch, weil sie dann antworten muß und nicht, wie gewohnt, nur was erzählt, was sie für wichtig hält. Bei diesem Gespräch wird sie ganz wach. Die Mitteilungen laufen nicht einfach so aus dem Mund, sondern manchmal verschweigt sie auch etwas. Denn wer fragt, der will was wissen, der will eindringen in das Leben des Befragten, wer fragt, hat Absichten. Unter ihresgleichen spricht meine Mutter stets ungetarnt. Sie braucht nicht mit Hintergedanken zu rechnen, denn die anderen wissen alles: in der Arbeitersiedlung sind die jeweiligen Einkommen bekannt, die Höhe der Miete ist kein Geheimnis, den Rentenbetrag kennen alle, man kann ihn ausrechnen, weil die anderen auch wissen, wie lange mein Vater im Bergwerk arbeiten mußte, was die Lebensmittel kosten, ist bekannt, die Möbel in der Wohnung eines jeden sind es auch, selbst der nach Feierabend gebaute Taubenschlag ist kostenmäßig kein Geheimnis, denn die männlichen Nachbarn helfen mit, bauen auf, bringen ihre praktischen Fertigkeiten mit ein, sie wissen, der Taubenschlag muß billig gebaut werden, denn der junge Mann in der Wohnung unter meiner Mutter hat nicht viel Geld: er hat genug zu essen, er wohnt einigermaßen preiswert, fährt einmal im Jahr mit einer Reisegesellschaft in Urlaub und hat vielleicht drei- oder viertausend Mark auf dem Sparbuch, für alle Fälle, wie alle sagen. Deshalb kennt sie keine strategische Gesprächsführung. Wenn ich frage, dann habe ich ein Ziel. Das kennt sie aber nicht, deshalb bleibt sie innerlich auf dem Sprung.

Seit mich die Geschichte meiner proletarischen Familie interessiert, frage ich sie nach den Schicksalen der Verwandten, zu denen sie gelegentlich Kontakt hat. Da diese Kontakte aber recht zufällig sind, bleiben die Informationen ungeordnet und lückenhaft. Von sich aus teilt sie nur drei Dinge mit: Geburt eines Kindes, wirtschaftliche Erfolge und Tod.

Der Tod von Dieter Woetke ist die Fußnote in der Familiengeschichte, deshalb, weil sie mir davon nichts erzählt hatte. Sie mag gedacht haben, sie hätte es mir schon einmal erzählt. Ich hatte ihn ausfindig machen wollen, in der Nähe von Köln, um über ihn zu berichten. Deshalb fragte ich sie, ob sie wisse, wo er wohne.

»Der ist tot«, sagte sie. Dabei sah sie mich an, als wollte sie sagen: Das weißt du nicht?

»Schon zwei Jahre«, setzte sie nach.
»Dann ist der ja unter Vierzig gestorben.«
»Nein, nein, der ist mit einundvierzig Jahren gestorben.«
»Das geht doch nicht, der ist ja so alt wie ich.«
»Nee, der wäre jetzt 43, der war älter wie du.«
»Der ist doch mit mir aus der Schule gekommen.«
»Das stimmt nicht, der war ein paar Jahre älter.«
Es mag sein. Meine Mutter hat ein ausgezeichnetes Datengedächtnis.
»Und woran ist er gestorben, Arbeitsunfall ...?«
»Nee, Krebs.«
Die Nachricht nahm ich ihr so nicht ab. Es ging mir durch den Kopf, daß sie die Krankheit Krebs immer so ausspricht, als würde es mit zwei p geschrieben. Außerdem ist fast jede Todesursache bei ihr Krebs, nach ihrer Statistik würden fünf Prozent der Menschen an Verkehrs- oder Arbeitsunfällen, weitere fünf Prozent an Herzschlag und die restlichen neunzig Prozent an Krebs sterben. Ich registrierte, daß mir diese makabre Rechnung durch den Kopf ging. Von diesem Vetter hatte ich mich so weit entfernt, daß mich sein Tod nur betroffen machte, weil er, nicht wesentlich älter als ich, schon gestorben war: Das hätte ich ja auch sein können, dann wäre jetzt schon alles zu Ende.
»... Und der hat bis zuletzt seine Geschwister verschwiegen, der hat nicht gesagt, wo er herkommt, der war verbittert.«
Mir wurde klar, daß meine Mutter wenig Informationen hatte. Diese aber sofort wertete und in ihrer bestimmten Erzählform zu Tatsachen machte. Jetzt kommt die alte Geschichte, ging es mir noch durch den Kopf, da erzählte meine Mutter auch schon weiter.

»Der ist irgendwie in die Gegend nach Köln gegangen. Da hat man von ihm nichts mehr gehört, lange Jahre. Dann hat er da wohl eine Witwe geheiratet, die war ein paar Jahre älter wie er, das habe ich so gehört. Der hat die Agnes einen Brief geschrieben, als er die Witwe da heiraten wollte. Der wollte die Geburtsurkunde für die Heirat. Die hat ihm aber geschrieben, die Geburtsurkunde kostet eine Mark; weil er in den Brief nicht gleich fünfzig Mark reingelegt hat, hat sie nichts gemacht.«
Mein Vater hatte das Fernsehgerät nicht ausgeschaltet. Das Programm lief unbeachtet mit einem erkennbaren Rotstich weiter. Er lachte, als meine Mutter von den fünfzig Mark sprach. Ich konnte nicht feststellen, ob er lachte, weil die Erzählung immer mit dem Vorwurf gegen Agnes endete oder weil sie angeblich fünfzig Mark haben wollte. Früher hatte meine Mutter immer behauptet, weil hundert Mark nicht in dem Briefumschlag gelegen hätte, sei nichts geschehen.
»Die ist ja so krätzig. Die eine Mark hat sie nicht ausgelegt. Da hat er bestimmt direkt an das Rathaus geschrieben. Der war verbittert. Der hat bis zuletzt eisern verschwiegen, wo er herkommt. Er hat seine Geschwister nicht genannt.«
»Was hatte er denn für Krebs?«
»Überall, Magen und Leber waren völlig befallen.«
»Woher willst du das denn wissen?«
»Der Horst, weiß' du, der jüngste von denen, der hat mal einen Polizisten aus Köln getroffen und hat gesagt, da muß ein Bruder von mir sein, kuck doch mal nach, wo der wohnt, und der hat ihm gesagt, daß der schon zwei Jahre tot ist, mit 41.«
»Der war doch so alt wie ich.«
»Nein, der wär' jetzt 43.«

»Aber der ist doch mit mir aus der Schule gekommen.«
»Nee, du vertust dich, das war die Renate ...«
»Die war fast gleich alt«, erinnerte ich mich. Da kam auch eine andere Geschichte wieder hoch, die ich auch nur von meiner Mutter kannte.
»Der war doch der Lieblingsenkel von deiner Mutter, nicht?«
»Ja, die hat dem das letzte Geld gegeben. Sie ging zu Fuß, weil sie sich die Straßenbahn nicht mehr leisten konnte. Dem hat sie es in den Arsch gesteckt. Der kriegte alles ...«
Alles war nicht viel. Meine Oma hatte nichts abzugeben, außer ein paar Groschen von ihrer kargen Rente.
»Ich weiß noch genau, der war doch einmal bei ihr, mit dem Fahrrad ist er gekommen. Da hat er ihr die letzten fünf Mark, die sie noch hatte, abgeluchst. Die hatte für das Wochenende nichts mehr zu essen und kein Geld. Wenn ich nicht zufällig zu ihr gekommen wäre, die hätte doch das ganze Wochenende hungern müssen, der hat es durchgebracht. Der kriegte alles, das letzte Geld. Ja, unsere Mama, da konnte man nichts machen, wenn der kam, dann kriegte der alles.«
Mir fiel wieder auf, daß meine Mutter bei Tatsachenberichten Wertungen mit einbaute, denn sie hatte gesagt, er habe ihr das Geld abgeluchst. Der wußte, daß die Oma ihm immer etwas gab. So wird er sie besucht haben, weil er sich von ihr etwas erhoffte. Kann man das abluchsen nennen? Darüber konnte ich mit ihr nicht diskutieren. In ihren Augen war es unschicklich, wenn nicht bösartig, wenn er von ihr überhaupt Geld nahm, also das, was sie alles nannte.
»Die letzten fünf Mark hat sie dem reingesteckt. Ich hab' es selbst gesehen. Die hatte nichts mehr im Brotschrank, gut daß ich noch gekommen bin.«

Wie genau sie sich erinnerte und wie exakt sie etwas schildern konnte. Sie nannte die genaue Summe und sagte Brotschrank, nicht, was möglich gewesen wäre, Kühlschrank, denn meine Oma hatte nie einen Kühlschrank besessen. Ein unkorrekter Erzähler hätte eine derartige Einzelheit glatt übersehen und aus der eigenen Erfahrung Kühlschrank gesagt.

»War der nicht gerade vierzig«, fragte ich noch einmal.

»Nee, nee, du vertust dich, der wär jetzt dreiundvierzig, der ist vierunddreißig oder fünfunddreißig geboren, genau kann ich das nicht sagen.«

»Den Monat auch nicht?«

»Da kann ich mich nicht mehr genau dran erinnern, es waren ja so viele.«

Sie dachte nach, dabei rührte sie mit einem Zuckerlöffel in einer Kaffeetasse, die leer war, es entstand eine Pause. Während der Pause versuchte ich, mich an meinen Vetter Dieter Woetke zu erinnern. Er war mittelgroß, so rund einhundertfünfundsiebzig Zentimeter groß, er hatte, wie viele in seiner Familie, ein rundes Gesicht. Ich erinnere mich, daß er auffallend große Schneidezähne hatte. Seine Haarfarbe war blond bis bräunlich, die Augenfarbe braun, dackelfarben vielleicht, er lachte sehr oft. Mehr fiel mir nicht ein. Als ich ihn zum ersten Mal sah, nach Beilegung des schweren Familienkrachs zwischen meinen und seinen Eltern, da war er schon aus der Schule und arbeitete auf der Zeche. Das war gewissermaßen normal. Auffallend war nur, wenn eines der männlichen Kinder meiner Tante nicht auf dem Pütt unter Tage arbeitete. Im Bergwerk verdiente man, wie die Eltern fälschlicherweise meinten, angemessen, da gab es schon in den ersten Arbeitsjahren Geld, das sie gutes Geld nannten. Es war die Zeit der Neuanschaffungen, der Beginn der fünfziger

Jahre. Da mußte Geld her, denn die Möbel stammten meist aus der schlechten Zeit der Weltwirtschaftskrise und mußten ausgetauscht werden. Der Volksempfänger, der an die verhaßte Kriegszeit erinnerte, mußte auf den Müll. Ein neues Radio sollte her, es sollten mehr Sender zu hören sein, die ersten Zehnplattenspieler kamen auf den Markt, da konnte man sich hinsetzen und mußte nicht nach dem Ablauf einer der schwarzen Musikscheiben wieder aufstehen und eine neue auflegen. Einer seiner Brüder hatte damals den Vorteil eines solchen neuen Plattenspielers damit erklärt, daß man länger auf der Couch liegen könne. Das sei wichtig, wenn man ein Mädchen umlegen wolle. Ich wußte damals nicht, daß es stört, wenn der Mann alle sieben bis acht Minuten von der Couch muß.
Mein Vetter muß in jener Zeit schon nicht mehr in der Ausbildung gewesen sein. Er muß schon das Geld verdient haben, das man gutes nannte. Aber mehr fiel mir über ihn nicht ein.
»Der war ja schon immer krank«, sagte meine Mutter in die entstandene Pause.
»Davon weiß ich gar nichts.«
»Doch, doch, der hat immer gejankt, der hätte es mit dem Magen. Unsere Wally hat dem das aber nicht geglaubt. Die hat immer gemeint, der will nicht arbeiten.«
»Daran erinnere ich mich überhaupt nicht.«
»Er war fleißig und ordentlich, der hat seine Schichten gemacht, der ist immer pünktlich zur Zeche gegangen, der war ein ordentlicher Junge, der hat nicht blau gemacht. Der war auch sparsam. Aber der hat immer geklagt, der hätte es so am Magen, hat sich auch oft gekrümmt, der Magen täte so weh.«

Mir fiel auf, daß sie nicht tat weh sagte, sondern täte weh.
»Die hätte eigentlich stutzig werden müssen, denn er ging ja seiner Arbeit nach. Seine Kumpels haben ihn auch immer gelobt. Aber krank war der schon immer. Wenn man so viele Kinder hat, da kann man schon mal was übersehen. Unsere Wally hat immer gesagt, wenn sie ganz klein sind, dann sind es süße Kinder, wenn sie Jungen werden, dann werden sie Schurken, und wenn sie Schurken geworden sind, dann werden sie Halunken, alle durch die Bank. Ja, die hat auch viel mitgemacht.«
»Hast du ihn dann aus den Augen verloren?«
»Als die Wally tot war, da ist er dann auf dem Pütt geblieben, aber krank war der schon immer. Der ist auch ordentlich geblieben. Später hat er sich dann ein Zimmer genommen. Der konnte ja nicht in der Herbertstraße weiter wohnen, da hätte es dann Mord- und Totschlag gegeben, die kamen ja nicht mehr miteinander aus, die Jungens. Das wäre auch nicht gegangen, die hätten aus dem Haus einen Puff gemacht.« Es überraschte mich, wie leicht meiner Mutter das Wort Puff über die Lippen gekommen war.
»Wie ging es denn dann bei ihm weiter?«
»Der hat sich dann vom Elternhaus entfernt. Es war ja nicht mehr sein Elternhaus. Und die Agnes war ja knickrig, da konnten sie sich ja nicht hinwenden. Ich hab' das später mal gehört, die hatte ihn auf der Küchenbank schlafen lassen. Die hatte ja so eine Küchenbank, du erinnerst dich ja.«
Ich nickte, obwohl ich mich nicht daran erinnerte. Ich konnte mir die Küche aber ausmalen, weil fast alle Einrichtungen gleich oder ähnlich waren. Ein Raum wird als Küche eingerichtet worden sein. Heller Kunststofftep-

pich, der so gut mit dem nassen Lappen zu säubern war, dazu helle Küchenschränke, ebenfalls mit Kunststoff außen überzogen, dazu ein Herd, mit Sicherheit keiner mit Gas, vielleicht ein Elektroofen, am Rande der mittelgroßen Küche wird ein ebenfalls heller Tisch gestanden haben. Im rechten Winkel wird er von einer Bank umschlossen worden sein, jener Bank, an die ich mich erinnern sollte, die ich mir aber nur vorstellen konnte. »Wenn der dann mal keine Bleibe hatte, dann hat sie dem kein Bett angeboten, der mußte auf der Bank schlafen, 'ne Jacke unterm Kopf. Die war hart zu denen. Gut, daß unsere Wally das nicht weiß. Ich meine, man kann doch mal ein Notbett aufschlagen, da läßt man doch niemand auf der Bank schlafen. Aber die hatte wohl Angst, die hätte ihn dann am Hals.«

»Ist er denn nicht auf der Zeche geblieben?«

»Die haben doch damals überall zugemacht. Das war doch alles so unsicher. Der wollte dann zu Opel, aber die haben den nicht genommen. Die haben wohl gemerkt, daß der krank war. Und die Oma konnte dem auch nichts mehr zustecken, die hatte ja selber nichts, als Kind mal fünf Mark, aber der hatte ja inzwischen andere Ansprüche.«

»Was hat er denn gemacht?«

»Das weiß keiner so genau. Der ist dann in die Gegend von Köln gezogen ...«

»Nach Köln?«

»Nee, in die Gegend von Köln, so ganz in der Nähe, da hat er bei einer kleinen Firma angefangen. Ich glaube, die machten so Bauplatten. Aber was er da gemacht hat, das weiß keiner. Auf jeden Fall soll er zu einer Witwe gezogen sein, die war etwas älter wie er. Die hat er dann heiraten wollen, da hat er der Agnes geschrieben, er wollte seine Geburtsurkunde, denn er wollte heiraten, aber die hat geschrieben, die kostet eine Mark, die wär nicht dabei, und er hatte auch keine fünfzig Mark in den Briefumschlag gelegt.«

Es störte mich nicht, daß meine Mutter die Geschichte mit der einen Mark und den fünfzig Mark, die früher einmal hundert gewesen waren, erneut erzählte, es war ihre Art, Ereignisse drei- bis viermal innerhalb einer ungewöhnlich kurzen Zeit zu wiederholen. Wenn ein Gesprächspartner über eine gelungene Schilderung sogar lachte, dann erzählte sie die Pointe sofort noch einmal. Diesmal lachte mein Vater nicht. Er hatte zugehört. Das Fernsehprogramm lief rotstichig weiter.

»Der hat dann nichts mehr von sich hören lassen, absolut nichts, gar nichts. Das hat den wohl geärgert. Der hat dann die Witwe noch geheiratet und ist auch wohl bei der Firma geblieben. Ob er gut verdient hat, weiß ich nicht, muß er aber wohl, denn sonst hätte er die Witwe ja nicht geheiratet, denn die Rente fiel ja weg. Der hat keinen mehr besucht, der war nicht einmal da, als die Oma gestorben ist. Er hat es vielleicht auch nicht gewußt. Es wußte ja keiner, wo er wohnt, gemeldet hat er sich bei der Oma auch nicht mehr, obwohl sie alles für ihn gegeben hatte.«

»Ich erinnere mich, ich habe ihn während der Beerdigung auch nicht gesehen.«

»Keiner hat den mehr gesehen.«

»Bist du denn sicher, daß er tot ist. Du hast mir doch erzählt, der Hans, der Schlosser, sei gestorben.«

»Der Hans ist auch schon tot, das ist richtig, nein, der auch.« Wenn ich sporadisch zu ihr kam, dann berichtete sie immer akkurat, welcher Nachbar, ehemaliger Schulfreund oder dessen Vater oder Schwester oder Frau von dem Nachbarn, der damals in der Nähe gewohnt hatte, nicht mehr sei. Aber den Tod von Dieter Woetke hatte sie mir nicht von sich aus gemeldet. Vielleicht wirklich nur deshalb, weil sie geglaubt hatte, sie hätte mir das schon erzählt.

»Das hätten wir nicht rausgekriegt. Es ist ja schon zwei Jahre her. Der Jüngste hat einen Polizisten kennengelernt, der Polizist, der war aus Köln. Da hat er gesagt, du, hat er gesagt, ich hab' da noch einen Bruder in der Nähe von Köln, kuck doch mal nach, wo der jetzt wohnt.«

»Wieso, wollte er ihn besuchen?«

»Das glaub' ich nicht, der wollte wohl nur wissen, was der so macht. Der Polizist hat nachgekuckt und hat gesagt, dein Bruder, der ist schon zwei Jahre tot. Der muß ja schwer gelegen haben, mit Krebs im Magen und in der Leber, der war von oben bis unten voll mit Krebs. Aber der hat bis zuletzt nicht über seine Brüder gesprochen, nichts über seine Verwandten gesagt. Die Witwe hat auch nichts gemeldet. Wenn der Polizist nicht gewesen wäre, wir hätten alle geglaubt, der lebt noch.«

7. Kapitel

Von einer, die es geschafft hat

An diesem Mittwoch, dem 11. Oktober 1978, wurde Renate Woetke etwas später wach als sonst. Es war zehn Minuten vor neun Uhr, als sie auf die Digitaluhr neben ihrer französischen Liege blickte, die als anderthalbschläfrig galt. Sie schaute durch den leicht geöffneten Vorhang. Das Herbstwetter war so schön wie an den Tagen zuvor. Es war warm, die Sonne stand am Himmel, bestrahlte die Stadt Osnabrück aber nicht in ungetrübter Helligkeit. Leichte Herbstnebel nahmen der Sonne das Grelle. Sie mochte den Herbst, mehr als den Frühling und den Sommer, verständlicherweise auch mehr als den Winter. November und Februar waren die Monate, in denen sie immer träumte, irgendwo in Nordafrika zu leben, wo jetzt Herbstwetter war. Renate Woetke war nie in ihrem Leben in Afrika gewesen. Sie hatte außer Holland noch kein fremdes Land besucht. Aber sie hatte Vorstellungen, wie es dort aussah. Weil sie auf der Volksschule in Ickern nur mühsam deutsch schreiben gelernt hatte, war sie erst recht nie in ein fremdsprachiges Land gereist. Sie hatte Angst, dort völlig hilflos zu sein. Sie las aber sämtliche erreichbaren Reiseprospekte über die Britischen Inseln, kaufte sich gelegentlich die neuesten Reiseführer von London, sie hatte genaue Vorstellungen, wie

es ist, wenn man mit der Fähre nach dreieinhalb Stunden Fahrt von Zeebrügge in Dover anlegte. Sie wußte, daß man von der neuen Anlegestelle mit dem Bus durch Dover kutschiert wurde, vorbei an dem kleinen Stadtkern des Hafenortes, daß der Bus die Gäste zum Bahnhof Dover-Priorie brachte. Von dort fuhren in sehr kurzen Abständen Züge nach London. Sie würde auf der Fahrt in einem der angenehmen alten englischen Reisewagen zweimal die Themse überqueren und dann in der Viktoria-Station ankommen. Renate Woetke wußte aufgrund des intensiven Studiums der Stadtpläne, daß man sich von der Viktoria-Station halbrechts halten und nach einigen hundert Metern ganz rechts einbiegen mußte, dann war man schon am Seiteneingang des königlichen Palastes. Sie mußte die Straße überqueren, dann konnte sie die königliche Wache beobachten. Sie wußte auch, daß in den Sommertagen immer ein großes Rudel von Touristen an den Gitterstäben vor dem Schloß hing und dem Schauspiel der Wachablösung zwischen elf und zwölf Uhr neugierig zuschaute. Nach zwölf zogen die Wachen ab, in verschiedene Richtungen. Sie würde dann geradeaus gehen, mehr als eine Meile weit, rechter Hand entlang am St. James-Park, den sie aber nicht betreten würde, denn sie würde geradewegs auf die Nelson-Säule zugehen, den großen Platz umrunden, vorbei an der Nationalgalerie würde sie gehen, dann würde sie ohne Aufenthalt zum Piccadilly laufen. Hier würde sie sich auf die Stufen des Brunnens setzen, selbst wenn es regnete. Sie würde den Taxis nachschauen, die sich in die engen Straßen quetschen, und würde hin und wieder auf die großflächige Cola-Reklame blicken.
Renate Woetke setzte sich auf die Bettkante. Seit Jahren schon schlief sie nackt. Sie schaute an sich hinunter, griff

mit ihren Händen unter die Brüste, so als wollte sie feststellen, wie schwer sie sind. Sie blieb auf der Kante der Liege sitzen und schaute sich in ihrem Schlafraum um, als betrachte sie ihn mit den Augen eines Besuchers. Der Boden war bedeckt mit weinroter Auslegware. Dazu paßten auch die Vorhänge vor dem großen Fenster. An der Wand schräg gegenüber stand ein dreitüriger weißer Kleiderschrank, dessen Mitteltür nach außen einen Spiegel hatte. Der Schrank stand aber so, daß sie sich vom Bett aus nicht in dem Spiegel sehen konnte. Wenn sie mal einen Mann bei sich hatte, wollte sie nicht in den Verdacht geraten, sie wolle sich während des Beischlafs im Spiegel betrachten. Sie hatte mal gehört, daß perverse Leute Spiegel anbringen, um sich selbst dabei zu beobachten. Deshalb achtete sie darauf, daß bei ihr niemand diesen Verdacht schöpfen konnte.

Neben dem weißen Schrank führte die weiße Tür in den kleinen Korridor, von dem aus eine Tür in die Küche führte und eine in den Wohnraum. Rechts von ihrer Anderthalbliege stand ein kleiner, ebenfalls weißer Schrank mit drei Schubladen, in dem ihre Unterwäsche lag. Die Wände waren mit Rauhfaser beklebt, ein ganz helles Rot auf der Rauhfaser hob sich von der Farbe der Auslegware und des Vorhanges ab. An den Wänden hing kein Bild und kein Kalender, sie waren völlig kahl. Sie mochte es so. Zu Hause hatten sie, außer im Wohnzimmer, auch nichts an den Wänden hängen. Inzwischen mochte sie schmucklose Wände. Neben ihrer Liege stand ein kleiner runder Tisch, einbeinig, auf dem stand die elektrische Uhr, direkt daneben das Telefon, ebenfalls weiß.

Nackt durchquerte sie den Raum und stellte sich vor den Spiegel. Wieder hob sie mit beiden Händen die Brüste leicht an. Früher hatte ich die Größe vier, dachte sie,

Größe fünf hatte sie sich immer gewünscht, aber trotz heimlicher Massage nicht bekommen. In der Klasse hatte ein Mädchen mal in der Pause erzählt, wenn man sich abends die Brüste massiere, dann würden die kräftiger. Sie betrachtete sich im Spiegel. Das tat sie öfter, kritisch, aber auch wohlgefällig. Sie war nicht gerade schlank, sondern wirkte eher gedrungen, aber sie war weder fett noch dick. Sie ging mit beiden Händen an ihren Leisten hinunter bis zu dem kräftigen Schamhaar, ihre ringlosen Finger durchkämmten es. Dann fuhr sie wieder mit den Händen an den Leisten hoch. Es waren ihre sensiblen Stellen, es erregte sie, wenn sie ein Mann mit seiner Zungenspitze dort berührte. Sie stemmte die Arme in die Hüften und betrachtete sich lange. Sie war an diesem 11. Oktober 1978 eigentlich sehr zufrieden. Heute wurde sie vierzig Jahre alt. Als Mädchen hatte sie immer gedacht, mit vierzig ist man weg vom Fenster. Jetzt bilanzierte sie sich selbst ganz positiv.

Immer noch nackt zog sie den rötlichen Vorhang zurück. Renate Woetke wohnte im achten Stock eines Hochhauses, ihre 68 Quadratmeter große Eigentumswohnung war zu siebzig Prozent bereits bezahlt. Sie genoß es, hier zu wohnen. Wegen der Höhe konnte niemand in ihr Schlafzimmer sehen, sie schaute auf die Silhouette von Osnabrück. Vor ihr lag der gedrungene Dom mit seinem geduckten Kirchenschiff, rechts daneben die bischöfliche Verwaltung. Sie blickte auf das Dach des bischöflichen Palais und empfand, weil die Herbstsonne keine scharfen Konturen aufkommen ließ, ein warmes Gefühl von Zufriedenheit. Heute, an ihrem vierzigsten Geburtstag, wollte sie einmal nicht pünktlich in die Stadt gehen, um ihr Geschäft in der Nähe des Doms um halb neun zu öffnen. Jeden Morgen exakt um halb neun drehte sie von innen die Schlüssel um, obwohl vor zehn kaum Kunden den Laden betraten. Heute wollte sie gammeln, genießen, essen gehen, aufs Land fahren, durch die Stadt schlendern, sich einen schönen Tag machen.

Das Telefon klingelte. Sie hob ab.

»Guten Morgen, Chefin«, sagte ihre Verkäuferin, »ich wollte Ihnen zum Geburtstag gratulieren.«

»Ja, vielen Dank, das ist nett.«

»Wie fühlt man sich mit vierzig?«

Wegen dieser Frage wollte sie heute nicht ins Geschäft gehen. Die Verkäuferin meinte es freundlich. Deshalb sagte sie fröhlich: »Wie mit neununddreißig. Nur heute besser, weil ich nicht ins Geschäft gehe.«

»Tja, Chefin, dann noch einen schönen Tag.«

»Danke«, sagte sie und legte auf.

Sie ging zu dem kleinen Schrank, in dem die Unterwäsche lag, holte einen weißen Büstenhalter und einen schwarzen Slip heraus, aus dem Kleiderschrank nahm sie enge schwarze Jeans und eine weiße Bluse, dann ging sie durch die Küche in das angrenzende Bad, stieg in die kleine Sitzbadewanne und duschte sich.

Nachdem sie sich abgetrocknet hatte, kämmte sie ihre langen dunklen Haare, die sie bis zu den Schultern trug. In der Mitte scheitelte sie es sorgfältig, zog sich dann an. Sie stieg in schwarze hochhackige Schuhe. Im Korridor betrachtete sie sich noch einmal im Spiegel. Durch die enge Hose und wegen der hohen Schuhe wirkte der Hintern etwas ausgeprägt. Männer sehen so was gern, dachte sie. Frühstück machte sie sich nicht. Sie machte sonntags, wenn sie nicht in ihr Geschäft ging, nie Frühstück, der Hunger am Sonntagmorgen hatte für sie einen positiven Reiz. Sie ging in ihr Wohnzimmer, sie durchschritt es bis zu dem kleinen Balkon. Noch einmal schaute sie auf die

Kulisse der alten Bischofstadt Osnabrück. Das Wohnzimmer war bestückt mit einer modernen dreisitzigen Ledercouch, daneben eine dunkle Stehlampe. Vor der Couch stand ein Tisch mit einer Glasplatte und einem schweren gläsernen Aschenbecher. Sie rauchte nicht, haßte es geradezu, wenn ein Besucher, der rauchte, die Asche darin abstreifte. Vor dem Tisch mit der gläsernen Platte befand sich ein drehbarer Ledersessel, der auf einen Metallfuß montiert war. Der Sitzecke gegenüber befand sich eine große Schrankwand, Eiche. In der Schrankwand standen knapp zwanzig Bücher, die sie sich im Laufe ihres vierzigjährigen Lebens angeschafft hatte. Der Schrank enthielt eine kleine Bar, die Bar hatte Spiegelwände. Eine elektrische Birne leuchtete auf, wenn sie die Bartür des Schranks öffnete. Neben der Balkontür stand, ebenfalls auf einem silbern wirkenden Metallfuß, der Farbfernseher. Auf dem Boden auch Auslegware, wie in der gesamten Eigentumswohnung, die Wände ebenfalls mit Rauhfaser beklebt, der Farbton war gelblich. An einer Wand zwei eingerahmte Grafiken mit tristen Landschaftsmotiven, die sie sich bei einer bekannten Zigarettenfirma aus dem Schwarzwald per Nachnahme bestellt hatte.

Renate Woetke verließ knapp vor zehn Uhr, weil es herbstlich schön war, ohne Mantel ihre Wohnung im achten Stock des Hochhauses. Sie zog den Schlüssel aus dem Sicherheitsschloß, auf dem Messingschild an der Tür stand R. Woetke. In der Nebenwohnung, in der ein städtischer Angestellter mit seiner Frau wohnte, war es still, beide arbeiteten. Sie fuhr mit dem Fahrstuhl nicht, wie sonst, bis in die Kellergarage, weil sie zunächst zu Fuß in die Stadt gehen wollte. Ihren Wagen, den kleinsten BMW aus der neuen Dreierserie, wollte sie erst mittags benutzen. Sie ging in Richtung Stadtmitte, an der Hase entlang, dem Flüßchen, das durch die alte Stadt dümpelte. Die Blätter an den Bäumen der Fußgängerallee waren gelb, wenige aber bisher abgefallen. Sie näherte sich dem Dom von hinten, nachdem sie die Hase überquert hatte. Wenn sie Zeit hatte, und das war meist nur sonntags der Fall, ging sie zuweilen durch eine schmale Tür in den hinten am Dom gelegenen Innenhof, in dem die Mitglieder des Domkapitels beerdigt wurden. Den Hof umschließt an drei Seiten ein alter Säulengang, durch die Rundbögen blickt man auf die kleine grüne Fläche mit einigen Bäumen und Grabsteinen. Renate Woetke schlenderte durch den schmucklosen Säulengang und stellte sich dabei, wie so oft, vor, daß schon im letzten oder vorletzten Jahrhundert hier fromme alte Herren mit ihrem Brevier gegangen waren, versunken im Gebet, in sich gekehrt. Der Gang wirkte anziehend, das schmucklose Grau des alten Baus gefiel ihr. Sie verließ den Gang und ging in den Innenhof, las dort die Geburts- und Sterbedaten auf den verwitterten hellen Steinen. Einmal hatte sie gehört, wie ein Vater seinen Kindern erzählte, einen der Toten habe er noch gekannt. Er habe einen riesigen schwarzen Hut getragen. Sie schaute auf den Grabstein. Er hatte noch viele Jahre im letzten Jahrhundert bewußt mitbekommen, dachte sie. Mitten in der Stadt Osnabrück ist es in diesem quadratischen Hof innerhalb des Domgeländes bemerkenswert still. Die wenigen Touristen, die in die Stadt kommen, betreten den Innenhof fast nie, die latschen, so dachte sie, nur durch den Dom. Den betrat sie aber selten. Sie war nicht fromm, sie hatte keine Vorstellungen, wie so ein Gott aussehen könnte. Das in der Schule geprägte Bild eines alten Mannes mit einem dichten Bart und wallenden Gewändern hatte sie schon lange aus ihrer Vorstellung gelöscht. Auch konnte sie sich nicht vorstellen, daß so ein Gott im Himmel sitzt und die Übersicht hat, um sich um das Tagesschicksal eines einzelnen Menschen kümmern zu können. Der Religionslehrer hatte das zwar behauptet, doch jetzt, im Innenhof des Domes, huschte ein Lächeln über ihr Gesicht, weil die Erzählungen des Pfarrers in der Schulklasse aus der Erinnerung hochkamen. Sie ging schon seit Jahrzehnten nicht mehr in die Kirche, war aber auch nicht amtlich ausgetreten. Zwar ärgerte sie sich bei den Steuerzahlungen über die Beträge, aber sie hatte keinen Antrieb, einen Schlußstrich zu ziehen. Wenn sie sonntags durch die Stadt ging, dann sah sie auch gelegentlich zu, wenn gegen Mittag Bischof Wittler im vollen Ornat vom Dom über den dann leeren Marktplatz von Osnabrück zum bischöflichen Palais ging. Sie saugte den Anblick als Bild des Friedens in sich auf. Wenn sie tot war, davon war sie überzeugt, dann war sie total bewußtlos, dann war endgültig Schluß, dann interessierte sie nichts mehr, das war dann so wie damals, als sie unter Vollnarkose lag, während der Arzt sie an ihrem Blinddarm operiert hatte. Die zwei Stunden waren weg. Noch jahrelang hatte sie versucht, in ihr Gedächtnis zurückzurufen, was sich während der Narkose abgespielt hatte. Nichts kam wieder, und das war, je länger sie darüber nachdachte, wohlig angenehm.

Ein Mann von ungefähr fünfzig Jahren schlenderte durch den Säulengang, er war gut angezogen. Er wird wohl Urlaub haben, er wird aus der Stadt sein, Touristen sind anders gekleidet. Der Mann störte sie. Sie verließ die Gräber, beide begegneten sich in dem Gang, sie schauten sich kurz an, sie spürte, daß er ihr nachsah, sie war sicher, er starrte auf ihren Hintern.

Sie hatte oft in ihrem Leben beobachtet, wie Männer sie ansahen, sie hatte sich daran gewöhnt. Wenn sie enge Hosen trug, so eng, daß sich die Vordernaht in die Vagina eingrub, dann schauten ihr Männer meist zunächst intensiv von vorn zwischen die Beine, dann wanderten die Augen über den Bauch zu den Brüsten, ganz zuletzt sahen sie ihr ins Gesicht. Wer sie so betrachtete, dessen Blick fühlte sie dann auch auf dem Gesäß. Der Mann, der ihr in dem Gang des Domes begegnet war, der hatte weder zwischen ihre Beine noch auf ihre Brüste geschaut. Er hatte sie nur kurz angesehen und sich dann hinter ihr umgedreht. Weil sie allein auf dem Gang waren, hatte er bestimmt Hemmungen, sie direkt zu betrachten. Heute wollte sie keine Bekanntschaft machen. Deshalb vergaß sie ihn schnell. Sie verließ den Domhof, dann machte sie noch einen kleinen Umweg zum Nikolai-Ort, dem alten Zentrum der Stadt, weil sie nicht an ihrem Geschäft vorbeigehen wollte. Sie erreichte den Nikolai-Ort, schaute sich die Auslagen eines modischen Geschäftes an, in dessen Schaufenster stand teures Porzellan und viel Schnickschnack, Staubfänger, wie ihre Mutter gesagt hätte. Sie sah ihren Schatten im Schaufenster und fand, daß ihr Gesäß in der Tat ein wenig zu stramm in der Hose saß, doch sie verwarf den selbstkritischen Gedanken wieder und ging in die vor einigen Jahren angelegte Fußgängerzone, in die »Große Straße«. Die Luft war mild, die Sonne stimulierte, sie hätte jetzt ganz gern auch Orgelmusik gehört oder gregoreanischen Gesängen gelauscht. Zu Hause hatte sie einige Schallplatten mit geistlicher Musik. Sie hörte sie selten, nur wenn ihre Stimmung danach war. Der Plattenspieler war nicht einmal stereophon. Es lohnte sich nicht, zu gern hatte sie es, wenn es an den Sonntagen in der Wohnung ganz still war.

Renate Woetke ging am Morgen ihres vierzigsten Geburtstags in ein Zeitungsgeschäft, betrachtete die vielen Kunstdrucke und die internationalen Zeitschriften, blätterte in Bildbänden und bedauerte wieder, daß sie wegen ihrer Volksschulbildung Hemmungen hatte, in ein fremdsprachiges Land zu reisen. Sie wollte sich irgendeine Tageszeitung kaufen, auf keinen Fall die lokale, und dann in einem Straßencafé in der Fußgängerzone lesen, sie wollte den Tag genießen. Renate Woetke kaufte die *»Süddeutsche Zeitung«*, die war ihr aufgefallen, dann ging sie in das benachbarte Straßencafé. Sie setzte sich so, daß sie die Fußgänger beobachten konnte. Gern trank sie auf nüchternen Magen eine Cola, weil sie davon so angenehm beunruhigt wurde. Aber heute wollte sie nicht das tun, was die Regel war. Sie schaute auf die Karte, Kaffee? Nein, sie entschied sich für einen Espresso, noch nie hatte sie bisher einen Espresso in einem Café getrunken. Der Kellner servierte den Espresso schwungvoll. Sie wunderte sich, wie klein die Tasse war.
Renate Woetke entfaltete die *Süddeutsche*, die sie unter dem Arm getragen und dann auf den Stuhl gegenüber gelegt hatte. Oben stand in blauer Schrift *Banking international*. Das hat was mit Banken zu tun, das verstehe ich nicht. Das hatte sie in der Schule nicht gelernt. In der Praxis ihres Lebens hatte sie inzwischen Zinsrechnen gelernt, und sie wußte auch für ihre Verhältnisse mit einer Bank umzugehen, aber die Besonderheiten des Gewerbes und der Wirtschaft begriff sie noch immer nicht. Die Zeitung kam aus München, stellte sie fest, da war sie auch noch nie gewesen. München, das war für sie eine Stadt, in der es eine Kirche mit zwei Türmen gab, die jeweils so eine Art Kugel aufgesetzt bekommen hatten. Vom Farbfernseher wußte sie, daß die Straßenbahnen dort blau ge-

strichen waren, sie versuchte sich zu erinnern, ob sie ganz blau oder blau-weiß waren. Sie wußte es nicht genau. Nachdem sie kurz auf einige eilig gehende Hausfrauen geschaut hatte, beschäftigte sie sich wieder mit der Zeitung. Sie schaute auf das Bild in der Mitte der ersten Seite. *Als neuer Präsident der Republik Südafrika hat am Dienstag der ehemalige Premierminister John Vorster (mit Zylinder) den Amtseid abgelegt. Rund zweitausend Menschen.* Sie las nicht weiter, schaute in die Fußgängerzone und sah nur Menschen, die es eilig hatten. Sie blätterte um und schlug die Seite drei auf. *Der Mord an Moro wird zur Ehrenrettung.* Sie wollte heute keine langen Artikel lesen, sie wollte sich treiben lassen, so wie sie meinte, daß es reiche Müßiggänger auch tun. Bei den nächsten Seiten überflog sie nur die Überschriften, *In Israel wächst die Skepsis, Streit um Baumanns Buch geht weiter, Konsumgesellschaft in der DDR verteidigt, Berlinguer und Breschnew nicht einig, Kairo will auch über die Weltbank verhandeln, Libanon-Konferenz beginnt am Sonntag.* Hier in Osnabrück lebte sie eigentlich in einer eng begrenzten Welt, denn die Überschriften sagten ihr, daß sich Zeitungsleser mit Dingen beschäftigen, von denen sie kaum etwas wußte. Es war ihr nie beigebracht worden, eine Zeitung bewußt zu lesen. Zu Hause hatten sie keine Tageszeitung. Später bei der Arbeit überflog sie Zeitungen immer nur während kurzer Pausen. Sie blätterte und war davon angetan, was eine Zeitung in nur einer Ausgabe alles zu berichten wußte, wie armselig war dagegen die Lokalzeitung in Osnabrück. Ein Artikel begann mit der Überschrift *Kiesl unterzeichnet AStA-Vertrag in Acapulco.* Das sagte ihr absolut nichts. Sie faltete das dicke Zeitungspaket zusammen und legte es auf den Sitz gegenüber.

Jetzt betrachtete sie die Leute. Es war nach elf. Sie versuchte das Alter der Menschen zu schätzen. Die meisten waren erheblich älter als sie. Männer in ihrem Alter waren an diesem Mittwochmorgen kaum zu sehen. Den meisten Frauen sah sie an, daß sie Hausfrauen waren. Sie bewegten sich eilig, sie waren beim Einkauf. Renate Woetke war überzeugt, daß einige von ihnen jünger waren als sie, obwohl sie älter aussahen. Es lag an der Kleidung, sie ließen sich, wie ihre Mutter es gesagt hätte, gehen, das machte viele Frauen so farblos. Die Männer, die offensichtlich Zeit hatten, waren sicher schon Rentner. Viele trugen einen unmodischen Anzug, dazu ein weißes Hemd und einen Schlips, der auch nicht farbenfreudig war, die meisten hatten auf dem Kopf einen Hut. Eine Gruppe Mädchen kam vorbei. Kein Mädchen trug ein Kleid oder einen Rock, alle Jeans, Pullover, Parker oder Nato-Jacken, einige rauchten. Sie fand, daß die jungen Mädchen durchweg sehr weiblich wirkten. Die sind fortschrittlicher als wir in dem Alter, dachte sie. Als sie mit knapp vierzehn ihre erste Periode bekam, wußte sie nicht genau, was sie hatte. Sie war damals mit dem Fahrrad ihrer Schwester unterwegs. Plötzlich hatte sie hinten am Rock einen dunklen, nassen Fleck gespürt. Sie bekam panische Angst und radelte durch die engen Straßen der Bergmannssiedlung nach Hause. »Das ist jetzt immer so«, hatte die Mutter nur gesagt, »und nimm dich in acht vor den Männern. Und in der Turnstunde hast du frei, da brauchst du nicht mitzumachen, wenn du da das hast.« Dann wurde sie aufs Klo geschickt mit der Aufforderung, Watte in ihr Höschen zu legen. Die Mädchen, die laut redend an ihr vorbeizogen, würden lachen, wenn sie ihnen das erzählte. Sie zahlte. »Einsfünfzig«, sagte der Kellner und sah sie an. Sie holte aus der kleinen Handtasche ihre Geldbörse und legte eine Mark und achtzig Pfennig auf den Tisch. Sie wollte erst zwei Mark geben. Doch Kellner halten Leute mit üppigen Trinkgeldern für unsichere Angeber. Wieder ging sie an der Hase entlang, durch die schöne Allee, in der sich jetzt einige Mütter mit ihren Babys und Kleinkindern aufhielten, auf das Hochhaus zu, in dem sie ihre Eigentumswohnung bewohnte. Im Flur lag eine Karte. Auf der Rückseite, die sie zuerst betrachtete, befand sich ein bunter Blumenstrauß, ein Frühlingsstrauß, wie sie amüsiert feststellte. Dann schaute sie sich den Text auf der anderen Seite an. »Herzlichste Glückwünsche von Horst, Frau und Kind«, stand da in steiler Schrift. Ihr jüngster Bruder hatte an ihren Geburtstag gedacht. Sie erinnerte sich daran, daß einer ihrer Liebhaber, der etwas darauf hielt, daß er ein Germanistik-Studium abgebrochen hatte, ihr mal erzählt hatte, daß man nicht »herzlichst« schreibt, denn der Mensch habe nur ein Herz, deshalb sei »herzlich« nicht zu steigern. Sonst hatte ihr niemand geschrieben, keiner ihrer verflossenen Bekannten, vielleicht ruft noch einer heute abend an, wenn seine Frau mal nicht in der Wohnung ist. Diese Feigheit ihrer ehemaligen verheirateten Freunde amüsierte sie. Renate legte die Glückwunschkarte ihres Bruders aus Andernach zurück in den kleinen Briefkasten, weil sie die Karte nicht knicken wollte. Ungeknickt hätte sie sie nicht in ihre kleine Handtasche verstauen können. Sie fuhr mit dem Fahrstuhl in die Tiefgarage, öffnete zwei Eisentüren mit der Aufschrift *»Bei Brand schließen«* und stand in der großen, grauen und schmucklosen Garage des Hauses. Als Willy Brandt noch Kanzler war, hatte einer heimlich hinter Brand noch ein t mit Kreide gekritzelt, so daß da gestanden hatte, *»Bei Brandt schließen«*. Über diese Schmiererei hatten sich einige

Hausbewohner erbost. Sie hatten nie erfahren, wer der Scharfmacher aus der Opposition gewesen war.
Sie öffnete die Wagentür, schwang sich in das perlweiße Auto, genoß es, mit welchem Geräusch die Tür ins Schloß fiel, sie zündete den Motor, der sofort ansprang. Auch das leise Zittern des Wagens fand sie angenehm, oft streichelte sie das Lenkrad oder ging mit der rechten Hand über die Armaturen, während sie mit der linken steuerte – sie war stolz auf den Wagen, er symbolisierte ihr täglich, daß sie ihren Aufstieg geschafft hatte.
Sie fuhr aus der Box, öffnete mit einem zweiten Schlüssel die automatische Garagentür, die sich leicht summend hob und das gleißende Herbstlicht in den Einfahrtschacht hineinließ. Dann fuhr sie schnell an, am Ende der Ausfahrt schloß sie mit dem Schlüssel die Automatik, im Rückspiegel betrachtete sie noch, wie sich die Tür wieder senkte. Sie fuhr in Richtung Münster aus der Stadt hinaus.
Jetzt war sie also vierzig Jahre alt. Sie war unverheiratet, hatte keinen sogenannten festen Freund, war aber zufrieden, denn sie hatte in der Innenstadt von Osnabrück in eigener Regie ein Geschäft für Hochzeitskleidung, das sehr gut lief. Sie besaß eine Eigentumswohnung, die fast schon bezahlt war, und noch zweiunddreißigtausend Mark auf ihrem Sparbuch, es wurden durch Zinsen täglich mehr. Der Wagen war ein halbes Jahr alt, hatte erst siebentausendzweihundert Kilometer auf dem Tacho, war bar bezahlt worden und senkte die Steuern, da sie ihn als Geschäftsinhaberin absetzen konnte. Selbst das Benzin, das sie während ihres Geburtstagsausflugs in Richtung Münster verbrauchte, würde ihre Steuern senken. Sie meinte, bisher ein interessantes Leben gehabt zu haben, war froh, daß sie nicht mehr im Ruhrgebiet wohnte,

und genoß sonntags das scheinbar friedliche Bild, wenn der Bischof von Osnabrück, begleitet von Meßdienern, in der fast mittelalterlichen Kulisse zu seinem Palais schritt. Sie hatte im Fernsehen gesehen, wie der erste Mensch den Mond betreten hatte und erinnerte sich an den kindlichen Eindruck des Mannes im Mond, den sie damals an kalten Herbsttagen genau zu erkennen glaubte, wenn der Mond morgens noch am Himmel stand, und der Erkenntnis, daß es ein toter Planet im All ist, den ein Mensch in einem unförmigen Anzug betreten konnte. Sie dachte auch darüber nach, daß sie ein Drei-Päpste-Jahr erlebt hatte, zwar war der zweite Papst eben erst gestorben, aber bis zum Jahresende würden sie wohl einen neuen gefunden haben. Sie rechnete, würde der auch nach rund dreißig Tagen sterben, dann wäre es sogar ein Vier-Päpste-Jahr, sie rechnete weiter, man könnte bei der Zeitrechnung bis Silvester sogar noch ein Fünf-Päpste-Jahr schaffen. Das schöne Wetter versetzte sie in angenehme Stimmung, deshalb kam sie auch auf diese Rechnung.
Am Stadtausgang von Osnabrück beschleunigte sie den Wagen, verlangsamte die Fahrt vor Oesede auf achtzig, sie schaute durch die grünen Wälder rechts ins Tal und blickte auf die Georgs-Marien-Hütte, die sie in ihrer Kompaktheit und Wucht an zu Hause erinnerte. Sie wollte daran nicht erinnert werden und beschleunigte wieder und fuhr in Richtung Iburg, hier wollte sie essen. Inzwischen war es vier Minuten vor zwölf.
An den Wochenenden fuhr Osnabrücks Mittelschicht hier gern hin, um zu essen, während sich ein anderer Teil der Osnabrücker Bürger in einer Blechlawine genau in die entgegengesetzte Richtung zum Dümmer-See bewegte, der vor den Toren der ungewöhnlich häßlichen Stadt

Diepholz lag. Es waren jetzt, kurz nach zwölf Uhr, nur wenige Personen hier. Sie sah sofort, daß an einigen Tischen Handelsvertreter saßen, die jetzt schon ihre Mittagspause machten. Vertreter erkannte sie daran, daß sie nie die Landschaft betrachteten und immer sofort zu dem Ständer gingen, in dem die alten Illustrierten eines Leserings gestapelt lagen. Vertreter studierten die Karte ziemlich genau, wenn sie bestellt hatten, vertieften sie sich meist in eine Illustrierte.
Sie betrachtete die wenigen Gäste. Zwei Tische weiter saß ein Ehepaar, es wirkte westfälisch derb, vielleicht hatten sie einen größeren Hof und kamen vom Einkauf, vielleicht hatten sie sich eine große Mähmaschine in Osnabrück bestellt. Ein anderes Ehepaar, auch hier sah sie sofort, daß es ein Ehepaar war, konnte vielleicht in Ibbenbüren ein Geschäft betreiben oder sie hatten eine kleine Gaststätte, die heute geschlossen hatte. Ganz am Ende des Raumes saß ein Mann von ungefähr vierzig Jahren, die Frau konnte sie nicht erkennen, sie drehte ihr den Rücken zu. Sie war, so schätzte sie von hinten, gerade dreißig, modisch gekleidet, entweder Sekretärin oder Friseuse. Der Mann redete gestenreich. Als sie sich eine Zigarette aus der Packung gezogen hatte, gab er ihr Feuer aus seinem Feuerzeug, wobei er ihre Hand umfaßte, als wolle er sie stützen. Sie kannte das. Er war vermutlich verheiratet, aber nicht mit der Frau. Sie wandte sich ab, sie wollte es nicht sehen. Renate Woetke wollte ganz allein ihren vierzigsten Geburtstag genießen. Sie blieb oft bewußt allein. In den letzten Jahren hatte sie immer Wut in sich aufsteigen fühlen, wenn ein Mann sich in ihrer Wohnung zu sehr zu Hause fühlte. Sie blickte aus dem Fenster. Noch immer war der Wald grün. Der herbstliche Nebel hatte sich auch um die Mittagszeit noch nicht aufgelöst,

nach dem Essen wollte sie einige Stunden hier im Teutoburger Wald spazierengehen, ganz allein, denn sie war sicher, daß da mittwochs kaum Menschen sind.
Der Kellner legte ihr eine große Speisekarte vor. Sie bestellte ein Filetsteak, wünschte es englisch, verlangte eine Pfeffermühle und statt Pommes frites einen Teller mit gemischtem Salat.
Als sie mit dem erfreulich scharfen Messer an ihr Filet ging, dachte sie, englisch ist wohl Auslegungssache.
Der Mann mit der Friseuse oder Sekretärin redete noch immer auf die Frau ein. So was hätte ihre Mutter einen Fatzken genannt. Sie spürte Wut in sich aufkommen, denn sie erinnerte sich an viele Männer, die alle so gespreizt und wichtig taten, wenn sie sich in ihr Bett reden wollten.
Nach dem Essen bestellte sie noch Kaffee. Sie hätte sich gern ein großes Eis bestellt, doch sie wollte auf ihre Formen achten. Ihr Bild im Spiegel des Schlafzimmerschrankes tauchte wieder auf. Sie war nicht unzufrieden, aber sie mußte aufpassen. Sie hatte noch nie eine andere Frau nackt gesehen. Ins Schwimmbad ging sie nie, eine Freundin hatte sie auch nicht. In eine Sauna zu gehen, hatte sie Hemmungen.
Ihre Schwestern hatte sie in den Kindertagen wohl nackt gesehen. Doch als sie etwas älter wurden und weibliche Formen bekamen, hatten sie sich nicht mehr voreinander aus- oder umgezogen. Vielleicht würde sie eher in eine gemischte Sauna gehen, als in eine, in der nur Frauen waren. Als sie das Lokal verließ, brachte sie ihre kleine Handtasche zum Wagen. Wenn ich im Wald überfallen werde, dachte sie, dann kann ich nur vergewaltigt werden. Die Schuhe mit den hohen Absätzen warf sie in den Kofferraum, zog ältere Schuhe an, die flach waren. Die

lagen immer hinten im Wagen. Sie ging bis zur Straße und lief rasch über das Betonband in den Wald.
Auf dem Weg durch das Waldtal dachte sie über ihr Leben nach. Die ersten zehn Jahre in Ickern verloren sich in einem Erinnerungsnebel. Der Vater hatte ihr und ihren Geschwistern damals Angst gemacht. Wenn er in der Wohnung saß, dann überkam alle ein Unbehagen. Noch jetzt, rund dreißig Jahre später, empfand sie, wie sie sich innerlich geduckt hatte, wenn sie an seinem Ofenplatz vorbei mußte. Ihre Mutter hatte ihn in Schutz genommen. Der Vater habe es so schwer. Er müsse für die große Familie arbeiten, er sei krank und habe trotzdem so oft Nachtschicht. Alles hatte sich um den Vater gedreht. Wenn er Nachtschicht hatte und im Schlafzimmer neben der Küche bis zum frühen Nachmittag schlief, dann mußten alle in der Wohnung still sein.
Die Mutter hatte sogar die kleine Feuerungstür des Herdes leiser geöffnet als sonst. Und wenn sie sich dabei verbrannt hätte, hätte sie nicht geflucht oder gewimmert und die Tür nicht laut zugeworfen, denn davon hätte der Vater wach werden können. Niemand wollte das.
In der Familie war alles geordnet. Der Vater war der Ernährer, und alle hatten auf ihn Rücksicht zu nehmen und ihn bei Laune zu halten. Hatte er schlechte Laune, was oft der Fall schien, dann ließ er sich einfach gehen. Er hatte ein Recht darauf – so war es ihr von der Mutter beigebracht worden, und alle anderen akzeptierten das auch.
Inzwischen sah sie ihren Vater aber nicht mehr nur als übellaunigen Despoten, wie noch vor zehn Jahren, sondern sah ihn differenzierter und verständnisvoller. Tatsächlich hatte er ein schweres Leben, mußte für die vielen Kinder hart arbeiten und konnte sich selbst nichts leisten,

mit Ausnahme des Schnapses. Den trank er nicht in der Kneipe, da war er ihm zu teuer, er trank ihn zu Hause, neben dem Kohleherd sitzend. Im ersten Stadium des Trinkens wurde er ziemlich munter und sarkastisch, später schlief er dann immer schnell ein. Er konnte nicht viel vertragen. Ständig litt er unter Kopfschmerzen, lief oft ruhelos durch die Wohnung, legte das große weiße Schlafkissen über den Kopf oder versuchte den Schmerz zu lindern, indem er kaltes Wasser über Kopf und Nakken laufen ließ. An einigen Tagen im Monat hatte er sein Dreibein aus dem Keller geholt, um den Kindern die Schuhe mit Gummi zu besohlen, den er auf der Zeche hatte mitgehen lassen. Jahrelang hatte er ihnen auch die Haare geschnitten. Dabei hatte er sich sehr viel Mühe gegeben. In der Schule hatte man ihrer Frisur den Eigenschnitt ihres Vaters nicht angesehen.
Ihre älteren Geschwister hatten ihr erzählt, daß sie als Kinder immer gehungert hatten. Daran erinnerte sie sich nicht.
Renate Woetke hatte bis zum zehnten Lebensjahr nicht gewußt, daß sie zu Hause arm waren. Sie wußte ja auch nicht, was reich bedeutete.
Zwar hatte sie aus Märchenerzählungen in der Schule die Vorstellung gewonnen, daß ein König immer mit einer Krone auf dem Haupt, einem kostbaren Umhang und einem Zepter aus Gold umherliefe. Wenn er aber statt des goldenen Zepters einen Strunk Grünkohl getragen hätte, hätte sie das genauso wenig oder so viel beeindruckt. Gold sagte ihr nichts. Grünkohl aber wohl. Sie hatten zu Hause nichts Goldenes, von den dünnen Eheringen der Eltern einmal abgesehen. Sie wußte auch nichts von Porzellan, sie kannte nur Tassen und Teller aus dem Kaufhaus. Es gab halbhohe Tassen ohne Untertassen, geges-

sen wurde aus Suppentellern, das Fleisch kam auf einen flachen Teller in die Mitte des Tisches. Sauerkraut oder Rotkohl oder grüner Salat wurde in Schüsseln auf den Tisch gestellt. Jeder nahm sich etwas auf seinen Teller, vermengte die Soße und die Kartoffeln und aß mit der Gabel. Das war bei Woetke so, das war bei den Nachbarn so, bei denen gegenüber und bei denen nebenan. Sie war überzeugt, daß auf der gesamten Herbertstraße in Ikkern alle Familien vom gleichen Geschirr aßen. Einige beteten vor dem Essen. Das war der einzige Unterschied.

Sie hatte das Ende des Tales erreicht. Der Weg ging rechts zurück nach Iburg, links in Richtung Hilter, weiter durch den Teutoburger Wald. Sie sah eine Bank. Dahinter war ein kleiner Teich angelegt worden. Ein Schild verwies darauf, daß man darin nicht baden könne, denn es sei ein Löschteich der freiwilligen Feuerwehr. Sie betrachtete den kleinen See. Er hatte klares Wasser. Sie konnte auf den Grund sehen, am Rande ein wenig Schilf. So stellte sie sich unberührte Natur vor. Renate Woetke setzte sich auf die Bank und schaute in den Himmel. Noch stand die Sonne hoch und wärmte. Selbst im Schatten war es nicht zu kalt. Ein wenig Dunst war immer noch am Himmel, denn er war nicht klar blau, er hatte einen weißlichen, durchsichtig wirkenden Überzug, der das Blau des Himmels nicht ungetrübt durchließ. Sie sagte sich, daß es ein schöner Tag sei.

Renate Woetke dachte jetzt, ein Vierteljahrhundert nach deren Tod, auch an ihre Mutter. Sie hatte sie als eine Frau in der Erinnerung, die sich unter dem Vater duckte, aber immer versucht hatte, seine Härte zu mildern.

Die Mutter hatte den Vater akzeptiert wie er war, ohne Auflehnung und ohne Protest. Die vielen Kinder waren die Bewährungsprobe für ihr Leben. Sie hatte ein besonders schweres Schicksal, so mochte sie es gesehen haben. Nie hatte ihre Mutter mit ihren Töchtern über das Sexualleben des Vaters gesprochen. Sie war von ihr auch nicht aufgeklärt worden, sondern hatte Einzelheiten aufschnappen müssen, wenn die Brüder sonntags in der Wohnung Zoten rissen.

Vor ihren Augen tauchte das Bild der Mutter wieder deutlicher auf. Sie hatte nicht verstehen können, daß die Mutter für den Vater überhaupt sexuell reizvoll war. Denn sie kannte sie nur als eine dickliche Frau mit einem Einschnitt in der Taille, in dem das Schürzenband zusammengezogen wurde. Die Brüste der Mutter waren schwer und verbraucht. Von ihrer Gewaltigkeit ging keinerlei Reiz aus. Sie konnte sich nicht vorstellen, daß diese schlaffen dicken Brüste einen Mann stimulieren konnten. Vielleicht hatten die Eltern zu der Zeit, in der ihr Anblick sich ihr eingeprägt hatte, schon lange die sexuellen Beziehungen eingestellt. Später hatte sie gehört, es sei bei Eheleuten gar nicht so selten, daß sie nichts mehr miteinander hätten. Einer ihrer Bekannten hatte zu dem Thema sarkastisch gesagt, man könne es daran merken, daß der Mann zu seiner Frau Mutter sage.

Sie saß auf der Bank und starrte vor sich hin. In der Ferne hörte sie das ständige Summen von Autos. Sie stand auf und ging weiter in Richtung Hilter. Sie wollte einen weiten Spaziergang machen, aber nicht bis zum nächsten Ort laufen. Während sie ruhigen Schrittes in einer Talsohle wanderte, dachte sie weiter an ihre Mutter. Die Mutter hatte immer unförmige Kleider getragen. Sie kannte sie fast nur mit der meist grauen Küchenschürze, an der sie sich oft nervös die Hände geputzt hatte, auch, wenn sie keinen Grund dazu hatte. Sie erinnerte sich auch nicht,

daß ihre Mutter jemals zu einem Friseur gegangen war. Gelegentlich kam eine Nachbarin, die nicht in der Herbertstraße wohnte, und schnitt die leicht ergrauten Haare etwas kürzer.
Renate Woetke erinnerte sich nicht, daß sie einmal gesehen hätte, daß sich die Eltern zärtlich berührt hatten. Sie hatte einmal beobachtet, daß die Strümpfe der Mutter nur bis kurz oberhalb des Knies reichten. Darüber quoll rosig wirkendes Fleisch aus den Strumpfenden, die mit ausgeleierten Einmachringen gehalten wurden. Jetzt hatte sie das Bild ganz deutlich vor sich, konnte sich aber nicht erinnern, ob es vor oder nach dem Tod des Vaters war.
Weder der Tod des Vaters noch der Tod der Mutter hatten sie betroffen gemacht. Sie war eigentlich nur überrascht gewesen. Als der Vater sich plötzlich auf das Sofa neben dem Eßtisch warf, hatte sie zuerst geglaubt, er sei betrunken. Dann hatte sie die Aufregung der Mutter gesehen. Sie erinnerte sich, daß eine leere Kaffeetasse umfiel, aber nicht vom Tisch rollte, und daß anschließend auch die Kaffeekanne kippte, Kaffee über den Tisch lief. Sie hatte gedacht: Komisch, alle glaubten, die Kanne sei leer. »Der ist weg«, hatte ihr Bruder Günter gesagt, als er den Vater umgedreht und ihm ins Gesicht gesehen hatte. Ihre Schwester Gerda wurde zum Knappschaftsarzt geschickt, der wenige Straßen weiter seine Praxis hatte. Dann wurden die Kinder von der Mutter in das Schlafzimmer der Eltern gedrängt, das seine Fenster nach vorn zur Straße hatte. Der Arzt kam die wenigen hundert Meter mit dem Auto. Das tat er nur, wenn er annahm, daß er dringend gebraucht wurde.
Sie war jetzt auf dem Bergrücken und blickte in ein langgestrecktes Tal. Es war gesprenkelt mit Bauernhäusern.

Sie sah kaum Menschen. Rechts vor sich sah sie den hohen Kirchturm von Glane. Die Kirche wirkte viel zu groß für den Ort. Renate Woetke wollte auf dem Bergrücken bleiben. Ein Weg führte zurück nach Iburg.
Sie wußte nicht mehr, wer von den Geschwistern mit ihr in das Schlafzimmer geschoben worden war, hörte aber noch genau das laute Wimmern der Mutter, als der Arzt mit ihr gesprochen hatte. Später wurde sie mit ihren Geschwistern aus dem Schlafzimmer geführt, es ging durch die Küche. Der Vater lag auf dem Rücken. Über ihn war die einzige weiße Tischdecke gebreitet. Die Mutter saß rechts am Ofen, auf jenem Stuhl, auf dem bisher fast nur der Alte gesessen hatte. Die Mutter hatte vor sich hin gestarrt. Einer der Brüder hatte gesagt, der Vater sei »weg für immer«. Sie erinnerte sich aber nicht mehr, wer es gesagt hatte.
Vielleicht, dachte sie, akzeptiert ein Mensch den Tod eines anderen dann, wenn er langsam stirbt, wenn er die Qualen des Sterbens beobachtet. Für sie kam der Tod beider Eltern so überraschend, daß sie die Umstände mehr fesselten als das Unglück selbst.
Die Mutter war nie ernsthaft krank gewesen. Zwar hatte sie, wie der Vater auch, oft über Kopfschmerzen geklagt, aber bestimmt nicht so gelitten wie er. Sie hatte jedenfalls ihren Kopf nie unter ein Kopfkissen vergraben oder unter kaltes Wasser gehalten. Sie hatte selbst immer gesagt, die Schmerzen kämen von der Arbeit im Haushalt, die ihr über den Kopf wachse, weil so viele Kinder da seien und der Vater nicht mehr. Ihre Kopfschmerzen wurden akzeptiert, ihre Launen auch, auch ihre Ungerechtigkeit. Renate Woetke konnte sich nicht mehr an Einzelheiten erinnern. Aber sie wußte, daß ihr jüngster Bruder alle bis zur Weißglut reizen konnte. Schlug einer dann zu, dann

bekam Horst recht, weil die Mutter nur seinen Erklärungen glaubte. Sie hatte nie verstehen können, daß ihre Mutter, die ihr eigenes Leben so ruhig erduldet hatte, so ungerecht werden, daß Mutterliebe so falsch und hartherzig sein konnte.
Als sich ihre Mutter dann einige Tage ins Bett gelegt hatte, da nahm sie es so hin, wie sie ihre Kopfschmerzen, ihre Ungerechtigkeit und ihre einseitige Liebe hingenommen hatte, ohne darüber nachzudenken. Als man sie dann ins Krankenhaus nach Eickelborn gebracht hatte, da genossen sie es sogar, daß die Mutter nicht mehr eingriff, wenn irgend etwas geschehen war. Jetzt galt es, sich durchzusetzen und gleichzeitig die kleinen Freiheiten zu genießen. Agnes führte den Haushalt. Aber jeder sagte ihr ständig, sie habe ihm gar nichts zu sagen. Ihr Bruder Günter, den sie für den vorwitzigsten hielt, hatte noch gesagt, »jetzt, wo Mutter in der Klapsmühle ist, jetzt spiele du nicht verrückt«. Agnes hatte dann immer unheilverkündend gedroht: »Ihr werdet euch noch alle umgucken, wenn die Mutter mal nicht mehr ist.« Renate Woetke lächelte bei diesen Erinnerungen. Sie hatte damals verstanden: Wenn die Mutter mal nicht mehr ißt. Da Essen immer knapp war, wurde über das Essen eines anderen immer aggressiv gesprochen. Dann hieß es, der frißt sich den Balg voll, der mampft. Aber »der ißt« hatte niemand gesagt. Sie hatte sich gewundert, daß ihre Schwester es so vornehm ausdrückte, daß die Mutter einmal nicht mehr essen sollte.
Sie wußte auch nicht mehr, wie die Todesnachricht damals ins Haus gekommen war. Agnes wird es wohl zuerst gewußt haben. Niemand hatte den Kindern vorher gesagt, mit der Mutter gehe es zu Ende, kein Arzt hatte sie informiert. Die ist krank, das glaubten sie, denn sonst

wäre sie ja nicht in eine Nervenheilanstalt gekommen, aber sie hatten alle wohl geglaubt, das gibt sich wieder. Sie waren zu sehr mit ihrer neuen Freiheit beschäftigt. Als die Mutter dann im Schlafzimmer aufgebahrt worden war, stand sie vor dem Sarg und glaubte es irgendwie nicht. Sie sah die tote Mutter, aber sie nahm es ihr gewissermaßen nicht ab, daß sie tot war. Ein Bruder hatte, hinter ihr stehend, gesagt: »Jetzt hat sie den Löffel weggelegt.«

Sie erinnerte sich auch daran, daß der Lehrherr Werner Druckmann zu ihr gesagt hatte, mein herzliches Beileid. Er hatte ihr die Hand gereicht, sie hatte ihm dann auch die Hand gegeben. Sie wußte nicht, was man erwidert, wenn einer zu einem anderen herzliches Beileid sagt, denn sie hatte das noch nie vorher gehört. Dann hatte er ihr gesagt: »Du hast jetzt frei, bis einen Tag nach der Beerdigung.« Darüber hatte sie sich gefreut.

Sie war das erste Mädchen in der Familie, das nicht in einen Haushalt mußte. Renate durfte Verkäuferin lernen, das hatte die Mutter so entschieden. »Mit der Rente kommen wir hin. Die Jungen bringen ja auch was. Da sollste was lernen«, hatte sie damals gesagt. Von ihrer Klasse waren mehrere Mädchen in einen Haushalt gegangen. Sie wäre es auch ganz gern, denn sie wollte Kochen und Nähen lernen. Sie war fest davon überzeugt, wenn sie ein paar Jahre im Haushalt gewesen war, würde ein Mann kommen und sie heiraten. Sie hatte sogar klare Vorstellungen von dem Mann, der einmal kommen sollte. Ihren ersten Roman hatte sie gelesen, als sie ungefähr zwölf Jahre alt war. Die Nachbarn hatten die »Hör zu«, es waren die Eltern einer Schulfreundin. Wenn sie dieses Mädchen besuchte, dann las sie den Fortsetzungsroman. Er handelte von einem Mann, der mit Vornamen Peter hieß.

Die Geschichte spielte in Königswinter. Hier wohnte ein Mädchen aus reichem Hause, das an einer unheilbaren Krankheit litt. Das hatte der Roman-Peter gewußt und sich dem Mädchen genähert. Er wollte, das hatte sie als Leserin bald durchschaut, an das Geld der Todgeweihten. Obwohl das gemein war, stellte sie sich diesen Peter immer deutlich vor: Er war ein gepflegter Mann mit guten Manieren, der im Sommer eine teure Sonnenbrille trug und seinen Mantel meist nur lose über die Schultern gelegt hatte. Von Fortsetzung zu Fortsetzung hoffte sie sogar, daß der Peter das kranke Mädchen auch bekomme. Wenn er sie habe und sie dann eines Tages tot sei, dann sei er ja mit Geld frei für sie, hatte sie gedacht.

Peter bekam die Todgeweihte. Er war zwar ein Schuft, aber einer, den sie liebte. Sie war nicht eifersüchtig, als er die Kranke heiratete, nicht einmal traurig, als Peter sich sogar in seine Frau verliebte, denn sie wußte und ahnte und hoffte, daß die Frau sterben werde, dann wäre er frei. Wenn die Zeitschrift bei den Eltern ihrer Schulfreundin zugestellt wurde, dann hielt sie sich bei denen auf, erst las die Mutter den Fortsetzungsroman, dann ihre Freundin, dann sie. Der Vater der Familie las ihn nicht, er sagte, das sei Dreck und verneble die Hirne der Frauen, aber darauf hörten sie nicht.

Die Frau des Forsetzungs-Peter starb dann. Sie war froh darüber. Sie glaubte sich noch daran zu erinnern, wie der Roman geendet hatte, Peter war in die Nacht hinausgegangen, von ferne hörte er Leute singen: »Warum ist es am Rhein so schön?« Oder war es ein anderes Lied? Nein, es konnte kein anderes sein. Später war die Geschichte auch verfilmt worden, mit O. W. Fischer und Ruth Leuwerik. Sie hatte ihn nicht gesehen, er war nicht jugendfrei. An einem Kino auf der Castroper Straße hatte sie die Standbilder betrachtet. Der O. W. Fischer war nicht ihr Peter, der war viel zu alt.

Als die Mutter dann entschieden hatte, sie werde Verkäuferin, sie solle was Besseres als die anderen werden, da fand sie sich damit ab, daß sie nicht Kochen und Nähen lernte. »Das ist doch eine schöne Sache«, hatte ihre ältere Schwester gesagt, »den ganzen Tag bist du dann fein angezogen und sagst immer nur bitte und danke zu den Leuten.« Bei Kurzwaren-Druckmann hatte die Mutter schon seit Jahren gekauft. Sie hatte wohl schon lange vorher bei Werner Druckmann angefragt, ob er ihre Tochter in die Lehre nehme. Eine Lehrstelle konnte man nur so finden.

Es war dann nicht so, wie ihre Schwester es geträumt hatte. Sie mußte mit dem Fahrrad Waren zu den Kunden bringen und jeden Abend mit Wasser und Aufnehmer die Geschäftsräume säubern. Sie hatte schnell bemerkt, daß bei dem Ehepaar Druckmann alles anders war als früher bei ihr zu Hause. Denn hier löste die Anwesenheit der Frau stets Unsicherheit und Nervosität bei den Angestellten und Lehrlingen aus. Sie fuhr sie ständig an, war mit keiner Arbeit zufrieden und sagte auch fast nur zu ihrem Mann: »Red doch nicht so 'n Zeug.« Vielleicht mochten die Mädchen deshalb den Werner Druckmann sogar.

Einige Monate nach dem Tod der Mutter hatte sie im Keller Waren zu ordnen und in ein Buch einzutragen. Sie hatte sich über eine Kiste gebeugt, in der Wolle in verschiedenen Farben lag, als der alte Druckmann ihr von hinten zwischen die Beine faßte. Bis zu diesem Zeitpunkt hatte sie nur gelegentlich mit starken Schuldgefühlen onaniert und noch keine sexuellen Beziehungen gehabt. Deshalb war sie sekundenlang völlig verblüfft gewesen.

Als sie herumfuhr, erschrak sie, daß es der Druckmann war. Damit hatte sie nicht gerechnet. »Verdammte Schweinerei«, hatte sie gesagt, überrascht, daß sie so etwas dem Druckmann ins Gesicht sagen konnte. Und dann hatte sie zu einem entscheidenden Schlag ausgeholt, sie sagte ziemlich leise: »Das sage ich ihrer Frau.« Da hatte sich sein Gesichtsausdruck schlagartig verändert. Zunächst hatte er schleimig gegrinst, dann verzog er die Mundwinkel, das hatte sie ganz klar gesehen, er grinste nicht mehr, er blickte sie starr an und drückte sie gegen die Kellerwand. Als sie die Wand in ihrem Rücken spürte, drückte er seine fleischigen Hände auf ihre Brüste und beugte sich vor, daß sie seinen Atem roch. Er roch wie alter Kohl. »Hör mal, du kleine Zicke«, sagte er, »du hältst die Schnauze. Wenn du einen Pieps sagst da oben, dann mache ich dich fertig, hörste? Du bist nämlich Vollwaise, hörste, dir glauben sie weniger wie mir, hörste? Wenn ich aussage, du hättest säuische Reden geführt, dann kommst du in ein Erziehungsheim, und keiner holt dich da raus, hörste?«
Sie spürte, daß er weiter an ihren Brüsten knetete, so als wolle er jeden seiner Sätze unterstreichen. Sie versuchte dem stinkigen Atem auszuweichen, aber das gelang ihr nicht. Sein Mund war dicht vor ihrem Gesicht. Er konnte nicht laut reden, denn sonst hätte ihn seine stets übellaunige Frau oben im Geschäft gehört. »Und jetzt mach schön weiter und halt die Schnauze, hörste«, hatte er noch gesagt. Dann hatte er aufreizend ruhig die Hände von ihren Brüsten genommen und war langsam, ihr klangen die Schritte schmerzend laut in den Ohren, wieder nach oben ins Geschäft gegangen. Sie hatte noch lange an der Kellerwand gestanden und sich nicht gerührt. Nach einiger Zeit machte sie mechanisch mit der Arbeit weiter,

ohne sich konzentrieren zu können. Am Abend hatte sie den Laden noch putzen müssen, war dann nach Hause gegangen und hatte sich sofort ins Bett gelegt und lange geweint. Aber das war vor allem Wut gewesen.
In den Monaten danach war sie immer innerlich auf dem Sprung, wenn sie im Keller zu tun hatte. Sie hatte beobachtet, daß der Druckmann immer dann unter einem Vorwand im Keller zu tun hatte, wenn eine der Verkäuferinnen oder weiblichen Lehrlinge dort arbeitete. Die keifige Frau Druckmann, der sonst nichts im Laden entging, sie muß völlig ahnungslos gewesen sein, was die merkwürdigen Aktivitäten ihres Mannes im Keller betraf. Renate Woetke und der alte Druckmann waren sich, soweit es in dem kleinen Betrieb möglich war, aus dem Wege gegangen. Er hatte sie nicht besonders geschuriegelt, weil sie sich gewehrt hatte, und sie tat so, als sei nichts gewesen. Wenn sie sich zwangsläufig bei einem Gespräch in die Augen blicken mußten, tat sie so, als blicke sie durch ihn hindurch.
Langsam löste sie sich auf der Bank, auf die sie sich gesetzt hatte, um nachzudenken und ins Tal zu blicken, aus ihrer gespannten kauernden Haltung. Sie lehnte sich zurück und streckte die Beine aus. Sie wollte sich einen schönen Tag machen, einen freien Tag, den sie genießen konnte. Unten im Tal stieg aus den Kaminen der Bauernhäuser der weiße Rauch fast gerade in den Himmel. Die müssen ja noch eine richtige altmodische Ofenheizung haben, dachte sie.
Wegen der Zoten und Witze der Brüder und des Vorfalls im Keller hatte sie damals keine besondere sexuelle Neugier. Sie dachte an ihren ersten Freund. Herbert hatte er geheißen. Er wohnte drei Straßen weiter. Aber sie konnte sich jetzt nicht mehr an seinen Nachnamen erinnern.

Lange waren sie zusammen gegangen, wie sie es in ihren Gedanken nach der heimischen Ausdrucksweise formulierte. Ein Jahr lang war nichts zwischen ihnen. Sie hatte sich gewehrt, wenn nach seinen feuchten Küssen seine Hände über ihren Körper tasteten. Druckmanns Griff hatte negativ gewirkt. Ihr Freund Herbert war in einem Roller-Club. Die Besitzer von Motorrollern hatten sich in zwei feindlichen Vereinen organisiert. Die einen waren die Vespa-Besitzer, sie schworen auf die Marke. Ihr Freund Herbert fuhr ein anderes Modell und ließ keine Gelegenheit aus, die Nachteile der Vespa in den schwärzesten Farben zu schildern. Als letztes abwertendes Argument wurde stets betont, daß die Vespa billiger sei als sein Motorroller.

Er holte Renate abends vom Laden Druckmann mit seinem Roller ab. Wie fast alle gleichaltrigen Jungen aus dem Wohngebiet war er Lehrling auf der Zeche. Deshalb hatte er schon immer am frühen Nachmittag frei. Sie fuhren dann durch die Stadt, an einem Kino trafen sie sich mit den anderen aus dem Roller-Verein. Wenn kein neuer Film lief, standen sie dort so herum, denn in einen neuen Film gingen sie immer schon am ersten Tag, egal, was geboten wurde. Zweimal in der Woche war Programmwechsel, am Freitag und am Dienstag. Dann war der Abend jeweils ausgefüllt.

Sexuell aufregend hatte Herbert nie auf sie gewirkt, auch nicht, wenn er in dem dunklen Kinoraum eineinhalb Stunden lang ihre Hand und ihren Unterarm gestreichelt hatte. Der Motorroller selbst hatte schon andere Wirkungen. Wenn er sie am Abend von dem Geschäft Druckmann abholte, dann schwang sie sich hinter ihn auf den Sitz. Sie spürte das wohlige Brummen des Motors unter sich und fühlte sich angenehm erregt. Sie konnte sich dann vorstellen, daß ein starkes Motorrad zwischen den Beinen zu spüren, für einen Mann auch ein sexuelles Erlebnis sein konnte.

Mit Herbert hatte sie ihre ersten sexuellen Erfahrungen. Aber daran wollte sie jetzt nicht denken. Das Erlebnis hatte für sie keine große Bedeutung gehabt. Sie stand von der Bank auf und ging über den schmalen Weg in Richtung Iburg. Noch immer war es angenehm warm, obwohl die Sonne schon lange ihren höchsten Stand verlassen hatte und die wuchtige Burg inmitten des Ortes, den sie von ihrem Pfad aus sehen konnte, in ein weiches Licht tauchte.

Herberts Mutter hatte es eigentlich ausgelöst, daß sie nicht, wie es üblich gewesen wäre, »in der Nachbarschaft geheiratet hatte«, sondern in eine völlig andere Gegend gezogen war. Sie war geschockt durch den Vorfall im Keller des Kurzwarengeschäfts Druckmann. Der Mann mit dem Kohlgeruch-Atem hatte ihr nämlich die Aussichtslosigkeit ihrer Lage klargemacht. Später hatte sie dann, als sie auf dem Klo saß, gehört, wie Herberts Mutter ihrem Sohn die Verbindung mit ihr ausreden wollte. Immer wieder hatte sie gesagt, die Renate Woetke habe ja nichts an den Füßen, sie sei Waise und sie komme aus einem Stall voller Blagen, sie hätte nicht einmal eine vernünftige Aussteuer, darauf sei sie bereit zu wetten. Die Waisen besäßen nur das, was sie gerade anhätten, vielleicht ein Hemd zum Wechseln, aber mehr nicht. Sie kam eine halbe Stunde nicht mehr hoch aus der Klo-Hocke, weil sie erkennen mußte, daß Herberts Mutter ihre Lage treffend schilderte. Erst als Herbert mußte und mit dem Fuß gegen die Tür getreten hatte, war sie wieder aus dem Klo herausgekommen.

Ein Jahr nach der bestandenen Prüfung sagte sie dann zu

einer älteren Verkäuferin, sie wolle weg. Die hatte erst geglaubt, weg von Druckmann, aber sie hatte gesagt, daß sie ganz aus der Gegend weg wolle, Verkäuferin könne sie überall sein. »Aber eigentlich möchte ich auch nicht mehr so hinter der Theke stehen und Wolle verkaufen.« Die ältere Kollegin hatte ihr gesagt, arbeite doch in einem Hotel, da kriegst du was mit vom Leben und kannst überall arbeiten.

Ihr Bruder, hatte die Verkäuferin gesagt, sei auch in der Branche tätig. Den beneide sie immer, der brauche nicht in so einem Kaff wie Ickern zu sitzen, der schicke mehrmals im Jahr bunte Ansichtskarten nach Hause, nur von schönen Orten, in denen er gerade arbeite – im Winter in den Wintersportgebieten und im Sommer manchmal auf den friesischen Inseln. Das fand sie sehr verlockend, sie stellte es sich schön vor, immer dort zu sein, wo es angenehm ist. Dabei hatte sie nur eine ungefähre Vorstellung, für sie war alles schön, was außerhalb ihres bisherigen Lebens lag. Die ältere Verkäuferin hatte gesagt, ihr Bruder habe erzählt, als Büfettfräulein könne man auch dann einsteigen, wenn man nichts gelernt habe. Der Ausdruck »einsteigen« hatte sich ihr eingeprägt.

Ihre Kollegin hatte ihr vorgeschlagen, eine kleine Anzeige in einer Fachzeitung aufzugeben. Der Bruder der Verkäuferin, der sich ja auskannte, hatte dazu geraten zu schreiben, daß sie schon berufliche Erfahrungen als Büfettfräulein habe.

Sie war wieder zu einer Bank gekommen und setzte sich. Von hier aus konnte sie auf den Ort blicken. Die Sonne hatte alles vor ihr in einen rötlichen Dunst getaucht. Klotzig, fast dunkel, aber nicht hart in den Konturen, hob sich die mächtige Burg ab. Früher war sie oft mit dem Linienbus nach Münster um die Burg herum gefahren. Nie zuvor hatte sie eine so große Festung gesehen. Einmal war sie dann auch auf einem schmalen Pfad den Hügel hinaufgegangen und war enttäuscht worden. Die großen Burghöfe waren leer, fast schmucklos. Im Innern befand sich ein Gericht, Gerichte waren eine ihr fremde Welt. Damit wollte sie, so hatte man es ihr zu Hause schon eingebleut, nichts zu tun haben. Das Schild »Amtsgericht« verfremdete das Burggebäude. Es war schöner, als sie noch nichts davon gewußt hatte und mit dem Linienbus um das gewaltige Gebäude herumgefahren war und sich ihre eigenen Vorstellungen machen konnte. In dem rötlichen Nebel wirkte die Burg wieder wie früher: geheimnisvoll, wuchtig, dick, alt und gewaltig. Es war ein schöner Tag.

Auf die Anzeige hatten sich viele Hotelbesitzer gemeldet. Es war 1957, damals wurden Arbeitskräfte in dem Gewerbe gesucht. Ein Hotel aus Königswinter war auch dabei. Sie wollte nicht nach Königswinter, wegen des »Hör zu«-Romans von Peter und der Todgeweihten. Königswinter konnte nicht so sein, wie sie es sich während des Lesens vorgestellt hatte. Sie meldete sich auf eine Anzeige aus Bad Essen, vielleicht, weil ihr der Ortsname Essen damals vertraut erschienen war. »Hessischer Hof« in Bad Essen, das klang hochtrabend, sie war beeindruckt. Die Kosten für die Fahrt zu einem persönlichen Gespräch übernahm der Inhaber, so schrieb er damals, und so fuhr sie zum ersten Mal in ihrem Leben eine längere Strecke mit der Eisenbahn, von Castrop-Rauxel nach Dortmund, von Dortmund über Münster nach Osnabrück, von Osnabrück aus, die vielen Busse auf dem Bahnhofsvorplatz hatten sie irritiert, mit einem Postbus nach Bad Essen. Von dem Ort mit den Fachwerkhäusern hatte sie zunächst nicht viel gesehen. Der »Hessische Hof« war ein altes Hotel. Es hatte zwölf Zimmer mit uralten Möbeln, fließendem Wasser, aber ohne Bad, unten ein Restaurant, mit zwei verschieden eingerichteten Räumen, der eine mit neuen Möbeln und weißen Tischdecken, der andere mit älteren Tischen und Stühlen und farbigen Tischtüchern; außerdem hatte der »Hessische Hof« noch eine Bierstube, zu Hause in Ickern sagte man Kneipe dazu. Als sie in Bad Essen war, stellte sie fest, daß der Inhaber eine Frau war. Das hatte sie sich nicht vorstellen können. Dorothea Müller hieß die Pächterin. Sie erzählte ihr gleich, das Hotel gehöre ihr nicht, das habe sie nur gepachtet. Ihr Sohn gehe ihr zur Hand, der habe jetzt eine Fachausbildung hinter sich, dazu habe sie ihn in das beste Haus von Osnabrück, in das Hotel »Hohenzollern« geschickt. Worte wie Pacht, Hotel »Hohenzollern«, Fachausbildung, bürgerliche Küche, Stoßbetrieb im Sommer, besonders Pfingsten und an den sonstigen Feiertagen, familiäre Stimmung und großen Essenumsatz rauschten an ihrem Ohr vorbei, das kannte und begriff sie auch nicht.

Renate Woetke hatte Entscheidungen zu fällen, bei denen ihr niemand zur Seite stand. »Hundertsiebzig Mark bar auf die Hand, Kost frei, auch an freien Tagen, Wohnung kostenlos und Wäsche frei«, sagte die Frau mit den Wurstfingern. Dabei strich sie, obwohl es nicht nötig war, ständig die Decke auf dem Tisch glatt. Es war wenig Geld, das schien die Frau zu wissen. Deshalb malte sie noch einmal aus, wie wichtig es sei, kostenlos zu wohnen und zu essen und die Wäsche gesäubert zu bekommen. Renate Woetke wollte damals, 1957, ein neues Leben beginnen und willigte ein.

Sie blickte auf die Burg, die wurde dunkler, weil die Sonne sich hinter ihr gesenkt hatte.

Die Verabredung in Bad Essen hatte Anfang März stattgefunden. Direkt nach der Rückkehr hatte sie bei Druckmann gekündigt. Die Kündigung hatte sie der Frau Druckmann vorgetragen, obwohl, wie es immer hieß, »das Geschäft auf seinen Namen lief«. Sie wußte, daß er sich darüber ärgerte, und sie wollte ihm zeigen, daß sie die Machtverhältnisse genau kannte. Eine Zeitlang hatte sie überlegt, ob sie der Frau Druckmann noch sagen sollte, was ihr Mann im Keller machte, wenn eines der Mädchen dort beschäftigt war. Aber sie sagte es ihr nicht, mit ihm hatte sie abgeschlossen. Als sie der Chefin gesagt hatte, sie kündige, sagte die nur »so«, dann hatte die Frau in einen Kalender geschaut und ihr gesagt, sie bekomme noch drei Tage Urlaub. Sie hatte ein kleines Triumphgefühl damals, weil sie glaubte, Druckmann ärgere sich, daß sie sich von ihm überhaupt nicht verabschiedet hatte. Den Mädchen im Betrieb und den Nachbarn in der Herbertstraße und ihren Geschwistern hatte sie erzählt, sie habe eine Stelle als Hausdame in einem Hotel angenommen, worauf einige sie neidisch angesehen hatten. Ihr Bruder Günter hatte aber gelacht und gesagt: »Du eine Hausdame, du kratzt dich ja noch mit der Gabel am Kopf.«
Ihrem Freund Herbert hatte sie auch erzählt, sie werde Hausdame in einem vornehmen Hotel. Sie hoffte, er würde es seiner Mutter erzählen und die sollte sich ärgern.
»Ist dann Schluß mit uns?« hatte er sie gefragt. »Vielleicht«, hatte sie gesagt. »Ich besuche dich mal da inne Walachei«, hatte er entgegnet. Sie meinte: »Das läßt du besser. Ich will keinen aus dem Kaff hier da sehen.« Darauf hatte er, zwei Tage vor ihrer Abreise, mit der Hand Gas gegeben und war mit seinem Motorroller davongefahren. Es hatte sie kaltgelassen.

Am letzten Tag in Ickern hatte sie lange geschlafen, war dann nach Habinghorst gefahren und mehrere Male über die Einkaufsstraße gegangen, dort kaufte sie einen billigen Koffer aus gepreßter Pappe und setzte sich allein ins Café. Das hatte sie noch nie in ihrem Leben getan. Bevor es dunkel wurde, ging sie noch einmal durch die Straßen, die an die Herbertstraße grenzten. Sie ging über einen schmalen Weg, der neben der Zechenbahn verlief. Im Juni stand hier immer gelb der Ginster. Als Kinder hatten sie hier gespielt. Später, an Sommerabenden, hatte sich hier Herbert keuchend über sie geworfen.

Am Abend hatte sie ihre gesamte Wäsche in den Pappkoffer gepackt. Als er voll war, gab es nichts mehr einzupacken. Am Tag ihrer Abreise war sie sehr früh wach geworden. Sie hörte unten in der Küche, daß die Brüder, die noch im Hause wohnten, zur Zeche gingen, sie hörte ihre Schwester Gerda laut reden, bevor auch sie zur Arbeit ging. Dann war es still. Etwas später hörte sie Peter über den Hof kommen, er kam von der Nachtschicht.

Als sie dann nach unten kam, saß er am Tisch, wie früher der Vater, die Hosenträger hingen rechts und links hinunter, das Hemd hatte er ausgezogen. Es lag zusammengeknüllt auf dem Sofa. Er hatte nur noch ein weißes Unterhemd an und frühstückte.

»Ach«, hatte er gesagt, »ich dachte, du wärst schon weg.«

»Nein, siehste ja«, hatte sie geantwortet und sich zu ihm an den Tisch gesetzt.

Er hatte ihr die Kanne über den Tisch zugeschoben, dann das Brot, die Margarine und das Glas mit Marmelade, Erdbeermarmelade, wie seit Menschengedenken.

»Ich fahre jetzt«, hatte sie dann gesagt und war aufgestanden. »Tja, ich hoffe, es geht dir besser da. Mach's gut.«
Dabei war er am Tisch sitzengeblieben. Sie hatte gemerkt, daß er ihr nicht einmal die Hand geben wollte.
»Tschüß«, hatte sie dann gesagt.
»Auch so«, hatte sie noch gehört.
Dann war sie mit ihrem Koffer abgezogen. In ihrem inneren Film sah sie, wie ein Mädchen von fast zwanzig, das mit einem großen grauen Pappkoffer mitten über die von dunkelroten Bergmannshäusern gesäumte Straße ging. Das Mädchen sah sich nicht mehr um. Niemand blickte ihr nach. Es war noch zu früh am Morgen. Die Hausfrauen schliefen noch, die Kinder wohl auch. Die Männer waren schon zur Arbeit und die Nachtschicht schon zu Hause. Das Mädchen, dem sie zusah, war sie selbst.
Renate Woetke erhob sich von der Bank, es würde jetzt frisch werden. Deshalb wollte sie wieder laufen, noch eine Tasse Kaffee in Iburg trinken und dann nach Osnabrück zurückfahren.
Die Anhöhe von Iburg verflachte, es ging langsam ins Tal zurück. Sie blickte noch einmal links hinüber nach Glane. Der schlanke Turm der Kirche stach nicht mehr so hart in den Herbsthimmel. Alles wirkte weicher, nebliger, diffuser, der Blick in Richtung Münsterland war nicht mehr so klar.
In Bad Essen hatte sie bald erfahren, was ein Familienbetrieb ist: Dorothea Müller kam im Laufe des Vormittags, stand in der Hauptstoßzeit, wie sie das Mittagsgeschäft nannte, an der Theke und gab Befehle in die Küche. Nach ihren Anweisungen bewegten sich mehrere Mädchen hastig in einer alten Küche und stellten die Essens-

portionen zusammen, die dann von der Pächterin begutachtet wurden. Sie legte noch Salatblätter dazu, streute einige Gewürze auf die Platte, garnierte Gerichte mit Eierscheiben und sagte oft: »Die Leute essen mit den Augen.« Es gelang ihr auch, mit kundigen Handgriffen die Speisen so zu ordnen, daß sie auf den Platten üppiger wirkten. »Die Leute wollen betrogen werden«, sagte sie dann, »denn wenn man ehrlich ist, kommen sie nicht wieder.« Am Nachmittag schlief die Pächterin zwei Stunden, vom frühen Abend bis in die Nacht stand sie wieder hinter dem Büfett. Ihr Sohn Hans Müller, im Ort nur das Schwein genannt, half als Kellner. Er kam erst zum Mittag aus dem Bett, arbeitete während der Zeit im besten Revier, machte am Nachmittag drei Stunden Pause und kam am Abend noch einmal wieder. Die Tochter Margreth, Mausi genannt, ging in Osnabrück in die Schule. Sie arbeitete nicht im Hotel, ließ sich aber vom Personal bedienen. Sie durfte, wie ihr Bruder, essen, was sie wollte. Das Personal bekam zu essen, was weg mußte, bevor es verdorben war oder in die Buletten ging. Ein zweiter Kellner bediente die Frühstücksgäste, arbeitete auch noch am Mittag und am Nachmittag, stets in dem schlechteren Revier. Am Abend ging er dann gegen achtzehn Uhr nach Hause. Der Kellner, ein uralter Mann, Anton Sieck hatte er geheißen, war schon bei dem Vater der Besitzerin des Hotels angestellt gewesen. Er konnte nicht mehr wechseln. Ärgerlich ertrug er den Platzvorteil des Hans Müller, den seine Mutter gegenüber Gästen den Sohn des Hauses nannte. Renate Woetke hatte sich über den Begriff immer amüsiert, weil er nach ihrer Meinung der Sohn des Vaters und der Mutter, aber nicht des Hauses sein konnte.
Renate Woetke stand hinter dem Büfett und zapfte Bier.

Sie sei Kranführerin, hatte Dorothea Müller gewitzelt. Sie schenkte Schnäpse ein. Der Filterkaffee des »Hessischen Hofes« galt als Spezialität. Zum Ende der Mittagszeit häuften sich die Kaffeebestellungen.
Renate Woetke stand meist kurz vor sieben Uhr auf. Wenn Hotelgäste noch früher ihr Frühstück wollten, dann noch eher. Sie arbeitete bis gegen halb elf, hatte dann frei bis kurz vor zwölf, danach mußte sie hinter dem Büfett noch einmal bis neunzehn Uhr der Pächterin zur Hand gehen.
Sie erinnerte sich, während sie auf den Ort zuschritt, an ihre ersten Eindrücke in Bad Essen. Für sie war damals alles neu, aufregend, fordernd, es war eine neue Welt zu erkunden. Sie hatte in den ersten Tagen geglaubt, die Menschen seien in Bad Essen ungezwungener als im Ruhrgebiet. Monate später hatte sie begriffen, daß sich die Bewohner hier mehr vormachten als zu Hause in Ikkern, vor allem was den Besitz betraf. Das gab es zu Hause nicht, denn alle kannten sich seit Jahren, fast alle Väter malochten auf dem Pütt. Eigentlich bewegten sich die Menschen in Ickern freier, meinte sie nach Wochen.
Die Arbeit im »Hessischen Hof« machte ihr Spaß, weil sie dabei Menschen beobachten konnte. So hatte sie bald heraus, daß der alte Kellner, der immer freundlich schien, sich ärgerte, daß der junge sogenannte Sohn des Hauses weniger arbeitete, aber im besseren Revier größere Einnahmen hatte. Aber er hatte sich im Lauf der Jahrzehnte so sehr ans Dienen gewöhnt, daß er sich nicht mehr wehren konnte. Jeden ungerechten Rüffel nahm er hin – und entschuldigte sich selbst dann, wenn er mit der Faust hätte auf den Tisch hauen sollen. Sie hielt ihn aber zunächst für einen feinen Mann, weil er, auch dann,

wenn er aus der Rolle hätte fallen können, die angeblichen Formen wahrte. Wenn Dorothea Müller am späten Vormittag aus ihrer angrenzenden, lieblos eingerichteten Wohnung durch das Restaurant in den Betrieb kam, schaute sie sich erst in der Küche um, ließ sich über den Fleischvorrat informieren, öffnete zuweilen selbst den übergroßen Kühlschrank, nahm dann auch mal Fleisch in die Hand und schnupperte daran, dann ging sie hinter das Büfett und machte sich selbst einen Filterkaffee. Anton Sieck, der alte freundliche Kellner, fragte dann immer: »Frau Müller, was muß weg?« Gemeint war Fleisch, das nicht mehr lange aufzubewahren war. »Wir versuchen, heute Filet anzubieten«, sagte sie dann zum Beispiel, und Anton Sieck wedelte dann am Mittag mit seinem weißen Tuch über den Tisch, so, als wolle er winzige Staubreste ins Lokal wirbeln. Dann sagte er, sich zu den Gästen beugend, sehr überzeugend: »Ich kann Ihnen heute ein ausgezeichnetes Filet empfehlen.« Die meisten bestellten. »Die Leute wollen betrogen werden«, sagte er auch gelegentlich. Die Gäste glaubten, eine besonders gute Wahl getroffen zu haben, sie bedankten sich nach dem Essen meist auch mit höflichen Worten und einem guten Trinkgeld.

Sie hatte wieder die Talsohle erreicht. Ihr schmaler Pfad mündete auf einen betonierten Weg. Das könnte der Hermanns-Pfad sein, der von Iburg bis in die Nähe von Bielefeld führte und, so hatte sie mal in der Beilage einer Zeitung gelesen, in einer Woche zu durchwandern war. Willy Brandt sei auch einmal auf einem Teil der Strecke gelaufen. Er hatte die Wanderung aber, so glaubte sie sich zu erinnern, wegen des Rummels um ihn abgebrochen. Wenn es der Hermanns-Pfad war, dann wollte sie auch noch ein paar Meter darauf laufen. Vor sich sah sie den

Ort Iburg wie einen Buckel. Das alte Amtsgericht wirkte darauf wie ein krankhafter Höcker.
Zu Anfang ihrer Tage in Bad Essen fand sie alles gut, weil neu und verwirrend. Sicher auch, weil sie ein völlig neues Leben beginnen wollte und ihre alte Umgebung bewußt verlassen hatte. Sie wollte sich nicht einmal eingestehen, daß sie unerfahren in die Arbeit eingestiegen war, daß sie sich nicht hatte ausmalen können, daß freie Kost hieß, das zu essen, was unbedingt weg mußte, daß freie Wohnung in Wirklichkeit hieß, in eine enge Kammer am Ende eines verbauten Hauses zu ziehen, die so schmal war, daß gerade ein Bett hineinpaßte und ein zweitüriger Schrank, an dem der linke Vorderfuß abgebrochen war und der durch zwei aufeinandergelegte Ziegelsteine gehalten wurde. Die Kammer hatte auch nur ein Waschbecken mit kaltem Wasser. Ein winziges Fenster öffnete sich zum Hinterhof des Hotels, in dem die wenigen Garagen lagen, nach denen die Vertreter fragten, wenn sie in dem Hause übernachteten und ihre Waren nicht aus dem Auto packen wollten. Der Hof hatte Kopfsteinpflaster. Links an der Einfahrt war ein Installateur mit Namen Pfeiffer untergebracht. Auf seinem Firmenschild, das sie vom Fenster aus sah, stand die Aufschrift: *»Hier werden Dosen geschlossen und gelötet«*. Der Text war ihr aufgefallen, weil ihr erster Freund in Bad Essen, ein Bäcker, der in einer Konditorei gegenüber dem »Hessischen Hof« arbeitete, ihre Vagina Dose nannte und Beischlaf löten. Der Bäcker Willy war ein blonder Hüne. Wenn er vor ihr stand, sonntags mittags, wenn sie eineinhalb Stunden frei hatte, dann reichte ihre Stirn genau an den Knoten seines meist blauen Schlipses. Nur an Sonntagen legte er einen Schlips an. Willy sagte, sie hätten zu Hause in Bramsche auch einen Laden. Später solle er den mal übernehmen, er

habe aber keine Lust, in dieses Kaff zurückzukehren. Der Betrieb zu Hause sei zu miefig, da könne er sich nicht entwickeln, das wäre ein Rückschritt im Vergleich zu Bad Essen. Sie hatte nicht verstehen können, daß er nicht in einen eigenen Betrieb wollte, aber sie fragte nicht weiter.

Er war in keiner Weise zärtlich gewesen. Willy hatte sie kaum jemals gestreichelt, seine Küsse wirkten wie fades Fleisch, er griff ihr immer direkt an die Brüste oder zwischen die Beine. Eigentlich, so dachte sie, hatte ich zu Anfang in Bad Essen Glück, daß nichts passiert ist, denn Willy war meist zu spät abgesprungen, oder er hatte, wenn er leicht angetrunken war, überhaupt nicht aufgepaßt. »Laß doch«, hatte er dann gestöhnt, »wird schon nichts passieren.« Ein Kind von dem ... Renate Woetke spürte, daß ihr Herz in nachträglicher Angst schneller schlug. Aber wenn sie mit ihrem Gesicht damals auf der Hemdbrust lag, dann schnupperte sie so gern den Duft der Backstube, er roch süßlich nach Zucker und Mehl.

Der Hermanns-Pfad, auf dem sie zu wandern glaubte, teilte sich. Links befand sich eine Wassertretanlage für Kurgäste. Das Becken war leer. Einige Herbstblätter lagen in dem Betonbett, die Einrichtung wirkte verlassen. Da sich in der Nähe keine Häuser befanden, wunderte sie sich, daß hier überhaupt so ein Gesundheitstreff angelegt worden war. Wie hieß noch einmal das Lokal, vor dem ihr Wagen parkte? Bäumker, glaubte sie sich zu erinnern. Wenn sie rechts abbiegen würde, dann käme sie direkt dorthin. Doch Renate Woetke ging weiter in den Ort Iburg, sie wollte noch in ein Café.

An ihrer neuen Arbeit in Bad Essen fand sie damals interessant, daß sie während ruhiger Stunden am Büfett, wenn sie zum Beispiel Gläser abtrocknete, die Gäste beobachten konnte, wie sie aßen, ob sie selbstsicher wirkten, ob sie dem Kellner bei der Bestellung ins Gesicht sahen, ob sie lange und unschlüssig vor der nicht sehr ausführlichen Speisekarte saßen, ob sie sich ungeniert in dem Restaurant umsahen oder den nächsten leeren Tisch ansteuerten, ob sie irritiert den Garderobenständer oder den Weg zur Toilette suchten oder ganz ruhig mit dem Mantel in der Hand im Restaurant standen und sich ohne jede Hemmung erst einmal orientierten, wo sie Jacke oder Mantel hinhängen könnten. Dabei hatte ihr einmal ein Mann imponiert, der wohl die Tür zum Klo nicht gesehen hatte und sie mit lustigem Gesichtsausdruck gefragte hatte, »wo kann ich denn hier Pipi machen?« Den Mann hatte sie als selbstsicher eingeordnet. Selbstsicher waren auch Gäste, die sich vom Kellner die Beilagen erläutern ließen oder Sonderwünsche anmeldeten. Das Büfett befand sich in dem Raum mit den bunten Tischtüchern. Dieses Restaurant war ein riesiges Quadrat, man kam durch eine Drehtür hinein. Neben der Drehtür lag der zweite Eingang in das Restaurant mit den gepflegten Möbeln, den weißen Tischdecken und der Kamin-Dekoration. Unsichere Gäste gingen durch die Drehtür zunächst ein paar Meter geradeaus und setzten sich dann an einen Tisch im Revier des alten Sieck. Wer Erfahrung hatte und selbstsicher war, der blieb direkt hinter der sich drehenden Tür stehen und schaute sich die Räumlichkeiten erst einmal an. Dann entdeckte er auch schnell das Restaurant zur linken Hand. Wenn er dort hineinging, konnte Renate Woetke hinter ihrem Büfett den Gast nicht mehr beobachten. Sie wußte, daß Personen, die sich nicht unsicher und ängstlich fühlten, ihr mehr imponierten als die anderen. Später ertappte sie sich sogar dabei, daß sie sich an der Ängstlichkeit der Gäste weidete und zum Beispiel

zurückfragte, wenn die etwas fragten, obwohl sie es genau verstanden hatte. Es machte ihr Spaß, wenn solche Menschen noch einmal, meist leiser, nach dem Weg zur Toilette fragen mußten.
An den stillen Nachmittagsstunden hatte sie sogar für sich ein persönliches Lotto zum Zeitvertreib eingeführt. Um diese Zeit kamen die Gäste, die übernachten wollten und bei ihr am Büfett, eine Reception hatte das Haus nicht, nach einem Zimmer fragten. So ganz für sich tippte sie dann auf den Beruf des Gastes, Vertreter oder Kaufmann, Handwerker oder Angestellter, je nach dessen Aussehen oder Auftreten. Wenn sich der Gast in den Meldezettel eingetragen hatte, interessierte sie sich zunächst weder für den Namen noch für das Geburtsdatum, sie schaute in die Rubrik Beruf. Sie tippte gut.
In den Mittagspausen hatte sie sich, von Frühjahr bis Herbst, in den kleinen Park begeben, in die Sonne geschaut oder, auf einer Bank sitzend, den Gesprächen der Kurgäste gelauscht. Meist waren es alte Frauen, die von Krankheiten, Kindern und Enkelkindern erzählten oder von den Erfolgen des Nachwuchses, von Töchtern, die gut geheiratet hatten oder von Söhnen, die immer mehrere Leute unter sich hatten. Die Geschichten ähnelten sich.
An den Wintertagen hielt sie sich in der Hotelküche auf, weil es nur dort warm genug war. In dieser Jahreszeit lief auch das Geschäft schlecht. Nur wenige Vertreter kamen zum Essen. Die wählten auch meist nur mittlere Gerichte oder fragten ungeniert nach einem Eintopf, den es aber im »Hessischen Hof« nie gab. Sie unterhielt sich mit den anderen Mädchen in der Küche, meist über die Jungen aus dem Ort oder über Ausflüge nach Osnabrück, denn an jedem freien Tag fuhr sie in die Bischofsstadt. Dann

schlenderte sie zum eigentlichen Mittelpunkt der Stadt, dem Neumarkt, von dem sie gehört hatte, daß er früher Adolf-Hitler-Platz hieß. Sie ging in ein Kaufhaus, betrachtete die immer gepflegt wirkenden Verkäuferinnen, aß dort im Restaurant zu Mittag, weil es preiswert und nicht zu vornehm war, ging dann durch die verwinkelte alte Innenstadt, später in eine Eisdiele und besuchte, obwohl sie nicht fromm war und nicht an Gott glaubte, die verschiedenen Kirchen. Dabei fand sie auch den Innenhof des Doms mit den Gräbern des Domkapitels. An der ebenfalls katholischen Johannis-Kirche in der Nähe des Bahnhofs entdeckte sie einen ähnlichen Rundgang mit Grünfläche im Bereich der Kirche.

Sie hatte die Bushaltestelle in Iburg erreicht. Mehrere junge Mädchen standen dort, die wohl offensichtlich einen Ausflug nach Osnabrück machen wollten. Die Hauptstraße war für den Durchgangsverkehr gesperrt, deshalb ging sie nicht über den Bürgersteig. Das erste Café, das sie erreichte, hatte geöffnet, nur ein paar alte Frauen saßen darin. Sie ging erst auf die Toilette, sie wunderte sich, daß sie so schwer aus ihrer Hose kam und amüsierte sich.

Durch eine Wanderung sollte man eigentlich dünner und nicht dicker werden. Als sie die Toilette verlassen hatte, suchte sie sich einen Platz am Fenster, um den wenigen Menschen, die jetzt, am Nachmittag, über die kleine Hauptstraße gingen, nachschauen zu können. Bei dem blassen Mädchen, von dem sie annahm, daß es die Tochter des Besitzers und keine Angestellte war, bestellte sie ein Kännchen Kaffee. Nicht eine Tasse, wie sonst, heute wollte sie sich einen schönen Tag machen.

Sie konnte einen Teil der Straße überblicken. Wie am Morgen in dem Straßencafé in der Großen Straße in Osnabrück sah sie den Hausfrauen nach, die es eiliger hatten als die wenigen Kurgäste. Die gingen oft in Gruppen, Männer mindestens zu viert oder fünft, anders bei den Frauen, die wohl von einer Krankenkasse nach Iburg geschickt worden waren, die schlenderten oft zu zweit. Privatgäste waren zu dieser Jahreszeit kaum noch im Ort. Dafür hatte sie inzwischen einen Blick.

In Bad Essen hatte sie fast ein Jahr mit Willy, dem Bäkker, verbracht. Sie hatte seine Grobheit ertragen und sich nicht einmal geärgert, wenn er sagte, er habe sie gelötet. Weil Willy ein eigenes Zimmer in einer Pension mit separatem Eingang hatte, der Vater schickte monatlich noch einiges Geld zum Gesellenlohn, übernachtete sie oft bei ihm. Wenn er dann morgens um halb fünf Uhr den Raum verlassen hatte, dann schlief sie noch bis kurz nach sechs, duschte sich dort, weil sie es im »Hessischen Hof« nicht konnte und ging morgens durch den Ort zur Arbeitsstelle, was sie bis zuletzt recht aufregend fand, weil die Straßen wie leergefegt wirkten und nur der Ortspolizist oder der Leiter der Paketpost grinsend grüßten. Als das Verhältnis mit Willy verflachte, schlief sie einmal mit einem Schlosser aus einem Nachbarort. Sie war am Morgen durch das ebenerdige Fenster seines Zimmers gestiegen, weil seine Eltern es nicht wissen durften, daß ihr Sohn jemand auf seiner Bude hatte. Mit einem alten VW, den er sich in der Freizeit zurechtgemacht hatte, war sie gegen sieben Uhr in den »Hessischen Hof« gebracht worden. Sie konnte sich nicht mehr genau an die verschiedenen Männer erinnern, wußte nur noch, daß sexuell sie niemand besonders gereizt hatte, die Umstände des Abenteuers und das Verbotene waren prickelnder als die Nacht im Bett. Ihr fiel bei dem Blick durch das Caféfenster auf, daß mehrere Frauen mit einem Korb einkau-

fen gingen und nicht, was in Osnabrück üblich war, mit Türkentaschen, das waren die Plastiktüten der Kaufhäuser, ihre Waren nach Hause trugen. Entweder waren die Einkäuferinnen hier bieder oder die kleinen Geschäfte gaben die Tüten nicht kostenlos ab. Das war wie früher zu Hause. Da mußte sie als Kind auch mit einem Körbchen zum Bäcker oder zum Lebensmittelhändler gehen.
Nach einigen Bekanntschaften in Bad Essen hatte sie gemerkt, daß sie sich an keinen der Partner hätte binden mögen. Ihre Träume aus dem »Hör zu«-Roman waren anders. Männer hatte sie sich souverän, ruhig und überlegen vorgestellt, abgeklärt. Ihre Partner waren durchweg nervend eifersüchtig, verspielt und kindisch oder grob. Sie hatte zwar irgendwann heiraten wollen, aber unter den jungen Männern war niemand, mit dem sie sich hätte vorstellen können, nach fünfundzwanzig Jahren die Silberhochzeit zu feiern oder gar die goldene nach weiteren langen Jahren.
Sie rührte länger als nötig in der Kaffeetasse, weil ein Erlebnis wieder deutlicher wurde.
Durch die Drehtür war ein Gast gekommen, den sie sofort als souverän und selbstsicher eingeschätzt hatte. Sie stand damals allein hinter dem Büfett. Der alte Kellner war nach Hause gegangen, die wenigen Gäste, die noch kommen würden, hatte er gesagt, die würden nur Kaffee trinken, den könne sie servieren und sich das Bedienungsgeld einstecken. Der Mann war bestimmt schon Mitte Dreißig, aus ihrer Sicht schon alt, aber er wirkte sportlich, sie spürte, daß er sie faszinierte. Sie tippte in ihrem privaten Berufslotto auf Arzt oder Unternehmer. Er schrieb in die Rubrik Beruf Journalist. Sie hatte noch nie in ihrem Leben einen Journalisten gesehen. Zu Hause

in Ickern hatte es keinen gegeben, die Berichte in der Lokalzeitung beschäftigten sich nie mit der Arbeitersiedlung, der Herbertstraße oder den angrenzenden Straßen. Journalisten kannte sie nur per Stimme aus dem Rundfunk. Sie hatte damals die Vorstellung, das seien Menschen, die den besten Beruf der Welt hätten und immer weltweit auf Reisen seien. Der Gast hatte zu ihrer Überraschung nach dem Preis des Zimmers gefragt. War er nun selbstbewußt oder knapp bei Kasse? »Kann ich Ihnen was tragen?« hatte sie gefragt, er hatte genickt und war mit ihr durch die Drehtür vor das Hotel gegangen, dort stand eine BMW-Isetta, ein Fahrzeug, das nur eine Tür vorn hatte. Eine Isetta hatte sie immer als popelig eingestuft. Die fuhr niemand in Bad Essen, die Jungen hatten meist einen Käfer, den sie gebraucht gekauft hatten. Sie sah, daß das Fahrzeug eine Hamburger Nummer hatte, Hamburg verband sie mit Hafen, internationalen Gästen, Weltstadt. Er hatte zwei Reisetaschen, nicht wie die anderen etwa Koffer, die kleinere erhielt sie, sie war nicht sonderlich schwer. Sie ging vor ihm wieder durch die Drehtür zurück, links durch das besser gestaltete Restaurant, dann durch eine Tür und einen Flur in den Hoteltrakt des Hauses. Als sie vor ihm die Treppe hinaufging, spürte sie, daß er auf ihr Gesäß schaute. Das fand sie aufreizend, ihr Herz schlug spürbar schneller, sie hörte die Schläge in ihren Ohren. Der Zimmerschlüssel mit einem kleinen gelben Holzstück steckte im Schloß, sie öffnete die Tür und sagte: »So, bitte.« Er ging an ihr vorbei, er roch gut. »Danke«, sagte er und drückte ihr mit der üblichen, angeblich diskret wirkenden Geste eine Mark als Trinkgeld in die Hand. »Danke«, sagte sie, dabei ärgerte sie sich, daß sie das Geld überhaupt angenommen hatte. Sonst rechnete sie schon mit den kleinen Trinkgeldern,

denn sie war damals in Bad Essen ausgesprochen sparsam. Sie wollte das Geld später mal anlegen, für die Ehe, die Aussteuer, für irgend etwas, das teuer war, worüber sie aber keine konkreten Vorstellungen hatte.
Als sie dann gegen neunzehn Uhr Feierabend hatte, ging sie durch das Restaurant nach draußen, anstatt wie sonst durch die Küche in ihr Zimmer. Der Mann saß rechts im Restaurant an einem Tisch und las in einer Zeitung, zwei oder drei andere Zeitungen lagen zusammengefaltet vor ihm. Bis dahin hatte sie noch nie gesehen, daß ein Mann mehrere Zeitungen vom selben Tag las. Renate Woetke sah sich selbst um das Haus gehen, in ihrer kleinen Kammer zog sie sich um, den neuesten Rock, dazu eine weiße Bluse, sie spürte noch in dem Café von Iburg die innere Unruhe, die sie damals befallen hatte. Nach dreißig Minuten hatte sie ihren Wohnraum wieder verlassen und schlenderte durch Bad Essen, an der Apotheke vorbei, an der Post, an dem Schuhgeschäft, dem Café. Sie ging nicht in den Park, sie schaute in die Schaufenster, konnte sich aber nicht wie sonst für die Auslagen interessieren. Sie ging zurück zum »Hessischen Hof«, dort stand sie eine Zeitlang und schaute Kurgästen nach, die in Gruppen an ihr vorbeizogen, die Sozialheime hatten das Abendessen serviert, jetzt durften die Kranken noch einmal bis zweiundzwanzig Uhr ausgehen.
Der Mann kam aus dem Hotel, er wollte wohl noch etwas durch den Ort gehen, er sah sie und sagte: »Ach, Sie arbeiten nicht mehr?«
»Nein, ich habe am Abend frei.«
»Immer?«
»Meist.«
»Sie sind aus dem Ort?«
»Nein, aber ich wohne jetzt hier.«

»Im Hotel?«
»Ja.«
»Ich möchte noch ein Gläschen Wein trinken. Wo kann man das?« Sie hörte noch jetzt in ihrem Ohr, daß er Gläschen gesagt hatte. Von zu Hause kannte sie die Redewendung Glas Wein, Gläschen hörte sich so freundlich an.
»Im Deutschen Haus, würde ich sagen.«
»Darf ich Sie dazu einladen?«
»Tja«, sagte sie, sollte sie sofort ja sagen?
»Ach«, sagte er, »zeigen Sie mir doch bitte den Weg.«
Sie gingen durch den Ort in das Restaurant des Hotels »Deutsches Haus«. Dort trank er aber keinen Wein, er trank Weinbrand, sie auch, der schmeckte ihr besser, Wein wußte sie nicht zu schätzen. Hans Müller, der mal im »Hohenzollern« in Osnabrück gearbeitet hatte, sagte immer, vom Wein müsse man was verstehen. Während sie ihm gegenübersaß, sah sie, daß er an den Schläfen helleres, aber kein graues Haar hatte, daß seine Stirn schon etwas hoch war, um die Augen herum und längs der Wangen bemerkte sie kleine Falten.
Noch jetzt nach vielen Jahren war ihr die Erinnerung an das Gespräch unbehaglich. Sie hatte damals nicht gewußt, worüber sie sich mit dem Mann unterhalten sollte. Was hatte sie aus Ickern zu erzählen, was konnte sie über Vater oder Mutter berichten, über ihre Schulzeit, über die Lehre bei Druckmann, über die Fahrten mit dem Motorroller in die nähere Umgebung von Castrop-Rauxel, über sieben Geschwister, von denen sie schon über ein Jahr lang nichts gehört hatte, über die Arbeit hinter dem Büfett in dem Hotel, über die Putzarbeiten am Geschirr, worüber Dorothea Müller immer sagte, darüber gehöre Menschenfett, wobei sie den Schweiß

meinte, über den alten Kellner, der sich auch dann entschuldigte, wenn er recht hatte?
Der Mann hatte klare blaue Augen, sie hatte gemerkt, daß er keine Ringe an seinen Fingern trug. Seine Zähne wirkten an den Ecken nicht mehr so akkurat, sie bröckelten wohl. Er fragte sie nicht, er erzählte, daß er für mehrere Zeitungen frei arbeite, dabei hatte sie immer geglaubt, die Journalisten arbeiteten nur frei und ohne Druck, daß er in der Gegend zu tun, daß er mal aus London berichtet habe, daß man sich aufs Fernsehen einstellen müsse. Sie begriff das alles nicht, aber der Weinbrand machte unbefangen, unkritisch, sie mochte, sie bewunderte ihn. So könnte auch der Peter in der »Hör zu« ausgesehen haben, hatte sie gedacht.
Als sie gingen, hakte sie sich bei ihm ein, unten vor dem »Hessischen Hof« hatte er ohne jeden Übergang, aber mit melodischer Stimme gefragt, »schläfst du bei mir?« Sie war erstaunt gewesen, daß er sie geduzt hatte. Sie hatte nicht geantwortet, sie blickte nur um sich, ob niemand in der Nähe war, Dorothea Müller hatte jeden persönlichen Kontakt mit den Gästen untersagt. Sie ging vor ihm die Treppe hinauf, er öffnete mit dem Schlüssel die Zimmertür. Zum ersten Mal betrat sie ein Hotelzimmer des Hauses privat.
Der Mann stand dicht vor ihr. Trotz des Alkohols schnupperte sie noch seinen angenehmen Geruch. Ruhig, fast selbstverständlich zog er den Reißverschluß ihres Rockes auf. Sie spürte, wie der an ihrem Körper zu Boden glitt und dachte, gut, daß ich keine Strümpfe angezogen habe. Er knöpfte ihr die Bluse auf und streifte sie ihr ab, wobei sie ihm willig durch ihre Armbewegungen half. Dann öffnete er ihr den Büstenhalter, sie krümmte die Schultern, sie stand im Slip vor ihm, und er hatte nicht

einmal das Licht gelöscht. Bisher hatte sie sich immer erst dann ausgezogen, wenn es dunkel war oder nur eine Kerze schummriges schwaches Licht verbreitete. Sie zitterte, als sie unter der Bettdecke lag, sie wußte nicht, ob vor Kälte oder vor Erregung. Der Mann zog sich aus, als sie schon nackt auf dem Rücken in seinem Bett lag und sah sie dabei an. Er trug eine knapp sitzende Unterhose, anders als der Vater früher und die Brüder, die weite Hosen mit Bein getragen hatten, an der Wölbung der Hose maß sie seine Erektion.

Im Gegensatz zu Willy und den anderen vorher faßte er ihr nicht sofort zwischen die Beine, er streichelte ihre Schultern, küßte sie länger, als es die Männer vorher getan hatten, er knetete ihre Brüste, ohne dabei zu fest zu drücken. Nach einiger Zeit versuchte er, sie umzudrehen. Sie verstand überhaupt nicht, warum sie ihm den Rücken zuwenden sollte, doch er drehte sie mit sanften Bewegungen herum. Sie dachte, mit Klapsen wie bei einem Pferd. Dann schob er seine Hand in ihren Nacken und drückte ihren Kopf und ihren Oberkörper ein Stück von sich weg, so daß sie gekrümmt im Bett lag. Diese Stellung hatte sie nicht gekannt, sie hatte davon noch nicht einmal gehört, auch nicht in den zotigen Sprüchen ihrer bisherigen Bekannten. Das Licht hatte er nicht ausgeknipst. Er war auch nicht vorsichtig. Sie merkte es wenige Minuten danach, als sie warme klebrige Stellen an ihren Oberschenkeln spürte. Dann löschte er das Licht.

Sie hatte kaum geschlafen in dieser Nacht. Sie lagen eng beieinander und sie hatte seinem regelmäßigen Atem gelauscht.

Am anderen Morgen stand sie früher auf als sonst. Sie wollte, weil sie nackt war und das Morgenlicht das Zimmer fast taghell machte, nicht über ihn steigen, denn sonst hätte er zwischen ihre Beine schauen können; sie kroch zum Fußende aus dem Bett. Ihre Kleidungsstücke lagen verstreut im Zimmer. Sie wußte nicht, wie sie sich verabschieden sollte. »Ich muß rechtzeitig unten sein«, sagte sie.

Sie bezahlte ihren Kaffee, gab dem Mädchen ein Trinkgeld und ging. Draußen war es schon dämmerig.

In ihrer Kammer hatte sie sich umgezogen, hatte ein einfaches Kleid ausgewählt, darüber die weiße Schürze gelegt, die hinten fast schloß. Schon vor sieben Uhr war sie am Büfett, nur ein Mädchen hantierte in der Küche. Es war noch kein Gast zum Frühstück im Restaurant, auch der alte Sieck war noch nicht gekommen. Sie deckte die Tische für die wenigen Gäste, vier waren es in dieser Nacht. Auf seinen Platz legte sie die drei Lokalzeitungen aus dem Raum Osnabrück, die damals noch dort verlegt wurden.

Zehn Minuten nach sieben saß er schon im Restaurant. Sieck war noch immer nicht gekommen, sie war allein im Raum. Sie wußte nicht, wie sie sich verhalten sollte, auch jetzt, am Morgen, bewunderte sie wieder die Selbstsicherheit dieses Mannes. »Na«, sagte sie, und legte ihre Hand auf seine, »gut geschlafen?« Er zog seine Hand zurück und schaute sie fast feindlich an: »Laß das. Wenn jemand reinkommt.«

Der Satz wirkte kalt und schneidend. Sie zuckte zusammen. Sein Blick machte ihn zu einem völlig fremden Menschen.

»Wollen Sie denn kein Frühstück bringen?«

Er hatte sie laut gesiezt. Plötzlich hatte Wut sie überschwemmt, und sie spürte, daß sie laut aufheulen wollte. Sie hatte sich umgedreht und war zu ihrem Büfett gegangen. Ruckartig führte sie ihre Arbeiten aus, sie legte die Brötchen in den Korb, die Butter in eine kleine Glasschüssel, nahm ein Ei aus dem Korb, das Mädchen in der Küche hatte einige gekocht und sie in ein Handtuch gewickelt, sie sah, wie das Wasser zu kochen begann, da kam der Kellner Sieck, wie immer sagte er freundlich seinen Morgengruß, zu laut und zu fröhlich, wie sie empfand. Als er sie ansah und fragte, ob irgendwas los sei, schüttelte sie nur den Kopf. Hätte sie gesprochen, wären ihr die Tränen gekommen.

Dann hatte er plötzlich bei ihr am Büfett gestanden, sie angesehen und gesagt, er wolle zahlen. Der alte Sieck war in dem Moment nicht im Restaurant. Sie sah ihn nicht an, wortlos nahm sie den Rechnungsblock und schrieb ihm einen Beleg für eine Übernachtung mit Frühstück von 19,80 Mark aus.

»Ist das nicht furchtbar?« fragte er laut.

Sie verstand ihn nicht, sie schaute ihn an.

»Die Pamir ist gesunken, die vielen jungen Matrosen.«

Renate Woetke antwortete nicht, sie blickte auf die Rechnung. Er schob ihr einen Zwanzigmarkschein und einen Zehner über die Theke und sagte: »Fünfundzwanzig.«

Sie ging zur Kasse, drückte die Taste, nahm zwanzig Pfennig heraus, schob ihm die beiden Groschen und den Zehnmarkschein zu und sagte nur: »Behalte das.«

Bewußt hatte sie ihn laut geduzt, es war ihr egal, sie hatte eine betroffene Wut. Er ging, ohne noch einmal nach ihr zu schauen, durch die Pendeltür, jaulend und stokkend sprang der hell klingende Motor seiner Isetta an. Wie sie die Zeit bis gegen elf herumbekommen hatte, daran konnte sie sich nicht mehr erinnern. Sie wußte aber noch genau, daß sie dann in das einzige Badezimmer des »Hessischen Hofes« gegangen war, dort hatte sie sich mit der Handdusche lange zwischen den Beinen gesäubert, mindestens dreißig Minuten lang, dabei hatte sie vor Zorn geweint. Anschließend schlief sie in ihrem Bett ein und kam zu spät wieder an das Büfett zurück.

Renate Woetke hatte die Gaststätte Bäumker auf der Höhe vor Iburg erreicht. Als sie auf ihren Wagen zuging, schaute sie ihn geradezu liebevoll an. Sie war stolz auf ihn, wenn sie mit jemand über ihren Lebensweg sprach, dann sagte sie stets, sie fahre jetzt einen flotten Wagen. Die klobigen Wanderschuhe legte sie in den Kofferraum. Sie genoß den Augenblick als der Motor ansprang und leise summte, dann setzte sie aus der Parklücke zurück.

Im zweiten Jahr hatte es ihr im »Hessischen Hof« weniger gut gefallen. Sie begriff, daß sie keine Perspektive hatte. Heiraten wollte sie keinen der Männer, die sie kannte, und am Büfett wollte sie auch nicht versauern. Als sie einen ihrer üblichen Ausflüge nach Osnabrück machte, ging sie ins Arbeitsamt und erkundigte sich nach anderen Möglichkeiten. Der Beamte gab ihr den Tip, sie solle sich in einem bekannten Osnabrücker Textilkaufhaus melden. Dort solle sie aber sagen, sie komme aufgrund einer Anzeige, das sei besser, als wenn sie vom Arbeitsamt geschickt würde, wie sie wohl wisse. Sie wußte es nicht, aber sie suchte das Textilkaufhaus auf. Dort gab es sogar einen Personalchef, der sie intensiv befragte, dann sichtbar zögerte, als müsse er noch überlegen. Dies sei ja ein Betrieb mit ganz anderen Anforderungen. Hier müßten die Verkäuferinnen die Kunden beraten und nicht bloß verkaufen. Das hatte sie amüsiert, denn sie wußte, daß man ganz schön dastand, wenn man beriet und nicht verkaufte. Gut, hatte dann der Personalchef plötzlich gesagt und einen Tarifvertrag aus der Schublade geholt: »Zum nächsten Ersten können Sie anfangen.«

Auf der Rückfahrt nach Bad Essen wurde ihr klar, daß sie noch immer nichts besaß. Sie konnte wieder nur mit einem Koffer ausziehen, deshalb suchte sie sich ein möbliertes Zimmer.

Das erste Angebot eines möblierten Zimmers hatte sie angenommen, auch darin war sie noch unerfahren. Eintausendsiebenhundertzwölf Mark hatte sie sich in zwei Jahren gespart, kleine Anschaffungen und die täglichen Ausgaben hatte sie von den Trinkgeldern bestritten, Kinokarten oder Bier oder eine Tasse Kaffee hatten Willy oder ein anderer bezahlt. Renate Woetke war in die Bohmter Straße von Osnabrück gezogen, in der Höhe der Halle Gartlage, vielleicht dreihundert Meter vom Stadion des VfL Osnabrück entfernt. An dem Haus rauschten Züge in Richtung Bremen oder Diepholz vorbei. In dem Zimmer hatte sich ein Bett befunden, ein zweitüriger Kleiderschrank, ein Stuhl, eine Wäschetruhe aus Korbgeflecht, eine Waschkommode mit einer Marmorplatte. Die Möbel waren alt, aber das Zimmer wirkte gepflegt, fließendes Wasser hatte es nicht. Ihr Raum gehörte zur Wohnung einer Witwe. Wenn sie zum Klo mußte, dann ging sie durch den Korridor, dann durch die Küche, von dort über einen langgestreckten Balkon, von hier gelangte sie in die Toilette. An den Sonntagen saß sie auf dem Balkon, spürte hinter sich die Züge vorbeirauschen, träumte von Reisen oder hörte sich Passagen aus der Lebensgeschichte der verwitweten Vermieterin an. Manchmal wurden die Erzählungen unterbrochen vom nahen

Geschrei der Besucher des Fußballstadions. Einmal wöchentlich stellte sie sich in einer Badeanstalt unter die Dusche.
Renate Woetke hatte Oesede durchfahren. Ein Bericht aus dem Radio kam ihr in Erinnerung. Günter Grass, von dem sie noch nie ein Buch gelesen hatte, hatte im Rundfunk behauptet, während des Dreißigjährigen Krieges sei dieser Raum der Mittelpunkt Europas gewesen. Die Evangelischen hätten in Oesede ihr Lager gehabt, die Katholischen in Telgte, oder umgekehrt, genau wußte sie es nicht mehr. Denn sie hatte nicht genau zugehört. Sie hatte Waren in ihrem Geschäft sortiert und sich deshalb nicht konzentrieren können.
In dem Textilgeschäft hatte es ihr zunächst gefallen. Das Haus hatte unter dem Dach ein Restaurant, das Personal bekam Essenmarken und konnte mittags etwas Warmes zu sich nehmen. Die Arbeitszeit war geregelt, sie hatte plötzlich sonntags frei. Der Leiter ihrer Abteilung, er war nicht älter als sie, redete in den Pausen ständig darüber, daß er mal selbst einen Schuppen aufmachen wolle. Das Beste wäre ein Geschäft mit Leichenhemden und Zubehör für Beerdigungen. Wenn die Menschen ein schlechtes Gewissen hätten, dann könne man sie besonders gut ausnehmen, die Leute wollten ja betrogen werden. Als sie sich einmal gegen seine Lebensweisheit wenden wollte, unterbrach er sie und sagte: »Erzähl doch einmal einem Kunden, daß er in dem Anzug unmöglich aussieht, der fällt aus allen Wolken. Wir sagen doch immer, das stehe ihm besonders gut, das mache ihn jung, und wenn es ein noch so alter Knacker ist.«
Sie gab in der Pause noch eine Geschichte aus dem »Hessischen Hof« preis, ohne das Lokal jedoch zu nennen. Sie wußte, daß man in der Schankwirtschaft aus einer dunk-

len Quelle Gläser gekauft hatte, die schmaler als die üblichen waren. Der rote Maßstrich war in der gleichen Höhe angebracht wie bei den normalen. Das Thekenmädchen Sophie aus Hildesheim goß beim Schnaps sichtbar über den roten Strich ein, so daß die Zecher glaubten, hier bekämen sie besonders viel für den üblichen Preis. Tatsächlich war dann das Glas aber erst normal voll. Augenzwinkernd hatte sie ihr gesagt, die Leute wollten betrogen werden.

»Wenn du Leichenhemden verkaufst, dann kannst du den Leuten die aufwendigen Sachen unterjubeln, weil sie dem Toten noch mal was Gutes tun wollen, und«, dabei lachte er immer, »keine Beschwerden, wenn die Qualität mal nicht stimmt. So ein Hemd kann nach fünf Tagen knautschen wie verrückt, der meckert nicht. Billige Sachen brauchst du gar nicht auf Lager zu nehmen, da geht nur das Beste vom Besten weg«, hatte er gesagt. Ihr dämmerte das schon. »Aber«, hatte er immer erwähnt, »das Geschäft reißen sich die Sarghändler selbst unter den Nagel. Die lassen da keinen rein, der Markt ist eng.« Dann hatte er meist gefragt: »Oder kennst du irgendwo ein Geschäft mit Leichenhemden?« »Also Leute«, hatte er dann meist die Mittagspause beendet, »verkaufen wir etwas den kritischen Leuten, die noch unter uns weilen, hopp, hopp.«

Sie lächelte, als sie sich an diese Sprüche erinnerte. Inzwischen hatte sie Osnabrück erreicht, sie fuhr bis zur Johannis-Kirche, direkt vor dem Marienhospital fand sie einen Parkplatz. Als sie die Kirche betrat, hörte sie, daß jemand auf der Orgel, wohl nur so für sich, spielte. Langsam ging sie durch das Kirchenschiff, hinter einem Pfeiler sah sie den blonden jungen Mann an der Orgel. Er probte irgendein Musikstück. Sie setzte sich in die leere Kirche,

so daß sie ihn beim Spiel nicht sehen konnte, sie wollte sich durch ihn nicht ablenken lassen. Die Orgelmusik machte es ihr angenehm leicht, in die Erinnerungen ihres jetzt vierzigjährigen Lebens zu versinken. Immer wieder hatte sie der Tod eines Osnabrücker Bischofs beschäftigt. Es muß, so erinnerte sie sich, zwischen 1957 und 1959 gewesen sein, denn zu der Zeit hatte sie morgens die Zeitungen im Hotel ausgelegt und dabei war sie auf den Bericht aufmerksam geworden. Der Bischof war unmittelbar nach seiner Einsetzung gestorben. Nachdem er im Dom geweiht worden war, sollte eine Prozession um die Kirche herumziehen, dabei war er vor dem Portal zusammengebrochen. Später hatte sie in der Zeitung gelesen, der Bischof habe Tage vor seiner Weihe in den Geschichtsbüchern des Bistums geblättert und von einem Bischof, der nur wenige Tage lebend in seinem Amt verbracht hatte, behauptet, der habe es gut gehabt. Die Orgelmusik erfüllte das leere Kirchenschiff. Sie spürte ein leichtes Prickeln auf dem Rücken.
Renate Woetke sah sich als Kind vor einem Rundfunkgeschäft stehen, im Schaufenster stand ein Fernsehgerät, man übertrug die Beisetzung des britischen Königs Georg. Es hatte sie außerordentlich interessiert. Es muß 1952 gewesen sein, meinte sie. Sie hörte die Stimme des Sprechers, der den wenigen Menschen vor den Fernsehgeräten erzählte, warum die Marine die Lafette durch London zog und nicht ein Gespann von Pferden. Irgendwann, die Jahreszahl hatte sie vergessen, soll es in London so kalt gewesen sein, daß die Pferde wegen des Eises bei einer Königsbeerdigung ständig ausgerutscht seien, da hätten, so wurde berichtet, Marinesoldaten den Sarg gezogen, seitdem sei das immer so in London.
Als Churchill gestorben war, da hatte sie im Betrieb frei-

genommen, um am Fernsehschirm der Beerdigung zuschauen zu können. Diese Beisetzung fand sie besser als eine Königsbeerdigung. Es hatte sie tief ergriffen, als ein Schiff mit dem Sarg des alten Kriegspremiers die Themse hinauffuhr und den Sarg zur Bahn brachte. Auch bei Adenauers Beisetzung hatte sie sich freigenommen. Diese Feier fand sie nicht so gut. Die englische hatte ihr mehr imponiert. Als man Adenauer ebenfalls auf einem Schiff von Köln nach Königswinter brachte, erschien ihr das als ein blasser Abklatsch. Gern hätte sie zugeschaut bei der Beerdigung von Kenyatta in Nairobi. Das war die Originalkopie einer Londoner Königsbeisetzung, das hatte sie aus den Ausschnitten der Tagesschau sofort erkannt.

Über ein Jahr lang hatte sie in dem möblierten Zimmer in der Bohmter Straße in der Nähe des Stadions gewohnt. Sie hatte dort die Ruhe der Sonntage genossen, hatte bis zum Mittag geschlafen und war dann essen gegangen. Die Sonntagnachmittage verbrachte sie auf dem Balkon. Die Witwe störte sie nicht, die war oft zu Verwandten in die Stadt gegangen, dann hatte Renate Woetke dort gesessen und geträumt. Abends ging sie in ein nahes Tanzlokal, Kristall-Palast hieß es, aber sie war keine gute Tänzerin. Sonntags kamen meist Männer aus der ländlichen Umgebung von Osnabrück in das Lokal. Sie konnte keinen mit auf ihr Zimmer nehmen, weil es in der Wohnung der Witwe lag, und auf die Dörfer bei Osnabrück wollte sie nicht mitfahren, weil sie am Montag früh im Geschäft sein mußte. Nachdem sie mit einem Mann am Abend auf einer Parkbank und mit einem auf einem Nebenweg im Stadtteil Schinkel auf dem Rücksitz eines VW-Käfers geschlafen hatte, suchte sie sich ein Apartment. Sie fand eines in der Nähe der Lutherkirche, nur wenige Schritte von der B51 in Richtung Münster entfernt. Sie kaufte sich die Möbel in Großkaufhäusern. Über einige Verwandte von anderen Verkäuferinnen erhandelte sie Rabatte. Als sie das mit eigenen Möbeln eingerichtete Apartment bezog, hatte Renate Woetke zum erstenmal ein Gefühl von Glück erlebt. In den ersten drei Jahren wohnte sie, wie sie es selbst formulierte, erst einmal bewußt. Sie kochte sich abends selbst etwas, hörte sich dann Sendungen im Radio an. Sonntagmittags ging sie weiterhin außerhalb essen, am Nachmittag goß sie sich dann einen starken Kaffee auf und hörte die Sportsendung. In diesem Viertel von Osnabrück konnte sie den WDR aus Köln empfangen; obwohl sie noch nie einen Fußballplatz betreten hatte, hörte sie sich die Fußballübertragungen aus der Regionalliga West an. Das war ein Stück Ruhrgebiet, nach dem sie zwar keine Sehnsucht mehr hatte, aber es interessierte sie. Nur montags kaufte sie sich eine Tageszeitung, damit sie die Ergebnisse und die Tabelle mit ihren Erinnerungen am Vortag vergleichen konnte. Einmal hatte sie in der Großen Straße in Osnabrück einen Musiker getroffen, der früher in einem Lokal in Bad Essen aufgetreten war. Mit ihm hatte sie sich einige Male abends getroffen. Er hatte ihr erzählte, daß der Schriftsteller Erich Maria Remarque aus Osnabrück stamme und daß Beschreibungen von Landschaften aus seinem Roman »Im Westen nichts Neues« aus Osnabrück seien. Obwohl sie sparsam lebte, kaufte sie einige Romane des Autors, um zu vergleichen, welche Geschichten in die Stadt paßten. Zweimal hatte der Musiker bei ihr geschlafen, doch sie fand ihn in seiner Arroganz langweilig. Er konnte sich mit ihr nicht unterhalten, redete ständig von sich. Seine Gesten und die Redewendungen waren gespreizt. Er war völlig überrascht und

sprachlos, als sie eines Abends ohne jede Vorwarnung sagte: »Ach, hau ab, du bist mir zu langweilig.« Er war grußlos gegangen.
Der junge blonde Mann an der Orgel in der Johannis-Kirche spielte ein Stück, bei dem scheinbar alle Pfeifen zum Einsatz kamen, ein Zeichen, daß er seine Übungsstunde bald beenden würde.
Als sie den Musiker so aus dem Apartment gewiesen hatte, war ihr klargeworden, daß es ihr nichts mehr ausmachte, allein zu sein. Jahre vorher wäre sie dazu nicht in der Lage gewesen. Wenn sich jetzt jemand zu oft in ihrer kleinen Wohnung bewegte, dann wurde sie nervös, wenn er gar ohne zu fragen das Radio einschaltete, dann spürte sie Zorn in sich aufkommen.
Zwei Männer hatten aber ihr Leben entscheidend verändert. Ihr Abteilungsleiter, der das große Geschäft mit Leichenhemden hatte eröffnen wollen, hatte auch das Ressort Brautkleider unter sich. Als eine Verkäuferin ihren Mutterschaftsurlaub sehr früh angetreten hatte – »die kann nicht Brautschleier mit einem schwangeren Bauch verkaufen«, hatte er gespottet –, mußte sie einige Wochen in der Abteilung arbeiten, und, wie es die Verkäuferinnen nannten, den Bauerntrampeln aus dem Wiehengebirge ein schmales Kleid zum dicken Leib verkaufen. Bei dieser Arbeit stellte sie fest, daß viele Kundinnen bereits schwanger waren und daß sie es bestimmt als peinlich empfunden hätten, wenn die Verkäuferin auch noch einen Bauch gehabt hätte. »Die sind doch hier in dem Laden viel zu doof«, hatte der Abteilungsleiter in den Pausen gewettert, »die sind hier zu billig.« Zuerst hatte sie ihn nicht verstanden. Bei aller Überzogenheit war er im Grunde logisch, sie verstand ihn immer erst nach einiger Zeit. Das Verhalten der Bräute hatte Renate Woetke zu-

nächst als völlig widersinnig angesehen. Ein Brautkleid konnte nur einmal getragen, dann höchstens verändert werden. Aber es war Sitte, es in den Schrank zu hängen. Deshalb müsse man sich ein möglichst billiges Kleid kaufen, dachte sie, aber die Kundinnen dachten anders. »Begreifst du nicht«, hatte der Abteilungsleiter gefragt, »so ein Bauerntrampel wird darauf abgerichtet, den Sohn vom Nachbarbauern zu angeln, damit sie die Höfe zusammenlegen können und noch mehr Kies in der Truhe haben. Da willst du denen ein billiges Kleid andrehen. Hast du noch nie darüber nachgedacht, warum lukrative Verträge nicht auf Schreibpapier unterschrieben werden?« »Nee«, hatte sie gesagt, »worauf macht man das?« »Auf Büttenpapier, auf Leinenpapier. So ist das mit den Brautkleidern auch.« Fast erregt hatte er gesagt: »Hier werden zwei Fliegen mit einer Klappe geschlagen, erstens ohne einen Pfennig von der Bank wird das Grundvermögen an einem Tag verdoppelt und zweitens hat sie noch fest was im Bett. So was hängt man sich wie einen guten Vertrag weg, da muß das Brautkleid ausgefallen und teuer sein, das begreifen die da oben in der Teppichetage aber nicht.« Mit der Teppichetage meinte er die Geschäftsleitung. Sie beobachtete, daß seine These stimmte, fast nur teure Kleider wurden gekauft.
Der Organist hatte mit dem Stück seine Übungsstunde beendet, er schaltete das Licht des Notenpultes aus, sie hörte das Knipsen des Schalters, dann sah sie ihn im Gang des Kirchenschiffes zum Ausgang gehen; ihr fiel auf, daß er weiße Turnschuhe trug. Allein wollte sie nicht in der Kirche bleiben, sie ging. Draußen war es schon dunkel, und sie fröstelte und fuhr nach Hause. Sie wollte sich umziehen und dann essen gehen, denn es sollte bis zum Schluß ein schöner Tag sein, dieser vierzigste Ge-

burtstag. In ihrer Wohnung mixte sie sich einen Campari mit Orangensaft, ging in das Wohnzimmer und setzte sich in den Sessel. Langsam trank sie und blickte durch das Fenster in den dunklen Himmel. Wegen des geringen Herbstnebels waren keine Sterne zu sehen.
An einem Tanzabend im »Kristall-Palast« hatte sie einen gleichaltrigen Mann kennengelernt, der ihr nicht gefiel, weil er zu korrekt gekleidet war und zu pingelig wirkte. Beim Tanzen erzählte er ihr, er sei von Oldenburg vorübergehend in die Filiale einer Bank nach Osnabrück versetzt worden. Er hieß Günter Ellerbrake. Er hatte sie nach draußen begleitet, sie fuhren in seinem Ford 12M noch in eine Eisdiele in der Innenstadt und verabredeten sich für den folgenden Montag. Sie trafen sich öfter am Abend, wenn die Geschäfte und Banken geschlossen waren, direkt vor dem Amtsgericht, was, wie er oft sagte, ein unangenehmer Treffpunkt für viele Kunden des Bankhauses sei. Mit ihm hatte sie sich, entgegen früherer Gewohnheiten, nicht so schnell eingelassen. Sie lud ihn in den ersten Wochen auch nicht in ihr Apartment ein, sondern ließ sich nur draußen im Wagen von ihm küssen. Wenn er aufdringlicher wurde, verabschiedete sie sich schnell. Als sie sich vier Wochen lang nur wochentags, aber nie an den Sonntagen trafen, weil er dann immer angeblich in Oldenburg zu tun hatte, wurde sie stutzig.
Als sie nach über vier Wochen Bekanntschaft am Abend wieder in dem Eiscafé saßen und sie ihr obligatorisches Cassata mit dem Löffel zerkleinerte, fragte sie ohne jede Einleitung oder Vorwarnung mit erstaunlich ruhiger Stimme: »Bist du eigentlich verheiratet?«
»Ja«, hatte er gesagt, wohl deshalb, weil er auf die Frage nicht vorbereitet war.
Sie hatte in der Eisdiele laut gelacht, der Kellner schaute

zu ihnen herüber, der Mann hinter der Theke auch, ebenso das Servierfräulein am anderen Ende des Raumes, das gerade die leeren Becher wegräumte.

Er sah sie mit großen Augen an, er war blaß geworden und sie sah, daß er plötzlich auffallend schmale Lippen hatte.

»Entschuldige«, sagte sie nach einiger Zeit, »im Betrieb sage ich immer, ich lerne in meinem Alter nur verheiratete oder verrückte Männer kennen.« Sie war damals dreißig. Das Gespräch war verstummt, sie hatte noch einige Male gegluckst, weil sie das aufkommende Lachen unterdrücken wollte, er bezahlte, wie üblich, beide Eis, dann fuhr er sie zu ihrer kleinen Wohnung. Er wußte nicht, wie er sich verhalten sollte, er küßte sie nicht, versuchte auch nicht, wie sonst, unter ihre Bluse zu fassen. Als sie ausstieg, fragte er, ob sie sich wiedersehen würden. »Morgen abend nach Geschäftsschluß am Gericht«, hatte sie geantwortet.

Als sie dann am Abend über ihn und sich nachdachte, glaubte sie, eine innere Stimme habe sie davor gewarnt, sich mit ihm einzulassen. Er war unterhaltsam, obwohl er nach außen so korrekt wirkte. Für sie war es ein netter Zeitvertreib. Es machte ihr nichts aus, daß er an den Sonntagen nach Oldenburg fuhr. Sie hatte ja nichts mit ihm, sagte sie sich.

Renate Woetke blickte auf ihr leeres Glas. Wieder ging sie in die Küche ihrer Wohnung, goß Campari und Orangensaft nach, legte zwei Eisstücke hinein, dann ging sie zurück in das Wohnzimmer, sie schaltete die Stehlampe ein und das Hauptlicht aus.

Damals hatte sie sich daran gewöhnt, allein zu leben, die Sonntage zu genießen, die Spiele der Regionalliga West zu verfolgen, sich vorzustellen, wie die Stadien von Rot-

Weiß Essen und Schwarz-Weiß Essen, von Preußen Münster, Viktoria Köln, Westfalia Herne oder Eintracht Gelsenkirchen aussahen. Was die verheirateten Verkäuferinnen über ihren grauen Alltag nach einigen Ehejahren berichteten, das schreckte sie ab. Sie hatte festgestellt, daß die meisten ihre Männer fast haßten und gern einmal ausgebrochen wären. Sie wurde von ihren Kolleginnen mehr beneidet als bedauert.
Einige Wochen später hatte sie ihn dann mit in die Wohnung genommen. Zweieinhalb Jahre blieb er in der Osnabrücker Filiale. Während dieser Zeit hatten sie ein festes Verhältnis, er blieb auch mal über Nacht bei ihr, sein möbliertes Zimmer in Voxtrup bei Osnabrück betrat sie nie. Er hatte es gern, wenn sie es bei ihm mit der Hand machte. Deshalb brauchte sie die Pille nicht zu schlucken. Kam es doch mal zum Beischlaf, dann nahmen sie Präservative, er kaufte immer Zehnerpackungen, damit kamen sie lange aus. Sie war vorsichtiger als früher, sie wollte von ihm kein Kind bekommen.
Sie hatte bis zu diesem Zeitpunkt rund zehntausend Mark gespart, die sie aber nicht mehr, wie einst in Bad Essen, in einer Schachtel aufbewahrt hatte. Da sie ihr Gehalt auf ein Girokonto überwiesen bekam, hatte sie sich ein Sparbuch bei der Bank angelegt. Er fragte sie, warum sie spare. Sie hatte gesagt, sie wolle nicht immer Verkäuferin in einem Kaufhaus bleiben, sie mache erst einmal einen Führerschein, dann sei sie beruflich beweglicher, genaue Vorstellungen hatte sie nicht. Er meinte, zehntausend Mark auf dem Sparbuch, das sei überhaupt kein Geld.
Als sie erzählte, sie wolle eine Boutique aufmachen, winkte er ab. »Mädchen«, hatte er gesagt, »von zehn Verkäuferinnen, die sich hier in Osnabrück mit einer Boutique selbständig machen wollen, werfen sieben nach

einem Jahr schon das Handtuch, der Markt ist zu eng. Glaub mir das, ich bin in der Kreditabteilung, ich habe da einen Durchblick. Mit so einem Vorhaben kriegst du kaum noch Geld von der Bank.«
Sie hatte gesagt, sie wolle kein Geld von der Bank, deshalb spare sie ja. Er lachte nicht so laut wie sie damals in der Eisdiele, er lachte ruhig und überlegen, wie sie empfand.
Abends auf der Couch erzählte sie ihm von den skurilen Vorstellungen des Abteilungsleiters, der immer davon sprach, selbst einen Schuppen zu eröffnen, aber den Absprung nicht schaffte. Seine Ideen mit einem Laden für Leichenhemden fand er witzig. Aber das lasse sich nicht realisieren, weil die Bestattungsunternehmen darauf ein Monopol hätten und wohl niemand nach der Sargbestellung in die Stadt gehe, sich dort Leichenhemden vorführen lasse, um dann ein Hemd ins Sarglager zu tragen mit dem Auftrag, man möge es dem teuren Verblichenen überziehen. Er konnte sich auch nicht vorstellen, daß jemand ein Leichenhemd, auch wenn es schön und neutral verpackt sei, unter dem Arm durch die Stadt trage. Die Leute hätten da Hemmungen oder Angst. Sie malten sich gemeinsam aus, daß in einem Spezialgeschäft für Leichenhemden ein alter Mann die Hemden schlotternd vorführe. Oder wie es klingen würde, wenn das Abholmädchen ins Trauerhaus käme und dort sagen würde, Frau Schulze, ich bringe Ihnen Ihr Leichenhemd. Sie hatten Spaß bei diesen Vorstellungen.
Später berichtete sie ihm über ihre Erfahrungen in der Abteilung mit Brautkleidern. Das sei die Idee, hatte er gesagt. Wenn die Herren in dem großen Kaufhaus die Tendenz zum teuren Brautkleid nicht begriffen hätten, dann sei das ihre Chance, das wäre eine Marktlücke. Sie

müsse ein Spezialgeschäft für Brautkleider eröffnen, in dem nur teure, aufwendige, besonders ausgefallene Kleider geführt würden. Es müsse eine Art Boutique für Brautkleider werden, kein Modell dürfe zweimal angeboten werden, Frauen hätten dafür einen Blick, Bräute ganz besonders.

Immer wieder hatten sie sich mit der Idee eines Geschäftes mit besonders teuren Brautkleidern beschäftigt. Abends waren sie durch Osnabrück gelaufen, sie fanden keine Konkurrenz, an einem Sonntag war sie nach Münster und an einem anderen nach Bielefeld gefahren. Auch dort fand sie kein Geschäft, das sich auf besonders aufwendige Brautkleider spezialisiert hatte. In den nächsten Wochen achtete sie auf die Vertreter der Lieferfirmen für Brautkleider in dem Kaufhaus. Ihr Abteilungsleiter hatte wohl ihr Interesse durchschaut, doch er steckte ihr die Adressen der Herren zu. »Zeig es denen hier«, sagte er verschwörerisch.

»Aber mit meinen zehntausend Mark kann ich da doch kaum starten«, hatte sie ihrem Freund kleinlaut gesagt. Vor lauter Gründungseifer hatte sie bisher nicht über das notwendige Geld nachgedacht. »Da mußt du Kredite aufnehmen«, hatte er geantwortet, »da kommst du nicht dran vorbei.«

»Kredite, sind das Schulden?«

»Ja, Geschenke sind das nicht.«

Sie sperrte sich. Schulden hatte sie nie in ihrem Leben gemacht. Davor hatte die Mutter früher gewarnt: keine Schulden machen, nichts mit der Polizei zu tun haben, das waren ihre Lebensleitplanken gewesen.

»Mein Gott, unsere Bank lebt von Schulden.«

»Aber nicht von meinen.«

»Wovon soll denn eine Bank leben?«

»Ich dachte von Sparbüchern.«
Wieder hatte er gelacht, nicht so laut wie sie damals, mehr verhalten und überlegen.
»Hab mal keine Angst, ich bearbeite das schon, ich habe ja die Kreditabteilung.«
Er hatte ihr tagelang erklärt, daß es normal sei, bei Geschäftsbeginn Schulden zu machen, die Bank werde das schon vorstrecken. Ihr Projekt sei lohnend, das sei »eine Marktlücke«.
Endlich hatte eine Buchhandlung in der Nähe des Domes aufgegeben, ein Ladenlokal wurde frei. Es lag zwar nicht an der belebten »Großen Straße«, aber noch im Einzugsbereich des Stadtkerns, eine Boutique in der Nähe des Domes sei von der Lage so günstig wie ein Bestattungsunternehmen direkt vor dem Haupteingang des städtischen Krankenhauses, hatte er gesagt. Neunhundert Mark Miete verlangte der Besitzer, die Summe erschreckte sie. Mit Zahlen in dieser Höhe hatte sie noch nie in ihrem Leben rechnen müssen. Er verhandelte mit den Vertretern, machte ihnen klar, hier sei ein neuer Geschäftszweig; wenn sie mit ihren Modellen bei ihr einsteigen wollten, müßten sie die Ware in Kommission geben; sofort nach Verkauf würde bezahlt und direkt nachbestellt. Ihr Freund machte die Verträge. Die Kreditabkommen mit der Bank handelte er im Grunde mit sich selbst aus, sie unterschrieb nur noch Verträge und sagte dann jeweils »meinst du, daß die Sache gutgeht«. Er hatte stets genickt.
Ihr Geschäft nannten sie »Exquisit«, das klang seiner Meinung nach noch besser als »Exklusiv«, wie sie vorgeschlagen hatte. Die Preise lagen beim niedrigsten Kleid um zweihundert Mark höher als beim teuersten in dem Kaufhaus, in dem sie nach so vielen Jahren gekündigt

hatte. Du brauchst Kunden, hatte er immer gesagt, bei denen Geld keine Rolle spielt.
In den ersten drei Tagen nach der Eröffnung war überhaupt niemand gekommen; sie hatte aus dem Schaufenster geblickt und manchmal den britischen Offizieren nachgesehen. Sie ertappte sich dabei, daß sie sonntags in der Stadt jungen Frauen auf den Bauch blickte, weil sie in einer Schwangeren eine Kundin witterte. Als die erste Frau in ihren Laden kam, bekam sie feuchte Hände und ihre Knie zitterten leicht vor Aufregung. Zum Glück war das Mädchen nicht gedrungen, auch nicht schwanger. Es war leicht, sie in einem Brautkleid größer und schlanker erscheinen zu lassen. Die Kundin zahlte in bar. Als sie das Geld in die Kasse legte, hätte sie laut pfeifen mögen; als die Käuferin das Geschäft verlassen hatte, rief sie zum ersten Mal in ihrem Leben bei ihm in der Bank an und teilte ihm das mit: »Noch so ein Verkauf und ich habe die Monatsmiete schon drin.« »Das wird schon hinhauen«, hatte er gesagt.
Nach einem Jahr konnte sie eine Verkäuferin einstellen. Sie selbst fuhr jetzt manchmal in die westfälischen Kleinbetriebe und gab dort Kleider in Auftrag. Nach einem Jahr wurde aber ihr Freund wieder nach Oldenburg rückversetzt. In der letzten Woche blieb er jede Nacht bei ihr. Zum erstenmal seit dem Bestehen ihrer Freundschaft schliefen sie jeden Abend miteinander. Als er wieder in Oldenburg arbeitete, rief er noch oft auf Kosten seiner Bank tagsüber bei ihr an. Dann würden die Gespräche seltener, sie hatten sich nicht mehr viel zu erzählen. Er fragte oft, ob sie jetzt einen anderen habe, sie hatte immer gelacht. Dann sagte er, er könne nicht mehr zu oft anrufen, die Bank habe einen Computer, der genau registriere, wer wie lange auf welcher Nummer ein Gespräch geführt habe.

Nach vielen Monaten hatte er plötzlich wieder bei ihr im Laden angerufen und gesagt, »stell dir vor, ich habe einen kleinen Sohn«. Sie wußte nicht, warum sie sich darüber geärgert hatte. Ziemlich ruhig hatte sie nur gesagt: »Wie, so einfach aus dem Handgelenk heraus?«
Er hatte aufgelegt.
Zu den wechselnden Kreditsachbearbeitern der Bank nahm sie keine intimen Beziehungen auf. Einmal hatte sie mit einem Vertreter geschlafen. Der wollte später besondere Rabatte für sich aushandeln. Das war ihr eine Lehre gewesen.
Sie genoß wieder die Sonntage wie früher, hörte nachmittags den Sport, fuhr mit dem Auto in den Teutoburger Wald oder ins Wiehengebirge. Keinen der Männer, mit denen sie näheren Kontakt hatte, hätte sie heiraten mögen. Der Ellerbrake von der Bank hatte zwar eine wichtige Rolle in ihrem Leben gespielt. Aber auch ihn hätte sie nicht ständig in einer gemeinsamen Wohnung um sich haben mögen.
Ursprünglich hatte sie noch einmal die wenigen Meter in die Stadt zum Essen fahren wollen. Der Tag sollte den entsprechenden Abschluß bekommen. Vierzig wird man nur einmal, dachte sie. Einundvierzig auch. Sie fühlte sich in ihrer Wohnung wohl. Geräuschvoll schloß sie die Vorhänge an den Fenstern, sie horchte hinüber zu der Nebenwohnung, ganz schwach waren Stimmen aus dem Fernsehapparat zu hören. Sie ging ins Schlafzimmer und zog sich aus.
Gern lief sie nackt durch ihre Wohnung. Wieder duschte sie sich. Sie hatte es sich angewöhnt, am Morgen und am Abend unter die warme Brause zu gehen. Als sie sich abgetrocknet hatte, überzog sie ihre eineinhalbschläfrige Liege neu, denn sie legte sich gern in ein frisch gemachtes

Bett. Vorher ging sie aber noch einmal, barfuß und nackt, in ihr Wohnzimmer und suchte ein Buch von Remarque heraus, »*Die Nacht von Lissabon*«. Bevor sie einschlief, wollte sie noch die Passagen über Osnabrück darin finden. Als sie sich dann endlich ins Bett legte, wälzte sie sich wohlig darin, dann knipste sie die kleine Nachttischlampe neben der Digitaluhr an, verglich die Uhrzeit mit der ihrer Armbanduhr, löschte die Deckenlampe und klappte das Buch auf. Sie fand endlich eine Stelle. Der Held des Buches war, obwohl von den Nazis verfolgt, in die alte Bischofsstadt gekommen. Der Beschriebene stand vor dem Osnabrücker Bahnhof, wie sie damals, als sie den Bus nach Bad Essen gesucht hatte. Interessiert las sie: *Ich mußte vom Bahnhof weg. Es ist immer verdächtig, wenn man dort zu lange herumlungert. Ich ging die Straße hinunter, die am dunkelsten und am wenigsten belebt war. Sie führte zu den alten Wällen der Stadt. Ein Teil war planiert und mit hohen Bäumen bewachsen; ein anderer Teil war so wie früher geblieben und führte am Fluß entlang. Ich folgte ihm, über einen Platz, an der Herz-Jesu-Kirche vorbei. Vom oberen Wall konnte man über den Fluß hinweg die Dächer und Türme der Stadt sehen. Die barocke Kuppel des Domes schimmerte im unruhigen Licht.*

Genau an dieser Stelle habe ich heute morgen auch gestanden, da bin ich gelaufen, über die Fußgängerallee an der Hase entlang. Renate Woetke war fasziniert, in einem Roman einen Bereich geschildert zu bekommen, der sozusagen vor ihrer Haustür lag. Sie las weiter: *Ich kannte diesen Blick; er war auf tausend Postkarten reproduziert. Ich kannte auch den Geruch des Wassers und den Geruch der Lindenallee, die sich den Wall entlangzog.*

Ich sah, daß Liebespaare auf den Bänken saßen, die zwi-

schen den Bäumen aufgestellt waren, daß man den Blick auf den Fluß und die Stadt hatte, und setzte mich auf eine leere Bank, um die halbe Stunde abzuwarten, bevor ich zu Martens gehen konnte. Die Glocken des Domes begannen zu läuten. Ich war so erregt, daß ich die Schwingungen körperlich spürte, als wären sie die Folgen eines unsichtbaren Tennisspiels zwischen zwei Spielern, die sich die Schwingungen zuwarfen. Das empfand Renate Woetke sonntags gar nicht so romantisch, denn dann schlief sie besonders lange, gerade die Glocken des nahen Doms störten sie.

Ein Spieler war das alte Ich, das ich kannte und das erschauerte und Furcht hatte und nicht nachzudenken wagte über seine Situation – und das andere, das neue, das nicht nachdenken wollte und kühn war und sich selbst riskierte, als könne es gar nichts anderes geben – eine merkwürdige Schizophrenie, bei der noch ein Dritter als Zuschauer dabei war, unparteiisch wie ein Schiedsrichter, passiv, aber mit dem Wunsch, daß das neue Ich gewinnen möge.

Sie las die folgende Passage oberflächlicher, schneller. Die Worte des Autors rauschten an ihr vorbei, denn sie suchte Stellen über ihre Wahlheimat. *Eine Frau setzte sich neben mich. Ich wußte nicht, was sie wollte – und es war mir unbekannt, ob das Regime der Barbaren nicht längst auch diese Dinge schon zu militärischen Übungen degradiert hatte. Ich erhob mich deshalb und ging. Ich hörte die Frau hinter mir lachen und habe es nie vergessen – das leise, etwas verächtliche und mitleidige Lachen dieser unbekannten Frau am Herrenteichswall in Osnabrück.*

Renate Woetke klappte das Buch zu, sie legte die Armbanduhr ab, löschte das Licht, dann legte sie sich zur Seite, krümmte, sich, wobei sie die Knie anzog. Ihre Hände faltete sie, dann klemmte sie sie zwischen ihre mächtigen Oberschenkel. Es war ein schöner Tag, dachte sie noch, morgen werde ich wieder Umsatz machen. Sie freute sich auf ihren Laden mit den teuren Brautkleidern.

8. Kapitel

Hörensagen über Gerda Kasparczak, geborene Woetke

Beim Leben der jüngsten Tochter meiner Tante, ihres zweitjüngsten Kindes, versuche ich mir vorzustellen, wie es aussehen würde, wenn man aus den Aussagen Dritter ein Bild zusammenträgt. Journalisten und Kriminalisten müssen das ja immer tun. Von Verwandten habe ich erfahren, wie die jüngste Tochter jetzt heißt. Ich gehe davon aus, daß im Zeitalter der Computer über die Menschen eine sogenannte Datenbank angelegt wird, die viel mehr Fakten speichert, als öffentlich zugegeben wird. Ich gehe also zur Polizeibehörde, am besten zur Kripo, und beginne erst einmal ein Gespräch mit dem Pressesprecher, weil es bei einer Behörde wichtig ist, den vorgeschriebenen Weg zu gehen. Wer, zudem noch als Journalist, über Seitenwege oder Querverbindungen aus einem Amt etwas erfahren will, hat es schwer, Beamte haben Angst vor der Öffentlichkeit. Denn öffentliche Reaktionen stehen nicht in den Vorschriften, nach denen ein Beamter etwas abzeichnet oder weitergibt. Das macht ihn hilflos, denn ein Beamter schätzt nichts mehr als die bis ins geringste Detail geklärte Kompetenz.
Der Pressesprecher ist freundlich und entspricht nicht den Vorstellungen eines Beamten. Er wirkt flexibel und spricht eine verständliche Sprache.

Ich lege dem Pressesprecher den Presseausweis vor. Er blickt nur kurz darauf, sieht mit einem Blick, es ist ein Presseausweis, das soll genügen. Der kurze Blick soll Großzügigkeit, Entgegenkommen, die flexible, fast weltmännische Führung seines Ressorts anzeigen. Ich hätte den Auftrag einer Fernsehanstalt, behaupte ich, nenne den Namen einer der großen Anstalten, was die Nachprüfung für ihn sehr erschweren würde, und behaupte, wir, also ich und die Fernsehanstalt, wir suchten für einen Dokumentarfilm eine Durchschnittsfrau aus dem Arbeitermilieu. Bevor er weiter irritiert sein kann, kippe ich seine Verblüffung zu, indem ich sofort, fast ohne Atem zu holen, nachhake und schnell sage: »Das Fernsehen zeigt ja eigentlich immer das Außergewöhnliche. Es interviewt nur Spitzenpolitiker, und selbst im regionalen Bereich kommen nur die Bürgermeister, Stadtdirektoren und Vereinsvorsitzende der Bundesligaklubs zu Wort, und Filmstars und Schriftsteller. Deshalb ist es wichtig, einen richtigen Durchschnittsmenschen zu Wort kommen zu lassen.« Ich sehe, die Argumentation zeigt Wirkung. »Wir glauben schon«, setzte ich nach, »daß es für die vielen Zuschauer mal ganz interessant sein kann, zu sehen und zu hören, was ein solcher Mensch denkt und wie er so lebt, mit seinen Alltagsproblemen.« Mehr darf ich nicht zulegen, denn sonst wird er sich meinen Ausweis noch einmal vorlegen lassen, weil er mich als zu links einordnen würde. Deshalb habe ich auch eingangs eine Anstalt genannt, die wegen ihrer satten CDU-Mehrheit in den Gremien unverdächtig ist, was Kritisches zu senden.
»Ja«, sagt er nur, dann folgt nichts. Er ist ratlos. Fragen nach dem sogenannten normalen Menschen werden bei der Polizei nicht gestellt. In keiner Behörde gibt es ein

Ressort für Normales. Man muß straffällig geworden sein, arbeitslos oder sozial schwach oder Waise oder amtlich nicht gemeldet sein, für alles gibt es einen Sachbearbeiter, aber nicht für einen normalen Bürger.
Bevor er in die Gefahr gerät, als Beamter über sich und die Behörde kritisch nachzudenken, setze ich nach.
»Ich habe da eine Frau genannt bekommen, von verschiedenen Stellen, sie heißt Gerda Kasparczak. Meine Recherchen stoßen da an Informationsgrenzen.« Das Wort Informationsgrenzen verblüfft mich selbst, ich lasse es kurz in mich hineinwirken: »Jetzt könnte eigentlich nur noch die Polizei helfen.« Er weiß noch immer nicht genau, worauf ich hinauswill. Deshalb kommt jetzt der entscheidende Satz: »Ich muß wissen, wie es tatsächlich mit der Frau steht, bevor wir uns als Fernsehanstalt mit ihr in Verbindung setzen. Deshalb hätte ich ganz gern gewußt, ob gegen die Frau etwas vorliegt.« Jetzt müßte er eigentlich zusammenzucken und mir freundlich, aber doch bestimmt erklären, daß dieses Anliegen zu weit gehe. Die Personalien seien geschützt. Er macht aber den Eindruck, als sei er jetzt erleichtert, mein Wunsch ist weder zu kompliziert noch zu ungewöhnlich.
»Haben Sie den Namen und die Geburtsdaten?« fragt er. Ich nicke. Er wählt eine dreistellige Nummer, ohne vorher in einem Verzeichnis nachsehen zu müssen.
»Herr Grundner«, sagt er, »ich schicke Ihnen einen Kollegen von der Presse, äh, vom Fernsehen vorbei, der will mal in eine Akte schauen.« Er hat Kollege gesagt, vielleicht um in der Behörde zu demonstrieren, er gehöre mehr zur journalistischen als zur polizeilichen Seite. Dann nennt er mir freundlich lächelnd die Zimmernummer und die Etage, dort könne ich den Herrn Grundner finden. Als ich mich während seines festen Händedrucks bedanke, sagt er »keine Ursache«.

»Sie sind der Herr vom Fernsehen«, begrüßt mich Herr Grundner, der seinen Vornamen nicht nennt, der aber auch nicht draußen auf dem Türschild stand. Herrn Grundners Büro ist schlicht eingerichtet. In seinem geöffneten Aktenschrank stehen keine Akten, sondern kleine Stahlkästchen mit Lochkarten. Der Herr Grundner ist so um die fünfunddreißig Jahre alt. Sofort fällt mir die modische Bügelbrille auf, dann erst die dezente Nappa-Jacke, Herr Grundner könnte mir auch ebenso in der Personalabteilung eines Multis die Hand zum Gruß entgegenstrecken.
Er setzt sich hinter seinen Schreibtisch, nimmt ein Blatt Papier rechts unten aus einem Fach und sagt: »Sagen Sie mir bitte den Namen, Geburtstag und womöglich den Geburtsort, dann geht es schnell.«
»Gerda Kasparczak, geboren am 24. April 1940 in Castrop-Rauxel.«
Herr Grundner steht nicht etwa auf, geht an den Schrank und sucht unter K umständlich eine Akte heraus, er greift zu einem zweiten Telefonapparat, wählt ebenfalls eine dreistellige, auffallend niedrige Nummer und sagt, »ich brauche Gerda Kasparczak, geboren am 24. April 1940 in Castrop-Rauxel«. Er hält die Hand über die Sprechmuschel und sagt, »das dauert nicht lange«. Es dauert nicht einmal eine knappe Minute. Man hat die Akte schon gefunden, aus der der Gesprächspartner Herrn Grundner etwas vorliest. Herr Grundner macht Notizen in Kurzschrift auf einem Bogen Papier und sagt zwischendurch einige Male gedehnt »jaa«.
»So, das hätten wir«, sagt er plötzlich. Ohne sich zu bedanken legt er den Hörer auf. »Wollen Sie mitschreiben?« fragt er.
»Nein, ich höre mir das erst einmal an, weil ich mir dann

schon ein Bild darüber machen kann, ob wir die Frau für eine Sendung nehmen können.«

»Gerda Kasparczak wurde am 24. April 1940 als Gerda Woetke im Stadtteil Ickern von Castrop-Rauxel, auf der Herbertstraße 20, geboren. Es war eine Hausgeburt.« Er muß gespürt haben, daß ich überrascht bin über diese detaillierte Auskunft, denn er sagt schnell: »Eine Computerspeicherung ist umfassend. Sie glauben nicht, wie viele Daten auf so ein Band gehen.«

»Ich bin leider Laie.«

»Also, Gerda Woetke ist das siebte Kind des Bergmanns Norbert Woetke; sind Ihnen die früheren Lebensdaten bekannt?«

»Ja, ich weiß, daß sie Waise ist, der Vater starb im Herbst.«

»Im November«, unterbricht er.

»Ja, und der Tod der Mutter ist bekannt, mich interessiert der weitere Lebensweg, weil wir eine sogenannte normale Frau in einer Sendung bringen wollen ...«

»Interessant«, sagt Herr Grundner, er blickt von seinem Blatt mit der hakeligen Kurzschrift auf, lächelt mich interessiert an, dann vertieft er sich wieder in seine Aufzeichnungen und sucht.

»Tja, gehen wir also weiter, sie besuchte die Volksschule, mit vierzehn, also 1954, wurde sie ausgeschult.«

Herr Grundner, der junge und modische Beamte sagt ausgeschult. Er sagt nicht, wie ich es gesagt hätte, sie wurde mit vierzehn aus der Volksschule entlassen oder schlicht, sie kam mit vierzehn aus der Volksschule.

»Zunächst blieb sie wohl ein Jahr lang zu Hause und half der Mutter. Dann trat sie mit fünfzehn in dem Einzelhandelsgeschäft Berkemeier eine Lehre an, die sie aber mit sechzehn wieder abbrach. Einzelheiten wissen wir nicht, vielleicht war sie zu labil.«

Jetzt mußte Herr Grundner gespürt haben, daß es mir mißfiel, daß er aus Fakten Wertungen zog, die nicht daraus hervorgingen, für einen Computer-Beamten unangemessen.

»Na ja«, sagt Herr Grundner, »die Wertung können sie aus ihrem Gedächtnis streichen, da gibt es keine Anhaltspunkte, das Faktum ist in keiner Weise signifikant. Sie brach die Lehre ab und ging zu dem praktischen Arzt Dr. Müller in ihrem Heimatort als Haushaltskraft. Mit achtzehn, Moment mal, sie war genau vier Tage achtzehn Jahre alt, heiratete sie den Bergmann Wolfgang Schlohbach aus Dortmund-Marten. Schlohbach war neunzehn Jahre alt. Er hatte gerade die Berglehre auf der Zeche Minister Stein beendet. Auch er hat nur die Volksschule besucht.« Jetzt hatte Herr Grundner nicht gemerkt, daß mir aufgefallen war, daß er nur die Volksschule statt Volksschule gesagt hatte, wie es für einen Beamten korrekt gewesen wäre. »Im Mai, am 18. Mai 1958, gebar sie einen Sohn, dem sie den Namen Wolfgang, also wie dem Vater, gaben. Sie zog in die Friedrichstraße in den Stadtteil Marten. Dort erhielt Schlohbach eine Zweizimmerwohnung von der Bergwerksgesellschaft. Es ging dann schnell, denn elf Monate später«, Herr Grundner schaute auf und grinste mich an, »bekam sie schon wieder ein Kind, und zwar ein Mädchen, das sie, ziemlich einfallslos, nach der Mutter Gerda nannten.« Jetzt war mir klar, Herr Grundner war arrogant. Deshalb bemerkte er seine ständigen Kommentierungen gar nicht mehr. Ich war schon gegen ihn aufgebracht, weil ich von einem Computer-Fachmann naiv ganz korrekte, nackte Auskünfte erwartet hatte.

»Am 4. Juni 1962 erging vom Landgericht Dortmund ein Scheidungsurteil gegen Gerda Schlohbach, geborene

Woetke. Sie wurde wegen Ehebruchs schuldig geschieden.« Herr Grundner schaut von seinem Blatt auf und sieht mich erwartungsvoll an. Mich ärgert die Art, wie er hier als arroganter Pinkel sitzt und Gericht über die Menschen hält, deren Lebensdaten er speichern läßt. Ich schaue ihn an, zeige keine Regung und signalisiere, daß ich die Scheidung nicht kommentieren will, aber auch nicht kommentiert haben möchte. Herr Grundner weiß offensichtlich sofort, in welche Richtung ich denke. Auch er sagt nichts zu den gerade vorgetragenen Fakten.

»Am 9. November 1962 heiratete sie den Tankwart Herbert Kasparczak, der von der Gegenseite in dem anhängigen Scheidungsverfahren als Belastungszeuge genannt war.« Der verklausulierte Satz bedeutet: mit dem Herbert Kasparczak hatte sie gepennt und war dabei erwischt worden. Das mußte der arme Kerl auch noch vor Gericht zugeben, denn offensichtlich hatte sie sich als Beklagte dazu nicht geäußert. Ob sie damit gerechnet hatte, daß er vor Gericht den Tatbestand des Beischlafs bestreiten würde, oder war die Lage so eindeutig, daß er es gar nicht bestreiten konnte, ohne in einen klaren Meineid hineinzuschliddern? Dazu muß der Computer nichts wissen, ich will Herrn Grundner auch nicht fragen. »Der Ehemann Herbert Kasparczak«, doziert Herr Grundner weiter, »nahm am 1. März 1963 ebenfalls auf der Zeche Minister Stein Arbeit unter Tage an.« Was mich schon fast aggressiv machte, war die Erwartung eines Kommentars, und richtig, Herr Grundner sieht mich an, lächelt, wie ich finde, herausfordernd und arrogant und meint: »Da hat das Geld einschließlich Trinkgeld fürs Wagenwaschen wohl nicht gereicht, denn jetzt hatte er plötzlich drei mehr zu ernähren.« Ich spüre die Wut in mir kommen, sage aber ruhig: »Hat sie nicht gearbeitet?«

»Aus den Unterlagen geht nichts hervor, und die Informationen gelten als gesichert.«
»Wie ging es dann weiter?«
»Da muß ich mal sehen.«
Herr Grundner hat Mühe, seine hakeligen Zeichen zu Sätzen zusammenzubauen. »Ja, der Herbert Kasparczak hat ihr dann auch noch ein Kind gemacht.« So wird es da nicht stehen, aber es spricht für die Art von Herrn Grundner, daß er die trockene Behördeninformation eben so und nicht anders formuliert.
»Am 18. Februar 1968 bekommt sie in den Städtischen Krankenanstalten ebenfalls einen Sohn, den sie Sven nennen.« Er schaut mich an, erwartet eine Bemerkung zu Sven, ich sage nichts, registriere aber, daß er gesagt hat, das Kind habe sie in den Städtischen Krankenanstalten geboren. Ich kann den Weg nachvollziehen, wie Informationen von der einen Behörde zu der anderen in den Computer gelangen.
»Am 1. Oktober 1968 wird er auf der Zeche Minister Stein entlassen.« Bevor ich mich nach dem Grund erkundigen kann, sagt Herr Grundner: »Die Kohlenkrise, da haben die Zechen auf Sparflamme kochen müssen, wie heute auch wieder. Da wurde alles freigesetzt, was nicht den Beruf gelernt hatte oder später auf der Zeche angefangen hatte. Beim Sieben fielen die durch.« Dann blickt er auf sein Blatt. »Die Zechenwohnung haben sie behalten, zunächst zumindest.«
»Er hat dann Autos repariert, schwarz natürlich, das ist herausgekommen, er ist mit einer Verwarnung davongekommen.«
Bevor er einen Kommentar geben kann, sagte ich: «Weiter.« »Am 1. Juni 1969 fing er als Tankwart im Duisburger Stadtteil Hamborn an, zunächst für den Sommer, als

Urlaubsvertretung. Er fuhr drei Monate lang mit seinem Kleinwagen nach Dortmund, zu seiner Familie. Ja, und dann haben sie ihn am 1. September 1969 fest eingestellt, vielleicht war er im Beruf zumindest tüchtig.«
Das Wort zumindest nervt mich schon wieder, aber ich höre, wenn auch immer ablehnender gegen den Mann namens Grundner eingestellt, weiter zu.
»Am 15. April 1972 hört er dort auf zu arbeiten und eröffnet am 1. Mai 1972 als Pächter in dem Duisburger Stadtteil Hamborn die Gaststätte Zum Förderband. Es handelt sich um eine normale Kneipe mit durchschnittlichem Getränkeumsatz ...«
»Und wie heißt die Kneipe?«
»Zum Förderband, sagte ich doch.«
»Entschuldigung, ich hatte den ulkigen Namen nicht mitbekommen.« Ich stelle fest, ich kommentiere selbst, denn ich nenne den Namen der Gaststätte ulkig.
»Wohl so eine Art Familienbetrieb?«
»Ja, richtig«, nickt Herr Grundner, »aber lang ging das nicht gut.«
»Ach.«
»Ja, die machten dann mit knapp zehntausend Mark Schulden Schluß.«
»Die?«
»Nein, er, denn die Kneipe lief auf seinen Namen.«
»Wie lange machten sie?«
»Moment«, er sucht, »immerhin bis 31. Oktober 1974.«
»Hatten sie auch eine Wohnung in der Gaststätte?«
Ich merke, daß ich jetzt frage, vielleicht mache ich es, um Herrn Grundner keine Möglichkeit zu Kommentaren zu geben.
»Ja, die mußten sie am 28. Oktober 1974 verlassen ...«

»Wohin?«
»Sie zogen in eine Mietwohnung nach Osterfeld, denn er arbeitete auf der Zeche in Sterkrade. Moment, seit dem 1. November 1974.«
»In Osterfeld leben sie noch?«
»Sie, ja.«
Herr Grundner genießt meine Überraschung, meinen fragenden Blick.
»Am 27. April 1976 wurde die Ehe geschieden. Beide warfen sich Ehebruch vor, aber sie hatte den besseren Anwalt. Der hat behauptet, sie sei nach dem Ehebruch zu erneutem Beischlaf bereit gewesen, und er habe sie auch beschlafen, womit der Vorgang getilgt war. Nach seinem Ehebruch, es gelang ihm wohl, ein Datum danach zu finden, sei es nicht mehr zum Vollzug der Ehe gekommen. Er ließ behaupten, sie hätten sehr wohl wieder miteinander geschlafen, aber das Gericht folgte ihren Einlassungen, angesichts der Versorgungslage auch taktisch richtig.« Herr Grundner vermischte wieder Fakten mit Meinungen.
»Deshalb wohnt nur sie noch in der Wohnung.«
»Ach ja.«
»Er mußte laut Gerichtsbeschluß die eheliche Wohnung verlassen.«
»So.«
»Gerda Kasparczak geht keiner geregelten Arbeit nach. Das heißt, sie hat keine feste Anstellung. Sie kellnert gelegentlich und hilft bei Schützenfesten aus, sie hat auch noch einmal wöchentlich eine Putzstelle bei einer Bank.«
Ich schaue ihn an.
»Ein Verstoß gegen das Strafgesetzbuch liegt bei ihr nicht vor. Es gibt keinen konkreten Tatverdacht.« Jetzt schaut er mich ganz genau an.

»Wie?« frage ich etwas irritiert, denn ich scheine etwas nicht begriffen zu haben.
»Es gibt keinen konkreten Tatverdacht.«
»Ja, ich verstehe.« Ich verstehe wirklich. Verklausuliert sagt er mir, es hat schon mal einen Verdacht wegen einer krummen Sache gegeben, aber man hat nichts finden und beweisen können. Also etwas windig ist die schon.
»Ich bin jetzt unsicher, Herr Grundner, ob meine Anstalt hier einen sogenannten normalen Fall über eine Arbeiterfrau vorliegen hat.«
»Tja«, sagt Herr Grundner leicht ironisch und zieht die Schultern hoch. »Auf jeden Fall bedanke ich mich für ihre freundliche Unterstützung.«
»Keine Ursache.«
»Dann auf Wiedersehen, Herr Grundner.«
»Ja, auf Wiedersehen. Die Sendung schaue ich mir an.«
»Vielleicht wird es keine.«
»Das glaube ich schon eher.«
Herr Grundner konnte auch zutreffend kommentieren.
Mich interessiert der erste Ehemann der Gerda Kasparczak, der Wolfgang Schlohbach, dem sie ja offensichtlich Hörner aufgesetzt hatte. An seine Anschrift zu kommen, ist nicht schwer, das regelt sich durch einen Anruf beim Einwohnermeldeamt. Die prompte Auskunft lautet, er wohnt noch immer in Marten, auf der Arminia-Straße 4. Ich fahre über den Ruhrschnellweg nach Dortmund, orientiere mich an einer Brauerei, verlasse hier die Schnellstraße und bin schon bald im Zentrum von Marten. Eigentlich wirkt der Stadtteil wie eine kleine provinzielle Kreisstadt. Die Arminia-Straße liegt in einer Zechensiedlung. Ich lasse den Wagen an der Ecke der Straße gehen und gehe zu Fuß, Nummer vier, ein Zweifami-

mer acht, Nummer sechs, Nummer vier, ein Zweifamilienhaus gleicht bei oberflächlicher Betrachtung dem anderen, aber die kleinen Vorgärten sind unterschiedlich gut gepflegt. Bei Nummer sechs gibt es sogar einen kleinen, offensichtlich selbst ungelenk gebauten Springbrunnen mit dem schwachen Strählchen eines zweijährigen Knaben. Bei Nummer vier registriere ich ein leicht verwittertes Schild mit dem Namen Schlohbach an der grün gestrichenen Haustür. Bevor ich klingle, überfliege ich noch einmal schnell, wie alt Wolfgang Schlohbach eigentlich sein müßte. Sie ist 1940 geboren, er war bei der Eheschließung ein Jahr älter, der geht scharf auf die Vierzig zu. Ich klingle. Das Klingelzeichen höre ich weit hinten in der Wohnung, doch die Tür wird sofort geöffnet, mit Sicherheit hat man den Fremden auf der Straße schon hinter der Gardine beobachtet.

Die Haustür öffnet sich einen Spalt, dahinter eine Frau, vom Alter her nicht exakt festzulegen, zwischen dreißig und vierzig, die schon früh nicht mehr jung war. Ihr ist scharf eingetrichtert worden, sich von Vertretern an der Tür keine Waren andrehen zu lassen.

Sie schaut abwartend.

»Ist Ihr Mann da?«

»Warum?«

»Ich komme vom Fernsehen ...«

Ich merke, sie glaubt mir nicht. Ich hätte auch sagen können, ich bin der Bundeskanzler oder ich sei Helmut Kohl. Das Fernsehen, der Bundeskanzler oder Helmut Kohl klingeln nicht so einfach an der Haustür bei Schlohbach in Marten. Das geht mir sofort auf.

»Hier ist mein Presseausweis.«

Die Tür bleibt exakt den gleich großen Spalt geöffnet.

»Was wollen Sie denn von meinem Mann?«
»Wir machen eine Sendung über Bergleute, da ist er mir genannt worden, als ein Mann, der vom Pütt was versteht«, lüge ich.
»Moment mal.« Dann nach hinten: »Vater, kommst du mal?«
Vater? So eine alte Tochter kann er doch gar nicht haben. Doch da wird mir schon klar, es ist die Frau, sie ruft ihren Mann. Irgendwann, als die Kinder größer wurden, da nannten sie sich Vater und Mutter; ein untrügliches Zeichen für eine von der Sexualität in die Kameradschaft übergegangene Ehe.
»Ja, was ist denn?« Wolfgang Schlohbach selbst kann wohl mit Vertretern an der Haustür resoluter umspringen, denn furchtlos öffnet er die Tür.
Ich erzähle ihm die Geschichte von dem Film über den Bergbau, über die harte Arbeit und die schweren Krisen. Dann zeige ich ihm den Presseausweis. Neugierig dreht er ihn zwischen seinen Fingern.
»So 'n Ding habe ich noch nie gesehen«, dabei hält er den Presseausweis hoch. Mir ist klar, der Zugang zu ihm ist geschafft. Er meint zwar im Hausflur noch, viel besser könne seine Gewerkschaft über die Fragen Antworten geben, aber er wehrt sich nicht mehr. Die Frau folgt uns mißtrauisch.
Ich schlage ihm vor, eben haben wir erst in der Wohnküche Platz genommen, doch über die Probleme meines Films in der nahen Kneipe zu reden. Sie meint, Bier hätten sie auch im Hause, da könnte man doch hier eine Flasche trinken, sie spürt, sie soll abgehängt werden. Das stimmt, in ihrem Beisein kann ich nicht nach der ersten Frau fragen.
»In der Kneipe zahlt das Fernsehen das Bier, da können

Sie endlich mal Ihre Gebühren zurückkriegen«, scherze ich krampfhaft. »Der Fernseher ist doch angemeldet?«
»Aber natürlich, vonne erste Stunde an. Da gibt es kein Verkucken.«
»Dann müssen Sie auf Ihre Gebühren auch mal einen trinken.«
»Mutter, das mach ich auch«, er ist sichtlich frohgestimmt. Es dreht sich um ihn, er ist mal Mittelpunkt. Die Frau wirft mir noch einen mißtrauischen Blick zu. Sie weiß, daß ich ihn ihr entzogen habe, sie ist abgehängt.
Der Weg in die Kneipe ist nicht weit. Wir stellen uns an die Theke, abseits eines Rudels von Männern aus dem Ort, die laut eine Unterhaltung führen. Mit Wolfgang Schlohbach rede ich über seine Arbeit, um sein Mißtrauen ganz abzubauen, lenke ich das Gespräch auf Fußball. Dann komme ich auf ihn zurück. Er erzählt, daß er schon mal verheiratet war. Der Wirt zapft ohne nachzufragen immer wieder neu ein. Wolfgang Schlohbach hat kein Mißtrauen mehr, er wird redselig. Ich erkundige mich, wie denn die erste Frau so war.
»Wir haben uns in Ickern aufe Kirmes kennengelernt. Eigentlich war es damals ein toftes Mädchen. Immer lustig, das muß ich sagen, obwohl sie ja Vollwaise war, nich. Aber immer lustig, da gibs nichts. Wir kannten uns erst ein paar Tage, da ging es schon zur Sache.« Er blinzelt mir über sein Glas zu, dann leert er es aus. Das hieß, sie hatten nach wenigen Tagen sexuelle Beziehungen. Ich darf jetzt nicht bohren, er muß selbst erzählen. »Sie war damals gerade siebzehn. Da war vorher schon einer dran oder mehr. Aber ich war ja nich von gestern, was vor mir war, das hat nichts zu sagen. Also ich hatte meinen Spaß, das kann man wohl sagen, anders als heute. Da darf ich vonne erste Frau nichts sagen, schon nicht von solchen

Sachen. Ein paar Monate ging es gut mit die Rammelei, da kam se dann und war dick, da stand ich da im Schlamassel. Also zu Hause gab's ma erst Zoff, die hat nix anne Füße, eine Waise hasse dick gemacht, die musse durchschleppen. Mein Alter war besonders sauer, hab' ich dich nich immer gesagt, nimm lieber einen Pariser anstatt gar keinen, du Stoffel. Die Mutter lenkte dann ein, die mochte die Gerda, so hieß die Frau, denn lustig war die, da gibt's nichts.« Er schaut in sein Bierglas, hängt seinen Gedanken nach, läßt die Umstände von damals noch einmal hochkommen. Ich darf nichts fragen, er muß kommen.

»Und dann wurde geheiratet, wie dat eben so is, nicht. Es ging zwar hoppla-hopp, denn meine Alten wollten keine unehelichen Kinder, es war noch 'n tofter Polterabend, mit die Kumpels, prima war dat. Paar Tage nach der Hochzeit war der Junge da, 'n prächtiges Kerlchen, 'n Reißer-Typ. Heute seh' ich den nicht mehr, meine Frau legt sich quer wegen die alten Kinder.«

»Kinder«, frage ich, um Interesse zu zeigen.

»Ja, dat zweite kam schon elf Monate später. Denn so hat et ja unheimlich gut geklappt mit die Gerda. Mein Alter hatte gut reden mit die zwei Pariser, was das kostet ein bis zwei pro Tag.« Er zwinkert mir zu, ich sollte seine, zumindest damalige, Potenz bewundern.

»Auf der Zeche haben se mich gehänselt, wegen die elf Monate dazwischen. Aber es lief gut, heute kann ich et ja sagen.« Dann trinkt er ruhig weiter, er hatte wohl eine Schwelle vor sich, da mußte ich ihm drüberhelfen.

»Und warum war es dann aus?«

»Wie dat so ist. Es sind in ein Jahr drei Personen da. die Frau, zwei Kinder, da fehlt es an alle Ecken und Enden. Ich hab' malocht wie verrückt. Tag und Nacht, Überschichten hab' ich gekloppt. Alles kann man nich, man kann nich arbeiten wie verrückt und 'ne geile Alte befriedigen. Sie kriegte nich genug, da hab' ich dann, als ich 'n Tip kriegte, sie mit 'nem andern erwischt. Dat konnte ich nich auf mich sitzen lassen, da hab' ich die Scheidung eingereicht. Ich mein', prima war die Zeit auch irgendwie.« Dann sieht er mich wieder an: »Sie war ein ganz schön geiler Vogel.« Er muß es bei seiner zweiten Frau nicht leicht haben.

Mich interessiert die Gaststätte, in der sie mit ihrem zweiten Mann in ihrer kleinbürgerlichen Existenz schließlich gescheitert ist. Deshalb fahre ich nach Hamborn, dem etwas verbauten Stadtteil von Duisburg. Die Fahrt geht zunächst über die B 1 bis Bochum, dann nach Herne, dort fädele ich mich in den Emscher-Schnellweg ein, den ich sehr gern fahre, weil er mitten durch das Ruhrgebiet führt, vorbei an Crange, Schalke, Katernberg, Borbeck, Bottrop, Sterkrade, dann geht es unmittelbar und unkompliziert nach Hamborn. Die Gaststätte »Zum Förderband« finde ich leicht. Die Leute, die ich an der Straßenecke frage, kennen sie. Es ist später Nachmittag, die Gaststätte ist fast leer. An der Stirnseite des länglichen Raumes befindet sich die Theke, dahinter ein Schrank, in dem aufgereiht die Schnapsflaschen mit ihren farbigen Etiketten stehen. Sie erinnern mich an aufgehängte und gerupfte Hähne, denn die den Flaschen aufgestülpten Eingießer wirken wie die langen Schnäbel von Vögeln, denen man den Hals umgedreht hat. Mitten auf der Theke ein metallener Zapfhahn, daran gehängt die Werbung für eine Alkoholmarke, ein etwas altertümlich wirkender Schankwirt als Motiv, dahinter der tatsächliche Pächter, ein Mann zwischen fünfundfünzig und vielleicht achtundfünfzig Jahren, langjähriger Berufswirt,

daher so schlecht zu schätzen, ein blasser Mann mit einer Hakennase, Tränensäcken, ein stiller Alkoholiker, jemand, der schon morgens seinen Klaren braucht. Er hat die Haare nach hinten gekämmt, was ihm einen Geierblick gibt, eine Zigarette hat er im Mundwinkel, ein bißchen Lebemann, ein Johannes Heesters für eine Wander-Operettenbühne. An den leicht bräunlich tapezierten Wänden hängen keine Bilder, lediglich die Ankündigung eines Fußballspiels ist mit Heftzwecken an einer Wand befestigt, Hamborn 07 gegen eine Mannschaft, deren Namen ich noch nie vorher gehört hatte: Gelria Geldern. Neun oder zehn Tische mit jeweils vier Stühlen befinden sich in dem Raum, ohne Tischdecken, aber sauber gescheuert, eine Gaststätte, in der man nur Bier und Schnaps, dazu höchstens mal einen eingelegten Hering verzehrt oder eine vom Wirt selbst hergerichtete Bulette verschlingt. Auch an den Tischen sitzt man nur, wenn man einen besonderen Trinkanlaß hat. Sonst steht man hier an der Theke und trinkt mal eben zwei Bier, Laufkundschaft, die aber regelmäßig auf einen Sprung hereinkommt. Hier ist Gerdas kleinbürgerliche Existenz mit einer Schuldenlast von rund 10000 DM zu Ende gegangen. Das kann ich mir sogar leicht vorstellen, denn hier ist nur eine überschaubare Menge umzusetzen und nicht zu steigern; der Pächter muß jede Mark, bevor er sie ausgibt, kritisch und nachdenklich umdrehen.
Der Wirt sieht mich an, er fragt nicht, was ich wünsche, normalerweise möchte ein Gast nur ein Bier trinken.
»Ein Bier.«
Ich sage nicht bitte ein Bier, das wäre nicht üblich, das würde sofort ein falsches Interesse des Wirtes wecken, er könnte mich als einen Handelsvertreter verdächtigen, der zunächst, als Gast getarnt, ein Gespräch mit dem Hinter-

gedanken eines späteren Verkaufs von Waren beginnen möchte und es mit seinen feineren Manieren genau falsch machen würde.

»So, zum Wohle.«

Er hat es schnell gezapft, gekonnt setzt er einen Strich an den Rand meines Bierdeckels. Er hat mich als jemanden eingeschätzt, der mehrere Gläser Bier bestellen wird. Das ist gut.

Er spricht, wie bei unbekannten Gästen wohl üblich, über das schlechte Wetter. Ich komme direkt auf ihn zu sprechen: »Sie müssen schon etwas länger den Betrieb hier haben, nicht?« Ich sage nicht Kneipe, schon gar nicht Laden, je kleiner so ein Unternehmer ist, um so lieber nennt er seine Klitsche einen Betrieb.

»Ja, schon ein paar Jahre. Ich muß es jetzt ruhig angehen lassen, bin Anfang Fünfzig. Ich hab' früher mehrere große Betriebe gehabt.« Ich lasse ihn flunkern. Er wird immer nur mittlere Kneipen gehabt haben, bei größeren würde er jetzt andere für sich arbeiten lassen oder pleite sein. Er kippt sich hastig einen klaren Schnaps hinunter, den er sich vorher bis zum Rand in ein Glas gefüllt hatte.

»Ich war vor ein paar Jahren mal hier, da habe ich Ihren Vorgänger kurz gesehen...«

»Der hat den Laden dicht machen müssen, ist voll auf den Bauch gefallen.« Ich sehe ihm die Schadenfreude an.

»Das war auch nicht der Typ eines gestandenen Wirtes, der wirkte ein bißchen umständlich«, sage ich.

»Umständlich? Der war unfähig. Wissen Sie, das war einer von denen, die meinen, als Gewerbetreibender kann man das Geld ohne Arbeit nur so scheffeln.« Er sagt Gewerbetreibender, nicht Unternehmer.

»Wissen Sie, das war ein Tankwart, der sich mit seiner

Frau selbständig machen wollte. Die dachten, zu zweit könnten sie hier Schwung in den Laden bringen, in dieser Gegend. Sie soll ja ziemlich lebenslustig gewesen sein, ich will mal vorsichtig sagen, sie soll recht zugänglich gewesen sein, das hat zwar den Betrieb voller gemacht, aber die Typen, die mal mit der Wirtin anbändeln wollen, die bringen nichts, Stammkundschaft ist wichtig, regelmäßiger Besuch, nicht jemand, der mal auf lang heraushängen macht und dann nichts hat als ein paar Meter Wind hinter dem Haus. Und dann konnten die nicht wissen, daß eine Mark nicht eine Mark, höchstens dreißig Pfennig ist.«
Er sieht mir an, daß ich ihn nicht verstehe.
»Die meinten, wenn sie eine Mark in der Kasse hatten, dann hätten sie eine Mark für sich. Er hat mir mal erzählt, am ersten Abend hatten sie einen Umsatz von zweihundertdreiundvierzig Mark gehabt. Da haben sie sich dann in der eigenen Kneipe noch am Abend besoffen, weil sie glaubten, jeder von ihnen hätte an einem Tag über hundert Mark netto verdient. Und der erste Arbeitstag hat ja noch Spaß gemacht, da war ihnen noch nicht aufgefallen, daß sie vierzehn Stunden malocht hatten, verstehen Sie?«
Ich verstand.
»Ihr muß es Spaß gemacht haben, denn zu Hause sollen sie viele Kinder gehabt haben. Da konnte sie mit Leuten umspringen, und sie brauchte auch immer Menschen um sich. Aber für 'ne Wirtin ist es immer schlecht, wenn sie sich mit mehreren Gästen einläßt, das gibt böses Blut, verstehen Sie?«
Ich verstand.
»Die jungen Leute hat man nie beigebracht, was Brutto und was Netto ist. Die kommen aus kleinen Verhältnissen, haben gerade die Volksschule geschafft, da kriegt

man von den Mechanismen der Wirtschaft nichts mit. Die können ja nicht mal den Wirtschaftsteil der Zeitung lesen. Kein Wunder, daß die Zeitungen hier im Ruhrgebiet kaum einen Wirtschaftsteil haben. Ich muß immer die Frankfurter lesen, verstehen Sie?«
Ich verstand ihn sehr gut.
»Der wußte nicht, was Netto und Brutto ist, der soll gesagt haben, mich interessiert nicht Netto, mich interessiert nicht Brutto, mich interessiert als Wirt nur Umsatz.« Er lacht, ich lache auch.
Wieder verstehe ich ihn, so fatal der Witz auch ist.
»Und dann kam es nach einiger Zeit faustdick auf die beiden zu. Die Rechnungen mußten bezahlt werden, aber sie hatten nicht genug auf der Kasse.« Mit Kasse meinte er Bank, denn hier sagt man zur Bank Kasse.
»Völlig aus allen Wolken fielen sie, als die verschiedenen Steuerforderungen kamen, das hatten die noch nie gehört, Umsatzsteuer, Gewerbesteuer, Einkommensteuer, die kannten bisher beide nur Lohnsteuer, und die war immer sofort abgezogen worden. Dann Lichtgeld, Wassergeld, Rechnungen über Rechnungen, die Schulden stiegen, verstehen Sie?«
Ich verstand.
»So Leute haben ja auch nicht logisch denken gelernt. Auf der Schule gibt es so was nicht. Die wurden kopflos, schrien sich gegenseitig an, vor die Gäste. Sie meinte, wenn sie sich einem Gast mit Ringen an den Fingern an die Brust wirft, das könnte die Lage verbessern, aber hier verkehrten nur noch windige Typen.«
Er ist einen Moment lang still: «Die haben dann noch einigermaßen rechtzeitig die Brocken hingeworfen und Schluß gemacht.«
Der Wirt hat den linken Arm vorgestreckt und die Hand

auf den Hahn des Bierzapfs gelegt. Mit der rechten Hand zieht er von Zeit zu Zeit ein schon sauberes Bierglas über die Bürsten im leicht sprudelnden Wasser. Er raucht nicht mehr, sondern sieht mich an, während er erzählt.
»Das war für die beiden ein ganz schlimmes Abenteuer. Es ist jetzt auch schon wieder vier Jahre her, wie die Zeit so vergeht. Aber daran knackt der noch heute, nach die vier Jahre noch.«
Ich registriere, daß der Wirt, was seine eigene Vita betrifft, zu Anfang ein wenig geflunkert hat, für den Umgang, den er beruflich hat, ist er auffällig eloquent. Er muß in seiner Jugend zumindest die Realschule besucht haben. Aber zuweilen macht er die in der Gegend üblichen Fehler in der Ausdrucksweise. Er merkt es anscheinend nicht mehr, denn er verbessert sich nie.
»Ich mein', ich hab' da kein Kontakt mit. Der war auch nie mehr hier in dem Betrieb, das würde er wohl zu sehr als Niederlage empfinden. Aber wissen Sie, das Ruhrgebiet ist trotzdem klein, verstehen Sie?«
Ich verstehe im Moment nicht, deute es aber nicht an.
»Da hört man mal hier wat, mal da wat, so auch bei dem. Die Ehe ging dann auch in die Brüche. Das hat alles damit was zu tun, daß die jungen Leute sich übernommen hatten, daß sie zu falsche Vorstellungen hatten. Sie ging dann weiter dran längs. Er wollte da nicht zurückstehen und ging auch dran längs. Er wollte es sie mal zeigen oder überhaupt allen zeigen: Ich hab' zwar die Gaststätte aufgeben müssen, aber ich bin doch ein ganzer Kerl, verstehen Sie?«
Ich verstand.
«Das ging nicht gut. Heute kennt der arme Kerl nur eines, blechen, blechen, blechen und nochmals blechen. Da sind die Schulden von dem Betrieb, die wird er immer

noch haben. Aber die Banken holen sich das, darauf kann ich Ihnen Brief und Siegel geben. Und dann die Scheidungskosten, die haben sie ihm auch voll aufgebrummt. Er hat sich beim Fremdgehen erwischen lassen, und jetzt blecht er für die Alte und die drei Blagen, dazu habe ich gehört, die beiden ersten sind nicht von ihm. Da kann er sich die Hände reiben, wenn die nicht inne Schule weitergehen, wenn die inne Lehre sind oder schon malochen, da ist er dann wenigstens aus dem Schneider.«

»Was macht er denn jetzt?«

»Wie ich gehört habe, noch ein Bier?«

»Ja.«

»Wie ich gehört habe, soll er bei Oberhausen auf'm Pütt arbeiten. Sie soll in der Nähe wohnen, auch in Oberhausen, ursprünglich in seine Wohnung. Daß der fürs Leben gezeichnet ist, das verstehen Sie doch?«

Ich verstand.

Vier Bier habe ich in der Kneipe getrunken. Ich bezahle sie und verabschiede mich. Es ist schon spät, das Einwohnermeldeamt von Oberhausen ist um diese Zeit nicht mehr besetzt, somit kann ich den Herbert Kasparczak nicht ausfindig machen. Ich könnte auch zur nächsten Polizeiwache fahren, mit dem Presseausweis würden die Beamten mir helfen. Sie würden vielleicht die Anschrift ermitteln können, aber wie soll ich mich an den so gescheiterten Herbert Kasparczak heranmachen? Die Geschichte mit dem Film über Bergbauprobleme würde bei ihm nicht ziehen. Er würde Lunte riechen, denn er wäre ja nicht der gestandene Mann aus dem Bergbau. Es ist zu kompliziert, an den ehemaligen Mann meiner Verwandten zu kommen, um ihn, direkt oder indirekt, über Gerda Woetke auszufragen. Lebenslustig soll sie sein, das sagten bisher alle, die sie näher kannten oder von ihr gehört hatten. Ich erinnere mich an sie, als wir nach langen Jahren wieder Kontakt mit ihrer Familie aufgenommen hatten. Ich war damals in dem Alter, in dem man sich schon für Mädchen interessierte, ohne nähere körperliche Kontakte zu haben, man versucht in den Jahren, Mädchen durch sportliche Leistungen, durch schnelles Laufen oder behendes Klettern zu imponieren. Sie war meine Verwandte, und irgendwie wußte ich auch, daß man mit der Cousine nicht schlafen durfte, denn das Ergebnis seien blöde und mißgestaltete Kinder. Aber als Mädchen übte sie einen gewissen Reiz auf mich aus. Sie war etwas jünger, blond, zwar pummelig, der letzte Babyspeck gewissermaßen, aber sie wirkte wegen ihrer Fröhlichkeit besonders anziehend. Oft versuchte ich während des Kaffeetrinkens in ihrer Nähe zu sitzen, ich tat dann, als sei das reiner Zufall, doch ich hatte vorher genau aufgepaßt und mich dann gezielt zufällig neben sie gesetzt. Und weil so viele Jugendliche und Kinder an dem Küchentisch saßen, mußten wir eng zusammenrücken, und zuweilen sagte sie dann auch freundlich und laut, »komm, rück mal näher ran, da wollen noch mehr an den Tisch.« Dann spürte ich ihre Nähe, konzentrierte mich darauf, wiederum wie zufällig, an ihre Schulter zu kommen, oder, was noch angenehmer und aufregender war, mit ihr Oberschenkel an Oberschenkel zu sitzen.

Sie war reizvoll, trotz der Pummeligkeit. Ihre blonden, etwas dicken Haare paßten zu der Gesamterscheinung, ihre Augen waren auffallend blau. Kaum jemand in der Familie hatte blaue Augen, sie gaben ihr noch mehr offene Fröhlichkeit.

Und jetzt saß da, so malte ich es mir aus, ein Mann von Ende Dreißig irgendwo in einem tristen Stadtteil von

Oberhausen und war wohl nicht mehr in der Lage, freundliche Vorstellungen über sie zu entwickeln.
Ich stelle mir den Herbert Kasparczak vor. Er ist mittelgroß, hat blondes Haar, das er halblang, nicht gerade modisch, hat zurechtschneiden lassen. Vorn macht er sich immer dann, wenn er die Waschkaue des Pütts verläßt, in den nassen Haaren eine Tolle wie sie Elvis in den fünfziger Jahren hatte. Von hinten drückt er dann mit der linken Hand das Haar nach vorn, mit der rechten bremst er oberhalb der Stirn die Bewegung. So entsteht im Haar ein hornartiger Vorbau, den man Tolle nennt.
Er arbeitet im Akkord, den man im Bergbau Gedinge nennt. Täglich muß er mit der Bahn eine beachtliche Strecke fahren, denn in Oberhausen fand er keine Arbeit, wohl eine Wohnung, die er selbst treffend eine Bleibe nennt. Es ist eine Einzimmerwohnung, mit schrägem Dach, darin steht eine Couch, die er sich, ebenso wie den zweitürigen Kleiderschrank und eine absolut nicht dazu passende Anrichte, in einem Laden mit Gebrauchtmöbeln gekauft hat. Auf der Anrichte steht ein Kocher mit zwei Platten, auf dem er sich meist nur das Teewasser heiß macht, gelegentlich macht er sich eine Suppe aus dem Beutel warm oder Wasser für Brühwürfel, die Fleischbrühe trinkt er gern zu Brötchen; aber das Essen macht er sich oft nur an den Sonntagen. Als sonntägliche Abwechslung gibt es zwischendurch auch mal Fischstäbchen, wobei vier reichen, aber er würgt dann das fünfte noch herunter, weil er es sich nicht leisten kann, etwas wegzuwerfen. Für einhundertzehn Mark hat er sich einen mindestens zehn Jahre alten Fernseher gebraucht gekauft, dessen schwarzweißes Bild so unscharf ist, als habe er einen Filter vor den Schirm gespannt. Er hat den Fernseher nicht angemeldet, da er jeden Pfennig braucht, um

aus den Schulden und den damit verbundenen Pfändungsdrohungen herauszukommen. Die spartanische Wohnung kostet ihn siebenundachtzig Mark und fünfzig Pfennig. Er ärgert sich monatlich bei der Überweisung an den Vermieter über die fünfzig Pfennig, weil er sie für willkürlich festgesetzt hält. Der Vermieter ist ein ehemaliger Bäckermeister aus einem anderen Stadtteil, der sich das alte Mietshaus vor Jahrzehnten einmal zugelegt hat, um jetzt, da er keine Bäckerei und keinen Bäckerladen mehr unterhält, Geld aus dem Kasten zu ziehen. In dem Haus wohnen unten einige Studenten, zu denen er keinen Kontakt hat, und ein paar Familien, von denen er nur weiß, daß die Männer irgendwo auf dem Bau arbeiten und daß viele mit ihren Frauen Krach haben, was in dem Haus gut zu hören ist.

Oft onaniert er voller Wut auf dem Etagenklo. Dabei hat er nicht die üblichen sexuellen Phantasien. Er ruft nicht einmal mehr die doch sehr aufregenden erotischen Spiele mit seiner ehemaligen Frau Gerda in sein Gedächtnis zurück, er ist wütend, weil es ihm so schlecht geht wegen der Frau und wegen des Abenteuers mit der Kneipe. Deshalb bekommt er jetzt auch keine feste Freundin, so ist seine Selbstbefriedigung begleitet von dem Zorn über seine Lage. Aber lange wird er nicht mehr auf seinem Etagenklo onanieren müssen. Er wird ausziehen, wird sich mehrere Miezen nehmen, sie besteigen, wann er – und vor allen Dingen – wie er will. Das alles wird passieren, wenn er seine Schulden mal los ist, die Frau kein Geld mehr von ihm bekommt und er das ganze Geld auf den Kopf hauen kann. Davon träumt er, mit dem Traum kann er leben, das Ziel heißt irgendwann.

Nicht nur wegen seiner aussichtslosen Lage findet er seine schwere Arbeit unter Tage unerträglich. In der Arbeit sieht er eine besonders schwere Strafe, denn er hatte nicht in den Bergbau gewollt. »Du mußt da nicht rein«, hatte sein Vater, der selbst Bergmann in Dortmund war, schon zu seiner Schulzeit stets ungefragt zu ihm gesagt. Und der Vater hatte auch bestimmt, daß er Tankwart wurde, denn das Auto habe Zukunft, hatte der Vater gesagt. Dann kann sich der Junge, so hatte er weiter argumentiert, wenn er fleißig ist, einmal selbst so einen Laden aufziehen. Dann muß er nicht mehr selbst arbeiten, er sitzt dann an der Kasse, höchstens noch, und scheucht die, die für ihn arbeiten müssen. So hatte sein Vater laut für ihn gedacht. Nicht mehr selbst arbeiten, andere arbeiten lassen, das war das klar abgesteckte Ziel seines Lebens. Und wenn er dann an der Tankstelle zehn und zwölf Stunden arbeiten mußte, während die Schulkameraden, die direkt auf dem Pütt eine Lehre begonnen hatten, nach acht Stunden an der Kinoecke standen, dann hatte der Vater gepredigt, er solle durchhalten, Lehrjahre seien keine Herrenjahre, da müsse er halt durch, vor den Preis hätten die Götter den Schweiß gesetzt. Als er dann nach einiger Zeit andere Lehrlinge, die später angefangen hatten, zu Arbeiten anhalten konnte und sie das machen mußten, was er zu Anfang alles erledigte, da hatte sein Vater gesagt: »Siehste.« Nachher hatte es ihm auch Spaß gemacht an der Tankstelle. Er mochte Autos, ihn interessierten Motoren, die kleinen Reparaturen an den Autos befriedigten ihn. Es war schon ein tolles Gefühl, wenn er kleine Teile auswechseln durfte und der Motor sprang wieder an, dieses Geräusch begeisterte ihn.

Dann war ihm Gerda aufgefallen. Die freundliche blonde Frau mit den beiden Kindern. Er sah sie oft in der Nähe der Tankstelle. Sie sprachen miteinander, er beschäftigte sich in Gedanken nur noch mit ihr. Als die Kinder im

Kindergarten waren und er im Betrieb behauptete, er müsse zum Arzt, da ging er einfach hin, sie sagten nichts, er ging in die Wohnung, er nahm sie in den Arm, er führte sie zur Couch, er erwartete, sie würde laut schreien, aber sie schrie nicht, sie ließ sich zur Liege führen, sie zogen sich hastig gegenseitig aus. Er war wirklich glücklich, als er sie heiraten konnte. Die Kinder gehörten zu ihr, er mußte sie akzeptieren. Doch als er dann in den Pütt mußte, sagte sein Vater, er sei gescheitert. Bald sah er sich auch als gescheitert, wollte es aber seinem Vater und allen zeigen. Die Kneipe, das war die Erfüllung der Versprechungen und Weissagungen des Vaters, hier stand er nur noch und kassierte. Kassieren für sich, nicht mehr, wie an der Tankstelle, Quittungen ausstellen und das Geld dann dem Besitzer aushändigen, eigene Kasse machen, er hatte es geschafft. Bis sich dann alle gegen ihn stellten: die Firmen, die Steuer, das Finanzamt, das Weib, das ihm Vorhaltungen machte. Sie hatte ihn in das Abenteuer gejagt, sie war schuld an seiner Lage, ihr ging es nur ums Bett, deshalb war er für sie nicht mehr interessant. Ich beschließe, den Herbert Kasparczak nicht aufzusuchen, er ist zu verbittert und hat nicht erkannt, daß er für das Wirtschaftsleben nicht ausgebildet worden ist. Denn er war von der Schule für seine Rolle als Arbeiter getrimmt worden. Herbert Kasparczak konnte seinen Verwandten Ansichtskarten schicken, einen Toto-Zettel und einfache Formulare ausfüllen, Unterschriften geben, wenn Behörden und Arbeitgeber es forderten, mehr im Grunde nicht. Das Lager zu wechseln, hieß für ihn, von seinem Vater eingebleut, andere für sich springen zu lassen, höchstens noch selbst an der Kasse zu stehen. Er wußte auch noch, daß sein Vater immer gesagt hatte, wenn du so eine eigene Tankstelle hast und andere für

dich arbeiten läßt und selbst an der Kasse stehst, dann ist die Sache deshalb ideal, weil du nicht mehr dem Geld nachlaufen mußt, die Leute kommen mit dem Auto bei dir vorgefahren, sie kommen und bringen dir das Geld, du brauchst es nur noch selbst in die Kasse zu legen und abends wieder herauszunehmen. So einfach sollte das Wirtschaftsleben sein. Weil sein Vater und er falsche Vorstellungen hatten, wußte er nicht, daß er im Grunde falsch programmiert war. Deshalb glaubte er, meine Cousine Gerda sei an seiner mißlichen Lage schuld.
Ich suche Herbert Kasparczak in seiner Dachbude für knapp neunzig Mark Miete nicht auf, ich fahre zurück.
Zu Hause hole ich die Schreibmaschine, eine Koffermaschine, aus dem Kleiderschrank meiner Freundin, denn dort steht sie unten links, direkt auf den Wintersachen. Sie räumt den Küchentisch frei, ich schreibe auf, was Dritte über Gerda Kasparczak gesagt haben könnten. Und ich erinnere mich selbst noch an Aussagen von Dritten über Gerda Kasparczak, die nicht unmittelbar mit der Recherche zusammenhängen.
Ihre älteste Schwester Agnes hatte mir vor drei Jahren erzählt, Gerda besitze jetzt eine Gaststätte in Hamborn, die Gaststätte ginge ausgezeichnet, Gerda sei jetzt fein raus. Sie war ausnahmsweise nicht neidisch, ein leichter Stolz war unüberhörbar. Ich erinnere mich, daß ich noch fragen wollte, wie sie denn an das Grundkapital gekommen sei, wenn sie eine Gaststätte besitze, sie könne die doch eigentlich nur gepachtet haben. Aber das hätte sie nicht verstanden. Daß zwischen dem Pachten einer Gaststätte und deren Besitz ein entscheidender Unterschied war, wollte ich ihr dann nicht erläutern. Denn Agnes war so stolz auf ihre Schwester.
Ich erinnere mich jetzt, da ich verschiedene Aussagen

über Gerda Kasparczak aufschreibe, auch noch an ein Gespräch mit ihrer Schwester Renate. Sie hatte mir erzählt, daß die Mädchen und Jungen, als sie so um die zehn Jahre alt waren, auf dem Hof eines Nachbarn Doktor gespielt hatten. Es war auf dem Hof eines ähnlich gebauten Mietshauses wie ihres, denn es hatte noch auf der Herbertstraße gestanden. An die Häuser war ein kleines Stallgebäude angebaut, in dem Schweine gehalten wurden. Hinter dem Stallgebäude gab es einen winzigen Auslauf für das Schwein, ein gemauertes Viereck von vielleicht zwei mal zwei Metern. Wurde das Schwein in den Sommermonaten aus dem Stall in den Auslauf gelassen, konnte es sich gerade einmal drehen. Die Mauer um den kleinen Auslauf reichte den Kindern bis zur Brusthöhe, den Erwachsenen knapp über den Nabel. Die Oberkante der Ummauerung war vielleicht ein Fuß breit, sie diente den Kindern als Arztliege. Ein Junge mimte den Doktor, ein oder zwei Mädchen die Krankenschwester und die Sprechstundenhilfe, die anderen Mädchen wurden Patientinnen. Die jeweilige Kranke legte sich dann auf die Mauer, zog ihren Rock in die Höhe und hob ihren Hintern, wenn der Nachbarjunge, der den Arzt spielte, ihr das Höschen, das die Kinder Schlüpfer nannten, bis zu den Knien herunterzog. Was das Doktorspiel so reizvoll machte, war die Tatsache, daß man dabei der Kranken ungeniert an die Genitalien fassen konnte. Mit zwei kleinen, vielleicht zehn Zentimeter langen, gesäuberten Astenden schob der Arzt die äußeren Schamlippen der Mädchen auseinander und schaute da hinein, die Sprechstundenhilfe und die Krankenschwester auch, oft auch die Patienten und Patientinnen, denn der Einblick interessierte meist alle. Nachdem er mit den Ästen an den Schamlippen einige Male hantiert hatte, sagte er: Das ist

gut so, bleiben Sie einige Tage im Bett liegen, in die Schule brauchen Sie auch nicht zu gehen. Renate amüsierte sich später noch darüber, daß der Arzt zu den Mädchen dann Sie sagte, wie zu Erwachsenen, sie dann jedoch schulfrei sprach. Sie waren sich damals dieses Widerspruchs nicht bewußt. Ihrer Schwester Gerda hatte es anscheinend besonderen Spaß gemacht, wenn der Nachbarjunge mit den kleinen Ästen an ihren Schamlippen hantierte. Sie hatte nämlich von sich aus oft das Doktorspiel vorgeschlagen und sich nicht nur sofort als Patientin auf die Mauer gelegt, sie war sogar schon nach wenigen Minuten zurückgekommen, wenn der Arzt spielende Nachbarjunge sie für krank erklärt und schulfrei verordnet habe. Sie hatte dann stets gesagt, sie habe noch starke Beschwerden, ob er auch richtig nachgesehen habe. Dann habe er ihr wieder den Schlüpfer heruntergezogen und nachgesehen. Auch die anderen Kinder, die als Patienten auf dem Hof waren, hatten wieder nachgeschaut.
Ihre Schwester Renate hatte mir berichtet, ihr sei das damals wohl aufgefallen, sie habe sich darüber aber keine Gedanken gemacht. Sie selbst hatte das Spiel auch mitgemacht, es sei ihr aber immer unangenehm gewesen, besonders, wenn die anderen auch zuschauten. Sie sei stets erleichtert gewesen, wenn sie den Schlüpfer wieder hochziehen konnte und schulfrei verordnet bekam.
Daß ihre Schwester Gerda in dieser Frage wohl ganz anders gestrickt – sie hatte den Ausdruck gestrickt benutzt – gewesen sei, das sei ihr wieder aufgestoßen – auch den Begriff benutzte sie –, als Gerda geschieden war, weil sie mit dem Tankwart im Bett gelegen hatte.
Mir fällt keine weitere Schilderung von Geschwistern oder Bekannten über Gerda Kasparczak ein. Doch, noch an etwas erinnere ich mich. Es ist erst ein Jahr her, da

fragte ich Agnes ganz beiläufig, wie es denn der Gerda gehe, sie habe doch, so meinte ich mich zu erinneren, eine Kneipe, die ganz gut gehe. »Ach«, hatte sie abgewinkt, »die haben die schon lange wieder aufgegeben.«
»Die ging doch so gut.«
»Ach«, sagte sie wieder und winkte schwungvoll ab.
»Und was macht sie jetzt?«
»Der Otto hat sie noch mal kurz aufgesucht. Der ist aber schnell wieder abgehauen. Die wohnt in einer kleinen Wohnung. Da ist was los! Der Otto hat sich da nicht wohl gefühlt. Da kamen so merkwürdige Kerle und die Gerda raucht wie ein Schlot. Die ist eine richtige Fose geworden.«

9. Kapitel

Mutters Söhnchen

Horst Woetke wurde während seiner Kinderzeit von allen in der Familie gehaßt, nur von einer Person äffisch geliebt: von seiner Mutter. Den bläßlich wirkenden Jungen hätschelte sie vor den anderen Kindern, sie achtete wie eine Glucke darauf, daß er sich nie zu weit von ihr entfernte. Wenn sie von der kargen Rente ein paar Groschen für eine Straßenbahnfahrt zu ihrer Mutter erübrigte, dann nahm sie ihren Jüngsten immer mit. Horst Woetke selbst entfernte sich auch selbst kaum aus dem Sichtbereich seiner ihn schützenden Mutter. Außerhalb ihres optischen Kontrollbereiches begann für ihn lebensfeindliches Gebiet. Wenn die Mutter es nicht sah, dann traten die älteren Brüder schon mal nach ihm, sie zogen ihn plötzlich roh am Ohr, die Schwestern zogen ihn im Korridor schmerzhaft an seinen auffallend dünnen blonden Haaren. Deshalb waren Bereiche außerhalb der Nähe seiner Mutter für ihn in ihrer Grundstimmung bedrohlich.
Sie zahlten ihm heim, daß seine Mutter, meine Tante also, ihn grundsätzlich allen anderen vorzog. Er wiederum rächte sich für die Tritte und die Schmerzen. Befand er sich in dem Schutzbereich meiner Tante, der Wohnküche also, dann trat er nach seinen Schwestern, kniff sie in den Rücken oder zog wütend an ihren langen Zöpfen. Un-

ter dem Tisch trat er biestig nach den Schienbeinen der fast erwachsenen Brüder oder stellte ihnen scheinbar aus Versehen Stühle auf die Füße oder rammte sie mit den dünnen Stuhlbeinen, die er grundlos durch den Raum transportierte. Für diese Missetaten bekam er selten eine gewischt, denn wer sich gegen Horst Woetke wehrte, bekam es mit der dann wütenden Glucke zu tun, die sich vor dem vermeintlichen Täter drohend mit einem Kochlöffel in der Hand aufbaute. Merkwürdigerweise hatten die zurückgesetzten Geschwister weniger Haß auf die Mutter, die für die Ungerechtigkeit voll verantwortlich war, aber den Jungen konnten sie alle nicht ausstehen. Ihn sahen sie als kleinen und blassen, aber bösartigen Teufel, der sie zwickte und quälte, so er konnte, ihn haßten sie, weil er schon in den Kindertagen so verschlagen und gerissen war.

Als meine Tante dann starb, glaubten fast alle Verwandten, die Geschwister würden, wenn der letzte Atem ausgehaucht sei, den Horst Woetke zumindest halb totschlagen. Einige hofften sogar, sie würden dem »den Hals umdrehen«, denn er war überall verhaßt. »Weil die ja kaum Geld haben, können sie ihn der Mutter gleich mit in den Sarg legen, wenn sie ihn abgemurkst haben«, sagte eine Tante.

Doch während der Turbulenzen bei den Vorbereitungen für die Beerdigung, hatten sie kaum auf ihn geachtet. Alle waren mit sich und dem unerwarteten Tod der Mutter beschäftigt. Später sagten einige, er habe kaum geweint, der Horst Woetke, wo ihn die Mutter doch so geliebt habe. Einer sagte, die ist gegen ihn gestorben, denn jetzt ist er dran, der gehe im Waisenhaus kaputt. Einige seiner Geschwister gönnten dem Horst Woetke gewissermaßen den Tod ihrer Mutter, weil er, so meinten sie, dadurch

besonders bestraft sei, denn er sei mit Sicherheit lebensuntüchtig. Obwohl keines der Kinder fromm war, glaubten einige, der liebe Gott habe die Mutter sterben lassen, damit ihrem kleinen Teufel schon jetzt die Gerechtigkeit widerfahre. Bei der Beerdigung der Mutter waren die Kinder aus Horst Woetkes Schulklasse auf den Friedhof mitgekommen. Er lag an einer Verbandsstraße, über die eine Straßenbahn mit einer breiten Spur fuhr. Die Schulkinder versammelten sich links am offenen Reihengrab. Als sich die Trauergemeinde langsam auflöste und der Pfarrer seine Gebete beendet hatte, traten noch zwei Lehrer zu Horst Woetke und umarmten ihn, denn er war jetzt als einziger in der Schulklasse Waise. Die Lehrer wußten wohl auch, daß er bald nicht mehr bei ihnen und den anderen Kindern sein würde, weil es in Ickern kein Waisenhaus gab. Er mußte also auch die Schule wechseln. An die anschließende Leichenfeier kann ich mich nicht mehr erinnern. Wir werden wohl alle in der Küche gesessen, schwarzen Kaffee getrunken und Streuselkuchen in uns hineingewürgt haben. Dann werden die erwachsenen Trauergäste Schnaps getrunken haben, anschließend waren sie bestimmt fröhlich.
Vielleicht werden sich die Brüder in der Nacht auch geprügelt haben. Wie Horst Woetke jenen Tag erlebt hat, weiß ich nicht. Während die Verwandten noch anwesend waren, hat ihm niemand eine gelangt oder ihn getreten oder gekniffen, er wurde kaum wahrgenommen. Horst Woetke spielte plötzlich keine Rolle mehr.
Ob ihm von den Geschwistern je seine Ekligkeit in Form von Prügel heimgezahlt worden ist, das habe ich auch nicht erfahren. Bald nach der Beerdigung bekam er einen Vormund, einen Einzelhändler aus Ickern, zugewiesen. Er mußte auch die Wohnung in der Herbertstraße verlas-

sen und wurde in einem Schwesternhaus in einer anderen Stadt untergebracht. Die Nonnen betreuten Waisenkinder. Weil er nicht mehr in Ickern wohnte, besuchte ihn auch keines seiner Geschwister. Er war mit dem Tod der Mutter aus ihrem Blickfeld verschwunden.
Bekannt wurde lediglich, daß der bestellte Vormund nie einen Grund zur Klage über Horst Woetke hatte. Er soll sich gegen jede Erwartung und Einschätzung in dem Schwesternhaus gut eingefügt haben, er hat dort offensichtlich keine Kinder gequält, muß sich aber durchgesetzt haben.
Nach dem Besuch der Volksschule schickten ihn die Nonnen nicht, was eigentlich zu erwarten gewesen wäre, als Bergmann auf die nächste Zeche, es gelang ihnen, ihn als Büroboten in einer Verwaltung unterzubringen.
Gelegentlich besuchte er in diesen Jahren mit einem geliehenen Fahrrad die Geschwister. In der Herbertstraße wohnten bald nur noch sein Bruder Peter mit seiner Frau, mit denen hatte er wenig zu reden. Er saß dann an dem alten Küchentisch, der noch aus der Zeit seiner Kindertage stammte, und trank schweigend den Kaffee, den ihm seine Schwägerin aufgoß. Dann schaute er meist noch in das nach vorn hinausgehende Wohnzimmer, in dem seine Mutter einst aufgebahrt gelegen hatte. Die Zimmer oben im Haus betrat er nie mehr. Er ging dann auch einige Male gemächlich durch den von seinem Vater erbauten Stallanbau, schlenderte auch zuweilen durch den Garten, wo der kleine Sandkasten, den der Vater früher einmal für Agnes gebaut hatte, sichtlich vergammelte, die Hölzer faulten vor sich hin.
Nach den Besuchen in der Herbertstraße in Ickern fuhr er auf dem geliehenen Fahrrad auch noch zu seiner ältesten Schwester Agnes. Er benutzte den schmalen Tram-

pelpfad neben der Zechenbahn, der vorbeiführte an einer Steinhalde und kleinen Gärten, die sich pensionierte Bergleute widerrechtlich auf dem ungenutzten Teil des Werkgeländes angelegt hatten. Bei Agnes hatte er, im Gegensatz zu dem Verhalten seiner Schwägerin in der Herbertstraße, immer so etwas wie Ablehnung gespürt, sie fragte nicht einmal, ob er einen Kaffee möge. Sie bot ihm auch kein Butterbrot oder gar ein Stück Kuchen an. Er saß dann auf der polierten Küchenbank vor einem glänzend blanken Tisch und schaute in den staubfrei wirkenden Raum. Agnes setzte sich gelegentlich zu ihm an den leeren Tisch und klagte, wie undankbar eigentlich Geschwister seien, sie, Agnes, habe sich ja um sie kümmern wollen, aber man ernte nur Undankbarkeit. Durchfressen würden sie sich wohl bei ihr, wenn sie es nur zulassen würde, dann könnte ihr Mann als Angestellter nur für andere arbeiten. Gut, daß Mutter das nicht alles erlebt hat, pflegte sie ihre Monologe oft zu beenden. Eigentlich, dachte ihr jüngster Bruder Horst dann, scheint sie ja froh zu sein, daß die Mutter nicht mehr lebt. Manchmal klagte sie nicht nur über die Undankbarkeit der Geschwister, sondern schimpfte ununterbrochen, wie verkommen sie alle seien, wie heruntergekommen, man schäme sich, wenn man einen von ihnen auf der Straße treffe. Die Brüder hingen nur in den Kneipen, und die Schwestern seien Feger geworden. Ihre Brüder würden alle mal schlimm enden, und sie würde sich nicht wundern, wenn Gerda und Renate auf den Strich gehen würden. Aber auch wenn sie schimpfte, beendete sie ihren Wortschwall mit dem Seufzer, daß es gut sei, daß die Mutter nicht mehr lebe, das hätte sie ins Grab gebracht.
»Aber da ist sie doch schon«, hatte Horst Woetke dann einmal gesagt. Sie hatte ihn verblüfft angesehen und dann

auch ihn beschimpft. Er sei ja roh, wie er über den Tod spreche, wo doch gerade er seiner Mutter so viel zu verdanken habe, sie werde sich bestimmt im Grabe herumdrehen.
»Das geht nicht, die ist schon verfault«, hatte er dann gesagt und war wieder zurück ins Schwesternhaus gefahren; Agnes hat er nie mehr besucht.
Horst Woetke hatte dann jeden Kontakt zu seinen Geschwistern verloren. Als er achtzehn Jahre alt geworden war, meldete er sich freiwillig zur Bundeswehr. Seine Grundausbildung erhielt er in Münster. Er sagte oft scherzhaft, er sei vom Schwesternhaus in die Kaserne gewechselt, dort seien nur Frauen gewesen, in der Kaserne nur Männer, abgespielt habe sich in beiden Häusern nichts. Den Nonnen im Ruhrgebiet war es nicht gelungen, Horst Woetke gläubig zu stimmen. Er leistete die Gebete so ab wie später die Befehle in der Bundeswehrkaserne, beides beschäftigte ihn nicht besonders. Es war halt die Pflicht in der jeweiligen Umgebung, und der mußte der Mensch nachkommen.
Als er als Schulkind die Herbertstraße in Ickern verlassen mußte, da war es eine aufregende Sache. Er war neugierig und zugleich ängstlich gewesen. Der Wechsel vom Schwesternhaus in die Kaserne war weniger aufregend, er hatte konkrete Vorstellungen über das, was ihn erwartete.
Wenn er bei der Bundeswehr dienstfrei hatte, fuhr er oft ins münsterländische Telgte, einen Wallfahrtsort vor den Toren der westfälischen Metropole. Horst Woetke schlenderte durch die engen Gassen, sah sich immer wieder interessiert in den Andenkengeschäften um, die Krimskrams für Wallfahrer anboten, oder betrachtete erbauliche Schriften in den wenigen katholischen Buch-

handlungen. Vielleicht besuchte Horst Woetke den Ort, weil er ihn an seine Kinder- und Jugendtage im Schwesternhaus erinnerte, denn die Zeit unter der Zucht der Nonnen war für ihn lebendiger als die Jahre in der Herbertstraße.

In den Jahren in Münster ist er nicht einmal ins heimatliche Ruhrgebiet gereist. Die Geschwister wußten alle, obwohl sie kaum untereinander Kontakt hatten, daß er in der Armee war. Die älteren Brüder benutzten sogar den Ausdruck Wehrmacht statt Bundeswehr. Die wenig älteren Schwestern sagten, ihr jüngster Bruder sei beim Bund.

Er sei dort Schreibstubenhengst oder gar Sesselfurzer, hieß es in der verbliebenen Familie. Das sei ja auch kein Wunder, der sei ja immer blaß und schmächtig gewesen, obwohl ihm die Mutter in der Kinderzeit fast stündlich Zucker in den Arsch geblasen habe. Schade sei es nur, daß er in der Schreibstube gelandet sei, dem gehöre eigentlich richtig auf dem Kasernenhof der Arsch aufgerissen, aber der habe ja schon bei den Nonnen genug gebüßt. Mit den Jahren verblaßte der Haß gegen den Jüngsten. Agnes war eine Ausnahme. Sie konnte es nicht ertragen, daß ihr Bruder, wie ihr Mann Otto, Angestellter geworden war. Mit einundzwanzig heiratete Horst die gleichaltrige Erika Albers aus Herne, die in der Kaserne in Münster in der Küche als Aushilfe arbeitete; seine Frau war auch seine erste Freundin überhaupt gewesen. Vier Monate nach der Hochzeit – seine Frau hatte unmittelbar nach der Heirat die Arbeit aufgegeben – bekam sie einen Sohn. Es blieb, wie zwischen beiden schon vor der Hochzeit nach langen Gesprächen vereinbart, bei diesem einen Kind. Beide stammten aus kinderreichen Familien, sie hatten die Kämpfe gegen die jeweiligen Geschwister zu deutlich in Erinnerung. Keines der Geschwister von Horst Woetke kannte je den Dienstgrad des Bruders. Nach einigen Jahren wurde er ins rheinische Andernach versetzt, wiederum im Bürodienst bekam er eine Stelle im Beschaffungsamt der Bundeswehr. Auch das wußten die im Ruhrgebiet lebenden Geschwister, die Brüder meinten, er sei jetzt wohl Kleiderbulle, und der Schwager Otto Langankie kommentierte, »wer das Kreuz hat, der segnet sich zuerst«. Und dann erzählte er Geschichten aus seiner Militärzeit, dort habe es nur vollgefressene Kleiderbullen gegeben, weil die bei jeder Ladung zuerst an sich gedacht hatten. Aufgrund guter finanzieller Konditionen im öffentlichen Dienst hatte sich Horst Woetke schon früh einen Bausparvertrag zugelegt, so daß er 1972, bevorzugt durch die Bundeswehr, preiswert Gelände kaufen und sich mit einem Fertighaus hoch verschulden konnte. Er bleibe doch bei der Bundeswehr, hatte er entschieden, das Einkommen sei gesichert, da könne er auch einen kräftigen Bären abzahlen. Wenn er keine silbernen Löffel stehle, so sagte er, könne ihm nichts passieren. Während der Jahre in Münster und dann in Andernach hatte er überhaupt keinen Kontakt zu seinen Geschwistern aufgenommen.

Er wußte nichts von Gerdas gescheiterten Ehen oder von dem frühen Tod von Dieter Woetke, selbst der Niedergang des Boxers in der Familie war ihm in den Einzelheiten unbekannt geblieben. Wenn er bei gelegentlichen Dienstreisen mit der Bahn durch das Ruhrgebiet fuhr, dann stand er an seinem Abteilfenster und betrachtete von Duisburg bis hinter Hamm oder kurz vor Münster die Landschaft, die er faszinierend, fast aufregend fand, die er aber nicht als Heimat annehmen konnte. Es lag alles zu weit zurück.

Erst am 3. Februar 1980 startete er mit seinem Kleinwagen eine Tour in seine ehemalige Heimat. In den Erinnerungen hatte er noch ein ganz klares Bild von der Herbertstraße, die er als proletarisch lieblich empfand, mit viel Grün, gepflegten Vorgärten und laut lachenden Kindern, die auf der Straße spielten. Die Einkaufsstraße in der Nähe der Herbertstraße stand ihm als pulsierend und städtisch vor Augen, so hatte er es seiner Frau auch immer erzählt.

Der Sonntag war verregnet. Gelegentlich nur rissen die Wolken auf, sie gaben dann ein rötliches Licht frei. Meist aber regnete es monoton.

Die Autos hatten Fontänen hinter sich, so naß war es auf der blauschwarz wirkenden Autobahn.

»Eigentlich hättest du dir einen besseren Tag aussuchen können«, meinte seine Frau, während sie die Landschaft betrachtete, die schon nach wenigen Metern im grauen Nebel zu versinken schien.

»Paßt doch in die Gegend«, meinte er und blickte angestrengt vor sich auf den Beton.

»Ich habe eine schöne Kinderzeit verbracht, hier«, entgegnete sie.

»In der Erinnerung ist die Kinderzeit selbst in der Wüste schön«, meinte er. Sie schwieg, denn sie wußte, ein weiterer Dialog würde zu Streit führen. Er konnte ärgerlich werden, wenn sie nicht nach einer gewissen Zeit auf seine Meinung einschwenkte.

Sie näherten sich seinem Heimatort Ickern.

»Von der Zeche ist nicht mehr viel zu sehen«, stellte er sachkundig fest.

Sie wunderte sich, daß er nach den vielen Jahren noch ein präzises Bild von seiner Heimat hatte. Horst Woetke sah, daß es auf dem Zechengelände jetzt ein Kraftwerk gab, denn nicht mehr Fördertürme prägten das Bild, schlanke, fast grazile Schornsteine zeigten in den grauen Winterhimmel. Über die ehemalige Geschäftsstraße konnte er nicht fahren, daraus war eine Fußgängerzone geworden. In der späten Vormittagszeit war kein Mensch auf den quadratischen Betonfliesen zu sehen, mit denen die ehemalige Straße gepflastert war. Die ebenfalls aus Beton bestehenden großen Blumentröge wirkten wie auf einem Friedhof. Sie erinnerten ihn an den Volkstrauertag. Als Soldaten hatten sie dann immer einen alliierten Friedhof bei Münster besuchen müssen.

Horst Woetke wunderte sich, daß sich trotz dieser Veränderungen im Grunde nichts geändert hatte. Die Leere bedrückte ihn. Nur wenige Menschen huschten an seinem Wagen vorbei, als er in die Herbertstraße einbog. Es war erregend und bedrückend, die Straße seiner Kindertage wieder zu besuchen. Die Häuser in der Herbertstraße wirkten dunkelrot, er hatte sie heller in Erinnerung. Die kleinen Vorgärten waren grau, und einige Gewächse dunkelbraun, er hatte sie grün und gepflegt in seinem Gedächtnis. Die Herbertstraße war schmal und merkwürdig gewölbt, das Pflaster war ungepflegt und mit vielen Schlaglöchern durchsetzt. Er hatte immer geglaubt, die Herbertstraße sei breit und sehr sauber gewesen. Sein Kleinwagen rollte vor dem Haus aus, in dem er seine Kindertage verbracht hatte. Die Fenster wirkten wie blind, keine Blume hellte etwas auf. Die Vorderfront erinnerte ihn von ferne an ein trauriges Altmännergesicht. Kein Kind spielte an dem verregneten Sonntag auf der Straße, es war still, nur das Werk in der Nähe brummte vor sich hin. Auch sonntags wurde gearbeitet, rund um die Uhr, wie es immer hieß. In dem Haus rührte sich niemand, kein neugieriger Blick, nichts. Am Sonntagvormittag schliefen die meisten Familien besonders lange. Horst Woetke öffnete die kleine Pforte und betrat den Hof, der auf der linken Seite des Hauses lag. Noch immer gab es eine Teppichstange vor der Treppe, die in die Wohnung führte. Er blickte auf das seitliche Fenster des Hauses.

Daraus war damals mit vielen Mühen der Sarg der Mutter herausgehoben worden. Erst jetzt wußte er das als eine besondere Leistung zu würdigen. Die Männer mußten den schweren Sarg mit hochgestreckten Armen entgegengenommen haben, um ihn dann gleichmäßig herunterzulassen. Niemand schaute aus dem ehemaligen Küchenfenster. Er hoffte, daß noch eines seiner Geschwister in dem Haus wohnte. Langsam, fast so, als schleiche er auf Zehenspitzen, stieg er die wenigen Stufen zu der dunkelroten, leicht vergammelten Haustür hoch. Auf einem ovalen, braunen Schild stand Peter Woetke. »Der Boxer«, sagte er halblaut zu seiner Frau, die ihm fast lautlos und zaghaft gefolgt war. Rechts befand sich eine Klingel. Früher hatte die Tür immer halb aufgestanden und jeden eingeladen, der den Hof betrat.

Als er geklingelt hatte, hörte er in den oberen Räumen eine Männerstimme rufen: »Wer ist da?«

»Ich.«

»Quatsch nich«, meinte der Mann ungeduldig, »wer is da?«

»Horst Woetke«, rief er zurück. Dann hatte er den Eindruck, oben sei es ungewöhnlich lange völlig still.

»Warte, ich komm' sofort«, rief der Bruder.

Horst Woetke hörte den Mann eilig die Treppen herunterkommen. Dann drehte er hastig den Verschluß zurück und öffnete die hölzerne Haustür.

Vor Horst Woetke stand sein Bruder im Unterhemd, ei-

ne leicht ausgebeulte Trainingshose zeigte, daß er es sich oben gemütlich gemacht und keinen Besuch erwartet hatte. Peter Woetkes Gesicht wirkte leicht aufgedunsen, das Haar trug er unmodisch lang, er hatte aus seiner Boxerzeit wulstige Lippen.
»Komm rein«, sagte der Bruder zu Horst Woetke.